이 소설 총서는
초판 간행 이후 시간의 벽을 넘어 끊임없이
독자와 평자들의 애호와 평가를 끌어 열고 있는
말의 바른 의미에서의 '스테디 셀러'들을
충실한 원본 검증을 거쳐 다시 찍어낸,
새로운 감각의 판형과 새로운 깊이의 해설로
그 의미를 더욱 풍요롭게 만든,
우리 시대 명작 소설들이 펼치는
문학적 축제의 자리입니다.

◇ 문학과지성사에서 펴낸 지은이의 책들

　묵시의 바다(장편소설, 1978)
　황혼의 집(소설집, 1976; 개정판, 1994)
　꿈꾸는 자의 나성(소설집, 1987)

아홉 켤레의 구두로 남은 사내

윤흥길

문학과지성사

1997

문학과지성 소설 명작선 4

아홉 켤레의 구두로 남은 사내

초판 1쇄 발행__1977년 10월 20일
초판 22쇄 발행__1991년 1월 30일
재판 1쇄 발행__1991년 7월 15일
재판 6쇄 발행__1996년 1월 15일
 3판 1쇄 발행__1997년 3월 5일
 3판 35쇄 발행__2021년 11월 23일

지 은 이__윤흥길
펴 낸 이__이광호
펴 낸 곳__㈜문학과지성사

등록번호__제1993-000098호
주   소__04034 서울 마포구 잔다리로7길 18(서교동 377-20)
전   화__02)338-7224
팩   스__02)323-4180(편집) 02)338-7221(영업)
전자우편__moonji@moonji.com
홈페이지__www.moonji.com

ⓒ 윤흥길, 1997. Printed in Seoul, Korea

ISBN 89-320-0888-4 03810

아홉 켤레의 구두로 남은 사내

차 례

하루는 이런 일이

　불의보다는 정의 쪽을 훨씬 더 사랑하면서 평생을 바르고 숫접게만 살아왔다고 늘 자부하는 선량한 시민 송교수 집에 어느 날 좀 희한한 전화가 걸려왔다. 이른바 협박 전화였다. 그리고 이튿날 아침에는 본인이 직접 찾아가 뵙고 말씀을 나누겠다는 일방적인 전화가 또 걸려왔다. 도시 뭐가 뭔지 알 수 없는 노릇이었다. 처음만 해도 송교수는 허물없이 지내는 어떤 친구의 짓궂은 장난이거니, 하고 대수롭지 않게 여기려 했다. 그게 아니라면 대상을 잘못 짚고 내지른 수작임이 너무도 분명해서 '녀석 헛다릴 긁는군' 하고 가볍게 웃어넘기려 했다. 그런데 똑같은 목소리로 똑같은 내용의 전화가 두 번씩이나 걸려오고부터는 문제가 차차 심상치 않아졌다. 이거 보통으로 알았다간 큰코 다칠지도 모른다는 생각이 부쩍 드는 것이었다. 이렇게 해서 선량한 시민 송교수는 점차로 심각한 고민의 늪 속에 빠져들기 시작했다.
　두번째 전화를 받고 한참이 지난 다음 송교수는 뒤죽박죽이 된 생각들을 차근차근 정리해보았다. 명문 대학의 저명 교수라고 명색은 그럴듯해도 실상 기업인에 고용된 포장공이나 선반공과 조금도 다를 바 없는 가난뱅이 월급쟁이에 지나지 않는 자기한테 금품 따위를 요구하는 것부터가 어쩐지 석연치 않았다. 그자가 순전히 돈에 목적이 있다면 역시 그자는 상대를 잘못 선택한 것이 틀림없었다. 대한민국에서 그 수많은 실업인들을 다 제쳐두고 하필 나 같은 가난뱅이 교수한테 손을 내밀다니, 공갈범 치고는 그 순진성이 가상스러울 정도로 얼나간 친구였다. 이런 점에서 어느 만큼 자신을 얻어 송교수는 장난질 좋아하는 친구 쪽에 가능성을 두고 그럴 만한 사람을 물색해보았다. 전에도 한번 그쪽 방향으로 관심을 돌린 적이 있긴 하지만 그때는 건성이었으므로 이번에는 아주 세세한 데까지 파고들어갔다. 그러나 아무리 생각을 더듬어봐도 자기 친구들 가운데 그럴 만한 사람은 없었다. 장난이라고는 해도 그렇듯 야비하고 몰상식한 짓을 할 만한 친구라면 원래 사귀지를 않는 성미였다. 같이 모여 가끔 바둑도 두고 등산도 하고 전공에 관한 학견도 교환하는 친구들은 모두가 하나같이 인격자였고 원만한 성품들이었다. 자기가 그들을 신뢰하고 아끼듯 그들도 자기를 아끼고 신뢰해주었다. 송교수는 그처럼 다정한 친구들한테 잠시나마 혐의를 걸었던 자신의 과오를 금방 뉘우쳤다. 그래서 각도를 약간 달리하여 이번에는 그와 비슷한 성격의 사건들에 흔히 있기 쉬운 원한 관계 쪽을 똑똑 두들겨보았다. 있을 것 같지 않았다. 아니, 있을 수가 없었다. 쉰을 넘겨 살아오는 동안 말다툼이나 손찌검은 물론 누구한테 싫은 소리 한마디 한 기억조차 없는 사람이었다. 친구들은 이따금 그를 가리켜 법 없이 살 사람, 또는 털어도 먼지 안 날 세 사람 중의 한 사람이라고 농담들을 했다. 그들이 얘기하는 세 사람 중 다른 두 사람은 외경스럽게도 예수 그리스도와 성모 마리아였다. 놀리기 위한 소리니까 그것이 그의 무고를 증명하는 마당에 무슨 알리바이와 같은 효력을 가질 수는 없으나, 그렇다고 협박자가 들먹이는 법에 저촉될 만한 행위 운운은 적어도 송교수 그의 경우에 한해서는 당최 어림도 없는 얘기였다.

요모조모로 궁리해봐도 신통한 단서가 잡히지 않자 그는 난데없는 전화로 말미암아 생긴 잡념들을 서랍을 닫듯 망각 속에 묻어버리고 싶어서 머리를 좌우로 세차게 흔들었다. 그런데 공교롭게도 이때 실마리가 풀릴 듯한 기분이 갑자기 느껴지면서 선명히 떠오르는 한 얼굴이 있었다. 최교수였다. 그는 최교수의 유들유들한 상판을 뇌리에 새기면서 왜 그 생각을 진즉에 못 했을까, 하고 자탄을 했다. 최교수 그 사람이라면 능히 그러고도 남을 위인이었다. 차마 교수 체면에 직접은 못 할 테니까 어쩌면 사람을 시켜서 그랬을지도 모른다. 그러고 보니 전화 내용 가운데 미심쩍은 점들이 숱한 것 같아 아마추어의 소행임을 거의 확신하기에 이르렀다.

파렴치범들에 관해서 그는 나름대로 하나의 고정관념을 가지고 있었다. 젊었을 때 읽은 탐정소설이나 만화랄지 요즘 흔히 보는 연속 방송극들의 은근한 영향일 것이었다. 아무튼 그 고정관념에 의하면, 공갈이나 협박을 업으로 삼는 부류들은 모름지기 얼굴부터가 험상궂어야 된다. 그리고 되도록 저음으로 상투적인 말들을 야비하게 지껄일 줄 알아야 된다. 이를테면, 재미 적다거나 경찰에 알리면 생명이 위험한 줄 알라거나 하는 식으로, 거기에 소름이 쪽 끼치는 야릇한 웃음까지 한두 차례 곁들인다면 아주 잘하는 협박이었다. 대개 이런 것들이 송교수가 파렴치범들에 요구하는 필수 조건들이었다. 그런데 자기한테 전화를 건 그 친구는 고정관념이나 상식에 부합되는 구석이 조금도 안 보였다. 처음부터 그렇게 예의를 갖추어 점잖은 말씨로 용건만 차근차근 얘기하는 친구라면 공갈범으로서는 여지없이 미역국이었다. 더구나 협박에서 풀려나는 대가로 요구한 금액이 겨우 십만 원이란 것도 상식 밖의 일이었다. 월급쟁이 주제에 십만 원이 결코 적다는 얘기가 아니고, 이제까지 자기가 들어온 여느 범행들에 비하면 액수가 너무 초라하지 않느냐 뜻이다. 한번 동료를 의심하기 시작하니까 갈수록 한정이 없었다. 여러 가지 징후로 미루어 최교수의 소행이 틀림없을 성싶었다. 최교수 그 사람이라면 사사로운 감정 같은 걸 능히 그런 식으로 처리하고도 남을 위인이었다. 그런 사람과 한무더기로 싸잡혀 교수 소리를 듣는다는 그 자체부터가 자신에 대한 모욕으로 느껴질 만큼 대단히 형편없는 친구였다. 아무리 너그럽게 대해주어도 되돌아오는 건 언제나 조소와 까닭 없는 중상모략뿐이어서 이젠 모든 걸 그저 자신의 부덕한 소치로 돌려버리고 해오라기가 왜가리 등속을 대하듯 덤덤하고 천연스럽게 지내는 처지였다. 그런데 그 친구가 그예 일을 저지르려는 모양이었다. 송교수는 자기 머리가 학문 아닌 일에도 제법 노련한 수사관처럼 재치 있게 돌아가는 것에 소홀찮은 재미마저 느껴가면서 동료에 대한 혐의를 점차로 보강해나갔다. 사건이 거의 해결된 거나 다름없이 생각되어 마음이 한결 홀가분해졌다.

그러나 얼마 아니 가서 그는 쾌재의 길 끝에 도사리고 있는 오리무중의 벽과 다시 조우하게 되었다. 최교수가 정말 범인이라면 전화로 몇 차례 협박하는 선에서 범행은 그쳐야 된다. 사람을 시켜 하는 일이라 해도 결과는 마찬가지다. 꼬리가 잡혀 종당에는 망신을 당하고 말지도 모르는 위험까지 무릅써가며 직접 방문하게 만들 바보는 아니었고, 또 그처럼 철저히 보복을 하지 않으면 안 될 원한 같은 건 애당초 둘 사이에 존재하지도 않았다. 그렇다면 대관절 누구일까. 누가 무슨 이유로 죄없는 사람을 이렇게 골탕먹인단 말인가. 누가 무슨 이유로, 누가 무슨 목적으로, 대관절 누가 무엇 때문에……

　그러자 골머리가 지끈지끈 쑤시기 시작했다. 박사 학위 논문을 쓰던 때보다도 더 많은 정신력이 소모되는 것 같은 기분이었다. 송교수는 결국 그 문제에 관해서 더 이상 신경을 쓰지 않기로 결심을 굳혀버렸다. 마땅히 그랬어야만 했다. 만원 버스 속에서 생판 모르는 사람한테 발등을 밟힌 셈치고 처음부터 무시를 했어야 옳았다. 당할 때 당하더라도 우선은 마음을 편히 가지자고 단단히 작정했다. 경찰을 전혀 생각하지 않은 건 아니었다. 경찰에 사실을 알려서 만약의 경우에 대비하고도 싶었다. 하지만 곰곰 생각해보니 현재로는 경찰에 알리고 마잘 건덕지가 전연 없는 거나 매한가지 상태였다. 매우 예의바른 말씨의 어떤 사내가 전화로, 비밀과 맞바꿀 십만 원을 마련하라고 두 차례 전해온 적이 있다 하면, 그걸 진담으로 알아듣고 신변 보호에 나설 경찰이 세상에 어디 있겠는가. 설령 경찰에서 고맙게도 수사에 나서준다 해도 차후로는 그런 협박이 일체 오지 않거나 친구들의 짓궂은 장난임이 밝혀지는 날이면 점잖은 교수 체면에 그게 또 무슨 망신이냐. 그리고 진정 자기를 노리는 범인이 있어 경찰에 알린 기미를 채고 가족이라도 해친다면 그것 또한 예삿일이 아니었다. 이래저래 마음을 정할 수가 없어 다음 일을 더 기다려

보고 상황의 변화에 따라 적절히 처신하기로 마침내 방침을 정했던 것이다. 그까짓 협박쯤에 겁낼 송교수가 아니었다. 엄밀히 따진다면 그것은 협박이라기보다 전갈에 가까웠다. 그러나 협박이든 전갈이든간에 양심과 지성으로 세상을 그저 올바르게만 살아왔다고 자부하는 송교수로서는 사실 조금도 두려울 게 없었다. 세상에 폭로되면 인격과 명예에 치명상이 될 일금 십만 원 상당의 비밀이나 비위 사실이 과거 신상에는 물론이거니와 현재에도 있을 턱이 없었다. 뿐만 아니라 자기는 어디까지나 교육자였다. 보아하니 상대방은 고학생을 자처하는 젊은 사람인 모양인데 어디까지나 교육자적 양심에 입각하여 비뚤어진 젊은이를 올바른 방향으로 훈도할 무거운 책무마저 자기에겐 주어져 있었다. 통고했던 대로 이튿날 그가 정말 눈앞에 나타날 경우 송교수는 따스한 인간애와 차가운 논리를 겸용해가면서 상대방 젊은이로 하여금 끝내 참회의 눈물을 흘리도록 설득을 펴기로 새로운 결심을 하게 되었다.

그러면서도 매사가 자로 잰 듯 꼼꼼하고 신중한 편인 송교수는 만일의 경우, 정말 만일의 경우에 대비하여 관공서의 일과 시간이 끝나기 전에 시내에 나가 가족들 아무도 모르게 미리서 한 가지 조처를 해두었다. 자기 혼잣몸이라면 아무러해도 괜찮았다. 전도양양한 젊은이 하나를 악의 구렁텅이에서 구해내려다 어떤 위해를 입었다면 그것은 교육자로서 너무도 떳떳한 일이었다. 그러나 자기는 처자가 딸린 몸이었다. 평생 고락을 함께 나눈 믿음직스런 아내와 눈에 넣어도 아프지 않을 두 딸이 언제 보아도 금쪽 같았다. 자기야 얼마든지 괜찮지만 자기 때문에 사랑하는 가족들이 털끝만치라도 다치게 되는 날이면 그로서는 그것이상의 괴로움이 또 있을 것 같지 않았다. 자기가 취한 조처 속에는 그 이외의 다른 불순한 의도가 전혀 섞이지 않았으므로 가족들한테 잠시 비밀로 했다 해서 양심에 거리낄 거라곤 그다지 없었다.

선량한 시민 송교수는 겨우 이렇게 한시름 놓고 나니까 비로소 깨달아지는 것이 있었다. 바로 수법의 정교함이었다. 자신의 추측이 정확한 것이라 가정한다면 상대방의 수법은 참으로 고차적인 것이 아닐 수 없었다. 경찰에 연락하기엔 차마 낯간지러울 정도로 애매모호하고, 그렇다고 없었던 일처럼 묵살해버리자니 이건 마음이 산란해서 못 견딜 만큼 사람을 골탕먹이는 그 교묘함. 협박도 이쯤 되면 참으로 박수를 보낼 만했다. 공갈범치고는 너무 얼빠진 녀석이라고 비웃던 자신이 인제는 되려 안쓰러워지는 판이었다. 자기는 지금 만만찮은 친구를 상대하고 있는지도 모른다는 부담감이 송교수를 다시 우울하게 만드는 것이었다.

"송범섭 선생님이시죠? 어제 그제 전화로 거듭 말씀드렸던 그 고학생입니다. 제 상품을 구입하실 준비가 다돼 있는 줄 알고 약속대로 댁을 방문하겠습니다. 십 분 후에 직접 찾아가 뵙고 상담을 나눌까 합니다."

존경받는 학자요 선량한 시민의 한 사람인 송교수는 이튿날 아침에 예의 그 일방적인 전화를 또 받았다. 인제는 십 분 후였다. 어젯밤만 해도 설마, 하면서 잠자리에 들 수 있었던 그 일이 인제는 십 분 후의 현실로 바짝 다가온 것이다. 가족들 앞에서 여유를 보이려고 송교수는 무진 애를 썼다. 그는 갑자기 나타난 협박자 때문에 사랑하는 가족들을 놀라게 하고 싶지 않았다. 그래서 어지간히 침착한 태도로 이제 곧 눈앞에 벌어질 사태를 가족들에게 차분히 설명해주었다. 그렇게 함으로써 나중에 가족들이 받게 될 커다란 충격을 미리 반감시켜놓는 예방 주사적 역할 외에 자기 자신도 여태껏 혼자서만 끙끙 앓아온 말 못 할 고민을 여러 조각으로 나누어가짐으로써 바늘방석 같은 십 분 동안의 기다림이 주는 정신적 고문을 가족들의 위로에 둘러싸여 다소곳이 견딜 수 있게 만드는 이중의 효과가 있었다. 예상 못 했던 바는 아니나 이야기를 다 듣고 나서 아내와 딸들이 보인 반응은 역시 대단한 것이었다. 조금 전까지만 해도 누구네 못지않게 단란하던 가정 분위기가 순식간에 결딴이 났다. 그리고 그것에 대신하여 응접실 그득히 자리잡은 것은 한동안의 무거운 침묵과 갑작스런 의견 충돌이었다. 큰딸답게 몸가짐이 의젓해서 매사가 너그럽고 차분한 성품인 금영이가 제일 먼저 의견을 말했다.

"아마 장난일 거예요. 틀림없이 누군가가 장난으로 그랬어요. 장난치곤 좀 너무하지만."

"그래요. 큰애 말이 옳아요. 장난이 분명해요. 너무 신경쓰지 마세요, 여보."

아내도 그렇게 말했다. 아내는 장난임을 확신하기보다 장난이길 간절히 바라는 마음을 표정으로 여실히 드러내고 있었다. 하지만 작은딸 은영이만은 달랐다. 심각한 표정으로 딴에 뭔가를 한참 궁리하고 나더니 대번에 강경하게 나오는 것이었다.

"이건 절대루 장난질이 아녜요. 전활 세 번씩이나 걸구 십 분 후엔 직접 찾아오겠다는 공갈이 어떻게 장난으로 통할 수가 있어요? 지금이래두 늦진 않아요. 아빠, 빨리 일일이로 신고하세요. 언니나 엄마 말대로 누가 혹시 장난질을 쳤다 해두 자기가 저지른 죄만큼은 꼭 벌을 받두룩 단단히 혼구멍을 내줘야 해요."

16

그러자 아내가 덩달아 또 작은딸의 주장에 맞장구를 놓았다.

"맞았어요. 작은애 말마따나 벌을 받도록 만드는 게 좋겠어요. 여보, 경찰에 신고해버려요."

여고 졸업반 나이로 남에게 지지 않으려는 성미가 유난한 작은딸을 향해 미소를 지으면서 송교수는 아내의 말을 못 들은 척했다.

"우리 은영아씨 맘은 잘 알겠다만, 그렇다고 그 말이 아빠를 아예 냉정한 사람으로 단정해버리는 그런 뜻이 아니기를 바란다."

송교수는 제 분을 못 이겨 연방 씩씩거리는 작은딸을 부드러운 말로 다독거렸다. 남편의 말을 듣고 아내가 펄쩍 뛰었다. 마치 벚꽃놀이가 한창인 창경원 한가운데서 보호자의 손을 놓친 아이처럼 아내는 아까부터 갈피를 못 잡고 있었다.

"당신이 냉정한 사람이라니, 천만에요, 그럴 리가 없어요. 얘야, 은영아, 아빠는 절대로 냉정한 사람이 아니란다. 너도 잘 알잖니. 아빠는 감정대로 행동하고 툭하면 누구한테 보복이나 하는 그런 분이 아니에요."

"엄마, 어째서 그게 보복예요? 자기 몸에 위험을 느꼈을 때 국립 경찰을 부르는 건 민주주의 국가에서 꼬박꼬박 세금을 무는 국민의 한 사람으로서 당연한 권리잖아요? 아무도 신고할 사람이 없다면 내가래도 전화를 걸겠어요. 전 지금 아빠를 위해서 그러는 거예요."

"얘, 은영아!"

아내가 눈을 꿈쩍거렸다.

"효도하는 방법은 여러 가지야."

금영이가 입을 비쭉거렸다.

"언닌 그럼 신분도 모르는 어떤 녀석이 용하디용한 아빨 협박해서 돈을 울거내려는 판인데 박수라도 칠 작정이유? 그런 효도는 난 죽어두 못 하겠어!"

은영이가 악다구니를 썼다.

"애들아, 제발 부탁이다. 좀 조용히들 해라. 늬들마저 이런다면 집안 꼴이 뭐가 되겠니?"

아내가 딸들 사이에 들어 울상을 지어가며 언쟁을 말리고,

"금영이나 은영이나 다아 아빠를 위해서 그러는 줄 잘 안다. 하지만 조금치도 염려할 거 없어. 너희들한테 아빠를 걱정해달라고 말을 꺼낸 건 아니니까. 내가 바라는 건 앞으로 어떤 사태가 벌어져도 오직 이 아빠만을 믿고 모든 일을 아빠한테 일임해달라는 부탁뿐이다. 아빠가 어떤 사람이란 걸 평소부터 너희들은 잘 알고 있을 거야. 저쪽에서 혹시 이상한 수작을 해도 아빠의 인격을 신뢰하면서 절대로 동요해선 안 된다. 그렇게만 협조해준다면 너희들은 잠시 후에 그 공갈범이 아빠 앞에서 무릎을 꿇고 용서를 비는 장면을 목격하게 될 거다. 그렇게 넋 나간 사람처럼 서 있지만 말고 당신도 얼굴 좀 펴구려. 아이들 보기 민망하잖소."

송교수도 가장으로서의 체통을 다분히 염두에 두면서 곡진한 말씨로 타일렀다.

혼란은 가까스로 수습이 되었다. 그러나 어제까지만 해도 그토록 화기에 넘쳐흐르던 가정 분위기는 이제 그 흔적조차 찾아볼 수 없게 되었다. 제아무리 힘센 악마라도 감히 넘볼 수 없는 성곽처럼 그저 튼튼하게만 보이던 한 가정의 평화가 난데없는 전화질 몇 차례로 그처럼 어이없이 무너질 줄은 몰랐다. 때아닌

불신이 가정을 휩쓸어 부부간과 부녀간을 맺는 질긴 끈을 도막 도막 끊어놓아서 앞으로는 단란하던 예전의 그 모습으로 영영 되돌아갈 수 없을 것 같은 처참한 생각마저 들었다. 잠자코 있던 아내가 궁금증을 참지 못해 기어코 결정적인 말을 꺼냈던 것이다.

"당신 혹시……"

"뭐 말이오?"

"혹시 저…… 예금…… 통장에서……"

"아하, 바로 그 얘기군. 난 또 뭐라고."

아내의 말이 떨어지는 순간 송교수는 솔직히 말해서 가슴이 뜨끔했다. 뒤늦게나마 가족들 앞에 사실을 밝혀주기로 마음먹었다. 그러나 다음 순간 자기도 모르게 자기 입에서 줄줄 흘러나오는 말들이 깡그리 거짓말임을 깨닫고는 놀라 자빠질 지경이 되었다.

"미안하오. 당신한테 알린다는 게 그만 깜빡 잊고 있었구려. 급히 빌려달라는 친구가 있어서 어제 오후에 오만 원을 꺼냈소."

"그랬구면요. 그런 걸 가지고 전 혹시나 이번 일로 그랬나 해서……"

"아, 아니야, 아니라니까. 이 일과는 절대로, 전혀 상관도 없소. 빌려줬다니까 그래. 박교수, 그렇지, 박교수한테."

손까지 황망히 내저어가며 송교수는 여전히 거짓말을 했다. 도대체 자기 자신도 이해 못 할 일이었다. 가족을 보호하기 위한 조처의 하나로 부득이한 일이었다고 왜 솔직한 말을 못 했을까. 아무 이유도 없이 쓸데없는 거짓말만 늘어놓은 자신이 더없이 비굴하게 느껴져 침이라도 뱉고 싶은 심정이었다. 그러면서도 또, 그 말을 과연 식구들이 곧이들었을까, 하는 괜한 걱정이 슬 그머니 머리를 드는 것이었다. 가족을 속이기는 그것이 생전 처음이었다. 괴상한 전화가 걸려오기 시작한 이래 어떤 녀석이 자기 마음보 한가운데 들어앉아 자기를 내쫓고는 줄곧 그렇게 딴 소리만 지껄이고 있는 듯한 느낌이었다.

"제 생각 같애서는요……"

하고 아내가 더듬더듬 의견을 내놓았다.

"저쪽에서 당신을 해치려고 정 못살게 굴 것 같으면 그냥 돈을 줘버리는 게 좋겠어요. 이렇게 불안해가지고는 한시도……"

"당신 미쳤소? 지금 무슨 소릴 허는 거요!"

하고 송교수는 고함을 질렀다. 평상시의 그답지 않게 필요 이상으로 화를 내고 있었다.

"애들 듣는 데서 그런 얘길 함부로 하면 마치 이 송범섭이한테 무슨 약점이 있어서 그러는 줄 알 것 아니오!"

"미안해요. 하지만 당신의 결백은 누구보다도 애들이 더 잘 알아요."

"그래요."

"정말 그래요."

"한푼도 줄 수 없소. 이 송범섭이가 그따위 더러운 협박 앞에 무릎을 꿇다니, 어림도 없는 소리요. 도대체 그 녀석이 뭘 미끼로 그러는진 모르지만, 아직까지는 세상에 부끄러운 짓을 한 기억이라곤 눈곱만치도 없소."

기왕에 내지른 화였다. 자신의 비굴성에 대한 화풀이까지 겹쳐 송교수는 가족들 앞에서 무턱대고 신경질을 부렸다. 이때 밖에서 초인종이 울렸다.

정체불명의 그 사내는 약속한 시간에 정확히 나타났다. 여러 면에서 자기 고정관념과는 아주 동떨어져 보이는 전혀 의외의 인물이었다. 우선 험상궂지 않은 얼굴에 적이 안심이 되었다. 험상궂지 않은 정도가 아니었다. 이목구비가 번듯한 이지적인 용모에서 만만찮은 지성미 같은 것이 알게 모르게 체취처럼 솔솔 풍기고 있었다. 그리고 훤칠한 키에 옷차림이나 몸가짐 따위가 예상외로 세련되어 있었다. 사정이 다르고 장소가 다르다면 대학교 3학년인 큰딸의 신랑감으로 한번쯤 점찍었을 법한 청년이었다. 송교수는 대번에 어리둥절해버렸다. 이어서, 녀석 참 아깝다는 생각과 함께 무슨 수를 써서든 청년을 선도해야 되겠다는 교육자적 사명감이 다시 한번 새롭게 불타올랐다. 본바탕이 훌륭하다는 건 어쩔 수 없이 인정하지만 그럴수록 공갈범으로서는 가장 치명적인 결격 사유가 되기 때문에 상대를 좀 얕잡아봐도 무방하겠다 싶은 안도감마저 생기는 것이었다. 시간은 충분했다. 방학중이라 별로 할 일도 없으니까 항복을 받을 때까지 얼마든지 붙들고 늘어질 심산이었다.

　"안녕하십니까. 아, 사모님도 함께 계시군요. 기다리게 해서 이거 죄송합니다."

　대영백과사전 외판원들이 흔히들 들고 다니는 공공칠이라나 뭐라 하는 신식 가방을 탁자 옆에 내려놓으며 청년이 쾌활하게 인사를 했다.

　"시간 관념이 아주 철저하군. 근처에 숨어서 동정을 살폈겠지. 들어오면서 혹시 형사 비슷한 사람들 못 봤나?"

　송교수는 우선 상대방의 기부터 죽이려고 요 녀석, 하면서 덜미를 잡는 식으로 말을 걸었다. 그러나 청년은 아무런 구김살도 없이 척 받아넘겼다.

"선생님은 역시 눈치가 빠르시군요. 댁에서 제일 가까운 공중 전화를 이용하고 잠시 담배 한 대 피우다 오는 길입니다. 하지만 잠복 근무중인 형사는 못 봤습니다. 선생님 같은 분은 절대로 신고를 못 하십니다."

"나 같은 지식인들은 협박을 받아도 경찰에 알릴 수 없단 말인가?"

"못 하십니다. 지식인이라서 그런 게 아니고 약점이 폭로되는 걸 무엇보다 겁내기 때문이죠."

송교수는 공연히 가슴이 철렁 내려앉는 듯한 기분을 느꼈다. 청년의 단정적이고 너무도 자신만만한 태도가 마음에 걸렸던 것이다. 그는 손으로 비어 있는 맞은편 소파를 가리켰다.

"우선 거기 앉게."

"감사합니다."

"미리 말해두지만, 자네한테 경칭은 쓰지 않기로 했네. 아무리 나어린 제자한테도 난 이제까지 반말을 안 써왔어. 한데 자네에게만은 도무지 그럴 맘이 안 내키네. 이 점 이해해주게."

"그 문제에 대해선 조금도 염려 마십시오. 저도 한 말씀 드리겠는데요……"

"뻔뻔두 해라. 이제부터 슬금슬금 본색을 드러내시는군. 이봐요, 어따 대고 공갈예요, 공갈이!"

아버지 소파 뒤에 팔짱을 끼고 서서 시종일관 청년을 노려보고 있던 은영이가 별안간 쇳소리를 질렀다. 모두들 흠칫 놀랐으나 청년만은 여전히 태연했다. 태연히 웃으면서 주위에 둘러선 교수 일가를 주욱 돌아다보는 것이었다.

"작은따님이시군요. 현관을 들어서는 순간부터 환영이 대단했죠. 아주 영리하고 이쁜 따님들을 두셨습니다."

청년의 시선이 순간적으로 금영의 성숙한 몸매에 머무는 걸 보고 송교수는 별안간 간이 콩알만해져서 아내 쪽에 눈짓을 보냈다.

"건넌방으로……"

아내가 알아듣고 두 딸의 손목을 잡아끌었다. 그러나 은영이는 언니 쪽을 보며 연방 딴전을 부렸다.

"고학생이라기에 난 아주 꾀죄죄한 치루 알았는데 제법 기름기가 번지르르하다. 그지, 언니? 꼭 살찐 배추벌레 같애. 아마 인분을 많이 준 채마밭에서 연한 배춧잎만 갉아먹고 자랐나봐. 그러니까 저렇게 아무 앞에서나 구린내 나는 트림을 하지."

"우린 저쪽 방으로 건너가자."

어머니한테 등을 떼밀려 물러나면서도 은영이는 발악을 했다.

"싫어요! 난 여기 남아서 저자가 늘어놓는 거짓말이 얼마나 새빨간 것인가를 직접 확인하고 깨우쳐주겠어요. 싫다니까요!"

은영이가 아내와 금영의 손에 이끌려 강제로 나간 후 응접실은 다시 조용해졌다. 이제 단둘만이 남아 마주앉았다.

"귀엽고 재치 있는 따님을 두셔서 참말로 행복하시겠습니다."

"본의 아니게 소란을 피워서 안됐네. 이젠 다 조용해졌으니 차근차근 얘기나 나누세."

"그러죠. 저도 되도록이면 용건을 빨리 끝내고 싶습니다. 그 문제 어떻게 생각해보셨습니까?"

"생각해봤지."

"아, 감사합니다. 저도 선생님께서 결국엔 제 상담에 응하시리라 믿었지요."

"그렇게 건너짚지 말고 내 얘길 분명히 들어두게. 우선 자네의 그 알량한 협박 따위는 일체 받아들이지 않기로 결심했네. 따라서 자네가 요구하는 것도 깨끗이 거절하겠네. 그러기엔 누구보다도 나 자신이 먼저 용서하질 않는단 말야. 그러니 자네도 마음을 돌리고 이제부터는 위협적인 언사나 그 자신만만한 태도를 버리게. 가면을 벗고 솔직하게 나온다면 나도 다아 생각이 있어. 뒷일은 알아서 잘……"

"잠깐만요, 선생님. 가면 말씀이신데, 제겐 애초부터 그런 건 없습니다. 제가 보기엔 오히려 선생님 쪽이 가면을 안 벗으시려고 지금 억지를……"

"이것 봐, 젊은이. 자네 혹시 사람을 잘못 알구 이러는 거 아닌가?"

"제가요? 천만에요. 송범섭 박사, 한국 생물학, 특히 생물통계학계의 권위이자 학생들로부터 존경을 한몸에 받는 유명한 대학교수, 다채로운 이력의 산악인이시며 주로 고산식물의 생태와 인간을 비교하여 산과 인생이란 테마로 자주 등산기를 쓰시는 고명하신 수필가──어떻습니까, 전 지금 이분을 상대로 말씀을 드리는 중이라고 생각하는데요."

"고학생이랬지? 자네 지금 어느 학교에 다니나?"

"제 소속 학교명이 중요한 건 아닙니다. 보다 더 중요한 건 선생님 자신의 문제가 아닐까요?"

"거듭 충고하겠네. 가면을 벗고 학생답게 진실한 태도로만 나온다면 나도 얼마든지 자네를 도와줄 용의가 있어. 집사람하고도 벌써 얘기가 돼 있는데, 자네한테 꼭 십만 원이 필요한 어떤 딱한 사정, 예를 들어 등록금이나 하숙비 같은 게 모자란다면 넉넉하진 못해도 다소간 힘이 돼줄 수가 있단 말야. 내 얘기 알아듣겠나?"

그러자 청년은 재미있다는 듯 비죽이 웃어보였다.

"친구분들을 닮아서 그런지 선생님 역시 똑같은 말씀을 하시는군요. 그 양반께서도 처음엔 그런 식으로 나오셨습니다. 너를 도울 테니 진실한 얘길 하라구요."

"그 양반이라니, 누구 말인가?"

"아무 얘기도 못 들으셨습니까? 박진관 선생님한테서요?"

"뭐라구?"

이렇게 외치며 송교수는 소파 속에 편안히 묻고 있던 윗몸을 발딱 일으켜세웠다.

"그럼 박교수 그 사람도 이미 자네한테 당했단 말이지?"

"당했다는 표현은 좋지 않군요. 세례를 받았다고 하는 것이 좋겠습니다. 과거에 저지른 자기 잘못을 고백하고 일금 십만 원이란 헐값으로 되찾는 그 순간부터 새로운 인간으로 탄생되는 셈이니까요. 외람된 말씀이지만 저한테서 세례를 받은 분들 중엔 박선생님말고도 선생님께서 알 만한 사람으로 김승일 교수가 더 있습니다."

배실배실 웃으면서 청년은 장난꾸러기 같은 표정을 지었다. 그 표정이 송교수한테 이렇게 말하고 있었다. 용용 죽겠지.

"박교수나 김교수 같은 인격자가 돈으로 과거를 사다니……"

송교수는 자기도 모르게 푸우 한숨을 쉬었다. 그리고 도저히 믿기지 않는다는 듯이 고개를 절레절레 흔들었다. 다 같이 절친하게 지내는, 지성과 학식을 겸비한 유망한 친구들이었다. 그런데 그런 일을 당하고도 자기한테 일언반구도 안 비치다니. 송교수의 심중은 이때부터 심하게 동요하기 시작했다. 청년이 신식 가방을 열고 두툼한 봉투 하나를 꺼내들었다.

"이것이 바로 문제의 증빙 자료입니다. 이 봉투 속에 몇 가지 선생님의 과거가 소상하게 기록돼 있습니다. 거개가 육하원칙에 의해서 신문 기사 형식으로 꾸며진 사실의 기록이고, 그걸 뒷받침하는 여섯 컷의 필름, 그리고 인화된 사진들이 끼여 있지요. 이거 왜 이러십니까!"

봉투를 빼앗으려고 와락 달려드는 송교수의 손을 밀어내면서 청년이 점잖은 말씨로 꾸짖었다.

"선생님께서 이러시면 곤란합니다. 자아, 어떻게 하시렵니까. 마음을 빨리 정하십시오."

선량한 시민 송교수는 잠시 이성을 잃고 경망되게 군 자신의 행동에 후회를 느꼈다. 그것이 자신의 비위 사실을 스스로 인정하는 행위로 오해받지 않을까 하고 자꾸만 꺼림칙한 기분이 들었다. 그는 청년의 손에 들린 봉투를 한참 뚫어지게 쏘아보다가 차가운 음성으로 딱 잘라 말했다.

"필요없어. 거절하겠네!"

"매우 유감스럽군요. 처음부터 전 선생님의 동정을 구하러 온 게 아니었습니다. 노력에 대한 대가를 받으러 당당히 왔던 겁니다. 그럼 담판은 깨진 것으로 알고 이만 물러가겠습니다."

청년은 봉투를 도로 가방 속에 집어넣었다. 그리고는 소파에서 일어나 응접실 도어를 향해 똑바로 걷기 시작했다. 담판엔 비록 실패했을망정 휘파람이라도 불고 싶도록 유쾌하다는 걸음걸이여서 십만 원에 대한 미련 같은 건 조금도 엿볼 수가 없었다.

청년의 손이 도어 핸들에 닿는 걸 보고 송교수는 소스라쳐 일어
섰다.

"학생!"

"실례 많았습니다. 다음주쯤 해서 아무거나 주간지를 사보십시
오. 거기에 아마 선생님 기사가 실려 있을 겁니다. 안녕히 계십
시오."

"잠깐만! 이봐요, 학생!"

송교수는 가야겠다고 부득부득 우기는 청년을 간신히 붙잡아
다시 소파에 앉혔다.

"결말을 짓고 가시오."

"결코 강제하는 건 아닙니다."

"도대체 내가 뭘 어쨌다는 거요? 무슨 근거를 가지고 사람을 이
렇게 괴롭히는 거요?"

"말씀을 낮추셔도 괜찮습니다, 선생님."

"전화를 받은 뒤로 난 줄곧 그 일만을 생각하면서 시간을 보냈
네. 무슨 양심에 찔리는 점이 있어서가 아니네. 나를 아는 사람
들 가운데 내 인격을 혹은 내 인간성을 의심할 사람은 아무도 없
어. 그런데도 혹 나 자신도 의식하지 못하는 사이에 어떤 과오가
있지 않았나 하고 지난 일들을 죄 돌이켜보았소. 허지만 결과는
마찬가지요. 오늘날까지 법에 저촉될 만한 과오를 저지른 기억
이 전혀 없는데 대체 당신이 뭘 가지고 이러는지 난 알 수가 없
소."

"물론 선생님은 형법 밖에 서 계십니다. 그리고 많은 사람들이
선생님 인격을 믿고 또 선생님을 존경합니다. 문제는 바로 그겁
니다. 그렇기 때문에 이 자료들은 상품으로서 충분한 가치가 있

다는 얘깁니다. 만일 선생님께서 횡령이나 살인이나 강간이나
——실례했습니다. 예를 들자면 그렇다는 얘기죠——그 비슷한
사건을 저질렀다면 이 자료는 상품 가치가 없어집니다. 세상에
폭로되는 날이면 선생님은 체포될 것이고 저는 어차피 돈을 못
받게 될 테니까요. 하지만 형법과 도덕관 사이 아주 어중간한 선
에서 델리킷한 말썽이 생긴다면 문제는 달라집니다. 그토록 명
망가요 인격자이신 선생님 신상에 이러이러한 비밀과 실수가 있
었다고 떠들어대면 사람들은 귀를 번쩍 뜹니다. 저희들은 아주
잘 짜여진 조직과 연락망을 갖고 있습니다. 유능한 멤버들이 치
밀한 계획하에 선생님 뒤를 오랫동안 미행해왔습니다. 심지어는
외국에 체류하실 당시의 행적까지 빠짐없이 체크해놓았습니다."
　"그 하고많은 돈벌이 가운데 하필이면 젊은 사람이 왜 이런 짓
을……"
　"얘기가 자꾸 빗나가는군요. 불필요한 말씀은 빼고 어서 결정
을 내리십시오."
　"학생이 그렇게 얘기하니까 나도 대충 짐작이 가는 게 있소. 그
건……"
　"여러 가지 사건 중에서 지금 말씀하시는 게 어떤 걸 의미하는
지 전 잘 모르겠는데요."
　"아니, 델리킷한 실수라면 바로 그걸 가리키는 게 아니오?"
　"말씀해보세요."
　"아다시피 뭐 사건이랄 것까지도 없잖소? 그만한 실수쯤 누구
한테나 있는 법이오."
　"그래서요?"
　존경받는 학자요 선량한 시민의 한 사람인 송교수는 이렇게

28

해서 기억을 더듬어가며 오랫동안 마음의 저 밑바닥에서 양심의 한끝을 짓누르고 있던 사소한 비밀이나 설패담들을 신세타령처럼 털어놓기 시작했다. 한 이야기가 끝날 때마다 청년의 교묘한 유도 심문에 걸려 이번에는 전번 것보다 약간 더 비중이 무거운 이야기들을 하나씩하나씩 차례로 꺼내는 것이었고, 그럴 때마다 청년은 긍정도 하고 부정도 하고 이따금씩 비웃기도 하고 화도 내면서 상대방을 녹초가 되도록 지치게 만들었다. 송교수로 하여금 자제할 기력이나 끝까지 감추려는 의지를 잃어 진정 신부 앞에서 고해성사하는 신도처럼 마음에 걸리적거리던 과거를 하나도 남김이 없이 털어놓게 만드는 것이었다.

작년 가을의 일이었다. 퇴근길에 차에서 내려 뭔가를 깊이 생각하면서 인적이 뜸한 골목길을 걷고 있었다. 이때 길바닥에 떨어진 백원짜리 지폐 한 장이 눈에 띄었다. 송교수는 무의식중에 허리를 굽혀 그걸 주우려 했다. 그러자 지폣장이 슬슬 움직이기 시작했다. 그걸 주워서 어떻게 하겠다는 생각도 없이 그는 무심코 지폣장을 따라 몇 발짝 움직였다. 그 순간 백원짜리가 공중으로 휙 뜨면서 자지러지는 웃음 소리가 들렸다. 구멍가게 유리창 안에서 얼굴이 핼쑥한 소년 하나가 코일 끝에 매달린 백원짜리를 흔들면서 깔깔거리고 있었다. 다음날 그는 같은 장소에서 같은 사정에 다시 부딪혔다. 전날의 수치스런 기억 때문에 앙심을 먹고 이번엔 좀 무자비하게 굴었다. 모르는 척하고 옆으로 지나가다가 눈여겨둔 코일을 구둣발로 꽉 누르면서 지폐를 떼어 들었다. 그러자 구멍가게 안의 소년이 큰 소리로 울음을 터뜨렸다. 엉엉 울면서 뛰어나와 교수의 배를 주먹으로 콩콩 쥐어박았다. 소아마비 환자였다. 송교수는 가게 유리창 너머로 자기를 원망스럽게 노려보는 소년의 어머니 앞에서 얼굴을 확 붉혔다. 창문 뒤에 숨어서 깔깔 웃던, 그리고 엉엉 울던 꼬마의 얼굴과 부인의 원망스런 눈초리가 그를 오래 괴롭혔다.

역시 작년의 일이었다. 밤길을 걷다가 한떼의 웅성거리는 사람들과 만났다. 청년들 네댓 명이 머리가 희끗희끗한 노인 한 사람을 가운데다 두고 사정없이 치고 받고 있었다. 불빛이 훤한 대로상이었고 구경꾼들도 많았다. 잘잘못이야 나중에 가리더라도 우선 몰매부터 말리고 싶었다. 그대로 놓아둔다면 노인은 필경 죽고 말 것이었다. 그러나 서두르는 건 그의 마음일 뿐, 실제로는 인륜도 천륜도 몰라보는 그 청년들의 무지막스런 폭행을 먼 발치로 보면서 발이 얼어붙어 떨어지질 않았다. 그는 얼른 눈길을 돌려 오던 길을 되돌아 걸으면서 '이건 분명히 살인이다. 이건 분명히 살인이다'라고 혼잣말로 중얼거리고 있었다.

수년 전 어떤 잡지에 융프라우 등산기를 연재하여 호평을 받은 적이 있다. 그것은 완전한 날조였다. 그러나 자기가 거짓말을 하도록 옆에서 부추기고 조장시킨 건 바로 세상 사람들이었다. 유럽을 여행하는 길에 그는 산악인이면 누구나 한 번씩 꿈꾸는 알프스를 꼭 돌아볼 계획이었다. 그런데 학술 회의에 참석하고 보니 시간도 모자라고 마땅한 일행이나 장비도 구할 수 없을 뿐더러 돈이 달려서 출발 당시의 계획을 포기한 채 알프스에 관한 몇 권의 책자만 구해가지고 돌아왔다. 귀국하자마자 동료 산악인과 기자들이 몰려와 알프스가 어떻더냐고 졸라 묻는 데 질려버렸다. 그들이 다그쳐대는 서슬을 보고 슬그머니 겁이 났다. 그냥 왔다고 대답했다가는 자격 여부를 들고 나와 산악인으로서 부끄러운 일이라고 비난할 것 같아 그들의 기대를 배반하지 않는 뜻에서라도 어쩔 수 없이 무슨 말인가를 해야만 될 처지였다. 때마침 수중에 프랑스 삼류 작가가 쓴 융프라우 등반기가 있어서 마침내 송교수는 본의 아니게도 난생 가장 괴롭고 험난한 등산 코스를 답사해버렸다. 생각만 해도 불쾌하고 지긋지긋한 경험이었다.

학위 논문을 가지고 한때 말썽이 붙은 적도 있긴 하나 그건 최교수의 야비한 중상모략으로 밝혀져 사실무근임이 벌써 입증되었다. 최교수가 주장하는 대로, 논문 내용 가운데 요한슨의 순계설(純系說)을 참고로 이용한 건 어느 정도 사실이다. 같은 학문을 연구하다보면 논문 가운데 때로는 비슷한 대목이 나오는 수도 없지 않아 있는 법이다. 그리고 다른 학자들이 흔히 자기 학설의 정당성을 강화하기 위해서 선배의 업적을 응용하는 통상적인 방법과 엇비슷한 정도의 것이어서 표절 소리를 자기 혼자 뒤집어쓸 만큼 유별난 참고는 아니었다. 최교수가 지금도 가끔 그걸 사람들 앞에서 들먹인다지만 아무리 그래봤자 오늘날 자기더러 학위를 도로 내놓으라고 주장할 사람은 없는 것이다.

슬하에 딸만 둘이라는 걸 알고는 아들을 볼 욕심으로 여자 관계가 있지 않을까 하고 색안경을 쓰는 사람이 더러 있다. 하지만 귀여운 두 딸만으로도 자기는 과분할 만큼 행복을 느낀다. 죽마고우가 병으로 요절했을 때 틈나는 대로 가끔 미망인을 찾아가서 격려하고 도와준 걸 가지고 사람들은 이러쿵저러쿵 말들이 많았다. 그래서 정작 미망인을 크게 돕지 않으면 안 될 아주 딱한 사정이 생겼을 때 자기는 사람들 이목이 두려워 외면할 수밖에 없었다. 지금도 그때 일이 후회가 된다. 남들이야 뭐라고 떠들든 자기는 소신껏 친구 부인을 대했어야 옳았다.

교내에서 학생 징계 문제가 대두되었을 때 가장 곤경에 빠졌던 사람은 자기였다. 그야말로 사면초가였다. 한쪽에서는 학생들을 너무 두둔한다고 핀잔을 먹고 다른 한쪽에서는 비양심적이고 무비판적인 사이비 교수라고 비난을 받았다. 자기가 교무위원회 회의 석상에서 일부 학생을 꾸짖는 내용의 발언을 한 사실은 분명히 있다. 그러나 그것은 발언의 극히 짧은 일부분에 지나지 않았고, 또 전체 학생에 대한 언급도 아니었다. 자기가 절대로 구제해서는 안 된다고 주장한 몇 명의 학생들이란 평소부터 지각없는 행동으로 자주 말썽을 일으켜 대학생 전체의 이름을 더럽혀온 자들이었다. 그들이 단식 투쟁을 한답시고 강의실 안에 들어앉아 품속에 감춰 들여온 카스텔라와 콜라로 끼니를 채워가며 나이롱뻥을 하는 꼴을 목격하고 자기는 울분을 누를 수가 없었던 것이다. 그런데 그 발언이 그만 잘못 전해져——물론 잘못 전해지도록 중간에서 요술을 부린 사람이 누군지 알고는 있지만——학생들로부터 터무니없는 오해와 불신을 받고 말았다. 시간이 흐름에 따라 사실은 사실대로 밝혀지게 마련이어서 이젠 오해도 거의 풀린 셈이지만, 제자들을 누구보다도 사랑하는 자기로서는 여태까지 얘기한 어떤 과거보다도 이것이 가장 가슴 아픈 시련이요 치욕이었다.

　가슴속에 맺혀 있던 지난 일들을 죄다 털어놓고 나니까 정말 세례라도 받은 듯이 머릿속이 개운해졌다. 그러나 청년과의 끈질긴 신경전에서 지칠 대로 지쳐버린 송교수는 몰매라도 흠씬 얻어맞고 난 사람처럼 전신에 나른한 피로를 느꼈다. 그토록 별것 아닌 일들을 가지고 무슨 큰 사건이나 되는 듯이 과장해서 얘기하는 청년의 사고방식을 사실에 가깝게 접근시키기가 그리 쉬운 노릇은 아니었다.

이제껏 송교수의 이야기를 탐욕스럽게 듣고 있던 청년은 이야기가 다 끝났는데도 여전히 경청하는 자세를 풀지 않으려 했다.

"그래서요?"

"그래서라니, 도대체 뭘 말이오? 얘기는 방금 다 끝났다고 했잖소?"

"다 끝났다구요? 고백 형식을 빌려서 사실은 선생님 자신만 실컷 변명해놓구선 다 끝났단 말입니까? 진실은 아직 한마디도 드러내지 않았어요. 제가 수집한 자료하고는 지금도 많은 차이가 있습니다. 하지만 좋아요. 얘긴 이 정도로 모두 끝내겠습니다. 상품대는 물론 준비해놓으셨겠죠?"

"지금까지 떠든 사람은 나 혼자뿐이고 당신은 아무 얘기도 하지 않은 것 같은데……"

"맞습니다. 저는 한마디도 안 했습니다."

"그렇다면 내가 당신한테 돈을 건넬 이유가 없잖소?"

"아니지요. 설령 제가 선생님의 과거에 관해서 아무것도 모르고 왔다 해도 이제까지 선생님 자신이 실토하신 그 얘기들만으로도 그만한 값어치는 충분히 된다고 생각합니다. 그러고도 아직 이 봉투가 고스란히 남아 있군요. 무슨 뜻인지 아시겠습니까?"

무슨 뜻인지 전혀 이해할 수가 없었다. 머릿속이 점점 더 복잡해지는 것 같았다.

다만 확실하게 알 수 있는 유일한 것은, 이 녀석한테 돈을 건네지 않고는 도저히 배겨낼 재주가 없다는 사실이었다. 이윽고 송교수는 양복 안주머니에서 지폐 뭉치를 꺼냈다.

"오만 원이오. 이것도 실은 집사람 모르게 통장에서 간신히 빼 낸 거요."

"사정이 그러시다면, 좋아요, 절반만 받겠습니다. 나머지는 선 생님에 대한 존경의 표시로 제가 감해드리죠."

이리하여 선량한 시민 송교수는 지폐 뭉치와 봉투를 맞바꾸게 되었다. 청년이 응접실에서 나가기를 기다려 송교수는 허겁지겁 봉투를 뜯었다. 댓 장의 사진이 탁자 위로 쏟아졌다.

얼핏 보니 경복궁과 설악산 풍경이 담긴 명승고적 사진들이었 다.

백지 묶음 속에 든 편지를 꺼내 읽으면서 눈앞이 캄캄해졌다. 그리고 손이 부들부들 떨렸다.

송박사님 귀하

이미 말씀드린 대로 저는 사회심리학을 전공하는 고학생입 니다. 사회적 배경이 현대 지식인의 양심에 미치는 제영향을 가지고 논문을 작성중에 있습니다. 자료를 하나씩 수집할 때 마다 자기 양심에 자신을 갖고 사는 사람들이 거의 없다는 사 실을 뼈저리게 재확인하곤 합니다.

그러나 검진해본 결과 선생님은 역시 대한민국에서 가장 양 심적인 인사들 가운데 한 분이십니다. 부디 자신을 가지고 세 상을 사시기 빕니다.

박사님을 존경하는
어느 고학생 올림

단지 그것뿐이었다. 편지를 꼬깃꼬깃 구겨 호주머니 속에 넣으면서 송교수는 비로소 웃음을 터뜨렸다. 한번 터지기 시작한 폭소는 좀처럼 멎지를 않아서 마치 몸 안에 든 모든 불순물이 웃음으로 바뀌어 몸 밖으로 다 빠져나올 때까지 계속될 듯한 기세였다. 청년이 돌아가는 걸 보려고 현관까지 나갔던 가족들이 눈이 휘둥그래져 뛰어들었다. 영문을 몰라 애가 타는 가족들 앞에서 절제하려는 기색이 조금도 안 보이는 송교수, 그가 쏟아내는 낭자한 웃음 소리로 응접실이 떠나갈 듯했다.

　이튿날 존경받는 학자요 선량한 시민의 한 사람인 송교수는 늘 나가는 단골 다방에서, 마찬가지로 존경받는 학자요 마찬가지로 선량한 시민의 한 사람들인 박교수와 김교수를 만났다. 그들은 요즘 한창 진행중인 국수전의 승패를 화제로 삼아 시간을 보내고 있었다. 친구들이 다른 얘기를 꺼낼 눈치가 전혀 보이지 않았으므로 송교수도 괴상한 전화에 얽힌 이야기를 애써 삼가고 있었다.　　　　　　　　　　　　　〔『문학사상』, 1973. 2〕

양

"그 웬수녀르 것 아직도 안 뒈졌다냐?"

윤봉이를 두고 하는 말이었다. 외출했다 돌아오면 어머니는 늘 이런 식으로 막내의 안부를 묻곤 했다. 윤봉이는 홍역을 앓고 있었다. 어머니의 이런 소리를 들을 때마다 나는 가슴 한쪽이 뜨끔했다. 그러면서 우리 집안이 그래도 행복했던 시절에 일찌감치 그 몹쓸 병을 앓아둔 것에 감사했다. 하기야 따지고 보면 그것은 괜한 걱정이었다. 윤봉이와 나와는 엄연히 입장이 달랐다. 때문에 7년 전으로 거슬러 오르면서까지 내게 쏟아졌을지도 모를 구박을 상상할 필요는 조금도 없었다. 오히려 나는 그럴수록 자신을 가지고 어머니의 심정에 공감하는 편이었다. 어머니와 완전히 한통속이 되어 막내의 투병이 제발 비극으로 끝나기를 소망하고 있었다. 할 수만 있다면 내 손으로 죽이고도 싶었다. 차마 그럴 수는 없으니까 스스로 알아서 죽어주기를 바라는 것이었고, 역신(疫神)에 기대를 거는 점에 있어선 어머니 쪽이 훨씬 더 성급했다. 네 살짜리 꼬마 악마. 그는 채 네 돌을 맞기 전에 죽는 것이 너무도 당연했다. 이미 집안에 없는 사람이 된 아버지를 제외한 우리 식구 모두는 윤봉이가 하루속히 죽어 없어지기를 노골적으로 고대하고 있었다. 그리고 우선은 윤봉이가 우리의 기대를 배반해가면서 끈질기게 버티고 있지만 끝내는 바라는 대로 되고야 말리란 걸 아버지를 제외한 우리 식구 모두는 철석같이 믿고 있었다. 날로 악화의 길을 치닫는 여러 징후가 우리의 믿음을 실감나게 밑받침해주고 있었다.

우리가 이해 못 할 어떤 잘못이 있어 아버지를 번번이 곤경에 빠뜨려왔다. 그리고 그 곤경은 언제나 아버지 혼잣몸에서 끝나지 않았다. 아버지에 딸린 하나하나의 목구멍들인데 우리라고 무사할 리 없었다. 불행은 항상 아버지의 신상에 어떤 위해를 가하는 방식으로 우리집 대문을 똑똑 두들기는 것이었다. 밤중에 술을 잔뜩 마시고 시비를 벌인 끝에 아버지는 당시 목숨만큼이나 소중하다는 양민증을 압수당했다. 그런 지 며칠 안 되어 가두 불심검문에서 그만 된통으로 걸려버렸다. 어머니의 푸념대로 하자면, 돈도 없고 빽도 없고, 없는 돈빽만큼이나 재수도 없는 비슷한 처지의 다른 사내들과 함께 아버지는 시내 복판에 있는 심란스런 창고 속에 수용되었다. 일선으로 노무자를 실어나를 수송 열차편을 기다리기 위해서였다.

아버지가 돌아오지 않게 된 날부터 우리들이 맞는 밤은 유난히도 길었다. 낮 동안도 물론 그랬지만 특히 밤이 되면 고통의 편편들이 더한층 견딜 수 없는 무게로 우리를, 특히 나를 무섭게 억누르는 것이었다. 낮이 소유하지 못한 그 무엇을 그때 분명히 밤은 지니고 있었다. 뭐랄까, 그것은 보리밭에서 내 간을 노리며 부는 문둥이의 피리 소리와 같았고, 때로는 선잠에서 깨어 변소

를 향하다가 달빛 아래 딱 마주친 하얀 빨래에서 느끼는 전율과
도 같은 성질의 것이었다. 아버지 일 때문에 아침밥을 지어놓기
무섭게 어머니는 밖으로 나돌아야만 했다. 대문을 나서기 전에
언제나 내 몫이라고 어머니가 손에 쥐어주는 한 움큼의 한숨이
있었다. 그걸 나는 한나절의 시간 위에다 데굴데굴 굴리면서 아
무쪼록 어머니가 좋은 소식을 가지고 귀가하기만을 기다렸다.
그러나 밤이 늦는데도 어머니는 기척이 없었다. 내 몫의 한숨은
야금야금 어둠을 빨아들여 언덕을 굴러내리는 눈뭉치처럼 부풀
기 시작했다. 어느새 그것은 아픔으로 심각한 두려움으로 변해
서 조만간에 내 몸뚱어리마저 먹어치울 거라는 환상으로부터 좀
처럼 벗어나기 어려웠다. 이럴 적에 내가 바라는 건 오직 등에
업혀 울어 보채는 막내가 바위에 제동이 걸린 눈뭉치처럼 산산
조각으로 부서져버리는 일이었다. 고통과 두려움을 쫓기 위해
나는 고래고래 소리를 지르거나 아니면 터무니없이 큰 소리로
울었다. 그러다가 지칠 대로 지쳐 모르는 사이에 어렴풋이 잠이
들었다. 밖에서 돌아온 어머니가 이런 말로 깨울 때까지 내게 머
물던 평안은 너무 짧았다.
"그 웬수녀르 것 아직도 안 뒈졌다냐?"
네 살짜리 악마. 언제부터인가 묘한 미신이 우리를 지배하기
시작했다. 그런 식 말고는 연거푸 닥치는 숱한 불행들을 달리 해
석할 도리가 없었다. 우리를 혹심한 가난과 낙담 속으로 몰아넣
은 아버지의 시련——거기에는 반드시 윤봉이가 깊은 관련을 맺
고 있었다. 녀석이 항상 유령의 그림자처럼 배후에 도사리고 앉
아 한톨 한톨 놀부의 박씨를 물어다 떨어뜨리는 것이었다. 가정
전체를 파멸로 이끌도록 악마가 시켜서 보낸 우리 윤봉이. 그의

38

백치다운 허여멀건 얼굴과 천진스럽기 그지없는 웃음 저쪽 편에서 우리는 똑똑히 검은 날개를 볼 수 있었다. 더듬거리는 그의 연설 흉내와 군가 재롱 속에서 널름거리는 비수의 혓바닥을 찾아내는 건 그리 어렵지 않았다. 네 살짜리 꼬마 악마, 우리 윤봉이.

아버지 자신은 그걸 처음부터 부인했다. 단순한 부인에만 그치지 않고 윤봉이를 겨냥해서 일제히 퍼부어지는 냉대와 구박의 과녁 역할을 자신이 직접 감당하려 했다. 하지만 일삼아 벌이는 노력에도 불구하고 윤봉이에 대한 주위의 평판은 조금도 개선될 기미가 안 보였다. 콩 심은 데서 팥을 거둘 수는 없는 법이었다. 우선 아버지의 직장 문제만도 그랬다. 오랫동안 별다른 사고 없이 근무해온 군청에서 납득할 만한 이유도 없이 별안간 감원 대상에 오른 것이다. 출처 불명의 얼토당토않은 소문들이 꼬리를 물어 능욕하듯 아버지의 고지식에 가까운 성실성을 형편없이 유린해놓았다. 이를테면, 공금 횡령의 혐의가 덮씌워지거나 인공 치하에서의 행적이 불투명했다는 오해로 은근한 내사를 받거나, 무능하다는 등으로. 아버지를 요모조모로 괴롭혀온 갖가지 불순한 혐의들은 군청을 완전히 그만두는 날까지 진드기처럼 붙어다녔다. 그런 다음 취중의 귀가길에서 빼앗긴 양민증으로 아버지는 이미 초주검을 당한 꼴이 되었던 것이다. 이 모든 것을 아버지는 그저 자신의 부덕한 소치로 돌리면서 지지리도 운이 없음을 한탄만 했다. 그렇지만 우리 보기에 적당한 간격을 두고 순서 정연히 진행된 이와 같은 일들의 연속을 우연임이 명백한 양 체념하고 넘기기엔 뭔가 억울한 느낌이었다. 틀림없었다. 그것은 일사불란한 한 개의 끈에 의해서 조종된 계획적인 범죄 행위나 마찬가지였다. 그리고 그 끈의 한쪽을 단단히 붙잡고 있는 사람이 바로 윤봉이었다. 판단을 내림에 있어 우리는 결코 원족이라도 떠나는 기분으로 경솔하게 굴지는 않았다. 철부지 어린것의 행동이 곧바로 한 가정을 곤궁 속에 몰아넣은 불행의 사단이었다고 확신하기까지엔 대개 한 번쯤들 말로 못 할 고통을 겪어야만 했다. 한참의 주저와 죄책감이 없이는 대뜸 윤봉이 녀석을 지목할 수가 없었던 것이다. 그러나 어쩌랴. 전후 사정이나 눈에 보이는 증거들이 전부 우리 윤봉이 쪽에 불리한 것들뿐이고, 또 어머니를 비롯해서 그애보다 나이 한 살이라도 더 먹은 우리 형제들이 모두 무언의 합의하에 내린 그것은 소위 양심의 절차를 충분히 밟은 후에 도달한 움직일 수 없는 결론인 것을 어쩌랴.

애가 본시 좀 모자라는 편에 속했다. 생긴 모양은 제법 멀쩡해서 공들여 찾아보면 한두 군데 귀여운 구석도 없지 않았다. 그러나 잠시만 주의 깊게 살펴볼라치면 개개풀린 눈동자에서 그애의 타고난 바보를 손쉽게 잡아낼 수 있었다. 두 돌이 가깝도록 겨우 한다는 소리가 아무때나 분수없이 졸라대는 그놈의 '맘마' 정도였다. 걸음마를 시작한 것도 겨우 그 무렵이어서 아무튼 변변한 사람 구실하긴 아예 일찌감치 떡쪄 먹었다는 게 이웃의 중론이었다. 가슴 아픈 일이긴 해도 아버지 어머니 역시 그걸 시인하고 있었다. 마음대로 안 되는 일은 막무가내 울음으로 다 해결하려하고, 한번 울음을 터뜨렸다 하면 도대체 끝이 없고, 욕구가 어느 정도 충족되어 가까스로 울음을 그치고 나면 이번엔 언제까지나 잠만 퍼자는 그애를 대할 적마다 어른들은 수심에 잠겼다. 모자라는 게 분명해진 이후로 그애는 숫제 가족들의 동정 속에서만 자랐다. 그러다가 남달리 드센 고집이 나타나고부터는 그 동정마저 차츰 잃어갔다. 손도 댈 수 없는 고집통이로 머리 쓰다듬어주는 사람 아무도 없는 속에서 저 혼자 그래도 꼼지락꼼지락 자라는 모습이 죄로 갈 말로, 가관이었다. 그러자 전쟁이 일어났고, 인민군이 내려와 마을에 주둔하기 시작했다.

　소년 티를 채 벗지 못한 인민군 병사 하나가 있었다. 그의 거동이나 맡은 임무가 상당히 독특한 것이어서 오자마자 우리들 눈에 금방 띄었다. 마을 안팎을 어정어정 돌아다니며 하루종일 우리 같은 조무래기들이나 상대하는 게 일이었다. 총 대신 그는 때묻은 목판을 허리 높이로 안고 다녔다. 그리고 목판 위엔 쇠줄을 맨 앙증스런 짐승 한 마리가 대뚝 올라앉아 있었다. 그것이 예리한 발톱으로 판자를 닥닥 긁어대며 적의를 품은 눈으로 아무나 잔뜩 노려보는 꼴을 보려고 애들이 그 소년 병사의 뒤를 쫄래쫄래 따라다녔다. 애들을 모으기 위한 수단이었다면 그는 첫날부터 벌써 목적을 충분히 달성한 셈이었다. 그러나 그가 하는 말을 우리는 여간해서 믿으려 하지 않았다. 고양이 크기의 그것이 산에서 잡아온 호랑이 새끼라고 설명할 때마다 우리는 절반만 믿고 절반은 그냥 웃어넘겼다. 평야부에서 나고 자란 우리에게 새끼 호랑이와 어미 고양이의 구별은 쉬운 일이 아니었다. 아이들의 의심을 풀어주기 위하여 어느 날 그는 일을 꾸몄다. 우리는 그가 시키는 대로 움직였다. 목판 위의 그것보다 몸집이 약간 큰 강아지를 끌어다가 승찬이네 닭장 안에 가두었다. 준비가 진행되는 동안 멀찍한 곳에 잠시 피해 있던 그가 예의 그 짐승을 안은 채 느린 걸음으로 나타났다. 그러자 우리들 눈앞에서 기묘한 일이 벌어지기 시작했다. 벌떼처럼 모여든 아이들의 아우성에 오금이 굳어 닭장 구석에서 옴쭉도 못 하던 강아지가 갑자기

껑껑거리는 것이었다. 주둥이를 땅에 박고 냄새를 맡다가 점점 다가서는 그를 보더니 마침내 강아지는 미쳐 날뛰기 시작했다. 그는 쇠줄을 느슨히 쥔 다음 짐승을 닭장 앞으로 던져놓았다. 주인의 손을 떠난 그것은 단 한 차례의 눈부신 도약으로 훌쩍 닭장 철망 앞에 섰다. 쇠줄을 팽팽히 당기면서 낮게 으르렁거린 다음 앞발로 땅을 파헤쳐 보얗게 흙먼지를 일으켰다. 앙증스런 몸집에 비해 얼룩의 줄무늬를 뒤틀며 이리저리 내닫는 품이 상상 이상으로 사납고 재빨랐다. 닭장 안을 노리는 두 개의 눈망울에서 내뿜는 살기로 대낮의 일광이 오히려 무색할 지경이었다. 위협에 질려 중심을 못 잡고 갈팡질팡하던 불쌍한 강아지는 저보다 덩치가 작은 적이 재차 도약해서 철망에 달라붙는 순간 덩달아 한 차례 저도 폴짝 뛰더니 처참한 부르짖음을 마지막으로 땅바닥에 고꾸라져 그대로 까무러치고 말았다. 여름날 백주의 야만행위는 뙤약볕이 쏟아지는 승찬이네 마당 한 모퉁이에서 순식간에 끝나버렸다. 이제 그것은 의심의 여지가 전연 없는 완전무결한 한 마리의 맹수였다. 한바탕 불량을 떨고 나서 호랑이 새끼는 도로 주인의 품에 안겼다. 눈 깜짝할 사이에 한 마리의 맹수에서 어느새 어미 고양이와 별반 다를 게 없는 앙증스런 모습으로 둔갑하여 더럽힌 발바닥을 혀로 깨끗이 소제하고 있었다. 그러나 우리는 아무도 그것에 속지 않았다. 생김새는 제법 깔끔한 척 저래도 마음만 먹으면 아무때든지 상대를 습격해서 목줄기를 물고 늘어질 수 있다는 걸 분명히 보았기 때문에 아무도 입을 열지 않았다. 섣불리 입을 놀릴 수가 없었다. 간담이 서늘해지던 광경의 장면 하나하나를 머릿속에 자꾸만 되새기면서 잠자코 침묵을 지켰다. 한낮의 불볕 아래 땀을 흘리며 우리는 꼼짝도 않고 서 있었다. 이때 우리는 갑작스레 터져나오는 경망스런 웃음 소리를 들었다. 내 겨드랑이 밑에서 나는 웃음 소리였다. 그 소리가 아니었다면 내 겨드랑이에 거의 매달리다시피 윤봉이가 붙어 있다는 걸 나는 까맣게 잊었을지도 모른다. 윤봉이는 인민군 병사의 품에 안긴 새끼 호랑이를 정신없이 올려다보고 있었다. 그러면서 벌린 입으로는 연신 히히 하고 웃는 그 바보스런 웃음이었다. 난생처음 본 광경의 충격이 여태껏 잠만 자고 있던 윤봉이의 무딘 공명판을 힘껏 난타했을 것이었다. 그래서 다소 뒤늦은 느낌이나마 깜냥엔 반응다운 반응을 보인다는 게 그 모양일 것이었다. 그러나 내가 듣기에 그것은 엄숙히 날로 씨로 달려 짜낸 칙칙한 휘장 같은 분위기를 서슴없이 찢는 방자한 웃음이었고, 인민군 병사와 새끼 호랑이의 권위에 대한 모독이었다. 일제히 윤봉이 쪽으로 쏠리는 시선들을 느끼며 공연히 불안해졌다. 녀석이 저지른 실수 탓에 애먼 사람까지 화를 당하지 않을까 걱정이었다. 그런데 아무 일도 일어나지 않았다. 호랑이는 윤봉이의 목덜미를 물어 찢지 않았고, 인민군의 입에서 떨어지는 호통도 없었다. 예상을 뒤엎고 되려 그 소년병은 윤봉이를 향해 관대한 웃음을 지었다. 득의의 실험에 먼저 반응을 나타낸 웬 바보에 대해 우정을 보내는 눈치였다. 막내의 실수는 그것 한 가지로 그치지 않았다. 우리 조무래기들을 상대로 그 소년 병사는 드디어 벼르고 별러온 연설을 시작했다. 그는 자기네의 수령을 호랑이에 비유해서 동화 식으로 이야기를 꾸몄다. '영용하신 수령동지께서……' 하고 그는 주먹을 부르쥐며 힘차게 외쳤다. 그러자 윤봉이 녀석이 제꺼덕 끼여들어 '엉녕하신 수령동지께서……' 라고 흉내내는 것이었다. 어눌한 흉내가 주는 희극적인 효과 때문

에 웃지 않을 수가 없었다. 아이들은 간지럼이라도 타는 듯 까르
르 웃음판을 벌였다. 점점 우쭐해진 윤봉이는 연설이 고조되는
대목만 나오면 어김없이 흉내를 내는 것이었고, 그럴 때마다 연
사인 소년병 자신도 어쩔 수 없이 사람 좋게 웃어보였다. 번번이
윤봉이가 중동을 자르고 덤비는 바람에 청중을 휘어잡을 수가
없는 탓인지는 몰라도 어째 썩 잘하는 연설 같지가 않았다. 아무
튼 되풀이되는 방해 속에서 그래도 가까스로 연설을 끝낸 그가
우리 윤봉이 앞으로 뚜벅뚜벅 걸어왔다. 그는 새끼 호랑이 대신
윤봉이를 번쩍 안아올렸다. 윤봉이의 볼에 맨송맨송한 턱을 비
비대는 나어린 인민군을 보고 우리는 환성을 올렸다. 지천꾸러
기로만 자란 우리 윤봉이로서는 그야말로 찬란한 날의 시작이었
다. 제가 화제의 주인공이 되어 난생처음 사람들로부터 주목을
받던 날의 찬란한 기억을 아마도 우리 윤봉이는 죽는 그날까지
잊을 수가 없었을 것이다.

돌아오지도 않을 아버지를 생각해서 행여나 하고 아랫목 이부
자리 밑에 묻어둔 잡곡밥 한 그릇이 있었다. 이제 그걸 처분해야
할 시간이 다가오고 있었다. 동생애들은 시계 이상가는 비상한
육감으로 결정적인 순간의 도래를 거의 깔축없이 알아맞추는 것
이었다. 아니나다를까, 언덕 너머 남바웃동네 모롱이 후미진 철
길을 지나는 야간 열차의 기적이 길게 울렸다. 그 기적 소리가
동생애들의 눈에 번쩍 불을 달아놓았다. 나하고 두 살 터울인 윤
석이와 하나뿐인 계집애 동생 성자가 눈에 그렇게 불을 켜고 앉
아서 내 눈치를 살폈다. 으레 어머니는 기적의 여운이 사라지는
무렵 마침내 결심했다는 듯 무겁게 고개를 끄덕이는 것으로 우
리에게 자비의 신호를 베풀곤 했었다. 아버지의 귀가가 늦은 이

유는 대개 억척으로 마시는 술 때문이었다. 그리고 술에 취해 밤 늦게 돌아온 날은 저녁을 뜨지 않은 채 그냥 잠자리에 들기가 예사였다. 아버지가 자주 취해서 되도록 비틀걸음으로 들어오기를 바라는 건 다아 그만한 속셈이 있어서였다. 밤도 어지간히 깊은 때였다. 노무자로 잡혀 수용소에 갇힌 아버지가 이런 시간에 다시 돌아올 가망은 거의 없었다. 그애들의 눈에 붙은 불을 꺼줄 사람은 어머니가 아니고 나였다. 어머니가 그랬듯이 어머니를 대리하여 나는 마침내 자비의 고갯짓으로 허락을 내렸다. 아버지가 노무자로 잡혔다는 소식도 윤봉이의 숨 다급한 생떼거리 울음도 그것들의 식욕을 꺾지 못했다. 전쟁의 꼬리에 묻어 찾아온 흉년의 계속이 아이들을 자꾸만 탐욕의 덩어리로 만들고 있었다. 야속스럽게도 그것들은 잡곡밥 한 그릇을 순식간에 먹어치웠다. 배고픔에 시달리는 사람이 저희들뿐만이 아닌데도 그것들은 밥풀 하나 남기지 않았다.

"종국이가 그러는디 노모자덜은 날마다 쌀밥만 먹는디야."

소맷부리로 입 언저리를 썩썩 문지르고 나서 윤석이가 다소 멋쩍은 듯 엉뚱한 소리를 했다. 나는 대꾸하지 않았다.

"울 아버지도 그럼 오널 저녁 쌀밥 먹었겠네?"

성자년이 방정맞게 툭 차고 나섰다. 아까부터 내가 잔뜩 부어 있다는 걸 그것들이 알아주기 바라면서 나는 부러 그것들의 입가심 소리에 끼여들지 않았다.

"그럴 거여. 울 아버지도 아매 쌀밥 먹었을 거여."

"그럼 니알 아침도 쌀밥이었네?"

"그럴 거여. 쌀밥일 거여."

"즘심도 쌀밥? 저녁도 쌀밥?"

"그려. 끄니때마다 쌀밥이여."

그것들은 아주 진지했다. 그것들은 '쌀밥'이란 말에 유난히 힘을 주어 무슨 그리운 사람의 이름이거나 놓으면 깨지는 물건인 양 소중스럽게 부르고 있었다. 윤봉이야 울어 보채건 말건 그렇게 태평스런 잡담으로 언제까지고 노닥거릴 작정들인 것 같았다. 그러나 그것들은 식곤증에 졸음까지 겹쳐 머리를 두어 번 꾸벅이다가 금세 쓰러져버렸다. 다하지 못한 쌀밥 얘기를 꿈속에서마저 나누려는 것처럼 마주보는 자세로 누워 어느새 콜콜 잠이 들었다. 나는 띠를 대어 등에 업은 윤봉이를 어르면서 좁은 방안을 사람 없는 자리로 골라 디디며 이리저리 서성거렸다. 윤봉이는 눈 하나 제대로 못 떴다. 눈은 딱 감은 채로 입만 간신히 살아 아직도 죽지 않은 값을 톡톡히 해내느라고 무섭게 칭얼거렸다. 아침 무렵만 해도 안면 부위에만 머물러 있던 열꽃이 점차 아래쪽으로 번지더니 인제는 불티를 뒤집어쓴 듯 숫제 전신이 빨긋빨긋했다. 처음 시작할 때만 해도 환절기에 흔히 나도는 감기쯤이려니 하고 모두들 예사로 여겼었다. 그런 일에 경험이 많은 어머니마저 깔밋잖은 게 무슨 고뿔이냐며 손쓸 마음조차 안 먹었었다. 그러던 것이 사나흘 고열에 시달리면서 심상찮은 조짐을 보이기 시작하자 뒤늦게 홍역이란 걸 알았다. 한약방에 갈 약값은 고사하고 미음 쑬 쌀 한 주먹 구할 돈도 없는 형편이었다. 병치레를 하는 것이 윤봉이 아닌 다른 사람이었다면 좀더 나은 치료법을 썼을지도 모른다. 그런데 불행이 엎치고 덮쳐 가래가 찢어지게 어려운 처지인 데다 대상이 다름아닌 우리집 지천꾸러기 막내였던 것이다. 잠시의 궁리 끝에 민간 요법을 택하면서 어머니는 그런 따위들이 우리 형편에 쓸 수 있는 최선의 방책이라고 분명히 못을 박았다. 어머니는 살아 꿈틀거리는 가재를 한 중발이나 되게 어디서 구해왔다. 그걸 확 속에 넣어 찧고 갈아 생즙을 짜서 먹였다. 그래도 열이 안 내리니까 이번에는 댓잎에 무슨 넌출인가를 섞어 달여 먹여도 보았다. 가재와 댓잎 덕분인지는 모르지만 아무튼 어느 정도 차도가 보이는 듯했다. 그러나 그런 효험도 잠시뿐, 겨우 하루를 빤히 넘기고 나서 한풀 꺾이는 것 같던 신열이 어느새 다시 치솟고 있었다. 고장난 육감으로나마 저도 뭔가를 눈치챈 것 같았다. 유일하게 저를 역성들어주던 아버지가 미구에 전쟁터로 끌려가게 된 것을 용히 알아차린 모양이었다. 손발을 쉴새없이 꼬물거리며 줄창 보채는 소리였고, 그럴 적마다 꽁꽁 동여맨 띠 속에서 몸뚱이 전체가 아래로 자꾸만 흘러내리려 했다. 어머니는 아직껏 돌아오지 않고 있었다. 예상이 빗나갈 경우 나중에 올 커다란 실망에 대비하느라고 나름대로 어머니가 돌아옴직한 시간을 내 쪽에 훨씬 불리하게 점쳐놓았는데도 매번 그것은 무참히 어겨졌다. 윤봉이 녀석보다 외려 내가 먼저 죽을 것만 같은 갑갑하고 지루한 시간의 단위를 나는 자꾸만 흘러내리는 몸뚱이를 다시 고쳐 업는 동작으로 내내 헤아려왔다. 또 속은 셈치고 더 양보를 해서 앞으로 열 차례 띠를 고쳐 맬 때까지만 기다리기로 마음을 질기게 가졌다. 그 열을 세는 동안에 어느덧 통금 시간이 넘어버렸다. 윤봉이를 추스를 기운은 고사하고 이젠 내 몸 하나 지탱할 수도 없게 흠씬 지쳐버렸다. 아무렇게나 방바닥에 픽픽 쓰러져 세상 모르게 잠든 것들을 내려다보면서 느끼는 분노와 졸음과 무릎이 금방 절반으로 접힐 듯한 피로 때문에 소리내어 울고 싶은 심정이었다. 그럴수록 막내녀석은 이리저리 보채는 가운데 점점 몸이 부풀어 쌀

가마만해졌고 두엄 더미만해졌고 노적가리만해졌고 나중에는
아예 집채만해졌다. 집채에나 견줄 만큼 엄청난 무게로 등덜미
를 타누르는 것이었다. 굶고 주려 언제나 비리비리한 형제들 중
에서 산송장이나 매한가지인 막내를 업을 만한 기력을 가진 건
그래도 나 혼자였다. 더구나 그 일을 감당할 사람이 우리 집안에
더는 없다는 사실을 자각할 줄 아는 유일한 인물 또한 나였다.
그래서 어머니가 집을 비우는 동안 윤봉이 녀석을 도맡아 숨통
을 서서히 졸라매는 일은 죽으나 사나 내 소관으로 남아 있었던
것이다. 누워 있는 것들이 밟히지 않도록 애써 빈자리를 골라 디
뎌가며 나는 잠시도 멈추지 않고 서성거렸다. 그렇게 서성거리
면서 이 오밤중에 어머니가 어디서 뭘 하는지를 곰곰 생각해보
았다. 도덕적인 의혹이 슬그머니 머리를 디민 것은 바로 이때부
터였다. 나는 어머니를 부쩍 의심하기 시작했다. 우리를 내팽개
치고 멀리 달아나버릴지도 모른다. 아니 벌써 달아났을지도 모
른다. 여태까지 돌아오지 않는 걸 보면 그게 틀림없다. 전에 승
찬이네 어머니도 그랬다. 승찬이네 아버지가 노무자로 붙잡혀
떠난 다음 며칠간은 보퉁이를 머리에 이고 행상을 다니는 척하
다가 영영 돌아오지 않고 말았다. 그날 저녁 승찬이는 젖을 갓
뗀 승복이를 등에 업고 캄캄한 고샅길을 동네가 떠나가도록 울
면서 밤새껏 헤매고 다녔다. 그때 애들이 불쌍타며 남의 일 같잖
게 도망친 여자를 욕하던 우리 어머니가 똑같이 그런 짓을 하다
니. 그러고 보니 내일 당장 승찬이를 만날 일이 꿈만 같았다. 녀
석은 내 비아냥거림에 대한 보복으로 그때보다 훨씬 더 많은 애
들 앞에서 내가 주었던 것보다 몇 배나 더한 비아냥거림을 마치
퉤퉤 침이라도 뱉듯 내 면전에 되돌려줄 것임이 너무도 뻔했다.

48

그런 수모를 당하기보다는 차라리 일찍 죽어버리는 게 나았다. 차라리 나는 죽어버리고 싶었다. 죽고 싶다는 생각이 속에서 자꾸만 울음으로 바뀌어 목구멍을 치받쳐오르고 있었다. 누군가 우리집 대문을 탕탕 두들기고 있었다. 누군가 내 이름을 큰 소리로, 한 번도 아니고 몇 번씩이나 아까부터 계속해서 부르고 있었다. 달아났던 우리 어머니였다. 우리를 버리고 달아난 줄만 알았던 어머니가 어서 문을 열라고 성질 사납게 재촉하는 소리였다.

"그 웬수녀르 것 아직도 안 뒈졌다냐?"

문턱을 넘어서면서 어머니가 피곤에 지친 소리로 짜증스럽게 물었다. 그 말에 나는 대꾸하지 않았다. 그것보다 먼저 어머니와 나 사이에 분명히 해둬야 할 일이 있었다. 무슨 수를 써서든 확실한 언질을 받아내고 싶었다. 늦게나마 돌아와준 데 대한 감사의 정과 아직도 말끔히 가시지 않은 의혹이 나를 퍽 조급하게 만들었다.

"아버지 만나봤어?"

"만나봤다."

"아버지말고 따른 사람 아무도 안 만났어?"

"노무자 가는 디서 빼내돌라고 예배당 장노님도 만나고 느 애빈가 뭣인가 허는 사람 친구덜도 여럿 만나고 오는 질이다."

"그러고 또 따른 디는 안 댕겼어?"

다잡아 족치듯 묻는 서슬이 아무래도 좀 지나쳤던 모양이다. 윤봉이를 받아들던 어머니의 눈이 별안간 완연한 세모꼴로 바뀌었다. 그러나 아직도 많이 참는 눈치였다.

"내가 만날 사람이 이 밤중에 누가 또 있겠냐."

"증말?"

"아아니, 이 오구라질 연석이!"

눈앞이 갑자기 캄캄해졌다. 그 동안 참고 참았던 짜증과 부아가 어머니의 주먹 끝으로 몰려 내 등으로 머리통 위로 방망이질하듯 사정없이 떨어지고 있었다. 눈에서 불이 번쩍 일도록 귀쌈을 갈겨준 어머니에게 진정으로 감사하고 감사하다가 간신히 잠이 들었다.

호랑이 사건 이후부터 윤봉이에겐 커다란 변화가 생겼다. 연설 흉내만이 아니라 군가를 부르는 데도 그 특이한 재주를 발휘하여 잠깐 사이에 우리 마을의 명물로 등장했다. 어른 아이 할것 없이 마을 어디를 가나 윤봉이의 인기가 대단한 것에 가족들인 우리까지 놀라지 않을 수 없었다. 아주 내놓은 바보로 이제까지 거들떠도 안 보던 사람들이 우리 윤봉이를 구경하기 위해 일부러 마을 정자마당에 들르는 것이었고 길을 가다가도 꼭꼭 불러세우곤 했다. 그러나 솔직히 얘기해서 이처럼 엄청난 인기에 값할 만큼 윤봉이의 재간이 하루아침에 눈부시게 급성장해버린건 아니었다. 발음은 여전히 어눌했고, 중간중간을 잘 까먹어 수없이 더듬거렸다. 더구나 노래 도중에 헤프게 흘리는 멀건 웃음과 굼뜬 몸놀림은 그가 여전히 어쩌지 못할 바보의 상태로 머물러 있음을 증명하고도 남았다. 그럼에도 불구하고 사람들의 극성이 윤봉이의 꽁무니에 졸졸 매달려 다닌다는 건 대뜸 이해가안 가는 일이었다. 결국 그 점에 관해선 아버지의 견해가 옳은지도 몰랐다. 윤봉이가 근심될 때마다 아버지는 곰을 이야기했다. 본디 우매한 동물이기 때문에 사람들이 곰에 거는 기대는 늘 최저의 수준에서 시작되었다. 훈련에 의해 그 최저의 수준을 한치라도 넘어선 행동을 보일 때 사람들은 그것을 굉장한 재주로 여기고 곡마단의 곰에게 박수를 보내게 된다. 윤봉이는 한 마리의 곰이었다. 곰이 되어가는 윤봉이를 슬퍼하는 사람은 아버지 혼자였다. 아버지는 슬픔을 넘어 분개하고 있었다. 동네 사람들의 극성 뒤에 감추어진 불순한 저의를 개탄하고 있었다. 철부지 어린애를 방패막이로 삼아 자기네들이 인민군을 환영하고 공산당에 적극 동조한다는 사실을 은근히 드러내는 데 이용하려 한다는 것이었다. 아버지가 가진 남 모를 괴로움은 어머니에 의해 번번이 무시당하곤 했다. 마침 잘된 일이지 뭐유, 하면서 오히려 어머니는 윤봉이를 대견한 눈으로 바라보는 것이었다. 아버지의 고민을 알 리 없는 윤봉이는 사람들이 보내는 박수를 먹으며 마냥 신명이 났다. 인민학교가 끝나면 나는 항상 윤봉이 손을 잡고 마을 정자마당으로 향했다. 나어린 인민군 병사의 지휘에 맞추어 우리는 여름 한철을 매미처럼 내내 노래만 부르며 보냈다. 그리고 그 소년병이 숙련된 조련사처럼 우리 윤봉이를 맹훈련시키는 걸 곁에서 성의껏 도우면서 나는 보람을 느꼈다. 가사를 틀리지 않게 외도록 만드는 일방 발음도 정확에 가깝게 조금씩 수정해나갔다. 웬만한 열의가 아니고는 해내기 힘든 작업이었고, 맨손으로 물잠자리를 잡는 것에나 비길 인내심이 필요했다. 그 결과, 비겁한놈아갈테면가라 어쩌고 하는 마지막 구절까지 제법 그럴듯하게 뽑을 만큼 솜씨가 표나게 향상되었다. 한 곡조가 끝날 때마다 사람들은 어제의 바보를 찬탄의 눈으로 보면서 박수를 아끼지 않았다. 소년병은 우리 막내가 귀엽고 대견해 죽겠다는 표정으로 무등을 태운 채 정자 둘레를 한바퀴씩 돌곤 했다. 어느 누구도 감히 우리 형제를 괄시하지 못했다. 남들이 모두 알아주는 동생을 가졌다는 건 바꾸어 말해서 웬만큼 거들먹거려봐도 별로 흠잡힐 일이 안 되는 거나 마찬가지였다. 윤봉이는 유혹에 약했다. 사람들은 마음만 먹으면 언제든지 윤봉이를 움직일 수 있었다. 몇 마디 칭찬의 말로 태엽을 감아주기만 하면 되었다. 같은 연설, 같은 군가를 몇 번이고 되풀이하는 품이 흡사 구조는 단순하나 어지간히 뒹굴려서는 고장도 안 나는 튼튼한 축음기와 같았다.

"이것이 마지막이다. 인자는 더 잽혀먹을 옷 나부랭이도 없다."

아버지가 노무자로 잡힌 지 사흘째 되는 날, 시집올 때 가져왔다는 낡은 고리짝 뚜껑을 닫으며 어머니는 자못 처량한 낯빛으로 이렇게 말했다. 우리더러 들으라고 하는 소리였다. 우리들의 왕성한 식욕에 대한 뼈아픈 비난이면서 동시에 협박이었다. 어머니의 떨리는 두 손엔 무늬도 고운 뉴똥 한복감 한 벌이 제단에 바쳐지는 산 짐승처럼 애처롭게 들려 있었다. 아버지가 실직한 후로 돈줄이 끊어져 정 다급한 지경에 다다르면 어머니는 낡은 고리짝을 뒤졌다. 우리를 모조리 밖으로 몰아낸 다음 방안에 혼자 남아 비장의 옷감을 하나씩 꺼내는 것이었다. 그리고 애들이 함부로 손댈 수 없게 고리짝을 잘 건사해놓은 다음에야 우리를 다시 불러들이는 것이었다. 어머니는 눈물 자국을 보이지 않으려고 고개를 외로 숙이면서 꺼낸 옷감을 보자기에 쌌다. 그러면서 '이것이 마지막이다'라고 선언하는 걸 매번 잊지 않았다. 그러나 다른 애들은 몰라도 나만은 알고 있었다. 마지막 다음에도 다른 마지막이 언제까지 계속되리라고 나는 믿고 있었다. 내 눈으로 직접 바닥을 보지 않는 한 그 속에서 얼마든지 숙고사도 만들어낼 수 있고 모본단도 만들어낼 수 있는, 말하자면 그것은 동화로 들은 알라딘의 등잔처럼 요술을 부리는 보물단지였다. 그런데 그날 어머니는 우리가 보는 앞에서 처음이자 마지막으로 고리짝을 속까지 활짝 열어 보였던 것이다. 어머니가 말한 그대로 바닥이 드러나 있었다.

옷감과 맞바꾼 돈으로 어머니는 모처럼 솜씨를 부려 음식을 푸지게 장만했다. 현금이나 마찬가지인 우리집 마지막 재산이 그런 식으로 녹아버리는 걸 나는 처음부터 원치 않았다. 그것은 분명히 낭비였다. 우리 형편을 생각할 때 그것은 분에 넘치는 호강이었다. 그리고 오랜만에, 정말 오래간만에 대해본 그 먹음직스러운 음식 모두가 온전히 아버지 한 사람만을 위하여, 아버지에게 차입될 사식으로 마련되었다는 건 견디기 어려운 슬픔이었다. 그러나 내게는 차라리 그 편이 나았다. 윤봉이를 업고 진종일 부대껴야 하는 고역에서 풀려날 수만 있다면 그보다 더한 일도 참을 수 있었다. 나는 어머니의 심부름에 응하기로 작정했다. 음식이 그득 담긴 대바구니를 들고 집을 나섰다. 노무자 수용소까지는 굉장히 먼 길이었다. 타박타박 옮기는 걸음에 맞추어 바구니를 덮은 보자기 밑에서 포개놓은 그릇들이 서로 맞부딪쳐 달그락거리는 소리가 끊임없이 울렸다. 어머니가 신신당부하던 말을 되새기면서 들길을 지났다. 산도 넘었다. 일껏 심부름을 맡겨놓고도 어머니는 나를 끝내 못 미더워했다. 절대로 보재기를 열어봐서는 안 된다. 만약 짐치쪼가리 하나라도 손대는 날이면 입주딩이를 짝짝 찢어놀라니께 그리 알어라. 내가 방금 뭐라도 집어먹는 걸 봤다는 듯이 문밖까지 뒤쫓아나오며 어머니는 험악한 얼굴로 똑같은 말을 수없이 되뇌고 있었다. 무덤과 묘비가 많은 숲 언덕에 이르렀다. 인공 치하에서 거의 씨를 말리다시피 화를 당한 우리 마을 곰배정씨네 선산이었다. 누렇게 시들긴 했어도 키를 넘을 듯 무성하던 여름의 흔적이 아직 그대로인 잡초와 소나무 둥치 사이로 언덕 아래 풍경이 내려다보였다. 어떤 가뭄에도 물이 마른 적이 없었다는 정씨네 층계논에서 분명히 정씨 아닌 마을 부녀자들이 어울려 가을걷이를 하고 있었다. 쉴 참의 샛밥 대용인 듯 그네들은 벼를 베다 말고 낫으로 무엇인가를 깎아 먹었다. 밭에서 방금 뽑아왔는지 빨간 황토가 묻은 왜무를 우적우적 씹어먹는 모습들이 눈에 띄자 갑자기 머릿속이 어지러워졌다. 면도날로 도려내는 것 같은 공복감이 허리 이쪽저쪽을 관통하고 지나갔다. 애당초 집을 나설 때 보자기를 벗겨볼 생각 같은 건 아예 먹지도 않았었다. 그런데도 어머니는 지레 못 미더워하지 않아도 될 말, 해서는 안 될 말들을 가리지 않고 쏟았었다. 미리 무슨 일이 벌어지도록 암시해준 거나 다를 바 없는 태도였다. 앞으로 무슨 일이 생긴다 해도 그건 결코 내 책임이 아니었다. 짐치쪼가리 하나라도 손대는 날이면 입주딩이를 짝짝 찢어놀라니께 그리 알어라. 어머니의 당부 아닌 당부를 마음으로 되새기면서 나는 바구니 위에 덮씌운 보자기를 벗겼다. 처음에는 그저 무엇무엇이 들었는가만 확인해보고 도로 덮어둘 작정이었다. 그리고 맛보기로 조금 뺀 달걀부침의 둥근 갓 이상은 절대로 축내지 않을 작정이었다. 내 책임이 아니었다. 밥은 더욱 그랬다. 사발 위로 수북이 솟은 부분만 한 꺼풀 걷어낸 다음 입을 씻으려 했다. 그런데 본래대로 감쪽같이 수습해놓으려던 게 어느새 절반 가량이나 빈자리가 생겨버렸다. 결코 내 책임이 아니었다. 육미붙이나 누름적들의 맛이 무짠지 따위와 같을 수는 없었다. 더구나 우리의 주식이 되다시피 한 지게미죽과 밀기울개떡, 그리고 때로는 그것도 궁해서 뚝새풀 이삭을 빨아 뜬 수제비들이 감히 혀끝에서 기름처럼 녹는 햅쌀밥과 비교될 수는 없었다. 어머니도 그쯤은 미리 생각하고 다른 조처를 취했어야 옳았다. 처음부터 무조건 열어보지 말라고만 윽박지를 일이 아니었다. 결코 내 책임이 아니었다. 그러나 달걀부침을 담았던 빈 접시를 보았을 때 아버지가 지을 착잡한 표정이 얼핏 떠오르자 나는 갑자기 뒤라도 마려운 듯한 당황을 느꼈다. 순간적인 충동에 못 이겨 나는 엉겁결에 그만 접시를 집어던지고 말았다. 곰배정씨네 선산 비석에 맞아 접시는 쨍그렁 소리도 요란하게 산산조각으로 깨져버렸다. 이제 증거가 없어졌으니 아버지도 섭섭히 생각할 건덕지가 없을 것이었다. 그러자 어머니의 얼굴이 떠올랐다. 쨍그렁 소리의 여운이 채 사라지기도 전에 나는 벌써 후회하기 시작했다. 내가 한 짓이 얼마나 어리석은 행동인가를 깨달았다. 접시를 어쨌느냐고 추궁하면 뭐라고 대답할 것인가. 차라리 잡초 더미 속에 묻어두었다가 돌아오는 길에 슬그머니 도로 담아가는 게 훨씬 나을 뻔했다. 그러나저러나 이미 엎질러진 물이었다. 산에서 많이 지체했으므로 나중에 가외로 더 혼나지 않으려면 점심 시간에 늦지 않게 대어가야 했고, 그러려면 급히 서둘러야만 했다. 발걸음을 빨리했다. 가랑이에서 불이 일 정도로 부지런히 걸었어도 집을 나선 지 근 한 시간이나 되어서야 겨우 시내에 들어설 수 있었고, 곧 시내 복판에 있는 그 심란스런 창고에 도착했다. 창고 앞마당에 몰려서서 웅성거리는 사람들 사이를 뚫고 들어가면서 나는 주위에 감도는 어쩐지 긴박한 분위기를 피부로 느꼈다. 아버지가 진짜 노무자가 되어 진짜로 일선으로 떠날 시간이 임박했음을 비로소 실감할 수 있었다. 때마침 점심 시간이었다. 넓은 마당에 말뚝을 박고 새끼줄을 쳐 노무자로 끌려갈 사람과 면회온 가족 사이를 갈라놓았고, 그 둘레를 총을 든 헌병들이 사방에서 지키고 있었다. 인파 틈에 끼여 새끼줄 밖에서 아버지를 찾았다. 돈도 없고 빽도 없고, 없는 돈빽만큼이나 재수도 없는 수많은 사람들이 길게 줄을 서서 보리가 많이 섞인 주먹밥 한 덩이씩을 탈 차례를 기다리고 있었다. 그들은 수염이 까칠하고 옷차림이 한결같이 추저분한 것 말고도 우선 눈에 띄는 공통점으로 아랫도리가 흘러내릴까봐 앉으나 서나 괴춤을 단단히 쥐어잡고들 있었다. 도망가지 못하게시리 허리띠를 모조리 압수한 모양이었다. 모두들 그 사람이 그 사람 같아 쩔쩔매는 판인데 줄에 선 아버지가 먼저 알아보고 한쪽 손을 높이 들어보였다. 차례가 되어 주먹밥을 타던 아버지가 새끼줄 있는 데로 다가왔다. 새끼줄 너머로 건네주는 바구니를 받아들면서 아버지는 어설프기 짝이 없게 피식 웃었다. 보자기를 벗기는 순간 맨 처음 보일 반응을 놓치지 않으려고 나는 필요 이상으로 긴장한 채 하회를 기다렸다. 모든 것이 짐작했던 대로였다. 무심코 밥사발 뚜껑을 열어보던 아버지가 눈을 휘둥그렇게 떴다. 아버지는 바구니 속에서 못 볼 것이라도 본 듯이 황급히 보자기를 되덮어버렸다. 그리고는 타가지고 온 주먹밥 한쪽을 맨손으로 뚝 떼어 입에 넣었다. 주먹밥 한 덩이가 죄 없어지기까지 아버지는 아무 말도 없이 그저 여물 새기는 소처럼 느릿느릿 입을 놀렸다. 한옆으로 밀어놓은 바구니엔 두번 다시 눈을 돌리지 않았다. 내내 아버지 얼굴에서 떠나지 않는 비참한 표정 때문에 고개를 바로할 수가 없었다. 공복감보다 더 아픈 포만감이 뭉친 주먹이 되어 부른 뱃속을 제멋대로 이사다니는 바람에 자꾸만 뒤가 마려워 변소로 달려가고 싶었다.

"너 시장허쟈?"

아버지가 말했다. 아버지는 웃으면서 말했다. 뜻밖의 그 웃음이 내게는 어쩐지 비굴한 것으로, 자칫하면 나 같은 것한테 던지는 일종의 아첨이라고 오해될 만큼 파격적으로 느껴져 나는 몹시 당황해버렸다.

"가져오니라고 욕봤다만, 나는 더 생각이 없다. 기왕 가져온 거니께 너나 먹거라."

바구닛것에 조금도 미련이 없음을 보이려고 나는 강하게 도리질을 했다. 아버지는 다시 시무룩한 표정으로 돌아가 시선을 떨구었다. 아버지의 시선이 오래 머무는 곳에서 나는 파란 가을 하늘이 내려앉을 정도로 번쩍번쩍 광이 나는 헌병의 구둣발을 보았다. 그리고 바로 그 옆에 방금 피우다 버린 담배꽁초가 실낱같은 연기를 뽑아올리고 있었다. 아버지가 원하는 것이 무엇인지를 나는 알았다. 나는 아버지의 소원을 풀어주었다.

"너더러 누가 이런 것 줏어달랬냐!"

아버지는 상당히 노여운 음성으로 이렇게 책망하듯 말했다. 그러나 책망에 앞서 아버지의 눈에서 순간적으로 번쩍인 감사의 빛이 내게 이미 전달된 뒤였다. 그것으로 나는 충분했다. 나한테서 느꼈던 실망이나 불신이 그것으로 말끔히 스러졌기를 바라면서 가슴 깊숙이 연기를 빨아들이는 모습을 지켜보았다.

"윤봉이는 지금도 잘 있냐?"

나는 그렇다고 대답했다.

"아직도 무사허다니 다행이다. 느 에미한티도 누차 당부혔다만, 좋지 않은 일이 일어나지 않게 너도 니 심껏 윤봉이를 위혀야 된다."

아버지는 숨도 안 쉬고 뻐끔뻐끔 담배를 빨아댔다. 그리고 일껏 달디달게 빨아들인 연기를 한꺼번에 모아 아주 쓰디쓰게 내뿜는 것이었다.

"너도 아다시피 그 어린것한티 무신 죄가 있겄냐. 죄가 있다면 애비 잘못 만난 것배끼 더 있냐? 털끝만치도 허물이 없는 윤봉이다가 당최 함부로 혀서는 못쓴다. 내 말 알어들었냐?"

내 입에서 대답 소리가 나올 때까지 아버지는 내 눈을 똑바로 응시했다. 그리고 나서 시선을 땅바닥에 떨구었다. 이때 점심 시간이 끝났음을 알리는 호루라기 소리가 울리고 여기저기서 감때사납게 지르는 헌병들의 고함이 들렸다. 흩어져 있던 사람들이 한군데로 모이기 시작했다. 말을 마치려고 아버지는 몹시 서둘렀다.

"수용소가 꽉 들어찬 걸 보니께 아매 떠날 날도 머잖은 모양이더라. 느 에미가 아모리 줄을 놔봐도 인자는 다아 틀린 일이다. 어째피 나는 떠나야 헐 몸이다. 집에 가걸랑 에미보고 씨잘 디 없이 여그저그 싸댕길라 말고 집에 들앉어서 윤봉이 구완이나 잘허라고 허드라고 단단히 일러라."

마지막 한 모금을 길게 빨아들인 다음 아버지는 잡을 자리도 없게 짧아진 꽁초를 땅에 던졌다. 흘러내리는 바지춤을 붙잡고 어기적 걸음으로 멀어져가는 아버지의 뒷모습을 보자니까 자꾸 눈물이 쏟아지려 했다. 어떤 보이지 않는 커다란 손이 우리집을 보호하고 있어 다른 사람 다 노무자로 끌려가도 우리 아버지만은 요행수로 빠질 거라는 여태까지의 막연한 믿음이 여지없이 무너지는 순간이었다. 모두가 윤봉이 탓이었다. 아버지 앞에서는 어쩔 도리 없이 머리를 끄덕였지만 새끼줄 바깥에 나 혼자 서 있는 지금 생각하는 우리 집안의 불행은 죄다 윤봉이 녀석이 악마하고 손을 잡은 데서 비롯되는 재앙이었다.

수복이 되어 인민군이 쫓겨가고, 쫓겨난 그 자리의 공백을 메운 경찰이 기능을 되찾아 완전히 치안을 확보하기까지 우리 마을도 예외 없이 격심한 북새를 치렀다. 어른들이 많이 피를 흘리고 상처를 입었다. 자고 일어나서 아직 자기가 무사한 것에 감사할 줄 모르는 사람이 있다면 그건 우리 어린애들뿐이었다. 잡아가고 도망치고 죽임을 당하는 험악한 소동은 언제나 어른들 선에서 그쳤다. 우리들 세계에까지 어떤 직접적인 피해가 미쳤다는 얘긴 들은 적이 없다. 그런데도 우리는 스스로 제 앞자락을 조심할 줄을 알았다. 입 한번 잘못 벙긋하는 날이면 어떤 꼴이 된다는 걸 어른들의 경우에서 간접으로 체험했기 때문이다. 그러나 관성의 법칙이란 무서운 것이어서 그렇게 조심하는 가운데도 때로는 머리끝이 쭈뼛해지는 수가 많았다. 혼자서 고샅길을 걷거나 애들끼리 모여 놀 때 저도 모르게 흘러나오는 것이 이미 뇌리에 박혀버린 그놈의 인민군가였다. 그걸 부르다가 퍼뜩 제정신이 들어 본능적으로 주위를 살핀 것이 여러 번이지만, 누구보다 기겁을 하는 사람이 우리 어머니였다. 큰일날 짓을 한다면서 무섭게 책망하는 것이었다. 어머니가 말하는 큰일은 곧바로 죽음을 의미했다. 다시는 내 입에서 그런 노래가 못 나오도록 어머니는 악몽보다 더 끔찍스런 광경을 상기해주려고 애를 썼다. 사실은 그럴 필요가 별로 없는 새삼스런 노력이었다. 나는 꼭 그만한 길이의 뱀이 되어 무릎을 꺾인 영구네 큰아버지의 맨등허리에 철썩철썩 휘감기면서 연방 살껍질을 벗겨내던 기다란 자전거 체인을 기억하고 있었다. 심야의 마을을 뒤흔들던 즉결 처분의 총소리와 비명도 생생히 기억하고 있었다. 새끼 호랑이를 다루는 소년 병사가 흰 것을 검다고 혹은 검은 것을 희다고 뇌리 저 밑바닥에 깔아놓은 혼돈을 완전히 제거하기까지엔 상당한 시간이 걸렸다. 몇 고비를 넘긴 다음에야 비로소 우리는 인민군가 대신 학교에서 배운 새 노래로, 화랑담배연기속에사라진전우를 소리 높여 부를 수 있게끔 되었다. 그런데, 문제는 윤봉이었다. 세상이 완전히 뒤바뀌었음을 그애한테 이해시키기란 참말이지 장대로 보름달을 따는 것보다 더 불가능한 일이었다. 녀석은 저를 그토록 귀애해주던 나어린 인민군 병사가 왜 갑자기 떠나버렸는지를 이해하지 못했다. 그리고 제 노래에 박수와 칭찬을 아끼지 않던 마을 사람들이 약속이라도 한 듯이 하루아침에 마음을 바꾸어 바보 윤봉이로 통하던 당시처럼 다시 거들떠도 안 보게 되었는지 그 까닭을 전연 몰랐다. 하기야 녀석 입장에서 본다면 구태여 그걸 알고 이해할 필요가 없는 노릇이었다. 녀석의 머릿속에서는 여전히 축음기판이 돌아가고 있었다. 마음이 내킬 때마다 그걸 틀기만 하면 되었다. 그걸 틀고만 있으면 빛나던 시절 화려한 기억이 저한테서 떠나지 않고 머무는 줄로 알았다. 딱한 일이긴 해도 시간이 지나면 자연히 고쳐지는 병이려니 생각하고 크게 신경들을 안 썼다. 다만, 인제는 내놓을 만한 게 못 되는 그 버릇이 아무데서나 불쑥 튀어나올까봐 되도록 집 안에서만 놀도록 배려를 했다. 그러나 어림도 없는 일이었다. 시간이 흐를수록 우리의 예상이 자꾸만 빗나감을 느끼고 당황하기 시작했다. 달래도 보고 혼뜨검도 내보았지만 다아 소용없는 짓이었다. 녀석은 누구로부터 칭찬받고 싶은 욕구가 동할 때마다 때와 곳을 가리지 않고 인민군가를 기운차게 부르는 것이었다. 그걸

들을 때마다 온몸에 소름이 돋았다. 그것은 피를 부르는 소리였다. 뺨 한 대 얻어맞은 과거를 찌르면 등쪽까지 꿰뚫리는 죽창으로 앙갚음하는 세상이었다. 비단 인공 치하에서 거의 씨를 말리다시피 된 곰배정씨네뿐만이 아니라 여차하면 당장에라도 쫓아올 성싶은 사람이 마을 안에 여럿 있었다. 그들 앞에서 눈곱만치라도 공산당에 관계된 흔적을 내보이지 않으려고 마을 사람 누구나 혀를 호주머니 속에 넣고 다니듯 하는 판국이었다. 집에 자주 놀러 오던 어머니 연배의 마을 아낙네들도 한두 번 윤봉이의 연설 흉내와 군가를 들은 뒤로는 녀석과 마주치는 걸 꺼리는 눈치가 완연해졌다. 지금이 어떤 세상인데, 하면서 그네들은 어머니한테 넌지시 충고까지 하는 것이었다. 결코 무리가 아니었다. 누가 듣겠다 싶으면 어머니는 윤봉이 입을 손바닥으로 틀어막곤 했다. 하지만 아무리 수단을 다해봐도 녀석의 고집을 꺾을 수는 없었다. 말리면 말릴수록 더욱더 기를 써가며 이미 물거품이 돼버린 지난날의 명성을 놓치지 않으려고 안간힘을 다하는 것이었다. 난생처음 수많은 사람들로부터 관심의 대상이 되던 날의 찬란한 기억을 몰아내고 대신 다른 것으로 채워줄 적당한 선물이 우리에겐 없었다. 끼니때가 되면 밥을 달라는 뜻으로 목청껏 군가를 부름으로써 어머니가 저를 주목해주기 바랄 정도였다. 결국 어머니 입에서, 이 웬수녀르 것아, 라는 말이 빈번히 쏟아져 나오기 시작했다. 그리고 동네 안에 차츰 소문이 번져 전번과는 전혀 다른 각도에서 윤봉이는 재차 유명해졌다. 위태위태한 명물이 된 아들에게 아버지는 놀랍게도 아주 관대했다. 철부지 어린애 장난인데 그걸 가지고 시비할 사람이 누가 있겠냐면서, 사실 아버지 주장대로 아직은 윤봉이를 탈잡아 자전거 체인이나 죽창을 꼬나쥔 채 우리집에 나타난 사람이 아무도 없긴 했다. 그러나 아직 안 나타났다는 것과 언제 나타날지 모른다는 것과는 엄연히 뜻이 통하는 말이었다. 어느 때부터인가 불행이 아버지 신상에 슬금슬금 어떤 위해를 가하는 방식으로 우리집 대문을 넘보기 시작했다. 그리하여 불행을 불러들인 흉물로 우리는 마침내 윤봉이를 지목하기에 이르렀다.

  아버지의 당부를 어긴 채 어머니는 또 외출을 했다. 다 죽어가는 윤봉이는 갈 데 없이 또 내 손에 맡겨졌다. 어머니가 찾아다니는 사람은 교회 장로일 것이 뻔했다. 그 사람이라면 널리 알려진 지방 유지니까 아버지를 빼내는 데 힘이 될 수도 있을 것이었다. 어머니가 한때 지성으로 교회에 다닌 적이 있었다. 외국 자선 단체에서 보내오는 구호 물자가 심심찮게 나오던 무렵이었다. 무슨 이유에선지 어머니는 그토록 신심 깊게 나가던 교회를 갑자기 그만두고 조금의 미련도 없다는 눈치로 매주 일요일을 집에서 하는 일 없이 지내왔다. 이제 다급해진 마당에 뻔질나게 김장로님을 찾아다니는 건 만일 일이 뜻대로 잘될 경우 구호 물자에 구애됨이 없이 다시 교회에 출석하겠다고 결심을 굳혔음이 분명했다. 간밤에 귀띔해준 얘기로는 김장로님의 활약에 어느 정도 가능성이 비쳐 어머니는 거기에 전적으로 기대를 걸고 있는 모양이었다. 어머니는 거의 절박한 상태에 다다른 윤봉이의 병세를 살피고 나갔다. 윤봉이는 숨결이 고르지 못했다. 그리고 끓는 물주전자처럼 후끈후끈 단 김을 입으로 불규칙하게 내뿜었다. 숫제 아무것도 입에 대지 않은 지 이미 오래여서 손으로 받쳐들면 증발해버린 만큼의 체중을 쉽게 가늠할 수 있었다. 버찌나 오디를 게걸스럽게 먹은 입처럼 파랗게 질린 입술이 가늘게 떨렸고, 입술에서 시작된 경련은 곧 전신으로 퍼져 간단없이 수족을 푸들거렸다. 어머니가 속수무책이었듯이 나 역시 어찌할 도리가 없었다. 나는 윤봉이를 등에 업고 하루 해를 꼬빡 보냈다. 윤봉이가 깨어 보챌 때는 다독거리기 바빴고, 다시 잠이 들어 잠잠해지면 흐트러진 생각들을 나름으로 정리하기 바빴다. 나는 줄곧 두 가지 경우를 놓고 그 가능성을 저울질해보았다. 우리 집안의 불행이 앞으로 더 계속되고 더 확대되는 경우, 그리고 전쟁이 일어나기 전처럼 우리가 다시 행복한 시절로 돌아가는 경우. 그런데 우세하리라고 예상되는 건 항상 불행한 쪽이었다. 나는 아무런 대책도 세울 수 없는 암담한 시점에서 그저 무턱대고 만일의 경우만을 생각하며 혼자 몸서리를 쳤다. 만일 아버지가 그대로 끌려간다면, 만일 아버지가 전쟁터에서 죽는다면, 만일 어머니가 우리를 버리고 도망치는 일이 생긴다면, 만일 우리가, 만일, 만일, 만일…… 승찬이 말을 믿는다면, 노무자라 해서 꼭 위험한 것만은 아니었다. 뒷전에서 탄약통이나 나르다가 전투가 끝나면 부상병과 시체를 치우는 작업이니까 다 죽으란 법은 없었다. 때가 되면 소련군처럼 어깻죽지서부터 팔목에까지 시계를 주렁주렁 차고 부자가 되어 돌아온다며 승찬이는 끝내 고독한 주장을 고집했다. 믿어지기는커녕 비웃음 사기 똑 알맞은 허세로 몰려 애들로부터 번번이 지청구를 먹곤 했다. 그런데 내일이나 모레쯤이면 그와 꼭같은 주장을 하는 아이가 마을에 하나 더 생길 판이었다. 설마 우리 아버지가 노무자로 붙잡혀갈 줄 누가 짐작이나 했겠는가. 그걸 미리 알았더라면 승찬이한테 그렇게 함부로는 절대로 대하지 않았을 것이었다.

어둡기 시작하면서 윤봉이는 상태가 아주 나빠졌다. 간헐적으

로 잠깐씩 찾아오던 혼수 상태의 빈도가 점차로 잦아지고 시간
도 따라서 길어졌다. 그렇게 혼수 상태에 빠져 사그라지는 소리
로 뭔가를 자꾸 중얼거렸다. 거의 알아들을 수도 없는 헛소리였
다. 그러나 주의 깊게 들어보면 거기엔 수상쩍은 운율과 일정한
강약의 흐름이 묻어 있었다. 맞다. 나는 그것이 무엇을 의미하는
건지 쉽사리 짐작이 갔다. 그것은 군가였다. 맞다. 그것은 피를
부르는 노래였다. 그것은 그를, 녀석을 한때 빛나게 하고, 한때
자랑스럽게 만들던 군가, 인민군가였다. 그것은 그로부터, 녀석
으로부터 그 자랑스러움과 빛남을 송두리째 거두어 타고난 바
보, 손댈 수 없는 고집통이로 재빨리 되돌려놓고, 다시 엄청난
불행 속으로 고삐를 끌어 지금 와서 파멸 직전에 놓이게 만든 노
래, 피를 부르는 노래였다. 기진한 상태에서 그래도 본능을 다하
여 누군가 전처럼 다시 저를 주목해주기 바라며 부르는, 또는 제
정신이 아니게 토해내는 그것임이 틀림없었다. 그러는 윤봉이를
차마 내려놓을 수가 없어 그대로 업고 있었다. 업고 서성거릴 때
는 그래도 좀 다소곳한 듯하다가 방바닥에 내려놓는 기미만 보
이면 어떻게 그리 알아차리는지 꼼지락거리며 보채는 품이 용하
기도 했다. 다른 동생애들은 저녁을 먹기 무섭게 벌써들 쓰러져
잠이 들었다. 내가 짊어진 피곤과 고통에서 나를 구해줄 오직 한
사람은 지금 집에 없는 어머니였다. 나는 어머니가 어서 속히 돌
아오기를 싹싹 빌었다. 그러나 어머니는 또 귀가가 형편없이 늦
어지고 있었다. 야간 열차가 길게 기적을 깔아놓으며 남바윗동
네 후미진 철길을 지나갔다. 그 속에 시방 아버지가 타고 있을지
도 모른다는 생각이 얼핏 머리를 스쳤다. 그러자 일껏 사라지려
던 기적 소리가 확 낚이어 귓바퀴에 던져진 듯 별안간 쟁쟁히 되

64

살아나 언제까지고 머무르려 했다. 밤이 깊을수록 고래귀신이 잡아끄는 다리가 점점 뻣뻣이 굳어 장작개비처럼 말을 제대로 안 들었다. 한 차례씩 윤봉이가 몸을 뒤척일 때마다 등으로 전달되는 무게가 자꾸 달라졌다. 그렇게 몸이 부풀어 윤봉이는 잠깐 사이에 쌀가마만해졌고 두엄 더미만해졌는가 하면 어느새 노적가리만해졌고 또 나중에는 집채만해져서 엄청난 기세로 잔등을 짜부라뜨리려 했다. 주체스럽게 대고 밑으로 흘러내리는 몸뚱이를 추슬러 고쳐 업으면서 그것을 낱낱이 숫자로 헤아렸다. 예상되는 어머니의 귀가 시간에다 고쳐 업는 동작의 숫자를 포개어 천천히 세어나갔다. 속는 셈치고 양보를 해서 몇 번씩 그 짓을 되풀이해봤으나 어머니는 여전히 돌아올 기척도 안 보였다. 어느덧 통행 금지에 가까운 시간이었다. 나는 문득 옛날 이야기를 기억해내었다. 나하고 비슷한 처지의 한 소년이 주인공으로 등장하는데, 그가 사용한 방법이 내 것보다 훨씬 현명했음을 깨달았다. 묵은 이야기 속에서 소년도 나처럼 자꾸 울어 보채는 동생을 달래며 애타게 어머니를 기다리고 있었다. 건넛마을 잔칫집에 일봐주러 간 어머니가 밤이 이슥하도록 돌아오지 않고 있었다. 소년은 동생을 타일렀다. 지금쯤 어머니는 잔칫집 대문 밖을 나섰을 거라고, 일해주고 얻은 떡과 과일을 함지에 그득 담아 돌아올 거라고 속삭였다. 그렇다. 우리 어머니도 지금쯤 시내 변두리를 다 벗어나 시골길을 바람같이 달려오고 있을 것이었다. 그러자 내게도 실오라기만한 희망이 비치기 시작했다. 한참 후에 소년은 또 속삭였다. 어머니가 지금 마악 고개턱을 넘어서는 중이라고 동생을 다독거렸다. 해방바람에 맞아 중동이 부러진 왕소나무 밑을 지나 어머니는 곧장 곰배정씨네 선산 경계에 접어

들고 있었다. 한참 후에 소년은, 어머니가 동구 밖 공동샘을 지났다고 속삭였다. 어머니는 마을 바로 앞 실개천 징검다리를 한달음에 건너뛰었다. 이제 조금만 있으면 똑똑 소리나게 문을 두드릴 차례였다. 그러나 어머니는 아직도 모습을 나타내지 않았다. 소년은 울어 보채는 동생을 연방 달래가면서 잔칫집 대문서부터 새로 시작했다. 나도 시내 어떤 집 추녀 밑에서부터 다시 시작했다. 반복할 때마다 징검다리 근처까지는 오기가 수월한데 그 이후로는 언제나 감감무소식이었다. 그러다가 소년네 오두막에서는 마침내 문 두드리는 소리가 났다. 그런데 소년이 문을 열어주자 뛰어든 것은 고갯마루에서 어머니를 잡아먹고 어머니 옷으로 변장한 호랑이였다. 나는 순간적으로 빠져든 의심의 늪에서 좀처럼 헤어날 수가 없었다. 여태까지 안 오는 걸 보면 우리를 팽개치고 멀리 달아났음이 분명했다. 전에 승찬이네 어머니도 그랬다. 그러지 않으려 했는데 속에 맺힌 설움이 소리에 풀려 자꾸만 눈물로 비어져나오고 있었다. 한바탕 시들어지게 울고 나자 속이 웬만큼 가라앉는 듯했다. 그리고 곧이어 졸음이 밀려왔다. 꿈결인 듯 생시인 듯 나른한 속에서 무엇이 쿵쿵 벽에 부딪히는 소리를 이따금 들었다. 끙끙 앓는 신음 소리도 들었다. 화들짝 놀라 정신을 차리고 보면 나는 한쪽 어깨를 벽에 의지해 버티고 서 있었고, 동체에서 각노는 윤봉이의 머리가 포대기 밖으로 축 처져 까불리는 것이었다. 간신히 윤봉이를 추스르고 나서 강력한 수면욕(睡眠慾) 앞에 솜처럼 지친 나를 송두리째 내맡겨버렸다. 그렇게 옹색스런 자세로 얼마를 졸았을까. 대문을 두들기며 부르는 소리에 퍼뜩 정신이 들었다.

"그 웬수녀르 것 아직도 안 돼졌다냐?"

만사가 다 귀찮다는 듯 착 까라진 음색에서 나는 이미 글러먹은 일임을 직감했다. 어머니는 방바닥에 픽석 주저앉으며 문풍지가 떨리게 한숨을 쉬었다.

"밤차로 떠났다." 저고리를 벗어던지며 어머니가 중얼거렸다. "느 애빈가 뭣인가 허는 사람 아까막시 밤차로 떠나버렸다." 어머니는 치마마저 훨훨 벗어던지며 이렇게 중얼거렸다. "밤차로 떠나는 걸 눈 번히 뜨고 보다가 오는 질이다."

어머니는 쉬엄쉬엄 언성을 높여갔다. 어머니는 헌병을 저주했다. 경비가 허술한 틈을 노려 내빼는 걸 눈감아준다는 조건으로 돈을 암만이나 처먹고도 약속을 안 지킨 헌병에게 저주를 퍼부었다. 그리고 친구를 구해내는 일에 쩨쩨하게 군 아버지 친구분 모두를 저주했다. 그리고 아버지한테도 무서운 저주를 퍼부었다. 아울러 돈 없고 빽 없어 전쟁 마당에 끌려가기나 하는 못난 사내들, 처자식 딸린 세상의 모든 얼간이 남편들을 저주했다. 마지막으로 어머니는 무심한 하느님에게 저주의 말을 쏟다가는 허겁지겁 물을 찾았다. 찬물 한 대접을 죄 비우고 나서야 겨우 좀 진정이 되는 모양이었다. 비로소 생각이 윤봉이한테 미친 듯 내 등쪽을 보는 눈이 도로 시들해졌다.

"어따 그 작것 어서 인내라."

어머니가 돌아왔는데도 아까부터 꼼짝도 하지 않는 것이 그저 깊은 잠에 빠진 탓이거니 생각하고 있었다. 그런데 윤봉이를 받아들던 어머니의 손이 별안간 주춤했다.

"아아니, 이게 무신 재변이랴!"

포대기에 싸인 윤봉이를 와락 끌어당겨 어머니는 한참이나 눈여겨보았다. 나 역시 놀라지 않을 수 없었다. 눈은 꼭 감고 입은 맥없이 벌린 채 윤봉이는 잿빛이다 못해 시꺼맸다. 그와 같은 얼굴은 전에 여러 번 본 적이 있었다. 그것은 무수히 죽창에 찔려 밭둑에 함부로 나뒹굴던 사람의 얼굴이었다. 그것은 사지를 포박당한 채 구덩이 속에 절반쯤 파묻혀 있던 사람의 얼굴이었다. 어머니가 나 있는 쪽으로 천천히 고개를 돌렸다. 삼킬 듯이 노려보는 얼굴이 더욱더 험악하게 일그러졌다. 어머니가 보인 뜻밖의 반응은 실로 나를 당황하도록 만들었다. 칭찬 같은 건 기대하지 않았었다. 그러나 입때까지의 입버릇으로 보아 그것이 비록 모르는 사이에 밤도둑처럼 찾아온 죽음이어서 잠시 놀라긴 했을 망정 당연한 순서로, 어쩌면 어렵게 이룬 소망으로 다소곳이 받아들일 줄만 알았다. 그런데 그게 아니었다. 어머니가 덜미를 움켜 동댕이치는 바람에 나는 방구석에 넉장거리로 끌어박혔다. 헐떡거리는 숨결이 얼굴을 덮었다.

"웬수야, 이것아!" 어머니는 닥치는 대로 꼬집고 할퀴었다. "어쩌자고 동상놈 숨넘는 종도 모르고 업고만 있었냐!" 어머니는 남정 같은 억센 주먹으로 아무데나 쥐어박았다. "누구 춤추라고 니 동상 잡아먹었냐, 이 웬수녀르 것아!" 어머니는 마침내 통곡하기 시작했다.

동생애들이 잠에서 깨어 아직은 무슨 영문인지도 모르면서 일제히 울음을 터뜨렸다. 잠시 후에는 울음 소리를 듣고 바로 이웃집 아주머니가 속곳 바람으로 달려왔다. 가까운 데 사는 아낙네들이 하나둘 우리집 마당으로 모여들었다. 새로운 사람이 나타날 때마다 어머니는 꼭 나를 손가락질하면서 울었다.

"저 웬수가 윤봉이를 잡아먹었다네. 시상에 이럴 수도 있당가. 우리 윤봉이를 잡아먹었다네."

"내가 안 쥑였어!" 억울해서 견딜 수가 없었다. 가만있다가는 살인의 누명을 뒤집어쓸 판이었다. 나는 항의를 되풀이했다. "내가 쥑인 게 아니란 말여!"

"니놈이 안 쥑였으면 누가 쥑였냐? 우리 윤봉이를 쥑인 게 누구란 말이냐, 이놈아!"

어머니는 내 입에서 항의가 나올 때마다 달려들어 한바탕씩 두들겨패곤 했다. 나는 결코 윤봉이를 죽인 적이 없다. 그러나 누가 죽였느냐고 묻는 데는 달리 대답할 말이 없었다. 나는 결국 입을 다물고 말았다. 동네 사람들이 나를 쳐다보며 혀를 끌끌 찼다.

"낭중에라도 우리집 양반이 살어서 돌아오면 뭐라고 대답헌디야. 뭐라고 둘러댄디야."

방바닥을 때려가면서 어머니는 몹시 서럽게 울었다. 울음 반 넋두리 반으로 어머니는 그 밤을 꼬박 밝혔다.

물 속에서 허우적거리는 사람이 지푸라기라도 붙잡는 심정 그대로였다. 헌병이 남기고 간 마지막 말에 어머니는 일루의 희망을 걸고 있었다. 대전 못미처 어떤 고개를 느릿느릿 넘을 때 소피를 보겠다고 아버지가 사정을 한다. 헌병 아저씨는 못 이기는 척하면서 출입구를 약간만 열어준다. 그러면 아버지는 달리는 화물열차에서 잽싸게 뛰어내리고 뒤에서 헌병이 공포를 쏜다. 이런 식으로 무슨 활극 영화의 한 장면 같은 약속이 되어 있는 모양이었다. 천행으로 아버지가 돌아올 것에 대비해서 어머니는 하룻밤 더 윤봉이를 집 안에 두었다. 그러나 기다릴 만큼 기다려봐도 아버지는 돌아오지 않았다. 돌아오지 않을 것이 십중팔구 확실해지자 어머니는 마을에서 삯꾼을 두 사람 얻었다. 거적때기에 덮여 지게로 실려나가는 윤봉이 뒤를 따라가지 못하도록 어머니가 한사코 말렸다. 뺨에 와 닿는 가을 바람이 한층 신산하게 느껴지는 밤이었다. 집모퉁이를 돌아가면 마을 뒷산은 바로 지척이었다. 해마다 복날만 되면 개를 매달아 불에 그을리던 솔숲이 어둠 속에서 어렴풋이 가늠되었다. 그곳에서 화톳불이 활활 타오르는 광경을 나는 그저 멀거니 바라보고 있었다. 치솟는 화광 위를 우리 윤봉이는 티끌이 되어 연기가 되어 냄새가 되어 어지럽게 흩날리고 있었다. 윤봉이는 제 몸을 살라 제가 지녔던 바보와 고집으로 뒷산을 채우고 들을 가득 채우고 그게 모자라 나중에는 하늘마저 배꼭 채우려 하고 있었다. 그 대신 불이 우리 윤봉이한테 덤벼들어 손과 발을, 동체와 머리를 그리고 언제나 엉터리로만 세상을 바라보던 두 눈과, 군가를 흉내내던 어눌한 입을 남김없이 아귀아귀 삼키고 있었다. 그러자 나는 속에서 무엇이 울컥 치밀어오름을 느꼈다. 심한 욕지기와 함께 나도 모르는 사이에 눈물이 쏟아져나왔다. 입에 손가락을 넣어 먹은 걸 꾸역꾸역 토해내면서 나는 드디어 울음을 터뜨리고 말았다. 동생을 죽였다는 누명이 아무래도 분하고 억울해서 나는 불이 다 사그라져 다시 어둠 속에 온전히 휩싸인 마을 뒷산을 앞에 두고 소리내어 울었다. 　　　　　　　　　　　　　　　　　　〔『현대문학』, 1974. 1〕

엄 동

   거의 퇴근 무렵이 다되어 근무처인 출판사로 전화가 걸려왔다. 잡지사에 근무하는 김한테서였다. 부부싸움 때마다 늘, 쌍꺼풀도 안 진 것이 까분다고 윽박질러 마누라쟁이를 옴쭉 못 하게 단속하는 것으로 알려진 친구였다.
   "다름이 아니고, 만난 지도 꽤 오래됐고…… 그리고 함께 모여서들 긴급히 무릎을 맞출 껀도 좀 생겼고 해서……"
   무릎맞춤이란 말이 훨씬 돋들리도록 김의 음성은 무덤 위로 부는 겨울바람처럼 을씨년스럽게 들렸다. 언제 어느 때부터 누가 먼저 그런 식으로 부르기 시작했는지 모른다. 김이 말하는 무릎맞춤은 친구들끼리 술자리에서 흉허물없이 나누는 대화의 가리킴이었다.
   "거 좋지, 좋구말구."
   술을 마신다는 것, 더구나 이렇게 추운 날씨엔 소주 서너 잔 정도 끼었고 제법 해낙낙한 기분으로 귀가하는 것도 그리 나쁜 일은 아니다.

"좋아. 다 좋은데……"

그러나 박은 목구멍이 따끔 아리는 그 절실한 유혹을 서둘러 물리쳤다.

"웬만큼 긴한 일이 아니고는 당분간 자네들 무릎 어쩌고 하는 자리엔 절대로 가담하지 않기루 결심했어."

"왜 만년필이라도 새나?"

"뭐 그런 건 아니지만 하여튼……"

테이블 건너 경리 아가씨의 얼굴에 깔린 무수한 주근깨를 염치 불구하고 내려다보며 박은 말꼬리를 흐렸다. 아가씨는 쌍꺼풀 눈이 아니었다. 편집부 사원들한테 전화가 걸려올 적마다 사장실 복도를 거쳐 편집실까지 걸어야 되는 수고를 엉덩이도 들썩 않은 채 고개만 헬끔 돌려 마치 러시 아워의 여차장 같은 음성으로, 아무개씨 전화 받으세요, 하는 외침 한마디로 덜어버리는 여자였다. 그래서 전화를 받으러 사장실 앞을 지나다니는 일이 좀 미안스러운 게 아니었다.

"것두 아니라면 불참할 이유가 하나도 없잖나."

김은 별로 서두르는 기색도 없이 여전히 음산한 목소리로 조르고 있었다.

"하여튼 그래. 그런 줄만 알아."

"슬픈 일이군. 이렇게 함박눈이 내리는데도 아무런 감흥도 못 느낄 정도로 어느새 우리는 파철이 되었단 말인가?"

아아, 하고 박은 속으로 감탄했다. 이 친구는 시방 눈에 관해서 이야기하고 있다. 그것도 그냥 눈이 아니라 함박눈에 관해서 말이다. 비로소 박은 고개를 돌려 창문 저쪽을 바라보았다. 그러자 시야 속을 비집고 들어온 것은 무수한 주근깨였다. 정말 눈이 내리고 있었다. 그것도 보통 눈이 아니라 크리스마스 트리에 붙이는 솜덩어리 같은 크고 푸짐스런 함박눈이 펑펑 쏟아지고 있었다. 박은 또 한 번 속으로 감탄을 했다. 이럴 수가 있는가.

아침에 출근할 당시만 해도 하늘이 멀쩡했었다. 점심 먹으러 잠시 밖에 나갔다 돌아올 때도 겨울 햇볕치고는 상당히 따스하다고 느껴지던 날씨였다. 그런데 오자 집어내기와 탈자 찾기에 문자 그대로 혈안이 되어 있는 오후 동안에 꼭 밤새 일제히 둥귀해버린 생필품 가격 모양 감쪽같이 눈이 내리고 있었던 것이다. 하기야 함박눈이 내릴 만큼도 되긴 했다. 벌써 12월 22일, 크리스마스를 사흘 앞둔 날이었다.

"미안해. 아무래도 난 안 되겠어."

눈을 보고 나니까 한잔 들이켜고 싶은 생각이 더욱 간절해졌다. 하지만 날씨가 이럴수록 일찍 귀가해야 하는 이유도 분명해지는 셈이었다. 김의 말마따나 나이 삼십 겨우 넘어 벌써 파철인지 파쇠인지가 되어간다는 유력한 증거인지도 모르겠다. 쓸데없는 일로 통화만 괜히 길어지고 있었다. 이쪽을 올려다보는 주근깨 미스 최의 눈초리가 조금 전에 비해 많이 올곧잖아진 듯싶었다. 그러잖아도 서둘러 통화를 끝내려던 참이었다.

"오늘은 그만두기로 하고, 신정 연휴 무렵쯤 해서 내 한번 연락하기로 하지. 그럼 잘들 어울려봐."

"죽음하고 맞바꾸기 전엔 우리 조직에서 탈퇴할 수 없다는 걸 벌써 잊은 건 아니겠지? 배신자……"

전선의 어느 한끝을 붙잡고 말의 높낮이도 없이 음산하게 중얼거리는 소리가 기나긴 통로를 타고 이쪽까지 건너오는 동안에 그 음산함이 배가되어 듣는 사람을 갑자기 황폐하게 만드는 듯한 기분이었고, 따라서 김의 그 상투적으로 쓰는 음울한 농담은 그것이 그저 단순히 농담에만 그치는 게 아니라 어떤 갱조직의 두목이 던지는 진짜 보복의 선언인 듯한 착각마저 일 지경이었다. 그러나 그것으로 그만이었다. 이쪽에서 수화기를 놓기 전에 저쪽에서 먼저 찰칵 소리가 났다.

요즘 들어 박은 친구들과 어울리는 일에 상당한 부담감을 느끼고 있었다. 단골집 구석방에 들어박혀 기껏 소줏잔이나 홀짝이는 데 돈이야 얼마 들까만, 항상 얼큰히 취하고 난 그 다음이 문제였다. 밤늦게 무릎맞춤의 자리가 파해서 성남(城南)행 막차에 올라 겪는 피곤이 사람을 절반은 잡아놓는 꼴이었다. 막차를 주로 이용하는 사람들 가운데는 유별나게도 주정꾼이 많았고, 버스 요금 때문에 자기 딸뻘밖에 안 되는 차장애와 욕지거리를 주고받으며 아등바등 시비하는 사람이 많았다. 차가 출발하기 전부터 목적지에 도착할 때까지 크고 작은 소란이 그칠 새가 없었다. 내 몸뚱이 하나 간수하기 힘든 판에 밟고 떼민다고 소리치고, 복잡한 차중에서 좀 그럴 수도 있잖냐고, 차가 떼밀지 어디 사람이 떼미는 거냐고, 그게 싫으면 택시를 타면 될 게 아니냐고 맞받고, 어려운 처지끼리 우리 서로 이해하며 살아야지 그러면 쓰느냐고 타이르고, 감히 누구한테 술주정이냐고, 술은 주둥이로 마셨지 똥구멍으로 마셨느냐고 호통을 치고, 똥구멍으로 먹어도 내 돈 주고 먹었는데 무슨 참견이냐고, 언제부터 네꼬다이 맨 놈 앞에서는 술 먹은 티도 못 내는 세상이 됐느냐고 딸꾹질까지 섞어가며 대거리하고, 술 먹은 개라니 탓할 게 뭐 있느냐고, 이제 조금만 더 가면 되니까 참고 조용히 하자고 떼어 말리고…… 이렇게들 왁자하니 떠들어쌌는데 다른 한편에서는 죽은

74

듯이 잠자코 있는 무리도 있었다. 피곤에 겨워 고단한 잠에 떨어진 노동자 복색의 사람들이었다. 그들이 한데 어우러져 이루는 막차 특유의 땀내 가득한 분위기에 한 시간 남짓 섞이다보면 박은 말할 수 없이 겁나게 초조해지는 것이었다. 하루빨리 이놈의 성남이란 데를 벗어나 서울로 들어가야 할 텐데, 하면서 저도 모르게 조바심이 쳐지는 것이었다. 그게 싫었다. 턱없이 실정을 앞지르는 성급한 소망——바로 그게 싫었던 것이다.

뼘이 넘게시리 길을 덮은 적설이 상점가의 불빛을 물먹은 솜처럼 질펀히 흡수하고 있었다. 상점 진열장에 전시된 크리스마스 트리와 카드, 그리고 주위의 설경이 알맞게 조화를 이루어 성탄절 기분을 사흘씩이나 앞당겨놓았다. 그러나 동네 개구쟁이들이 만들어놓은 보도의 빙판 위로 계속 내리는 함박눈이 쌓여 거리는 흡사히 위장이 잘된 부비트랩처럼 위태로웠다. 박은 종로서부터 걷기 시작하여 청계천 횡단보도를 조심스럽게 건넜다. 서울에서 성남, 성남에서 서울 사이를 왕복하는 노선 버스의 시발점이자 종점인 을지로 5가 정류장을 향해 저녁나절의 붐비는 인파 틈바귀를 헤집고 내처 걸었다. 구획이 정연한 활달대로의 품격을 깎아내릴 작정으로 붙은 한 개의 혹인 양 아직도 도시 계획으로 정리되지 않은 어떤 건물의 담벼락 때문에 방산시장 맞은편 보도는 팽팽히 시위를 먹인 활 모양으로 언제 보나 굽어 있었다. 멀쩡하게 걷던 사람조차 그 담벼락을 보면 배설의 충동이 느껴질 만큼 그곳은 어둠침침하고 불결하고 악취가 풍겼다. 시멘트 담벼락을 흘러내린 오줌 줄기들이 보도의 적설을 석이며 흐르다 얼어붙었고, 얼어붙은 그 흔적을 나중에 내린 눈이 어설

프게 가리기 시작했고, 어설프게나마 가린 그 자리에 서서 누군
가 또 바지 단추를 끄르고 있었다. 성남행 입석 정류장과 좌석
정류장 바로 중간 지점에서였다.

여느 날보다 차를 타려는 사람이 더 많은 듯싶었다. 입석이나
좌석이나 정류장마다 장사진을 이루기는 매일반이었다. 박은 습
관에 따라 좌석 쪽을 택하고 까마득하게 뻗친 줄의 맨 꽁무니에
가 섰다. 한참 서 있으려니 발이 장작개비처럼 얼어 굳고 귀와
코끝이 남의 것인 듯 무감각해졌다. 어느새 코트와 머리 위에 눈
이 수북이 쌓였는데 장사진을 이룬 줄은 좀처럼 줄어드는 기미
가 안 보였다.

시간이 상당히 지났다. 여느 날보다 버스의 운행 횟수가 눈에
보이게 뜸했다. 거리를 지나는 각종 차량들이 체인을 감고도 엉
금엉금 기다시피 서행을 하고 있었다. 갑자기 쏟아지기 시작한
폭설 때문에 넷인가 다섯인가나 되는 험한 고갯길을 타기가 힘
에 겨워 늦어지거니 짐작은 되었다. 사람들이 한창 퇴근해 나오
는 시간이라서 잠깐 사이에 박의 뒤에도 기다란 꼬리가 붙었다.

더욱 오래 지체될 경우에 대비해서 박은 정류장 바로 옆 곱창
어집에 들어가 소주를 낱잔으로 거푸 셋이나 켜고 나왔다. 전신
에 퍼지는 술기운으로 몸뚱이는 다소간 데워진 기분이지만 마음
은 여전히 지랄 같았다. 다른 좋은 일이라면 또 모른다. 이를테
면 좋아하는 연극 구경이라든지 관광 여행이라든지 혹은 당첨된
복권을 현금과 교환하기 위한 기다림 같은 거 말이다. 그런데 그
게 아니라 고작 귀가하는 순서를 기다리기 위해, 다시 말해서 밖
으로 벌이 나온 가장이 처자식 기다리는 집구석을 찾아가는 너
무도 당연한 그 절차를 치르려고 그토록 장시간 눈 바탕의 겨울

76

밤거리에 선 채 꽁꽁 얼어야 한다는 건 참으로 바람직하지 못한 노릇이 아닐 수 없었다.

그새 여덟시가 다되었다. 벌써 시간 반 동안은 좋이 떨고 섰는 셈이었다. 처음부터 이럴 줄 알았더면 차라리 친구들의 무릎맞춤 자리에나 가담해서 실컷 노닥거리다 느지감치 나타나느니만 같지 못했다. 여태껏 성남에서 서울로, 그리고 서울에서 다시 성남으로 왕복하는 진자(振子) 운동을 수없이 거듭해나왔지만 이처럼 애달아보기는 생판 처음 일이었다. 느림보 소걸음 속력이나마 서울 시내 다른 노선 버스는 뻔질나게 지나다니는데 성남행만은 여전히 코빼기조차 안 보이는 것이었다. 박은 부앗김에 자기 자신을 상대로 다시 한번 이렇게 속다짐을 두었다——하루속히 이놈의 성남이란 바닥을 떠야지.

박이 그곳에 터를 잡은 것은 광주단지 또는 광주대단지로 출발하여 성남단지 또는 성남대단지란 이름을 거쳐 오늘날의 성남시로 등격이 고정되기 불과 얼마 전의 일이었다. 고향에 있는 은사의 소개로 어떻게 애면글면 연줄이 닿아 그곳 신설 학교에 국어 선생 자리를 얻게 되었던 것이다. 그러나 힘들여 얻은 그 자리는 결국 누가 들으면 뺨 주고 병신 사기 똑 알맞은 이유로 짤막하게 끝내고 말았지만, 하여튼지 선생으로 있는 동안은 내내 집에서 걸어서만 출퇴근했기 때문에 서울까지의 교통편이 그처럼 복잡한 줄은 미처 실감을 못 했었다. 더구나 그로서는 그곳에 이사한 후 첫번째 타향에서 맞는 겨울이었다. 그리고 구태여 더 인연을 둘러붙인다면 그것은 성남에 와서 맞는 첫번째의 폭설인 셈이었다. 그렇지만 않다면야 일찌거니 무슨 대책이라도 세울 수 있었을 것이다. 갑작스런 폭설이 먼 거리를 가야 하는 많은

사람들에게, 적어도 성남 사는 자가용 못 가진 사람들에게 얼마
나 무자비한 것인가를 미리 알고 마음으로라도 자기 방어의 태
세를 취할 수 있었으리라.

"여태껏정 여기밖에 못 왔어요?"

웬 모르는 아가씨가 슬그머니 옆으로 붙어서면서 아주 자연스
런 태도로 말을 걸어왔다. 박은 아가씨가 설마 자기한테 말을 걸
리라곤 꿈에도 생각 못 해서 얼른 그 말뜻을 헤아릴 수가 없었
다. 그런데 그 아가씨의 눈은 분명히 박, 자기를 향해 웃고 있었
다. 쌍꺼풀 눈이 아닌 아가씨였다.

"네. 여태껏 여깁니다."

박은 얼김에 이렇게 대꾸해버렸다.

"정말 큰일이네요. 늦어도 적당히 늦어야지 이렇게 두 시간이
넘게 기다린대서야 어디……"

하고 말하면서 아가씨는 역시 자연스런 태도로 박과 박의 앞사
람 사이를 비집고 줄 속에 끼여들었다.

"어디 맘놓고 서울 나다니겠어요?"

그제서야 박은 아가씨의 맘보를 알아차렸다. 새치기하기 위해
자기와 동행인 듯 꾸미려는 수작일시 분명했다. 뻔뻔스러움에
가까운 그 용기가 괘씸하다기보다 외려 대견스럽고 신통해 보였
다.

차가 안 오기 때문에 청계천과 을지로 중간 지점서부터 을지
로 끝 쪽까지 한없이 뻗은 사람의 행렬은 사실 아무짝에도 쓸모
없는 것이었다. 하지만 나중 일이 어떻게 될지 알 수 없어 박은,
방금 자기 바로 앞엣사람이 된 아가씨에게 자리를 봐달라고 부
탁했다. 그리고는 알코올에 아주 인이 박여버린 고참 술꾼처럼

어슬렁거리며 한 차례 더 곰장어집을 찾아갔다. 먼젓번보다 술꾼의 수효가 훨씬 늘어 걸상을 차지할 수가 없었다. 박은 선 채로 깡소주 석 잔을 내리 들이켰다. 원래 잘하는 술이 못 되었다. 다만 한데서 오래 견디기엔 무엇보다 강술이 효과적이란 걸 경험으로 알 뿐이었다. 머릿속이 대번에 어찔어찔해지는 게 빈속에 좀 과한 모양이었다.

곰장어집을 다녀와보니 을지로 끝 쪽까지 뻗었던 줄은 상당히 줄어들어 있었고, 아가씨에게 부탁해놓았던 자기 자리도 앞부분으로 많이 당겨져 있었다. 그 대신 줄에서 벗어나 초조한 발걸음으로 근처를 서성이는 사람들이 정류장 일대를 까맣게 덮어버렸다. 그 사람들이 빠져나간 자리만큼만 줄이 줄어든 꼴이었다.

줄이 시작되는 저 앞쪽에서 허름한 잠바 차림의 중년 사내가 사람들에게 큰 소리로 뭔가를 열심히 설명하고 있었다. 그러자 설명을 듣는 사람들 사이에 작은 동요가 일기 시작했다. 그리고 그 동요는 점차 뒤쪽으로 전달되어 빠른 속도로 건너왔다.

"저 사람 지금 뭐라구 떠드는 거죠?"

뒤로 돌아서면서 아가씨가 이렇게 물었다.

"글쎄요…… 아직은 잘 모르겠지만 반가운 소식이 아닌 것만은 분명한 것 같군요. 좀더 두고 들어봅시다."

사내의 모습이 가까워지면서 말소리도 분명해졌다.

"죄송합니다. 손님 여러분, 대단히 죄송합니다. 방금 회사에서 연락이 도착했는데……"

잠바 차림의 중년 사내는 심하게 한 차례 재채기를 하더니 잠시 호흡을 가누고 나서 다시 사무적인 투로 이렇게 외쳤다.

"여러분께서도 아시다시피 눈 때문에 도로 사정이 좋질 않아서 더 이상 정규 운행을 할 수가 없게 됐답니다. 저희 회사 차를 믿지 마시고 각자 다른 방도를 차려 수단껏 귀가해주시기 바랍니다."

사내는 연방 꼭같은 말을 골백번이나 되풀이해가며 옆을 지나쳤다.

"저희 회사를 애용해주시는 손님 여러분, 죄송합니다. 대단히 죄송합니다……"

사내의 모습이 줄을 따라 뒤쪽으로 멀어지자 아니나다를까, 박의 주변에서도 사람들이 술렁이기 시작했다. 바로 등뒤에 선 장발의 청년이 투덜거렸다.

"독점 노선에서 다른 방도를 차리라니, 도대체 어떻게 하라는 거야! 우리더러 축지법이래도 쓰라는 거야 뭐야, 니미랄 새끼들!"

"연락을 해주려면 진작에 해줄 일이지 사람을 동태로 맨들어놓구 이제 와서 우리더러 무슨 재주로 귀가하라는 거예요!"

뒤쪽 먼 곳도 마찬가지 분위기여서 물어뜯듯 따지는 앙칼진 소리가 앞쪽까지 훤히 들렸다. 그럴 때마다 낡은 축음기판을 돌리는 것 같은 사내의 목소리가 겨울밤의 냉기를 공허하게 흔들었다.

"……대단히 죄송합니다. 대단히 대단히 죄송합니다…… 도로 사정 때문에…… 수단 방법을 다해서…… 대단히 죄송합니다…… 죄송합니다……"

"씨부랄 것, 죄송하다면 다야!"

"어떻게 되는 거죠?"

아가씨가 잔뜩 겁을 먹은 소리로 안달을 했다.

"진짜로 차가 끊겼다면 우린 어떻게 되는 거예요?"

자기 자신을 안심시키기 위해서라도 우선 아가씨를 안심시킬
필요가 있었다. 그래서 박은 무턱대고 염려 말라고 흰소리부터
먼저 했다. 이 많은 사람들이 설마 서울 한복판에서 단체로 동사
할 리 있겠느냐고, 그러기 전에 당국에서 뭔가 틀림없이 대책을
강구해줄 거라고 시퍼렇게 장담을 해놓았다. 그러면서도 박은
제 입으로 쏟은 그 말이 전혀 미덥지가 못해서 합승 택시가 있는
곳을 열심히 기웃거려보았다. 그러나 어림도 없는 일이었다. 걷
잡을 수 없는 혼란이 그쪽에서 벌어지고 있었다. 택시만 나타났
다 하면 순서고 나발이고 다 때려치우고 장정들이 벌떼처럼 엉
겨붙어 황소 같은 힘으로 밀어붙이는 바람에 자기 같은 약골은
근처도 가기 전에 오징어포 꼴이 되기 십상이었다. 원체 깡다구
로 배기는 일엔 도통 자신을 못 갖는 그로서는 요행수로 한 자리
얻어 탈 궁리를 일찌감치 포기하는 수밖에 없었다. 에라 모르겠
다, 하고 퍽석 주저앉는 심정으로 박은 시간의 흐름 속에 자신을
송두리째 내맡겨버렸다.

어느덧 열시가 넘은 시각이었다. 어디선가 멀찌막이 떨어진
전축 가게에서 헤프게 풀어놓는 방송 소리가 스피커를 타고 바
람결에 묻어왔다. 사랑의 종소리와 함께 청소년 여러분에게 악
에 물들기 쉬운 밤거리의 해독을 친절히 깨우쳐주고 일찍 귀가
할 것을 종용하는 여자 아나운서의 잔잔한 음성이 들려왔다. 그
동안에 차가 전혀 안 나타난 것은 아니었다. 거의 잊을 만하면
어쩌다 한두 대씩 나타나서 사람들만 감질나게 만들었다. 빙판
길을 설설 기면서 농담처럼 혹은 잘 나가다 저지른 하나의 실수
처럼 낯익은 번호의 버스가 다가온다. 그러면 수백의 인파가 한

꺼번에 달라붙는 소동이 벌어지고 혼란은 삽시간에 극에 달한다. 곳곳에서 시비와 주먹다짐이 오가고, 넘어진 사람을 밟고 타넘고, 차창을 뚫고 기어오르는 수라장이 된다. 착실히 줄을 선 사람들은 또 그들대로 고함과 욕설을 퍼부으면서 눈덩이를 뭉쳐 버스 쪽 인파를 향해 무차별 사격을 가한다. 이런 식이었다. 인근 파출소에서 파견 나온 경찰관들이 더러 눈에 띄었으나 고작 서넛 정도에 불과한 그 인원 가지고는 이삼천을 헤아리는 홍분한 집단을 어떻게 수습할 도리가 없었다. 그러다가 심심하면 한두 대씩 나타나던 버스마저도 아예 뚝 끊어져버렸다. 그리고 어린애 장난 같은 어른들의 그 때아닌 눈싸움도 자연 흐지부지되고 말았다.

아가씨한테 또 자리를 부탁하고 박은 가까운 다방에 들어가 잠시 몸을 녹이다 나왔다. 아가씨 역시 박에게 자리를 부탁하고 짧은 볼일을 마친 다음 양볼에 홍조를 띤 채 자기 자리로 돌아왔다. 모르긴 몰라도 참고 참다 그예 화장실에 다녀오는 눈치였다. 혈기 넘치는 젊은이들 가운데는 더러 버스 회사 직원의 충고대로 수단 방법을 다해 귀가하기 위해 몇 명씩 편짝을 지어 고성방가를 하며 입대 장정같이 떠나는 모습도 보였다. 다른 시내버스를 이용하여 잠실대교 너머나 말죽거리 근처까지 가고, 거기서부터 사뭇 걸으면 통금 무렵엔 성남에 도착할 수 있을 거라는 계산에서였다. 그러나 거개의 사람들은 눈이 정강이를 묻는 밤길을 그 먼데까지 두어 시간 템이나 걸어야 하는 수고가 너무도 끔찍스러운지, 혹은 구원의 손길이 뻗어올지도 모른다는 기대를 버리기엔 아직 이른 시간이라고 믿고 있는지 쉽게 자리를 뜰 기미를 안 보이면서 젊은이들의 무모한 혈기를 근심기 담긴 눈으로 전송하고 있었다. 집에까지 태워다줄 차편을 제공하겠다는 확실한 보장이 아무데서도 발견되지 않는 지금, 순서의 먼저와 나중을 가리는 단순 목적에나 소용이 닿는 줄은 사실상 이제 무용지물이었다. 그런데도 차후에 구원의 손길이 어딘가에서 뻗칠 경우 자기네가 그때 누릴 우선권을 믿는 소수의 고지식한 사람들만이 대다수의 방황하는 군중 틈서리에서 시종여일하게 선착순의 줄을 지키고 있었다. 박도 그들 사이에 낀 한 사람이었다. 너무 오래 떨고 서 있어서 턱이 아프고 어깻죽지가 결렸다. 그러지 않으려 해도 자꾸만 윗니와 아랫니가 딱딱 마주쳐 청승스런 가락을 잡았다. 코트 안쪽에서 몸뚱이는 고치 속의 번데기처럼 형편없이 움츠러들었다. 언제인지 모르게 눈발은 그쳐 있었으나 대신 몽근 밀가루 같은 건설(乾雪)을 불어날려 허공에 흩뿌리는 바람끝이 실성한 고슴도치떼의 폭주처럼 노출된 피부를 저며내듯 훑으며 지나갔다. 마실 당시는 좀 과하지 않나 싶던 술기운도 강추위 앞에서는 맥을 못 추고 겨우 눈언저리와 혀끝 부근에만 짤막하게 머물다 가버렸다. 이런 곤욕의 하루를 예비하면서 간밤의 꿈자리는 마냥 한가롭고 엉뚱했던 걸 불현듯 상기하다가 박은 어이없이 웃고 말았다.

"여관비 없는 아가씨 날 따라오세용."

밤이 깊어지자 청바지 차림에 장발의 젊은 녀석들이 아가씨들 앞을 비틀걸음으로 왔다갔다하면서 마음껏 희영수를 붙이고 다녔다. 녀석들이 일깨워주는 그대로 이젠 정말 누구나 한 번씩들 집에 아주 못 들어갈 경우에 대한 대비책을 생각해봐야 할 똥줄 당기는 시간이었다. 사태는 거의 절망적인 것 같았다.

"호박도 좋고 메주고 좋고, 치마만 둘렀으면 무조건 오케입니다. 아가씨, 여관비가 없으신 모양인데 그렇게 체면 차릴 것 뭐 있습니까. 누님 좋고 매형 좋고 다 좋은 게 좋은 것 아닙니까……"

길모퉁이 으슥한 구석에서 앳되어 보이는 아가씨들 네댓이 덩어리로 뭉쳐 발을 동동 굴러가며 쫄쫄 눈물을 쥐어짜고 있었다. 보아하니 서울에 하룻밤 신세질 만한 연고자를 못 가졌거나 수중에 숙박료를 치를 만큼의 여유가 없는 처녀들이 분명한데, 술취한 젊은 녀석들이 떼지어 주위를 돌면서 대고 집적거리는 것이었다.

"저 좀 보세요, 선생님."

바로 앞자리에 서 있던 예의 그 아가씨가 똑똑 소리나게 노크를 하듯 발음도 또렷한 말씨로 박의 시선을 바로잡고 나섰다.

"만일 말예요, 만일 오늘밤 댁으루 들어가실 수 없게 된다면 선생님은 어떡하실 작정이세요?"

"글쎄요. 지금 같아서는 뭐라고 얘기하기가……"

박이 좀 머뭇거리는 사이에 아가씨는 마치 스프링보드 위에 선 다이버처럼 무겁게 심호흡을 했다. 그리고는 풀 속에 뛰어드는 동작 대신 이렇게 재차 묻는 것이었다.

"혹시 여관 같은 데서 주무실 작정 아니세요? 그렇죠? 그렇죠?"

"그렇게 되는지도 모르죠."

한바탕 자맥질을 마치고 물 위로 머리를 솟구쳐 숨을 고르듯 아가씨는 자세를 바루었다.

"그렇다면 천만다행이군요. 부탁드리겠어요, 저두 같이 좀 데려가주세요."

84

박의 대답이 똑부러진 것이 아닌데도 아가씨는 제멋대로 그럴 작정인 것으로 해석해버리고는 엄청난 소리를 쏟았다. 부탁의 내용에 걸맞지 않게 터무니없이 목청이 컸다. 호기심에 주린 주윗사람들 앞에 광고를 돌린 거나 매한가지 결과였다. 장소가 다르고 분위기가 달랐다면 제대로 사내 구실을 할 줄 아는 남자로서 이게 웬 떡이냐, 하고 슬금슬금 분홍빛의 하룻밤을 공상해볼 법도 한 제안이었다. 그러나 무안을 느낀 건 되려 그런 제안을 받은 쪽이어서 박은 어디다 시선을 두어야 좋을지 실로 난감했다.

"절대루 귀찮게 굴진 않을래요. 한쪽 구석 자리에서 그저 하룻밤 새우잠만 재워주시면 돼요. 신세는 꼭 갚아드리겠어요. 절대루 은혜는 안 잊겠어요. 부탁해요, 선생님."

기왕 내친걸음이란 듯이 아가씨는 아주 따그랭이를 떼고 달라붙는 것이었다. 박은 집에 돌아갈 걱정도 잠시 잊게시리 어기차고 대담하게 나오는 그 아가씨를 그제서야 처음 발견한 기분으로 새삼 주의깊게 관찰하기 시작했다. 아무리 여자 키라곤 해도 표준에서 훨씬 밑도는 작다란 체구였다. 그리고 아마도 스물 이쪽 아니면 저쪽일 한창 나이치고는 너무 야위어보이는 가느다란 몸매를 꼭 빌려 입은 듯한 인상의 헐거운 외투가 투박스럽게 감싸고 있어 얼핏 병아리 우장 쓴다는 말이 떠올랐다. 이렇다 할 특징도 없고 화장한 흔적 같은 것도 없으나 꽤 생길 만큼 생긴 축에 드는 얼굴이었다. 하지만 그녀가 지닌 본래의 미를 제치고 깃발처럼 솟은 궁핍의 찌꺼기가 한창 나이의 얼굴에 짙은 음영을 드리우고 있었다. 마치 이화명충에 시달릴 대로 시달려 성숙 이전에 생장을 정지당해버린 초본(草本) 식물과도 같은 인상이 들었다. 또한 궁핍의 계속이 한 여자의 아름다움을 한쪽서부터

차근차근 먹어들어 음충스런 노파로 급속히 변모시켜가는 일관
작업의 과정을 도해(圖解)까지 곁들여 열람하고 있는 기분이어
서, 저게 바로 타인의 형식을 빌려 나타난 자화상이 아닌가 하고
박은 섬뜩한 느낌마저 드는 것이었다. 만약 자기가 한때나마 오
입이란 걸 염두에 두었더면 지금쯤 아마 지독한 후회와 죄책감
에 빠져 허덕이고 있을 시간이었다.

"그런데 어떻게 나 같은 사람한테 그런 부탁을……"

물론 거절한다는 뜻은 아니었다. 수중에 하룻밤 여관비 정도
는 늘 비상금으로 지니고 있었다. 자기 몫의 잠값에 한 사람 몫
만 약간 덧붙이면 될 것이었다. 경우에 따라서는 방을 각각 따로
잡아 재워줄 용의도 있었다. 그가 한 말은 다만 쌔고쌘 사람 가
운데서 어찌 하필 자기를 골라 그런 부탁을, 그것도 처녀의 몸으
로 그처럼 대담하게 털어놓을 수 있었냐는, 말하자면 일종의 찬
탄이었다.

"이날 이때껏 남의 눈치만 살피며 살아온 셈예요. 그래서 나이
에 비해 사람을 제법 알아볼 줄 알거든요. 첫눈에 척 봤을 때 전
벌써 선생님 같은 분이면 절대루 거절 못 하실 거라고 확신했어
요."

요것 봐라……

박의 입가에 저도 모르게 미소가 번졌다. 묘령의 아가씨로부
터 자진해서 여관으로 데려가달라는 부탁을 받고 모르는 척할
사내가 과연 몇이나 될까. 모르긴 모르되 아무리 적게 잡아도 아
마 열은 훨씬 웃돌 것이었다. 공치사하려는 의도가 아니라면 아
가씨의 말은 커다란 위험이 도사린 모험에 일단은 안심해도 무
방할 듯한 상대를 운 좋게 잘 고른 셈이란 뜻이리라. 그렇다면

병신이거나 성인 군자가 아닌 다음에야 자기를 못 위험스런 상대로 첫눈에 알아봤다는 아가씨의 말은 도대체 칭찬인가 업신여김인가.

아가씨는 박의 말을 승낙의 뜻으로, 전번처럼 역시 제멋대로 해석해서 받아들이고 한시름 덜었다는 듯 어린애처럼 좋아서 뛰었다. 박은 주위의 환시에도 불구하고 거침없이 재잘거리는 아가씨의 입을 새삼 신기한 눈으로 바라보았다. 그녀의 젊음을 입증하는 유일한 것은 바로 그 목소리였다. 가늘면서도 궁그는 듯한 여운의 맑은 음색이 참 듣기 좋았다. 언뜻 생각할 때 반지빨라 보이고 그러면서 어딘지 모르게 돌라까진 계집애다운 인상도 사실은 전반적으로 꾀죄죄한 윤곽과는 동떨어지게 생기를 머금은 그 음성에서 비롯되는 것이었다. 그녀는 연신 웃어대고 연신 지껄이고 있었다. 그러나 사실은 그녀 특유의 고집과 강인성이 그녀로 하여금 덜덜 떨리는 빈약한 체구를 그처럼 웃음으로 얼버무리도록 강제하는 현상에 지나지 않는 것이리라. 자기와 마찬가지로 그녀 역시 여태껏 저녁 식전인지 모른다. 정류장에 묶인 발이 쉬이 풀릴 기미는 아직 안 보였다. 그는 주위 사람들이 자기를 노련한 오입쟁이로 보든지 말든지 상관없이 아가씨를 더불고 팥바구니 쥐 드나들 듯 다시 다방으로 향했다.

"참 이놈의 세상 한번 희한하게 변하는군. 글쎄 처녀가 사내보고 동침허자고 자청허고 덤비다니, 원!"

아니나다를까, 우려했던 그대로 뒤에서 끌끌 혀를 차는 소리가 돌부리처럼 발에 걸렸다.

"어떤 놈은 재수가 좋아서 오늘 저녁 소복하게 생겼는걸!"

제발 그 소리가 아가씨의 귓전에 도달되기 전에 추위에 꽁꽁 얼어붙어 허공에 머물러주기를 박은 간절히 바랐다. 그러나 엄연히 두 귀가 달렸는데 아가씨라고 소리를 못 들었을 리 없었다.

"뭘 드시겠어요?"

아가씨는 잠시 망설거리는 기색이다가 먼저 주문을 했다. 커피였다. 박은 홍차에 와인을 듬뿍 치도록 부탁을 했다. 그리고 반숙 두 개를 덤으로 주문했다.

"나가세요, 나가요!"

다방 안은 호남선 야간 완행만큼이나 초만원 상태였다.

"다방이 뭐 역전 대합실인 줄 알아요? 어서들 나가라니깐요!"

천장서부터 채워 내려오는 자우룩한 담배 연기와 잡담, 그리고 그 잡담 위에 군림하는 전축 음향의 소용돌이 속을 앉을 자리는 고사하고 마땅한 설 자리도 없이 통로에서 서성대는 사람들로 다방 안은 한없이 북적이고 있었다. 그런 속에서 비록 합석이긴 해도 방금 일어선 사람들 뒷자리를 곧바로 물려받을 수 있었다는 건 그만큼 운이 좋은 증거였다. 유류 파동 덕분에 다방 영업 시간이 많이 단축되었지만 집에 못 가는 성남 사람들을 위해서 밤늦은 시각까지 문을 개방하고 있었다.

"차를 먹으믄 될 게 아녀, 차를. 나도 여그 요렇게 돈이 있단 말이여."

늦수그레한 두 남녀와 레지 사이에 콩이야 팥이야 오가는 다툼질이었다. 행색이나 태도로 미루어 그들 두 남녀는 평소에 다방 출입이 거의 없었던 게 분명했고, 차를 마시러 왔다기보다 추위를 피해서 쫓기는 새떼처럼 아무데로나 무작정 뛰어든 것임을 쉽게 짐작할 수 있었다. 그들은 다소 겁먹은 눈초리로 레지 아가씨와 주위의 손님들 눈치를 살피며 슬금슬금 난로 곁으로 자리를 옮겨다녔다. 그 북새 속에서도 레지는 차를 마실 손님인지 아닌지를 약삭빨리 가려 밖으로 쫓아내려고 여기저기서 세찬 아귀 씨름을 벌이고 다녔다.

"말로만 그러지 말고 빨리 주문을 하세요! 뭘 들래요?"

"허어, 공구릿바닥에 서서나 차를 먹으란 말인고? 이따가 자리가 나걸랑 앉어서 조깨 숨이나 돌리다가 차를 먹든지 비항기를 먹든지 혀야제."

"당신네들 그 속셈을 누가 모를 줄 알구요? 글쎄 차 안 팔아도 좋으니까 빨리들 나가기나 하란 말예요!"

"우리덜이 머 얻어먹는 비렁뱅인지 아나, 용천배긴지 아나. 사람 괄세가 워째 요리 우심허디야!"

"이렇게 통로를 막고 불만 쬐고 있으면 우린 무슨 재주로 영업하라는 거예요! 잔소리 말고 나가라면 나가요!"

"얼래래, 워쩌자고 이 시악씨가 사람을 밀고 땡기고 야단이랴. 시악씨는 우리 같은 애비 에미도 없능가!"

서슬이 퍼런 레지의 호령에 바깥노인은 아무 눈치코치도 모른다는 식의 능청으로 맞서고 있었다. 쌍꺼풀도 안 진 것이 소갈머리 사납기는 꼭 풍천 자가사리 같다. 얼굴이 온통 벌개져가지고 노인들에게 몰풍스럽게 구는 레지 아가씨를 쳐다보며 박은 슬며시 웃었다. 그러자 옆자리에 다소곳이 앉아 차를 기다리던 아가씨의 표정이 별안간 이상스럽게 일그러졌다.

"신세는 꼭 갚겠어요."

그녀는 아주 단호한 어조로 말했다.

"갚는다고 아까 분명히 말씀드렸잖아요. 저 그런 사람 아녜요. 아주 막되게 굴러먹은 여자로 보셨다면 정말 섭섭해요."

"아, 아닙니다. 그런 게 아니고······"

"고백하겠는데요, 진짜는 아까 저 아주 혼났어요. 그런 일에 아주 능숙한 여자같이 그런 염치없는 부탁이 술술 흘러나오는 것처럼 보였을 테지만 진짜는 젖 먹던 힘까지 다 짜내서 겨우겨우 말씀드린 거예요."

"아무래도 내 웃음이 크게 오해를 산 모양인데······ 사실은 이렇습니다. 내 친구 중에 김이라는 사람이 있는데······"

박은 쌍꺼풀 운운하는 김의 부부싸움에 관해서 설명을 했다. 아울러 레지 아가씨의 눈도 쌍꺼풀이 아님을 상기시켜주었다.

"선생님도 결혼하셨나요?"

마누라와 돌 지난 아들이 각각 한 명씩 있는데, 자기 마누라 역시 쌍꺼풀이 없다고, 하지만 부부싸움을 해도 친구처럼은 하지 않는다고 대꾸했다. 그제서야 아가씨는 기분 좋게 깔깔거리며 웃고 나서 이제 막 다툼을 끝내고 카운터 쪽으로 가는 레지한테 시선을 옮겼다. 쫓아내는 일을 포기한 모양이었다. 결국 다툼은 노인네의 승리로 돌아가고 말았다.

"머네머네 혀도 추울 때는 뜨신 것이 질이여. 늙은 것들이 근천 떤다고 딸년 같은 사람한티 조깨 낮은 소리 듣긴 했어도 한 디서 고드름똥 싸는 것보담은 휘긴 낫지."

"암면요, 영감."

나이답잖게 수줍음을 떨면서 여태껏 아무 말 못 하고 있던 안 노인이 영감의 말을 받아 제꺽 맞장구를 놓았다. 영감의 얼굴은 힘에 겨운 적을 물리쳤을 때의 승리감으로 자랑스럽게 빛났고, 그걸 지켜보는 할멈의 눈엔 믿음직스런 영감에 대한 전폭적인 신뢰가 밖으로 넘쳐흐를 듯이 보였다.

같은 박스 맞은편 좌석에 앉은 한 쌍의 젊은 남녀가 아까부터 잔뜩 경계하는 눈빛으로 신참자들의 동정에 신경을 곤두세우고 있었다. 그네들의 얼굴엔 은밀한 순간을 방해당한 불만이 가득했고, 지금까지 뺏긴 분량 이외에 앞으로 더 뺏길 우려가 있는 자기네의 행복을 몸으로 방어하겠다는 결의를 나타내는 듯한 앉음새로 목소리들을 한결 낮추고 있었다. 주문했던 차가 배달되어 왔다. 레지가 가짓수 복잡한 찻잔들을 다탁 위에 배설하는 동안 옆자리의 아가씨는 가방을 들어 자기 무릎 위로 옮기는 동작을 했다. 결코 액세서리만으로는 볼 수 없는 책가방 겸용의 큼직한 다목적 핸드백이었다.

"학생이신가요?"

박이 물었다. 묻고 나서 그는 자기 목소리가 마치, 제발 학생이 아니길 바란다는 투로 들리지나 않았나 해서 아가씨의 표정에 무척 신경이 쓰였다. 그러나 아가씨의 대답 속엔 조금의 그늘도 안 끼어 있었다.

"학생이냐구요? 네, 그래요. 하루에 딱 두 차례씩만 학생 신분예요. 오고 가는 교통비 이십 원씩이 매일 절약되거든요."

그게 뭐 그리 큰 흉이 될 게 있느냐는 투로 아가씨는 해죽 웃었다. 무릎 위의 핸드백과 그 위에 얹은 한 권의 책, 그리고 또 그 위에 얹은 베이지색 털실의 벙어리장갑 한 켤레―― 단발 비슷한 짧은 머리, 그리고 남루에 가까운 질박한 옷매무시, 그러면서도 누구한테 조금도 꿀리는 구석을 보이지 않으려는 그 분방한 말씨와 몸가짐―― 가슴에 배지는 안 달았어도 학생으로 보이도록 노력한 흔적이 암암리에 엿보이는 차림차림이었다. 따끈한 커피를 홀홀 마시는 그 사이사이에 아가씨는 별로 힘도 안 들이고 부분적이나마 자신의 정체를 밝혔다. 박은 커피 한 잔을 그토록 감식(甘食)하는 사람을 이제까지 상대한 적이 없었다. 양손으로 찻잔을 꼬옥 감싸쥔 채 한 모금 한 모금 음미하듯 아껴 마시면서 세상 모든 사람에게 두루 감사하는 듯한 표정을 짓는 그녀를 곁에서 지켜보는 것이 무척 재미가 났다. 박은 연장자답게 시종 미소와 부드러운 말로 그녀를 대해주었다. 말하자면 그것은 곧 우월감의 표시였다. 좌석버스에 앉은 사람이 입석버스에 선 사람을 볼 때 갖는 그런 종류 그런 정도의 우월감이었다. 그리고 그것은 당장 손아랫사람에게 작으나마 어떤 도움을 줄 수 있었대서가 아니라 그가 평소부터 거개의 성남 주민을 상대로 느껴온 정신적 우위의 재확인 행위인 셈이었다. 아가씨가 물었다.

"선생님 근무처가 서울인 모양이죠?"

"그래요. 조그만 출판사에 나가고 있습니다."

전에 성남에서 선생으로 있었다는 얘기 따위는 아예 입 밖에 내비치지도 않았다. 아가씨가 만일 다른 성남 사람들과 똑같이 선생이란 직업을 아주 대단한 것으로 여기고 있다면 그걸 그만둔 이유까지 구구히 설명하지 않으면 안 된다. 그런데 그 이유란 것이 그녀한테는 영락없는 불가사의로 받아들여질 것만 같았던 것이다. 실제가 그러했다. 마냥 화이트 칼라 생활을 동경하는 그들에게 사학 경영주의 횡포가 밸이 꼴려 그만두었노라고 얘기해봤자 배부른 자의 잠꼬대쯤으로 들릴 건 그야말로 뻔할 뻔자였다.

"성남에 오신 지는 얼마나 되세요?"

"아직 채 일 년도 안 지냈습니다. 전에 사건이 났을 때 신문을 보고야 비로소 거기가 어떤 데란 걸 알았어요. 그런데 내가 거기하고 인연을 맺게 되리라곤 꿈에조차 생각 못 하고 있었지요. 허지만 사람이 살다보니 우연이란 것이……"

"선생님 나빠요!"

"네?"

"제가 듣기엔 방금 선생님은 마치 성남에 사시는 걸 몹시 부끄러워하시는 것처럼 말씀하셨어요."

하지 않아도 좋을 말을 장황하게 덧붙이다가 아가씨한테 정통으로 급소를 얻어맞은 꼴이었다. 박은 나어린 아가씨 앞에서 느끼는 알짜 부끄러움을 웃음으로 실실 엉너리를 쳤다.

"아가씨 얘긴 성남 사는 게 매우 자랑스럽다는 듯이 들리는군요."

"그래요. 전 자랑스러워요. 누구한테나 제가 성남 사람이란 걸 떳떳이 내세울 수 있어요. 지금까지 저희 집안은 오랫동안 여기저기 떠돌아다니면서 고향도 없이 살아왔어요. 그랬는데 인젠 제게두 고향이란 게 생긴 셈예요. 그 고향이 어떻게 해서 생긴 것이든, 또 누가 만들어준 것이든 저는 상관 안 해요. 그저 유행가 가사 말마따나 아무데나 정들면 고향이라구 믿구 싶어요. 그래서 아마 남보담 더 성남땅을 소중스럽게 아나봐요."

"………"

"참, 깜빡 잊을 뻔했네요. 제 이름은 영순이에요. 정영순……아주 흔해빠진 이름이죠."

"아, 그래요. 난 박이라고 합니다."

"되도록이면 박선생님 같은 분들이 성남에 많이 와서 사시길 바래요."

"그건 또 왜요?"

"그래야 우리 성남시도 더욱 점잖아지구 수준이 높아질 게 아녜요?"

박은 크게 소리내어 웃었다. 맞은편 좌석의 젊은 남녀도 덩달아 웃음을 터뜨렸다. 그들은 안 듣는 척하면서 사실은 이쪽 얘기를 죄다 엿듣고 있었다. 뒤늦게 인사를 나누고 수선을 떠는 두 사람의 관계를 매우 수상쩍게 여기는 눈치였다. 미스 정은 약간 골이 난 표정을 했다.

"웃을 일이 아니란 말예요. 사람들한테 알려지지 않아서 그렇지 실은 유명한 사람두 많이 살아요. 이대엽씨도 있구 또……"

"영화 배우 이대엽이 말입니까?"

"맞았어요. 이대엽씨뿐만 아니라 다른 영화 배우들이랑 인기 가수랑 티브이 탤런트랑……"

퍽이나 보기 드문 예였다. 성남으로 이주한 후 박은 여태까지 많은 사람들과 직접 간접으로 대면해왔다. 하지만 자기 거주지에 대해 그처럼 애착을 가진 사람을 만나기는 미스 정이 처음이었다. 마치 성남시 대변인이라도 된 듯한 기세로 그녀는 성남의 발전상을 낱낱이 소개하는 것이었다.

그러나 박의 경우는 그녀와 전연 딴판이었다. 어느 좌석에서든 거주지 얘기가 나오는 걸 무척 꺼리고 싫어하는 편이었다. 어쩌다 그런 이름난 곳에 자릴 잡게 되었는가고 사람들은 그를 비상한 호기심으로 대하는 눈치가 완연했다. 아니다. 그 자신 어떤 내면의 찔림에 영향되어 지레 그렇게 겁먹은 생각을 갖게 되었을는지도 모른다. 그래서 그렇게 언제나 서둘러 알리바이를 내세우는 버릇이 생겼을 것이다. 하여튼 그는 거주지 말이 나올 적마다 자기가 문제의 땅으로 이주한 것은 극히 최근의 일임을 짬

짬이 강조하곤 했다. 자신의 그와 같은 언동에 일말의 염오를 느끼면서도 어느덧 고질이 돼버린 그 버릇은 쉽사리 고쳐지지 않았다. 그것은 비단 박의 경우뿐만이 아니었다. 과거를 되기억해 내는 과정에서 어쩌지 못할 아픔을 안겨다주는 저 사건의 그림 자가 배후에 도사려 지금도 그처럼 사람들을 뒤사리게 만드는 탓일까. 그것은, 그곳에 이주한 시기가 언제인가, 라는 문제는 많은 사람들에게 중요성으로 받아들여지고 있었다. 그곳 토박이들은 원주민 또는 원주민촌이란 말을 미개와 낙후를 상징하는 데 쓰지 않고 긍지를 나타내는 번쩍번쩍 도금된 어휘로 즐겨 사용한다. 그들은 수적으로 단연 우세한 철거민들 세계에서 조상 대대로 붙박고 살아온 경기도 양반으로서 족보 있음과 뼈대 굳음과 핏줄 연연함 위에 시방도 전답마지기깨나 지니고 있음을 언필칭 과시하려 한다. 그들만은 못하나 그래도 신참자들 역시 철거 이주민들과 구별되기를 바라는 점에서는 도토리 키 재기로 매일반이었다.

"어떻게 해서든 살아 남으려구 발버둥질치는 사람은 하느님도 못 나무래신대요."

이젠 웬만큼 친숙해졌다고 믿는지 미스 정은 묻지도 않은 자기 신상 얘기까지 천연덕스럽게 늘어놓기 시작했다. 음울해 보이던 첫인상의 겉보기와는 달리 그녀는 매우 다변스럽게 굴었다. 그리고 많은 이야기들을 지겹지 않게 옮길 줄 아는 숨은 재주를 지니고 있었다. 그러나 이쪽에서 지겹지 않게 들을 수 있었던 것은 오로지 그녀가 지닌 개인적 능력 덕택일 뿐, 정작 이야기의 알맹이는 귀만 갖다대면 성남 어디서나 흔하디흔하게 들리는 천편일률적인 것으로서 하나도 새로울 게 없었다. 이를테면 그녀의 집안은 철거민 가족의 한 전형이요 표본이었다. 불운이 덮치고 실패가 따르고 거기에 상당량의 눈물이 섞여들고, 그리고 입으로는 새로 얻어진 고향에 자랑을 느낀다고 말하면서도 속새로는 해소되지 않은 몇 가지 불만족과 좀처럼 이루지 못할 소망이 서리로 응집되어 이야기 마디마디를 비집으며 차갑게 빛을 발하는 것이었다.

"지금은 학원에 다니면서 일본어를 배우는 중예요."

그러고 보니 무릎에서 다시 다탁 위로 올려진 핸드백 위에 얹힌 책은 중급 정도의 일어 독본이었다.

"재작년 여고를 중퇴하고 곧장 직업 전선에 뛰어들었어요. 직업 전선──이렇게 말해놓고 보니 어쩐지 좀 기성복 냄새가 나는 것 같군요. 하는 수 없죠. 아무튼 여자로서 할 수 있는 일이라면 뭐든지 다 손대봤어요. 가발, 봉제 완구, 미싱 자수, 뭐든지 다…… 하지만 어느 거나 피곤만 했지 손에 쥐어지는 건 늘 쥐꼬리보다 작아요. 어느 날 제본 용지 귀퉁이에다 볼펜으로 계산을 해봤죠. 그랬더니 놀랍게두 십팔 년이 나오는 거예요. 제 소원을 풀려면 안 입구 안 바르구 해도 앞으로 십팔 년 이상을 더 그런 짓을 계속해야 된다는 결론이에요. 선생님두 생각 좀 해보세요. 앞으로도 십팔 년──그때는 제 나이 이미 서른일곱예요. 전 그만 눈앞이 콱 맥히구 너무너무 분하구 억울해서 막 울었어요. 한바탕 서럽게 울고는 그 길루 공장을 뛰어나와버렸어요. 그 다음 들어간 게 바로 일본어 학원이죠."

여관에 데려가달라고 소리칠 때와 마찬가지로 음성이 너무 높아 빽적지근한 주위의 잡음 속을 뚫고 마냥 위로 치솟아서 사람들의 시선이 일제히 이쪽으로 쏠렸다. 앞자리의 남녀도 어느 틈에 방어의 자세를 완전히 풀고는 흥미롭게 경청하고 있었다. 주위에서 던지는 호기심의 포위망 안에 덤으로 갇힌 것이 몹시 부담스러웠으나 그렇다고 한번 발동이 걸려버린 말의 바퀴를 임의로 정지시킬 수는 없는 노릇이었다. 그녀는 주위의 시선을 전혀 의식하지 못하는 듯, 아니면 알고도 부러 깔아뭉개는 듯 사양하는 구석이라곤 조금치도 없이 신이야 넋이야 지껄여대고 있었다.

"그렇게 절 이상한 눈으루 바라보시면 곤란해요. 쪽발이 말을 배우는 여자라고 다 타락하란 법은 없잖아요. 호랑이한테 열두 번 물려가두 정신만 차리면 산대요. 꼭 떼돈을 번다고 장담할 수야 물론 없겠죠. 하지만 그 사람들이 돈보따리를 지구 떼뭉쳐 건너와서 일을 많이 벌여놓구 있으니까 열심히 뚫으면 한 구멍쯤 수가 터질 것 같기두 해요. 이제 한 달간만 더 다니면 수료증을 따게 돼요. 수료증만 따고 나면 바로 관광 가이드 시험을 칠래요."

꾀죄죄한 외양을 한 꺼풀 벗었을 때 만좌중에 드러난 그녀의 내부에서는 분명히 건강한 동물성 같은 게 숨쉬고 있었다. 상대가 뭐가 됐든 그녀에게는 능히 멱줄을 물어뜯고 할퀴기에 충분한 날카로운 송곳니와 발톱이 아직도 퇴화되지 않은 채 신품처럼 번쩍이는 성능으로 고스란히 살아 은밀한 곳에 비장되어 있었다. 그리고 원하는 한 가지를 손에 넣기 위하여 지니고 있던 다른 아홉 가지를 벌써 포기해버린 사람들만이 갖는 저 신지핀 집념과 억척이 곁들여 있었다. 아무나 쉽게 획득할 수 없는 그녀의 그것들은 분명히 축복받은 값진 자산이었다.

다방 종업원들이야 눈치하거나 말거나 난로 곁에 진득이 눌러

앉아 꽁꽁 언 몸을 어지간히 달구고 나니까 이번엔 흠씬 뭇매를 맞고 난 뒤끝인 양 걷잡을 수 없는 피곤과 나태감이 한꺼번에 엄습해왔다. 실내의 온도는 그야말로 쾌적한 상태였다. 바깥과 안 사이는 소리도 빛도 못 넘볼 완벽한 격자(格子)로 무결하게 차폐되어 있는 것 같았다. 그렇기 때문에 추위는 물론 여태껏 정류장에 발을 묶인 사람들이 저지르는 소란도 거기까지는 감히 근접을 못 하는 성싶었다. 그리고 바깥의 그 소란은 자기와는 아무런 상관도 없는 것이며, 자기는 시방 별세계에 앉아서 그네들이 겪는 고통을 마치 원시 부족의 축제라도 구경하듯 유유자적하며 즐기는 기분이 들었다. 위장 속에 괴어만 있던 술기도 늦게야 몸 구석구석으로 확산되기 시작하는지 알맞게 취한 상태가 지속되면서 전신이 다 화끈거렸다. 그 점은 그녀도 마찬가지였다. 아니, 외려 그보다 더했다. 음주는 안 했지만 그녀는 소주 여섯 잔을 마신 박의 경우보다 정도가 더 심해서 정녕코 여섯 잔 이상의 취기를 전신으로 내뿜고 있는 것이었다. 가슴속에 차곡차곡 개켜두었던 말들을 여지없이 방출해버리고 난 다음 정영순이란 여자의 얼굴은 화기에 넘쳤다. 얼굴 가득히 거의 병적이리만큼 짙게 피어오르는 도화색 홍조가 혼자만 구경하기 아깝게 무척 아름다워 보였다. 아직 혼전인 하나의 여자로서 비로소 그녀는 성숙한 면모를 갖추어가고 있었다.

그러나 한동안의 침묵을 견디고 나더니 미스 정은 어찌 된 셈인지 급속도로 무너져내리기 시작했다. 두 볼의 홍조는 이내 말끔히 가셔지고 그 자리엔 창회색 슬픔의 너울이 대신 차지해버렸다. 어느새 그녀는 성숙 이전에 생장을 정지당해버린 식물 같던 처음의 인상을 되찾아 온몸을 무섭게 떨고 있었다. 참으로 안타까운 일이 아닐 수 없었다. 마치 생애를 통하여 단 한 차례 피었다 스러지면 그것으로 영영 그만인 어떤 선인장 종류의 꽃망울이 열리고 닫히는 그 짧은 과정을 앉은 자리에서 다 목격하고 난 느낌이었다. "박선생님" 하고 부르는 그 목소리조차 생기에 넘치던 소녀의 그것이 아니라 해소병을 앓는 노파처럼 잔망스럽고 걸걸하게 들렸다.

"고백하겠어요. 저 지금까지 거짓말을 했어요."

몸의 떨림에 따라 목소리도 가늘게 떨려나왔다.

"사랑한다는 건 다 거짓말예요. 그리고 조금도 자랑스럽지 않아요. 고향도 뭣도 아녜요. 그저 언제까지나 제겐 타향일 뿐예요. 우리 아빠 지금도 늘 서울이란 데가 자기를 망치고 끝내는 자기를 버렸다고 믿고 있어요. 돌격조 갈쿠리에 찍혀서 집이 헐리던 날의 기억을 아무래도 잊을 수가 없는 거예요. 그래서 아빠는 지금도 늘 개선장군처럼 다시 서울로 돌아가서 보아란 듯이 살게 될 날만을 꿈꾸고 있어요. 그렇다고 우리 아빠만을 탓할 순 없어요. 탓하기가 다 뭐예요. 가능하다면 힘껏 도와드리고 싶어요. 무슨 짓이든 가리지 않고 뛰어들 작정예요. 돈을 벌어서 꼭 우리 아빠 소원을 풀어드릴래요. 아빠가 다시 서울특별시민이 되는 건 아빠의 소원이자 바로 제 소원이기도 해요. 하기야 이런 생각을 먹는 사람은 저 혼자만이 아니겠죠. 다른 사람들도 많이 그럴 거예요. 아까 밖에서 들으니까 사람들 얘기가 뭐 관상대 잘못이다. 버스업자들이 너무 자기 잇속만 차리고 공익성을 무시한다, 도로 행정이 엉망이고 교통 행정도 엉망이다, 어쩌고 하면서 떠들던데요. 따지고 보면 다 자기 못난 탓예요. 정 억울하면 내일이라도 당장 살기 편한 곳으로 이사가는 거예요. 문안에만 살아보세요. 눈이 길 아니라 굴뚝을 덮어도 집에 돌아갈 걱정 땜에 이렇게 늦게까지 남아서 안달하고 있진 않을 거 아녜요."

그 순간 박이 느낀 것은 천길 높은 벼랑을 떽떼굴 굴러떨어지는 듯한 감정이었다. 다른 한편으로 그것은 거센 배반감이기도 했다. 가슴속에서는 분노 같은 게 원인도 모르게 부글부글 끓어오르기 시작했다. 그리고 그것은 눈 깜짝할 새 아주 조포(粗暴)하기 짝이 없는 성욕으로 바뀌었다. 정영순이란 이름의 한 여자를 겨냥했다기보다 그것은 수없이 밟히고 밟혀도 여전히 꿈틀거리는 한 모진 목숨을 보았을 때 느끼는, 거기에 마지막 일격을 가해주고 싶은 충동이나 매한가지 욕구였다. 자기 자신이 느끼기에도 참말 어처구니없고 느닷없는 변화였다. 그러면서도 더 이상 그럴 수 없이 아주 절실한 기분이어서 당장 어쩌지 않으면 속에서 꼭 탈이 날 것만 같았다. 마침내 그는 그녀를 범하기로 결심을 굳혀버렸다.

"그만 일어납시다!"

누가 들어도 의아하게 생각될 만큼 박의 어조는 터무니없이 강경했다. 영문을 몰라 자세가 엉거주춤 흐트러지는 미스 정의 손목을 거지반 납치하다시피 끌어쥐고 박은 조급한 발걸음으로 다방 문을 나섰다. 그러기 전에 두 사람분 찻값은 물론 그가 계산했다.

바깥 추위는 여전했다. 아니, 오히려 불을 쬐기 전보다 훨씬 더 심했다. 그래서 그런지 동정이 갈 정도로 앙상한 미스 정의 손목은 사뭇 떨리고 있었다. 틀림없이 좁쌀을 달팍 부어놓은 듯 무섭게 돋아 있을 살갗의 소름이 사이에 낀 두꺼운 메리야스천이 있음에도 불구하고 곧이곧 매만져지는 듯 붙잡고 있는 손목

100

의 감촉은 몹시 꺼끌꺼끌했다. 죄책감 같은 건 조금도 느껴지지
않았다. 다만 사내들의 그와 같은 행동에 항용 따르게 마련인 소
위 그 책임 문제에 관해서 어렴풋이 의식하면서 동시에 빠져날
구멍을 파고 있었다. 미스 정을 이끌고 거리로 나서면서 마음속
으로 그는 수없이 뇌고 있었다. 이건 결코 내 잘못이 아니다, 빈
속에 과하게 마신 술이 유죄다. 그리고 예고 없이 내린 폭설 때
문이다. 누군가 꼭 책임을 져야 된다면 그건 하늘이 알아서 할
일이다, 라고.

"선생님, 들려요?"

가쁜 숨을 쉬면서 미스 정이 기진맥진한 소리로 이렇게 물었
다.

"듣고 있어요."

크리스마스 캐럴이 바람결에 묻어오고 있었다. 정각 열시에
사랑의 종소리를 내보내던 그 전축 가게가 주는 선물일 것이었
다.

"아기 예수의 탄생을 축하하고 있군요."

"아아, 할렐루야!"

"먼젓번 것은 루돌프 사슴코였어요."

"사슴코면 어떻고 사자코면 또 어떻습니까. 그것보다는 생각난
김에 미리 성탄이나 축하해둡시다. 좀 때 이른 감이 없지 않지
만, 미스 정, 메리 크리스마스!"

"선생님도 메리 크리스마스!"

그러면서 미스 정은 가까스로 웃음을 지어보였다.

정류장 일대의 혼란은 더욱 가중되어 있었다. 귀소 본능을 무
참히 제지당한 이삼천의 군중이 엄동의 밤거리에서 방황을 계속

하고 있었다. 트럭에 실려 출동한 상당수의 기동경찰이 사람들 틈서리를 누비고 다니며 질서 유지에 안간힘을 다하는 모습도 보였다. 전에 비해 또 달라진 게 있다면 그것은 사람들이 느끼는 엄청난 슬픔과 외로움 위에 드디어 비치기 시작한 외부로부터의 조명이었다. 신문사의 보도 차량들이 속속 나타나 보닛 위에 우뚝 올라선 기자가 사진을 찍어댔다. 플래시가 펑펑 터질 적마다 사람들은 자신의 존재를 알리려는 안타까운 노력으로 양손을 일제히 치켜올리며 함성을 올렸다. 혹 모르는 사람이 봤다가는 그들 나름으로 주어진 한때의 여가를 즐기는 중이라고 착각할지도 모를 희극적인 정경이기도 했다.

"추운 데서 떨면서 더 기다려봤자 소용없어요. 이젠 다 틀린 일이니까 뜨뜻한 여관방에 들어가서 잠이나 청합시다."

박은 난폭한 솜씨로 미스 정의 팔을 잡아끌며 여전히 조급하게 굴었다. 사태를 관망하느라고 좀 망설이는 기색이긴 하지만 그래도 잘만 요령을 부리면 꼼짝없이 끌려올 듯도 싶었다. 그런데 이때 생각지도 않던 방해물이 등장했다. 결정적인 순간에 나타난 그 방해물 때문에 결국 박의 엉큼한 속셈은 무산되고 말았다. 경찰 패트롤 카가 확성기로 아나운스를 하고 다니기 시작했다.

"친애하는 성남 시민 여러분, 그간 추위에 얼마나 고생이 많으셨습니까. 너무 오랫동안 기다리시게 해서 대단히 죄송합니다. 그러나 이젠 안심허십쇼. 조금만 더 참고 계시면 시영버스가 나와가지고 여러분을 댁에까지 안전하게 모셔다드리도록 지시가 내렸습니다. 많이 지치고 피곤하실 줄 압니다만 민주 시민의 긍지를 살려 질서 유지에 적극 협조해주시기 바랍니다. 이젠 마음

푹 놓고 잠시만 더 기다려주십쇼, 여러분."

시영버스는 자정이 넘어서야 열대여섯 대가 한꺼번에 줄지어 몰려왔다. 또 한바탕 북새가 일고 서로들 먼저 오르겠다고 밀리는 그 수라장 속에서도 어디서 갑자기 그런 힘이 솟는 건지 미스 정은 매우 민첩하게 움직였다.

"먼저 올라가서 자릴 잡아놀게요!"

친절에 보답할 좋은 기회라고 생각한 것일까. 그녀는 큰 소리로 외치고 나서 수많은 군중이 펼치는 무시무시한 원색의 날뜀 속으로 겁도 없이 곧장 투신해 들어갔다. 붙잡고 말릴 겨를도 없었다. 거대한 인간의 소용돌이가 아무래도 미덥지 못하던 그녀의 뒷모습을 제격 삼켜버렸다. 곧이어 밤공기를 째는 처절한 울부짖음이 몇 차례 들리더니 버스가 서 있는 쪽을 향하고 사람들이 차례로 휩쓸려 넘어지기 시작했다. 참으로 순식간에 벌어진 불상사였다. 경찰들이 달려들어 길을 트고 넘어진 사람들을 붙잡아 일으켰다. 박도 정신없이 다가서서 미스 정을 부축해 세웠다. 그러나 그녀는 부축의 손길이 좀 느슨해지자마자 도로 풀썩 고꾸라져버렸다. 완전히 인사불성이었다.

"미스 정, 정신차려요, 정신!"

박은 미스 정의 어깨를 두어 번 잡아 흔들어보았다. 아무런 반응도 없었다.

"아주 많이 상한 모양입니다. 병원에 데려가야 될 것 같습니다."

누군가 옆에서 허허벌판 같은 민숭민숭한 억양의 말을 하는 사람이 있었다. 그가 물었다.

"아는 사입니까?"

박은 무심코 고개를 옆으로 돌렸다. 제모를 쓴 젊은 얼굴 하나가 얼핏 시야에 들어왔다. 상대방이 경찰관임을 깨닫자 박은 별안간 냉수를 뒤집어쓴 듯 정신이 퍼뜩 들었다. 그리고 자신이 지금 어떤 상황에 처해 있는가도 넉넉히 깨달을 수 있었다. 만약 아는 사이라고 대답했을 경우에 자신이 치르게 될 절차와 역할 같은 여러 가지 것들이 한꺼번에 뇌리를 스쳤다. 박은 순간적으로 아주 실제적인 인간이 되었다.

"나 말입니까?"

박은 허리를 펴고 몸을 일으키면서 자다가 깨는 소리를 했다.

"아, 아닙니다. 전혀 모르는 사람입니다. 조금 전에 내 앞에 서 있던 여잔데, 참 안됐군요, 안됐습니다."

이렇게 허둥지둥 발뺌을 하면서 박은 둥글게 에워싼 구경꾼들 사이를 빠져 뒷전 멀찍한 곳으로 피신을 했다.

미스 정 한 사람 때문에 버스의 출발이 늦어지고 있었다. 넘어진 사람이 여럿이지만 다들 경상이어서 부축을 받으며 버스 안으로 들어갔다. 그런데 유독 미스 정 혼자만이 아직도 일어날 줄을 몰랐다. 그렇게 북적거리던 수많은 사람들 거의가 차에 오른 뒤라서 정류장 일대는 허전하기 한량없어 보였다. 다만 남의 일에 관심이 많은 구경꾼들 몇몇이 끝까지 뒤에 남아 다 채우지 못한 호기심을 마저 채우는 중이었다. 구경꾼들 뒷전에서 한참을 머뭇거리고 난 박은 눈치레로 아무 버스나 하나 골라잡아 그쪽으로 천천히 발길을 돌리기 시작했다. 그러자 등뒤에서 흐느끼는 소리가 났다. 미스 정이 혼절에서 깨어난 모양이었다.

"싫어요. 병원에 가잔 말은 제발 말아주세요. 치료빈 둘째치고 제가 없으면 우리 집안은 엉망이 된단 말예요. 안 돼요, 제발 이러지 좀 말아요……"

잠시 더 지체한 다음에 줄지어 선 버스의 행렬은 선두서부터 차례로 출발하기 시작했다. 드디어 고생은 끝난 셈이었다. 달리는 차중에서 사람들은 약속이나 한 듯이 서서 졸고 앉아서 졸고 모두들 조는 빛투성이였다. 그런 속에서 박은 조금도 졸리지가 않았다. 미스 정의 뒷일이 궁금하지 않은 건 아니었다. 그러나 그녀와의 사이에 있었던 일체의 일을 애당초 없었던 일처럼 머릿속에서 깨끗이 지워버리려고 박은 무진장 애를 썼다. 미스 정이 예수가 아닌 것과 마찬가지 확률로 자기는 분명히 베드로가 아니었다. 아무려면 좀 모르는 사이라고 대답했다 해서 닭이 울기 전에 예수를 세 번씩이나 부인한 베드로와 같은 심정일 수는 없는 노릇이었다.

성남시 입구인 경찰서 앞에서 차들이 섰다. 한 시간 가량 졸다 깬 탓인지 땅을 내디디면서 "어머, 눈이 소복이 내렸네요!"라고 뚱딴지 같은 소리를 지르는 부인이 있었다. 거기에 대꾸라도 하듯 박은 심하게 재채기를 해댔다. 긴장이 풀리자마자 고뿔이 드는 모양이었다. 박은 잽싼 동작으로 앞선 사람을 추월하면서 고자누룩이 잠든 거리를 걷기 시작했다. 이때였다.

"박선생님!"

부르는 소리가 들렸다. 뜻밖이었다. 박은 덜미라도 잡힌 기분으로 빙그르르 돌아섰다. 미스 정이 저만큼 뒤쪽에 서서 안간힘을 다해 미소를 만들어보이고 있었다. 저도 모르게 얼른 다가가면서 박은 그녀의 눈빛을 읽었다. 원망의 빛도 비난의 빛도 없이 그녀의 눈은 괴어 있는 물처럼 잔잔히 가라앉아 있었다.

"오늘 커피 고마웠어요, 그리고 반숙도."

엄동   105

"다친 데는 좀 어때요?"

"괜찮아요. 여기서 헤어져야 되겠군요. 전 이쪽 길로 들어가요."

"내가 집에까지 바래다드리죠."

"저 혼자서도 충분히 걸을 수 있어요. 그럼 선생님, 사요나라!"

또다시 안간힘을 다해 미소를 만들어보이고 나서 미스 정은 하얀 눈바탕 위에 비뚤배뚤 불규칙한 발자국을 남기며 회부연 백야(白夜) 속으로 느릿느릿 멀어져갔다. 미스 정의 등뒤에 대고 박은 맥풀린 소리로 이렇게 중얼거렸다.

"잘 가요, 영순이……"

미스 정의 모습이 시야에서 완전히 사라져 보이지 않을 때까지 박은 길가 수은등 아래 외돌토리로 우두커니 서 있었다. 서울보다도 많이 내린 듯한 눈이 성남 시가지 전체를 순백의 갑주(甲胄)처럼 두툼하게 덮고 있었다. 오물과 폐수가 뒤섞여 흐르던 탄천(炭川)의 지류도, 굴곡이 심한 언덕바지에 염병 후에 돋은 발진처럼 덕지덕지 엉겨붙은 무수한 가옥들도, 그리고 그 속에서 한창 세상 모르게 곯아떨어져 있을 모든 지아비와 지어미와 그들의 새끼들도 두루두루 다 하얗게 백야를 이룬 한 차례의 혹심한 눈사태 속에서 순결한 피로 다시금 새롭게 태어나는 것 같은 밤이었다. 세상을 온통 휘덮은 그 순백의 색채를 마주하고 있는 동안 박은 이렇다 할 대상도 없으면서 그저 주위의 모든 것에 부끄럽고 또 부끄러워 더 이상 고개를 바루고 꼿꼿이 서 있기가 차마 무엇했다.　　　　　　　　　　　〔『현대문학』, 1975. 3〕

그것은 칼날

해방 바람이 불던 그 어느 날 밤에 중동이 와지끈 꺾였다는 둥구나무는 마을 앞 당산 위에 있고, 덩치 큰 사내의 모습은 언제나 그 둥구나무 가까운 부근에서 찾아낼 수 있었다. 비록 중동이 꺾여나가긴 했어도 둥구나무는 마을 아이들에게 있어 가장 큰 어떤 것을 가리킬 때의 상징물이었다. 그 둥구나무를 연상할 만큼 사내는 체격이 우람했다. 팔뚝이 그렇고 어깨와 가슴팍이 그렇고 허벅지와 장딴지가 또한 그랬다. 그러나 얼굴만은 아직도 철부지 어린애 티를 벗지 못했다.

"똥필아아!"

세월도 그의 얼굴만큼은 비껴간다는 걸 마을 사람들은 깨닫고 있었다. 늙어 죽을 때 그 얼굴 그대로 관 속에 든다 해도 사람들은 그다지 놀라지 않을 것이었다.

"똥똥 물찌똥, 똥똥 개똥필아!"

마을 조무래기들이 사내를 부르는 소리였다. 애들이 느끼는 친근감이 크면 클수록 부르는 이름 앞에 붙는 말들이 서너 발이

나 되게 마냥 길어지곤 했다. 아이들과 사내 사이는 일찍부터 나일론 끈 같은 것으로 질기게도 맺어져 있었다. 아이들 노는 곳에 사내 있고 사내 가는 데 아이들 따랐다. 똥필이라는 이름이었다. 별명이 동필이었다. 아니다. 실은 똥필이는 어디까지나 별명일 뿐이고 진짜 이름은 동필이었다.

"똥필아, 너 거그서 뭐 허고 앉었냐?"

"햇볕에다 땀 말리고 있냐?"

아닌게아니라 아까부터 똥필이는 따갑게 내리꽂는 땡볕 속에 몸뚱어리를 고스란히 내맡긴 채 땀으로 멱을 감고 있었다. 아무리 사람이 모자란다지만 땀을 말릴 작정으로 그러지는 않을 것이었다. 처음에사 물론 더위를 피하려고 둥구나무 그늘에 들었을 것이었다. 그러다가 시나브로 물러앉는 그늘을 쫓아가기가 귀찮아서 내처 불볕 속에 남았을 것이었다. 똥필이는 일부러 쥐어짜듯이 땀을 흘렸다. 국방색 무명 등거리가 흠뻑 젖어 국방색 아닌 다른 검푸른 빛깔로 맨살에 찰싹 늘어붙었고 등거리가 약간 가리려다 만 어깨 아랫부분 근육이 참기름이라도 바른 것같이 번들거렸다. 삽시간에 주위를 에워싸고 도는 조무래기들을 보면서 똥필이는 헤벌쭉 입을 열어 그저 웃기만 했다.

"똥필이 너 식전에 소재지 갔다 왔담서?"

똥필이는 역시 웃기만 했다.

"식전부터 소재지까지 뛰어가서 자동차 부랄이랑 기차 잠지랑 구경허고 왔다며?"

누런 이빨을 드러내면서 그는 연신 웃고만 있었다.

군청 소재지에 가서 본 것이 정확히 무엇인지는 몰라도 아무튼 똥필이가 마을에서 삼십 리 상거인 거기를 꼭두새벽에 다녀온 것만은 어김없는 사실이었다. 그것도 순전히 걸어서였다. 홍 노인이 전하는 말이 대강 그랬다. 어릴 적부터 머슴으로 부리던 똥필이를 서른이 넘어 논밭배미를 붙여 장가까지 들이고 따로 나게 해준 장본인이다. 마을의 제일가는 유지이자 시방도 똥필 이의 보호자 격인 홍노인 입에서 "낼 아침 일찌거니 너 소재지 좀 댕겨와야겠다" 하고 운이 떨어진 것은 간밤의 일이었다. 심부 름 용건은 떠날 임시에 이를 작정으로 다만 이렇게 운만 떼었을 뿐인데 어쩐지 똥필이 대답이 "예!" 하고 너무 수월하게 나오더 란다. 정작 아침이 되어 사람을 찾으니까 아무데서도 안 보였다. 온 동네를 다 뒤져봐도 똥필이는 온데간데없었다. 그는 점심참 이 훨씬 기울어서야 땀을 뻘뻘 흘리며 마을로 돌아왔다. 어딜 갔 다 인제 오는 거냐고 홍노인이 물었다. 소재지를 다녀오는 길이 라는 대답이었다. 새벽 바람에 삼십 리를 달려가서 그래 한 일이 뭐냐고 묻는 따위 어리석은 짓을 노인은 하지 않았다. 다만 이렇 게 자탄했다는 것이다.

"그렇지, 너더러 눈뜨자마자 소재지 댕겨오라고 시킨 게 분명 히 나였지……"

대를 물려 불러오는 묵은 별명이었다. 아이들 하는 양을 따라 어른들도 낱낱이 본명을 챙겨 부르는 법이 없었다. 됨됨이가 정 상에서 턱없이 모자라는 것이 최초로 발견된 그 이후로 아무도 그를 보드랍게 부르지 않았다. 아이들도 저희 아비뻘 되는 사람 한테 툭하면 똥필아요, 해라였다. 그렇다고 반드시 억울할 것도 없었다. 아이들한테서 받는 만큼 똥필이는 마을 어르신 아무나 에게 예사로 반말지거리함으로써 손쉽게 품앗이를 했다. 어르신 네는 어르신네대로 장정 두엇에 당하는 그 대단한 힘을 거저나

다름없이 무시로 불러다 대소사에 요긴하게 쓰기 때문에 일방적
으로 당하는 손해만은 아니었다. 하기야 손해본들 또 어쩔 텐가,
죽이지도 살리지도 못할 배냇반편인 것을.

"이게 무어게?"

조무래기 패거리 속에서 한 아이가 나서더니 똘똘 사려쥔 주
먹을 똥필이 코앞에 불쑥 내밀었다. 순간 다른 아이들은 숨을 죽
인 채 그 아이의 주먹과 똥필이 얼굴을 번갈아보았다. 모든 움직
임이 그치고, 쩽쩽 내리쬐던 햇볕도 삽시에 기세가 꺾이고, 이제
세상천지엔 똥필이의 눈과 입만이 덩그렇게 남았다. 그러나 똥
필이는 야속하게도 아이들만큼 긴장해주지 않았다. 다만 아이의
주먹을 흘긋 보고 나서, 자세히도 아니고 그저 에멜무지로 건성
지나치고 나서는 씨익 웃어보일 따름이었다.

"길고 잘쪽허게 생겼다, 헤헤."

"길고 잘쪽헌 게 뭐게?"

"깡깡헌 것이 가온데 백혔다, 헤헤."

"가온데가 깡깡헌 것이 어떤 것이게?"

"대가리에다 모자를 썼다, 헤헤."

"모자를 썼으면 뭐게?"

"연필이다, 헤헤헤헤……"

아이들이 와아 환성을 올렸다. 주먹을 내밀었던 아이가 손바
닥을 활짝 펴자 그 속에서 땀으로 투겁을 쓴 몽당연필 하나가 불
거졌다. 차례가 바뀌어 이번엔 다른 아이가 공처럼 둘둘 뭉친 신
문지를 내보였다.

"요 속에 든 게 무어게?"

"죽었다, 헤헤."

"뭣이 죽었게?"

"눈깔이 땡그랗고 꼬랑지가 질다, 헤헤."

"눈깔이 땡그랗고 꼬랑지가 질면 송아지게?"

"널러댕긴다, 헤헤."

"그럼 비행기게?"

"잠마리다, 헤헤헤헤…… 잠마리다, 잠마리, 헤헤."

당산 언저리에 다시 한 번 환성이 퍼졌다. 조무래기들이 느끼는 감동과는 전혀 무관하게 똥필이는 덤덤한 표정이다가 하마터면 잊을 뻔했다는 듯이 이제 막 눈자위로 흘러들려는 땀방울을 팔뚝으로 훔쳤다. 그러자 팔의 땀이 얼굴로 이사를 갔다. 꼬깃꼬깃한 신문지 속에서 절반은 형체가 이지러진 밀잠자리 한 마리를 꺼내보이면서 아이는 풀이 죽었다. 또 다른 아이가 나섰다. 그애는 하나 둘 소리내어 세면서 똥필이로부터 정확히 열 걸음을 뒷걸음질쳐 떨어진 다음 제 궁둥이에 달린 바짓주머니를 손으로 툭 쳐보이는 것이었다.

"여그 요 속엔 뭐가 들었게?"

"때깨칼이다, 헤헤."

똥필이가 너무 싱겁게 알아맞히는 바람에 이번엔 아무도 감탄하지 않았다. 모두들 잠자코 있는데 오직 출제한 당사자만이 아직도 몹시 아쉬운 듯한 얼굴로 억지를 부렸다. 틀렸다는 것이다. 그 증거로 아이는 뒷주머니에서 바싹 마른 누룽지 한쪽을 뒤져내 들이대었다. 딴은 그렇다. 접었다 폈다 하는 주머니칼하고 먹다 남긴 누룽지쪽하고는 눈곱만큼도 닮은 구석이 없다. 다른 아이들이 뒷주머니를 까뒤집어보일 것을 촉구했다. 그러나 그 아이는 한사코 거기에서 다른 무엇을 마저 다 끄집어내려 하지 않왔다. 그애한테는 주머니 하나에 여러 물건을 담을 수 있다는 게 여간만 다행이 아니었다. 조무래기 친구들 사이에 일어난 갑작스런 다툼질을 보면서 똥필이는 그저 광주리만한 입을 벌리고 연방 헤헤거리기만 했다.

아이들의 다툼질은 그리 오래 끌지 않았다. 더위가 아이들을 멀겋게 쑨 풀떼죽마냥 녹여놓았다. 이십 년 만에, 혹은 삼십 년 만에 처음이라는 살인적인 가뭄이 일단 죽으로 녹은 아이들을 소금버캐처럼 말려 엉기게 했다. 처음엔 날씨가 무색할 만큼 따따부따 기세 좋게 오르던 새된 소리들도 땡볕 아래서 점점 물기를 잃고 시들해져갔다. 당산 너머 둠벙에서 헤엄을 치고 오는 길의 아이들이었다. 말이 헤엄이지 실상은 겨우 발목을 적실 정도의 물구덩이에서 순전히 감탕질로만 논 탓에 봄 여름내 불에 그을린 듯 검게 탄 아이들의 팔다리엔 물때가 황토빛의 잔주름으로 올라 있었다.

둥구나무 저쪽에서 인기척이 다가오고 있었다. 여럿이었다. 더위에도 아랑곳없이 그들은 잡초와 잡목 덤불 사이로 뚫린 소로를 타고 왁자한 잡담을 꼬리에 매단 채 매우 빠른 걸음으로 다가옴으로써 인기척으로만도 이 고장 사람이 아님을 광고했다. 겨우겨우 모를 낸 논자리가 심하게 가뭄을 타기 시작한 이래로 이 고장 농사꾼치고 그렇게 우렁차게 걷는 사람은 구경하기가 퍽 힘들어졌던 것이다. 일단의 낯선 사람이 둥구나무 앞 공지로 불쑥 모습을 드러내자 아이들은 다소간 겁먹은 눈으로 재빨리 경계의 빛을 나타냄으로써 저희네가 깔축없는 촌뜨기들임을 은연중에 자백해버렸다.

"그늘에 앉아서 조깨 땀이나 들였다 갈까요?"

일행 중에서 유일하게 낯이 익은 사내가 말했다. 바로 이웃 마을에 사는 아무개였다.

"저기 보이는 저 부락인가?"

색안경을 낀 사내가 당산 아래 언덕자락에 앙바틈히 자리한 솥단지 같은 마을을 턱으로 들어올리면서 시큰둥한 물음을 던졌다.

"예, 바로 저 동네죠, 예예."

하고 대답하면서 이웃 마을 사내는 부처님 앞에라도 선 것처럼 색안경의 사내를 향해 두 손바닥을 싹싹 비벼댔다.

"동네야 옴딱지만헌 게 볼품없죠만 전장이 심해서 요 인근에서는 제일가는 부촌이라고 소문이……"

"다 왔는데 그냥 가지."

색안경을 낀 사내가 앞장서고 가방을 든 낯선 사내 둘이 그 뒤를 따랐다. 땅 위로 혹처럼 솟은 둥구나무 굵은 뿌리를 밟고 엉거주춤하던 이웃 마을 사내가 부랴부랴 앞질러 가더니만 일행의 선두에 섰다. 낯선 사람들 손에 들린 두 개의 가방이 유난히 아이들의 눈길을 끌었다. 두 개가 쌍둥이 같았다. 반질반질 윤기 흐르는, 어둠처럼 까만 빛깔인데 뺑뺑하게 배가 불러 있었다. 뒷모습만 보아도 누가 시골 사람이지 얼른 분간이 갔다. 안내역을 맡은 이웃 마을 사내는 등덜미가 후줄근히 젖은 반면 다른 사람들은 말짱했다. 그들은 땀조차도 안 흘리는 모양이었다. 찔러도 피 한 방울 안 나올 것 같은 사람들이었다.

"똥필아, 저 사람들 가방 속에 뭣이 들었게?"

주눅에서 한결 풀린 아이 하나가 별안간 과감하게 소리쳤다. 그러자 다른 아이들도 덩달아 일제히 소리쳤다.

"가방 속에 뭣이 들었게?"

"얄포롬허다."

약간 긴장한 탓인지 똥필이는 그 헤프게 흘리던 웃음을 보이지 않았다.

"뭣이 얄포롬허게?"

"네모졌다. 차곡차곡 포개졌다."

"얄포롬허고 네모지고 포개진 게 뭐게?"

"칼이다······"

그 순간 아이들은 와아 하고 환성을 질렀다.

"아갸갸, 그렇게 생긴 칼이 세상에 어딨어!"

"틀렸다! 똥필이가 틀렸다! 와아······"

맞혀도 환성이고 틀려도 환성이었다. 아이들은 모처럼 만에 똥필이가 알아맞히지 못한 게 신통하고 대견해서 한동안 아우성이었다.

"이 속에 뭐가 들었다고 그랬지?"

걷다 말고 돌아서면서 가방을 든 사내 하나가 따지는 투로 이렇게 물었다.

"칼이 들었대요! 똥필이가 칼이래요!"

아이들은 이제 아무리 낯선 사내들이라 할지라도 조금도 무섭지 않았다. 똥필이가 무섭지 않게 만들어준 것이다.

"저 친구 이름이 똥필썬가?"

"예, 맞았어라우. 바로 저 친구 이름이 똥필이여라우."

"거참, 이름 한번 기똥차게 이쁘구나."

똥필이가 히익 웃었다.

"팔푼이지요. 허지만 병신이 육갑헌다고 기맥힌 재주가 있습조. 감춰진 물건을 척척 알어맞춘다고 인근에 소문이 왜자허답니다."

이웃 마을 사내의 소개에 가방을 든 사내들이 재채기라도 하듯이 실소를 했다.

"그렇담 그거 투시술 아닌가. 아무래도 믿어지지 않는걸."

"나처럼 똑똑한 사람도 못 하는 투시술을 저런 치가 할 줄 알다니, 정말 병신 육갑떠는군."

"모르는 소리."

색안경의 사내가 입을 열었다.

"육갑 같은 건 자고로 병신들이 도맡아서 하는 법이야. 그래야 세상이 공평해지거든. 비상한 놈들이 육갑을 해보라구. 호랑이한테 날개까지 돋친 꼴이어서 상감도 사기꾼이 하고 대통령도 사기꾼이 하게 되지. 다아 하늘이 알아서 그런 재주는 사람들 웃기는 데나 쓰라고 주로 저런 친구들한테 선심을 쓰는 거야."

"아까 분명히 칼이라구 그랬것다!"

"하기야 경우에 따라선 칼일 수도 있겠다. 이거 하나면 저런 친구 목숨 한 다스는 충분히 사고도 남을 테니까."

"이봐! 자네들은 말이 헤퍼서 탈이야!"

색안경의 사내가 엄격히 꾸짖었다. 가방을 든 사내들은 그만 찔끔해가지고 입을 다물어버렸다. 그네들을 이끌고 색안경의 사내는 다시 마을을 향해서 빠른 걸음으로 당산을 내려갔다.

"분명히 칼이라구 그랬것다!" "이것 하나면 저런 친구 목숨 한 다스는 충분히 사고도 남어" "이봐! 자네들은 말이 헤퍼서 탈이야!" 하고 재재들 거리면서 사내들 꽁무니를 밟아 아이들도 당산을 내려가버렸다. 둥구나무 밑엔 달랑 똥필이 혼자만 남겨졌다. 그가 서 있는 곳에선 개량종 아카시아와 나어린 가막살나무의 혼효림 사이로 곧장 시야가 트여 가뭄에 시달리는 들판이 손아귀에 잡힐 듯이 내려다보였다. 그는 내내 땀을 흘리고 있었다. 덩어리가 큰 만큼 땀도 많아서 마치 그렇게 해서 마른 논에 물이라도 대려는 기세로 엄청난 양의 땀을 얼굴로 등으로 가슴으로 쥐어짜내가며 그는 뙤약볕 속에 장승처럼 버티고 있었다.

똥필이가 불가시의 꺼풀을 뚫고 그 안쪽 은밀한 구석의 것을 엿보는 신이한 눈을 지녔다는 사실이 마을에 알려지기는 벌써 오래 전 일이었다. 홍노인이 우연한 계제에 그걸 알아내고는 혼자만 알기가 좀이 쑤셔서 그날로 동네방네 휘젓고 다니며 소문을 돌렸던 것이다.

어느 하루 홍노인은 슬그머니 『장한몽』이 읽고 싶어질 정도로 한가한 시간을 얻었다. 어느 편인가 하면 홍노인은 글줄 밑에다 일일이 서산(書算)대를 받쳐가며 읽지 않고는 독서하는 재미가 도통 뭔지 모르는 성미였다. 그래 그걸 찾는 참이었다. 분명히 먼젓번에 책갑(冊匣) 속에다 넣어둔 것으로 기억되는데 아무리 온 방안을 설설 기며 찾아도 그게 눈에 안 들어온다. 이놈의 서산대가 발이 달렸나 날개가 붙었나 하고 중얼거리니까 보다 못한 똥필이란 놈이 곁에서 불쑥 한다는 소리가

"벽장 안에 있고만 그려라우."

홍노인은 까무러치게 놀랐다. 서산대는 어김없이 벽장 속에서 나왔다. 하도 믿어지지가 않아서 이번엔 짐짓 똥필이의 눈을 시험해볼 작정으로 딴엔 제법 꽤 까다로운 숙제를 내놓았다.

"똥필이 너 이놈, 우리집 집문서가 어디 있는 종 아느냐?"

방안을 한바퀴 휘이 둘러보고 나서 똥필이가 일도 아니란 듯

이 대꾸했다.

"사진가꾸 뒤에 있고만요."

"요, 요놈이 엄부렁허게만 봤더니 아조 수악헌 놈이네그려! 너 이놈, 내가 거그다 집문서 감춰두는 종 으떻게 알었냐?"

이번엔 똥필이 쪽에서 까무러칠 차례였다. 저도 어떻게 된 영문인지 모르겠다는 것이었다. 별로 그럴 생각도 없었는데 어느 순간에 갑자기 눈에 서산대가 보이더라고 했다. 사진틀 뒷면에 붙어 있는 집문서도 그런 식으로 저절로 눈에 띄었노라고 딱 잡아떼었다. 전엔 그런 일이 한 번도 없었다는 것이었다. 그날 이후로 홍노인은 값나가는 물건이나 중요 문서와 인감 도장 등속을 매일돌이로 장소를 옮겨가며 감추느라고 전전긍긍했다. 그러나 더 두고 겪어보니 그럴 필요가 조금도 없는 일이었다. 타고난 바보가 확실해서 전처럼 엄부렁하게 봐도 뒤탈이 없었다.

사실이 그랬다. 똥필이 편에서 보자면 그것은 은혜도 무엇도 아니었다. 남이 못 보는 걸 보는 재주를 들린 듯이 갑자기 몸에 붙이게 되었지만 그걸 저한테 유리하게 이용할 줄을 몰랐다. 누구나 볼 수 있는 것만을 보던 시절과 마찬가지로 그저 저 혼자만 보고 혼자서 묻어버리곤 했다. 그래서 똥필이의 숨은 재주가 마을에 알려진 뒤로도 그를 특별히 경계하는 사람은 아무도 없었다. 은밀한 구석에 사마귀나 흉터가 있는 여자들도 여전히 으시딱딱하게 똥필이 앞을 활개치며 지나다닐 수 있었다. 구린 짓을 하는 사람들도 똥필이가 빤히 보는 앞이래서 하던 짓을 중단하거나 감추고 그러는 법이 없었다. 벽이나 돌멩이와 매한가지로 똥필이는 마을에서 예나 이제나 무해한 도외의 대상이었다. 덕분에 땡을 잡은 건 아이들이었다. 커다란 장난감 하나가 제 발로 굴러들어온 셈이었던 것이다.

낯선 사내들이 나타난 후로 마을은 장님도 얼른 알아보게 변해갔다. 부락개발위원회가 조직되고 홍노인이 난짝 벼락감투를 썼다. 부락의 개발을 위해서 맨 먼저 논밭을 넘긴 것도 위원장인 홍노인이었다. 그는 동네 가가호호를 방문하고 다니며 부락을 위해서 매매 문서에 도장을 찍을 것을 종용했다. 처음에야 물론 반발이 심했다. 누이 좋은 것도 좋고 매부 좋은 것도 좋고 다 괜찮지만 조상님네가 물려준 누대의 근본을 그렇게 호락호락 넘길 수는 없다는 이야기였다. 그러나 시간이 흐를수록 반발은 무디어졌다. 원체 조건이 솔깃했다. 매입가가 시가를 훨씬 웃도는 건 말할 나위 없고, 방직 공장이 들어서는 날이면 마을 사람들을 우선적으로 채용해주겠다는 약속이 덤으로 붙었다. 더구나 공장이 세워지는 그날까지 일단 팔아넘긴 논밭을 거저 안 줄 정도의 헐한 소작료로 갈아먹게 한다고도 했다. 극심한 가뭄 바람에 폐농이 분명해진 이제 그만한 조건을 두고 더 버틴다는 건 바보였다. 동그라미 두 개 이상은 셈할 줄 모르는 똥필이를 제외하고는 고장 발전을 위해서 조상님네께 다소 불효를 무릅써도 상관없다는 쪽으로 대충 결심들이 섰다.

처음부터 아무런 반발도 보이지 않은 사람이 똥필이었다. 똥필이는 끝까지 반발 같은 건 전혀 안 보였다. 다만 누가 무슨 말을 해도 쓰다 달단 말 한마디 없었다. 홍노인이 조백 있게 이해득실을 따져서 귀를 틔우고 눈을 뜨게 한 다음 도장이 없으면 지장이라도 찍으라고 타일러봐도 막무가내로 꿀 먹은 벙어리였다. 홍노인은 뒤늦게 크게 후회했다. 애당초 덜렁한 것 두 쪽만 차고 살도록 타고난 놈한테 전답을 쪼개준 자기가 해도 아주 크게 실수를 했다는 것이었다. 꼭 이뻐서 준 것만은 아니고 또 배불리 먹을 만큼 듬뿍 떼어준 것도 아니건만 홍노인은 설득에 지칠 적마다 주었던 은공을 주장삼아 내놓을 의무를 강조하면서 한량없는 악담을 쏟았다. 똥필이 따위는 안중에도 없이 시작한 일이었다. 길을 막고 물어도 똥필이는 엄연히 홍노인 자기한테 매인 사람이었고 멱이 잠기게 은혜를 입은 사람이었다. 그리고 처음부터 눈독을 들이고 덤빌 만큼 땅덩어리가 크지도 않았다. 도장을 못 받을 하등의 이유가 없었다. 그러던 것이 이제는 눈엣가시로 남아 따끔따끔 쏘아대는 것이다. 서울서 내려온 사람들로부터는 갈수록 독촉이 심해졌다. 사람이 모자란 탓이라는 이유만으로 언제까지고 시간만 끌 수는 없게 되었다.

저만큼 거리에 똥필이가 나타났다. 똥필이가 제 논을 보려고 허리를 꾸부정히 하고서 덤턱스럽게 생긴 네 활개를 흐느적거리며 아침 일찍 들에 나왔다. 변변한 사람들에겐 헛수고일지 몰라도 반편에게는 결코 헛수고가 아니었다. 그는 매일 식전마다 들로 나와 건초처럼 누렇게 말라비틀어진 벼포기를 어루만지기도 하고 쩍쩍 갈라진 논바닥을 물끄러미 내려다보는 것으로 얼마 전까지만 해도 홍노인을 비롯한 마을 사람들로부터 크게 동정을 산 바 있었다.

"오늘부터는 여길 네 맘대로 지나다니지 못한다."

미리부터 나와서 목을 지키고 있던 건장한 사내들이 똥필이를 가로막았다.

"여긴 네눔 땅이 아니야. 지나가고 싶거든 사용료를 물어야 돼!"

똥필이는 아무 대거리도 하지 않았다. 다른 논배미로 돌아가려고 그는 잠자코 방향을 바꾸었다. 그러자 서울에서 내려왔다는 사내들이 잽싸게 그쪽 길마저 가로막아버렸다.

"이쪽두 우리 땅이다. 그냥은 못 지나간다!"

그 순간부터 똥필이는 제 앞을 걸리적거리는 방해물이라곤 아무것도 없는 듯이 사내들은 싹 무시해버리기 시작했다. 우선 그는 울타리를 두른 사내들 틈새를 몸으로 밀어붙이면서 통과했다. 그런 다음 뒤에서 덤벼들어 깍지를 끼려는 사람들을 벼룩이라도 털어내듯이 아주 간단히 제거해버렸다. 그래도 계속해서 엉겨붙는 것은 손에 잡히는 족족 불끈 끄어들어 논바닥에 태질을 쳐버렸다. 앞을 막는 사람을 더는 볼 수 없게 되었다. 똥필이는 도로 꾸부정한 허리를 흐느적거리는 팔다리가 되어 제 땅이 있는 곳까지 논둑이 마냥 비좁게 어슬렁어슬렁 걸어갔다. 그리고는 마흔이 다되어 난생처음 제 소유로 몫지어진 알량한 논바닥을 수긋이 둘러보았다.

그날 오후는 유난히도 더위가 요란했다. 그리고 땅 위로 드러난 것 모두를 태우는 불볕 아래에서도 아이들만은 아직 덜 지쳤다. 어른들이야 어떤 얼굴을 하건 아이들은 산과 들을 쏘다니며 개구리도 잡고 산딸기도 따먹는 것으로 가뭄 더위와 겨루었다. 거의 해가 설핏할 무렵이 되어 덤불을 헤치다가 아이들은 어딘지 모르게 이상한 광경을 만나게 되었다. 똥필이를 동반하고 서울 사내들이 인적이 뜸한 야산 숲속으로 들어가는 장면이었다. 식전에 벌논에서 일어났던 드잡이를 이미 들어 알고 있었으므로 아이들은 그걸 무심히 지나칠 수가 없었다. 사세가 그래서는 안될 것 같은 판인데도 똥필이는 평상시와 다름없이 밝고 천연스런 표정이었으며 돌부리 따위에 걸려서 넘어질 뻔할 만큼 긴장

된 쪽은 오히려 서울 사내들인 것으로 보였다. 아이들은 숨을 죽인 채 어느새 살금살금 뒤를 밟기 시작했다. 나뭇가지 사이로 어른어른 모습들이 보이고 말소리가 들리는 곳까지 접근하는 동안 용케도 저쪽한테 들키지 않았다.

"요 호주머니 속에 든 요것이 뭔지 알겠지?"

누군가 이렇게 묻고 있었다.

"삐쭉허다."

귀에 몹시 익은 똥필이 목소리였다.

"그게 다야?"

"질다랗다. 뻔적뻔적헌 것이다."

"말해봐. 그래서?"

"칼이다, 혜혜……"

"알긴 아는군. 그래 이걸로 배때기를 콱 쑤시면 죽는다는 것도 알 테지?"

여럿이서 일제히 퍼렇게 날이 선 칼들을 뽑아드는 걸 그때 아이들은 목격할 수 있었다.

"배때기에서 빨랫줄이 쏟아지기 전에 어서 여기다 엄지손가락을 눌러!"

말로만 그러는 게 아니라 사내들은 실제로 똥필이 배를 겨누고 칼끝을 들이댔다. 하지만 똥필이는 고개를 절레절레 좌우로 흔들어보였다.

"그만큼 얘기해도 못 알어듣겠니, 이 바보야? 너만 빼놓군 모두 팔렸단 말야! 비가 억수로 쏟아져도 내년부터는 네 힘 가지군 농사구 뭐구 어림도 없단 말야, 이 바보야!"

똥필이의 고개는 여전히 옆으로만 움직였지 위아래로 움직일 줄은 몰랐다.

"녀석 좀 똑똑해질 때까지 공부시켜라!"

명령이 떨어지기 무섭게 앞쪽에 섰던 사내가 칼이 안 들린 빈 주먹으로 똥필이의 눈두덩을 사정없이 가격했다. 그것을 신호로 주위의 다른 사내들도 한꺼번에 주먹을 휘두르고 발길질을 날렸다. 잠시 허우적거리더니 별안간 똥필이가 앞쪽의 사내를 덥석 껴안으면서 풀바탕으로 나가 뒹굴었다. 똥필이는 아랫배에다 칼을 꽂은 채 버르적거리며 일어섰다. 겨우 손잡이만 남을 정도로 칼날이 깊이 박혀 있었다. 끄응 하고 용을 쓰면서 그걸 제 손으로 쑥 뽑아들자 똥필이 배에서는 단박에 펌프물처럼 선지가 튀었다. 빼앗은 칼을 엉성하게 내둘러가며 혼자서 여럿을 상대로 싸우는 동안 똥필이의 배는 내내 풀바탕에다 피를 뿌리고 있었다. 그러다가 결국 똥필이는 몸뚱이가 두 겹으로 접히면서 고목나무처럼 육중하게 무너지고 말았다.

똥필이가 나자빠지는 걸 보더니만 누군가 갑자기 울음을 터뜨리는 아이가 생겼다. 그때까지 덤불 속에 몸을 감춘 채 벌벌 떨면서 숨조차 제대로 못 쉬던 다른 아이들이 소스라치게 놀라 우는 입에 손바닥으로 재갈물림을 하려 들었다. 그러나 그러기엔 이미 때가 늦었다.

"거기 어떤 놈들이냐!"

고함과 거의 동시에 칼을 든 사내들이 덤불 속으로 어지럽게 뛰어들어왔다.

"꼼짝 마라, 이놈들!"

아무나 닥치는 대로 하나씩들 아이를 추켜잡으면서 사내들은 방금 전에 똥팔이한테 했던 것과 똑같은 품으로 칼들을 들이댔다.

122

"네놈들 이게 뭣인지 알지!"

다른 애들은 오금이 저리고 혀가 굳어 파랗게 죽어 있는데 울음을 터뜨린 애만은 느닷없이 눈이 말똥말똥해졌다. 녀석은 제꺼덕 울음을 거둔 다음 침을 한번 꿀꺽 넘기고 나서 엉겁결에 이렇게 소리치는 것이었다.

"삐쭉허다!"

이제껏 많이 해나온 가락이었다. 어른과 아이 사이에 엉뚱한 문답이 되풀이되었다.

"뭐라구?"

"질다랗고 뻔적뻔적헌 것이다!"

"뭐가 어째?"

"칼이다!"

"그래, 칼이다! 이걸로 찌르면 어떻게 되지?"

아이는 얼른 고개를 끄덕거렸다. 덩달아 다른 아이들도 꼴깍꼴깍 침들을 삼켜가면서 죽어라고 고개만 끄덕여댔다.

"오늘 여기서 일어난 일 마을에 가서 얘기하면 안 된다! 다들 죽여버릴 테다! 알았지? 네놈들이 커서 어른이 되구 나서도 누구한테도 얘기하지 마! 언제든지 쫓아가서 죽여버리겠다! 다들 알겠지! 알겠지!"

거푸 다짐을 받고 나서 사내는 한 뭉치의 돈을 꺼내어 아이들 손에 골고루 쥐어주었다. 그런 다음 똥필이를 질질 끌고 숲속으로 들어갔다. 한참 만에 숲에서 나온 그들은 주위 풀밭을 대강 정돈한 다음에 다시 한 번 칼을 꺼내어 아이들을 강박하고는 산을 빠져나갔다.

나갔던 넋이 되돌아오기까지는 시간이 꽤나 걸렸다. 아이들은 뒤늦게야 정신을 가다듬고는 서울 사내들이 마을로 가지 않고 다른 길로 향했음을 확인했다. 어느덧 해가 많이 기울어 있었다. 그러나 구름 한 점 없이 빨갛게 물들어가는 하늘을 성큼성큼 질러 낮보다 더한 저녁 무더위가 벌써 내리기 시작하고 있었다. 덜덜 떨리는 다리를 간신히 가누면서 아이들은 숲을 빠져 산을 내려왔다. 멀리 마을이 보이기 시작했다. 저녁 짓는 연기가 마을 전체를 온통 띠처럼 파르스름히 둘러싸고 있었다. 마을이 가까워지자 별안간 한 아이가 내닫기 시작했다. 좀전에 울음을 터뜨리던 바로 그 아이였다.

"똥필이가 죽었다아!"

손에 쥔 지폐를 팔랑팔랑 흔들면서 아이는 울음 반 고함 반으로 외쳤다.

"똥필이가 죽었다아!"

다른 아이들도 뜀박질치면서 함께 소리쳤다. 그러나 아이들의 외침은 이제 막 밤을 맞으려는 고즈넉한 들과 하늘이 삼켜버려 자꾸만 맥이 풀렸다.   〔『뿌리깊은 나무』, 1977. 2〕

빙청과 심홍

    아무도 우하사를 존경하지는 않았다. 단장 이하 고급 참모들이야 뭐 당연했다. 사고가 발생하기 그 직전까지는 높은 양반들이 일개 초급 하사관의 존재에 표가 나게 관심을 둔 흔적을 전혀 찾아볼 수가 없다. 실은 그런 이유 때문에 일단 유사시에 그분들은 그처럼 허심하게 요란한 존경을 보일 수 있었는지도 모른다. 하지만 우리는 달랐다. 적어도 우리들 병(兵)들은 그간 밤낮없이 무수히 겪어왔기 때문에 우하사가 과연 어떤 사람인가를 제법들 알고 있었다. 그는 말보다 늘 주먹이 앞서는 사람이었다. 그는 국가로부터 지급받는 관물이나 사물의 사이즈, 혹은 품질에 별로 신경을 쓰지 않는 편이었다. 언제든지 마음만 먹으면 내무반 병들 가운데서 아무하고나 물물 교환할 수 있기 때문이다. 그는 장기 복무자의 입장에서 순전히 단기 복무자라는 그 이유만으로도 얼마든지 병들한테서 복장 위반이나 명령 불복종을 끄집어낼 수 있었고, 그와 같은 병들의 군기 위반을 단속하기 위하여 사흘돌이로 하사관 일동의 대동단결을 선창하곤 했다. 그는 기지병원에 위생병으로 있는 동기생과 짜고 무단히 포경수술을 받은 적도 있다. 우하사에 관해서라면 모르는 게 거의 없었다. 그렇기 때문에 막상 그를 존경하지 않으면 안 될 사태에 직면했을 때 누구보다 당황하고 애를 먹은 건 바로 우리들이었다. 그것은 저마다 근본으로 지니고 있는 뱃의 일부를 수정하지 않고는 불가능한 일이기도 했다. 그러나 우리는 결국 그것을 했다. 사실 어떤 의미에서는 뺨이나 엉덩이를 내맡기는 것보다 존경심을 내주는 쪽이 훨씬 수월하고 또 실질적인 법이다.

　다른 무엇보다도 매일 교대 근무로 기지병원 장교 병동에 파견할 간호 당번을 정하는 일이 힘들었다. 사고 당시에 전신 화상을 입은 우하사가 단장님의 특별 배려에 따라 하사관 신분으로 장교 병실에 입원하게 되었을 때 그것은 우리들에게 3할의 영예요 7할의 부담이었다. 갔다 오기가 불행이었다. 누구나 한 번 갔다 오기만 하면 두어 끼씩 식사를 건너뛰는 건 예사였고 특별히 환자의 붕대라도 갈아매는 날에 운수 사납게 걸려본 경험이 있는 사람일 것 같으면 다음 번 차례가 당하기 전에 복통이거나 몸살 두통 따위 급성 질환으로 숫제 몸져누워 당번을 나가느니 차라리 죽음을 택하겠다는 결의를 보임으로써 애꿎은 당번 조장만 곤욕을 치렀다. 그렇다고 농뗑이들만 탓할 수도 없는 노릇이었다. 아직은 목숨이 붙어 있대서 반드시 사람은 아니었다. 전신을 붕대로 허옇게 동여맨 가운데 그래도 숨을 쉴 수 있도록 콧구멍만은 뺀하게 뚫어놓은 것이 여전히 그가 사람임을 주장하는 유력한 근거였다. 그리고 의식이었다. 짜증과 심술과 오기로 뒤범벅된, 잠자지 않는, 끊임없이 살아 움직이는 질기디질긴 의식이었다. 죽은 거나 다름없이 들것에 실려 병원에 입원할 때부터

126

그는 누린내를 펑펑 풍겼다. 거기에 고름 냄새까지 합세하여 시간이 지날수록 그의 몸에서는 차마 맡을 수 없는 악취가 났다. 붕대 밑에서 비명에 가까운 신음과 웅웅거리는 소리가 그치지 않았다. 악취를 무릅써가며 그의 입 근처에 귀를 바싹 들이대고 주의 깊게 해석해보면 웅웅거림은 대개 이런 것이었다.

"조일병은 좀 어때?"

우리들 당번 요원 사이에는 우하사를 위하여 이미 불행해진 조일병을 더욱더 불행한 쪽으로 몰기로 합의가 되어 있었다. 그래서 물을 때마다 이렇게 대답하곤 했다.

"아직두 살긴 살았어요. 허지만 조일병에다 비한다면야 우하사님은 아주 아무렇지두 않은 편예요."

꼭 그런 대답을 듣고 난 후라야 겨우 한참씩 잠을 이루곤 했다. 그의 관심의 표적인 조일병은 병원에서 첫번째 밤을 지낸 다음 바로 숨을 거두었다. 죽은 후에야 우리는 고등학교를 졸업하자마자 입대한 조일병이 얼마나 착하고 참한 애였던가를 밝히 깨달을 수 있었다. 당번 요원들의 수고를 일찌감치 덜어주었대서 하는 말이 아니라 조일병은 정말 매사에 좋은 녀석이었음이 분명했다.

토요일이었다. 모두들 외출 준비에 바빴다. 제일 애가 타는 건 당번 조장이었다. 교대 시간이 지났는데도 기지병원에 올려보낼 간호 당번을 정하지 못한 채였던 것이다. 너나없이 모두 외출을 신청했었다. 조장 고유의 직권을 발동하여 외출을 금지시킨 만만한 몇 사람이 있긴 있었지만, 애당초 만만하게만 보았던 그들도 저마다 한 가지씩들 기지병원에 갈 수 없는 피치 못할 사정들을 확보해놓고 있었다. 그들의 결의는 죽기 아니면 살기였다. 신하사가 맨 처음 우리들 앞에 구세주의 자격으로 부각된 것은 바로 이런 때였다. 그는 느릿느릿 당번 조장에게로 다가가더니 언제나의 그 산전수전 다 겪은 노름꾼 같은 표정 없는 얼굴로 불쑥 말했다.

"내가 나갈까?"

다른 사람이었다면 또 모른다. 하지만 그가 신하사였기에 조장을 비롯한 모든 사람들은 그 말뜻을 얼른 이해할 수 없었다. 말을 마치고 신하사는 곧바로 나갔다. 마치 용변이라도 보러 가듯이 그가 가벼운 걸음으로 내무반에서 나간 뒤 얼마 안 되어 당번으로 나가 있던 녀석이 병원에서 돌아왔다. 신하사와 근무 교대를 했다면서 녀석은 도무지 믿어지지 않는다는 표정이었다. 믿어지지 않기는 우리 역시 매일반이었다.

신하사는 비밀이 많은 친구였다. 그의 신상에 관해서 동기생인 우리들조차도 별로 아는 게 없었다. 일체 말이 없는 그를 고참 하사들도 두려워했다. 사람들로부터 두려운 존재로 인식되기 이전에 그는 몇 차례 사고를 저지름으로써 자신의 위치를 오늘날의 그것으로 강화하였다. 처음 그가 전속되어 왔을 때 일견 어리숙해 보이는 그 태도 때문에 자주 그는 놀림감이 되곤 했다. 그리고 그는 웬만한 조소나 수모는 그럴듯하게 잘 참아내는 성미였다. 그러나 일단 스스로 정한 어느 한계선만 넘을작시면 물불을 아니 가렸다. 눈앞에 보이는 모든 것이 다 흉기였다. 등신처럼 내내 잠자코 견디다가는 슬그머니 포크나 드라이버 같은 것을 집어 번개 같은 손놀림으로 상대방의 팔뚝이나 허벅지에 푹 박는 것이었다. 몇 번 그런 사고가 있고부터는 아무도 그를 놀리지 않았다. 놀리지 않을 뿐만이 아니라 숫제 상대조차 하지

128

않으려 들었다. 그로서는 오히려 그게 바라던 바였던지 구정물에 뜬 호박씨처럼 집단에서 떨어져 늘 각놀아도 마르지도 않고 죽지도 않았다.

느닷없이 그가 장기 복무를 자원했을 때도 우리는 그다지 놀라지 않았다. 일반병으로 들어왔다가 도중에 말뚝을 박는 사람이 더러 있었는데, 그런 친구들은 비단 동료들뿐만이 아니라 이젠 똑같은 신세가 된 정규 하사관들로부터도 수준 이하의 한심한 대접을 받는 풍토였다. 단순히 군대 사회만이 아니고 인생 자체에까지 말뚝을 콱 박은 놈으로 취급해버리는 바람에 비록 하사를 달긴 했어도 사실상 그는 하사관도 아니고 그렇다고 또 병도 아닌 어정뜬 상태에서 하루아침에 소속을 잃는 꼴이 되었다. 심지어는 우리들마저도 같은 날 입대했다가 같은 날 제대할 수 없게 된 한 동기생에 대해 애석하게 여기지 않았으며, 그런 동기생을 둔 것에 저마다 수치를 느끼기도 했다. 대대 행정계 쪽에서 그가 고아원 출신이라는 소문이 흘러나온 것은 장기 복무를 지망한 그 직후였다. 어느 정도 정확한지는 몰라도 그가 신병 시절에 어떤 가수를 짝사랑했다는 소문도 그 무렵에 나돌았다. 밤마다 가슴을 물어뜯는 외로움 때문에 미칠 것만 같다, 그러니 누구든지 와서 내 가슴의 불을 꺼달라――대충 이런 뜻의 노래를 불러 크게 히트한 가수였는데, 그 애절한 가락을 듣고 동정을 느낀 나머지 즉석에서 편지를 썼다는 것이다. 그리고 정 무엇하면 자기라도 소방수 노릇을 할 용의가 있다는 그 제의에 영영 답장이 없자 호의를 무시당한 서글픔을 안으로 곱게 삭이더라는 것이다. 설마 그렇게까지 민하게 굴기야 했을까마는 아무튼 그것은 그가 대대원들의 관심을 한몸에 모은 유일무이의 계기였다.

간호 당번이 되는 자격으로 인격자나 우등생을 요구하지는 않았기 때문에 모두들 신하사에게 감사했다. 하사를 달았기 때문에 원칙적으로 그는 당번 요원이 아니었다. 신하사가 자청해서 당번을 나가는 것이 전체 하사관의 품위를 떨어뜨린다 하여 강력히 반대하는 고참 하사들이 더러 있었다. 그러나 대대는 물론 비행단 안에서 환자가 차지하는 비중이 워낙 큰 데다 더구나 상대가 수틀리면 아무 걸로나 푹푹 찌르는 성미이기 때문에 모르는 척 넘기고 말았다. 토요일 이후로 신하사는 거의 매일밤 간호를 나갔다. 차례를 당한 사람이 신하사를 찾아가서 슬그머니 한두 장의 지폐를 내밀며 부탁하면 그는 밤마을이라도 나가는 투로 가볍게 응했다. 돈이 없는 사람은 건빵 한 봉지도 좋고 그것마저 없을 때는 그냥 맨입으로 부탁해도 선선히 들어주었다. 간호하기 위해서 태어난 사람 같았다. 다른 사람처럼 한 번 갔다와서는 왝왝 토하면서 며칠씩 밥을 못 먹는다거나 그러지도 않았다. 더구나 때 이르게 파리떼가 들끓어 침대 주위에 모기장까지 쳤는데도 붕대를 갈면서 보니 짓무른 피부에 허옇게 쉬가 슬었더라는 것이다. 그런 소문에 관해 신하사는 끝내 확인도 부인도 않으면서 그저 실쭉 웃기만 했다. 80프로 이상의 화상을 입은 우하사의 상태가 갈수록 악화일로라는 얘길 들을 적마다 우리들 당번 요원 일동은 신하사에게 감사했다. 기왕에 자원한 장기 복무에서 그가 잘되기를 비로소 우리는 빌었다. 상식을 벗어나게 누진을 거듭하여 끝내 그가 참모총장 자리에까지 영달하기를 축수하는 엉뚱한 친구도 있었다.

불과 며칠을 넘기지 못할 거라던 군의관들의 예상은 자꾸만 빗나갔다. 인체를 100으로 나눌 때 사타구니가 1을 차지한다는

데, 그 1마저 화상을 입고 있었다. 아무것도 먹지 못하면서도 주야장천 찔러대는 수액 요법만으로 우하사는 기력을 얻어 끊임없는 짜증 속에서 시간을 보내는 것이었고, 붕대를 뚫고 솟는 웅웅거림 속에서 "조일병은 좀 어때?" 하는 뜻을 계속해서 해석해낼 수 있었다.

우하사가 화상을 입은 지 일주일째 되는 날 그의 약혼녀가 부대 안에 들어와 역시 단장의 특별 조치로 기지병원에 머물면서 수발을 하게 되었다. 그녀가 들어오던 날 대대 안에서는 조심스럽게 농담이 나돌았다.

살아도 못 살아.

부부 생활에 없어서는 안 될 가장 중요한 1이 못 쓰게 된 걸 비슷한 경우의 다른 여인의 이야기에 빗대어 하는 소리였다.

살아도 못 살아.

부대에 들어올 때부터 이미 각오가 되어 있는 얼굴이었다. 사전에 충분히 설명을 들은 듯했다. 허겁스럽게 울지도 않고 기절할 만큼 놀라지도 않는 그녀의 얼굴은 솔직히 말해서 그리 예쁜 축이 못 되었다. 약간 검고 두툼해 보이는 얼굴에 어딘지 모르게 촌티가 흘렀고, 거의 말이 없는 점이 실제보다 더 육중한 인상을 주는 실팍한 몸매였다. 그녀는 대대장의 위로의 말에 아무런 반응도 나타내지 않은 채 이내 간호에 임했다. 곁에 약혼녀가 붙어 있다 해서 당번병의 차출이 중지되지는 않았다. 우하사의 간호에는 여자 힘만으로 해낼 수 없는 크고 작은 일들이 많이 따랐던 것이다.

그녀는 우하사에게 주는 표창장을 대신 받기도 했다. 원래는 표창장이 아니라 훈장을 상신했었다. 대대 내무반에서 실권을 장악하고 있는 우하사의 동기생들이 주동이 되어 전대대원들로 부터 도장을 받았다. 사고 당시의 우하사의 활약상을 밝히고 그에게 훈장을 내릴 것을 건의하는 연판장이었다. 그 건의서에 의할 것 같으면, 우하사는 사고 때 몸을 상하지 않고도 불길 속에서 충분히 빠져나올 수 있는 시간적 여유가 있었다. 그가 산소통이 폭발하고 화력이 센 항공유가 걷잡을 수 없는 불길을 내뿜고 기체의 파편이 난무하는 격납고 안으로 재차 뛰어든 것은 순전히 전우애와 사명감 때문이었다. 주기점검(週期點檢)으로 들어왔다가 삽시에 불길에 휩싸인 비행기들과 용광로 속을 방황하는 전우들을 놔두고 자기 혼자만 달아날 수는 없었던 것이다. 그래서 그는 초인적인 의지와 용력을 발휘하여 소속 무슨 대대 무슨 중대, 관등성명 아무개 외 3명을 죽음에서 구하고 공구함 ×개와 보조 장비 ×××를 건져낸 다음 그 자신은 생명이 위독할 정도의 중화상을 입는 영웅적인 활약을 한 것으로 되어 있었다.

건의서 내용을 소상히 밝힐 만큼 우하사의 동기생들은 친절하지 않았다. 다만 도장을 지참하고 일렬로 주욱 늘어서게 한 다음 이렇게 말하는 것이었다.

"뒈지기 전에 불쌍헌 놈 호강이나 시키자구!"

그러나 우리는 우리가 찍는 도장이 장차 무엇에 소용될 것인지를 곧 알았고, 각자가 도장으로 확인해준 내용의 엄청남에 경악을 금할 수 없었다. 우하사의 동기생들은 술을 진탕 마시고는 비틀걸음으로 각 내무반을 돌면서 엉엉 소리내어 울다가 우하사의 이름을 부르다가 했다. 누구도 그들의 서슬을 꺾을 수는 없었다. 그들이 보이는 광란에 가까운 전우애는 누가 만약 입바른 소리라도 할라치면 당장에 때려죽일 것 같은 기세였으며, 그들의 눈물겨운 노력이 대대 분위기를 점점 최면시켜 진실과 허위의 구분을 애매하게 만들어놓았다. 목석이 아닌 이상 그것은 감동하지 않고는 못 배기는 신들린 상태였다. 우리 주위에 그런 인물이 있었던가 새삼스레 돌아다보아질 정도였다. 심지어는 건의서상으로 우하사에 의해 구출된 것으로 지목된 세 명의 사병마저도 정말 자기를 구한 것이 우하사 그 사람인 줄로 믿어버릴 정도였다. 우리는 모두 합심해서 하나의 미담을 엮어내었고, 그 미담 속에서 우하사는 하루가 다르게 완벽한 영웅의 모습을 갖추어나갔다.

대대장 또한 마찬가지였다. 전체 사병의 귀감이 될 영웅적인 하사관 한 명쯤 자기 휘하에 두었대서 조금도 손해날 일은 아니었다. 대대장의 확인을 거쳐 단본부에 제출된 우리들의 진정 내용은 일차로 단장을 감동시켰다. 그는 자기 권한으로 할 수 있는 모든 조처를 취했다. 우선 빈사의 하사관을 장교 병동에 입실시킨 다음 민간인 연고자가 영내에 거주하면서 간호에 임하도록 했다. 훈장은 시간이 걸리는 거니까 먼저 비행단 이름으로 표창장을 수여함으로써 아쉬운 대로 성의를 표시했다. 그리고 각 언론 기관에 연락하여 일단의 기자들을 초청해서 취재를 하도록 했다.

기자 회견에 참석할 사람들이 정해졌다. 우하사를 생명의 은인으로 삼게 된 세 사병과 우하사의 동기생 한 명과 대대장 및 대대 부관이었다. 그리고 거기에다 신하사가 추가되었다. 그는 우하사의 인간성에 감복하여 헌신적으로 간호를 도맡은 또 하나의 미담의 주인공 자격으로 참석하게 되었다. 참석자들은 대대장실에 모여 예상되는 기자들의 질문에 대비하는 훈련을 받은 다음 회견장인 단장실로 향했다. 단장이 배석한 가운데 정훈장교의 사회로 기자 회견이 시작되었다.

"사고 당시 각자가 겪었던 체험담을 말씀해주시기 바랍니다."

회견은 예정된 순서에 따라 톱니바퀴가 물리듯 한치의 오차도 없이 정연하게 진행되었다. 육하원칙에 의해서 각자가 겪은 일들을 진술하는데, 누구를 막론하고 결정적인 순간에 가서는 한 개인의 경험을 떠나 우하사의 행위와 교묘하게 결부시키는 화법들을 썼다. 기자들은 열심히들 기록을 하고 사진을 찍었다. 누가 봐도 결과는 만족할 만한 것임이 거의 확실해진 순간이었다.

"혼자서 간호를 전담하다시피 해오셨다죠?"

여태껏 한쪽 구석지에 우두커니 앉아만 있던 신하사에게 일제히 시선이 집중되었다.

"연일 수고가 많으시겠군요. 어때요, 신하사가 보는 우하사의 인간 됨됨이랄까 병상에서 있었던 일화 같은 걸 소개해주실까요?"

자리나 메우는 역할이라면 몰라도 직접 입을 열어 뭔가를 조리 있게 설명해야 할 사람치고는 분명히 자격 미달이었다. 신하사를 그런 자리에 끌어들인 그 자체가 애당초 잘못된 배역임이 뒤늦게 드러나기 시작했다. 신하사는 꿀 먹은 벙어리였다.

"어떻습니까, 평소의 그답게 투병 생활도 영웅적입니까?"

"⋯⋯⋯"

"사고 당시 격납고 안에서 우하사를 본 적이 있습니까?"

기자들은 쉽게 포기하지 않았다. 신하사가 맡은 몫을 기어코 감당하게 만들 작정으로 그들은 번갈아가며 질문을 던져 말문을 열게 하려 했다.

"예" 하고 마침내 신하사의 입에서 대답이 떨어졌다.

"그때 우하사가 뭘 어떻게 하고 있던가요?"

"불에 타고 있었습니다."

신하사가 입을 열었을 때 반가워하는 표정이던 기자들은 이 예상밖의 답변에 점잖지 못하게 웃음을 터뜨렸다. 이때부터 그들은 신하사를 노골적으로 깔아보기 시작했다.

"그가 불에 탔다는 건 우리도 압니다. 내가 묻고 싶은 건 그냥 불에 타기만 했냐는 겁니다."

"예."

회견장이 소란해졌다. 여기저기에서 웅성거리는 소리가 들렸다.

"좀더 자세히 말씀해주실까요? 불이 붙기 전에 우하사는 무슨 일을 했습니까? 그리고 불이 붙은 다음에 어떻게 행동했습니까?"

아아, 가엾은 신하사……

"작업이 거의 끝나가던 참이었습니다. 우하사는 작업복이 기름투성이였습니다. 펑 소리가 나더니 눈앞이 캄캄해졌다가 훤해졌습니다. 정신을 차리고 보니 우하사가 불덩이가 되어서 훌쩍훌쩍 뛰고 있었습니다. 너무 갑자기 당한 일이라서 무슨 영문인지……"

그날 오후에는 누구나 다 그렇게 당했다. 일과가 끝나갈 무렵에 격납고 안에 있었던 사람들의 공통된 이야기가 그랬다. 펑 하고 터지는 폭발음이 울림과 동시에 졸지에 주위가 불바다로 변하더라는 것이었다. 때마침 운 좋게 격납고 밖에 있다가 사고를 목격하게 된 사람들의 얘기는 격납고 안에 있던 사람들이 얼이 빠져가지고 불길 속을 우왕좌왕하는 것도 무리가 아니었음을 뒷받침해주었다. 순간적이었다는 것이다. 훈련 비행기 한 대가 착륙 자세를 잡은 채 내려오고 있었는데 그간 뜨고 내리는 비행기를 숱하게 보아왔지만 불길한 예감과 함께 유독 그것만은 눈길을 끌더라는 것이다. 똑바로 자기를 겨냥하듯이 눈 깜짝할 사이에 접근해오는 걸 보니 조종사가 낙하산 탈출할 때 조종석 덮개가 벗겨져나가면서 꼬리날개를 자른 흔적이 얼핏 눈에 띄었고, 그것은 바람을 가르는 쇳소리를 거느리면서 활공 비행으로 내려오다가는 활주로를 멀리 벗어나 퍼런 스파크를 튀기면서 용하게 주기장(駐機場) 빈터에 접지한 다음 횡하게 개방된 격납고 문 안으로 마치 골인하듯이 곧장 뛰어들더라는 것이다.

"신하사가 목격한 것은 아마 쓰러지기 직전의 마지막 광경이었을 겁니다. 자아, 그럼 이것으로 회견을 모두 마치겠습니다."

사회를 보던 정훈장교가 서둘러 질문을 마감해버렸다. 이렇게 해서 모처럼 마련한 기자 회견의 자리는 더 이상의 불상사 없이 끝마칠 수 있었다.

회견이 끝난 그 직후부터 신하사는 몹시 바쁜 몸이 되었다. 여기저기 오라는 데는 많은데 몸뚱이는 하나여서 그야말로 오줌싸고 뭣 볼 틈조차 없어 보였다. 회견 석상에서의 신하사의 마지막 언급이 그만 단장과 대대장의 비위를 상하게 만들었던 것이다. 일단 그 양반들의 비위를 건드려놓은 이상 신하사가 온전치 못할 것임을 상상하기는 어렵지 않았다. 높은 사람들이야 상해서는 안 될 자기 비위가 상했음을 표시하는 선에서 그치는 게 보통이지만 그 아랫사람들은 어디 그만한 정도로 그칠 수가 있을 것인가.

136

아니나다를까, 신하사는 대대 선임하사한테 불려갔다 돌아와서는 각 내무반장과 반부의 손을 골고루 거쳐 최종적으로 하사관실에 들어갔다. 복마전으로 알려진 하사관실에서 그가 나온 것은 취침이 개시되고도 한참이나 지나서 2번립 불침번이 영내를 순시할 무렵이었는데, 그는 이미 소등이 되어 먹물로 칠한 것 같은 내무반 속을 절뚝절뚝 걸어들어와서는 더듬더듬 제 침대를 찾아가더니만 옷을 입은 채 잠자코 이불을 뒤집어써버렸다. 그의 침대 속에서는 밤새도록 끙끙 앓는 소리가 났다. 이튿날 기상시에 보니 그는 눈두덩이 퍼렇게 멍들어 있었고 종이 뭉치로 콧구멍을 틀어막고 있었다. 그는 식전부터 사과 보고를 하기 위해 절룩거리며 각 내무반 고참들을 방문하고 다녔다. 그로부터 그는 계속해서 사흘 동안을 꼭 취침 나팔이 울린 다음에야 돌아오곤 했다. 기자 회견 이후로 그가 우하사의 간호 당번을 나가지 않아도 되게 되었음은 두말할 나위 없는 일이었다.

아아, 어리석은 신하사……

그는 당최 흐름이라는 걸 몰랐다. 모든 잡다한 가닥을 합쳐 단일의 새로운 가닥을 이루면서 웬만한 장애물쯤은 단숨에 깔아뭉개버리고, 깔아뭉갠 만큼 자체내에 흡수하여 외려 더욱더 비대해진 형상으로 도도히 진행하는 것이 원래 흐름인 것을 그는 끝내 이해하지 못했던 것이고, 이해하지 못할 뿐만이 아니라 감히 되지 못한 힘으로 그 흐름에 거슬러보려 했던 것이다. 그가 그렇게 중뿔나게 굴지 않더라도 사실은 그가 옳다는 걸 우리는 잘 알고 있었다. 그가 우리하고 근본적으로 다른 점은 흐름을 알고 모르는 그 차이였다. 분명히 그가 옳긴 하지만 유감스럽게도 옳은 것이 달랑 그 한 사람뿐이기 때문에 결과적으로 옳으면서도 글러먹은 건 다름아닌 그 자신이었던 것이다.

우리라고 우하사를 모를 까닭이 없었다. 우하사는 연쇄 폭발
이 시작된 바로 그 순간에 한꺼풀 항공유를 뒤집어쓴 다음에 곧
바로 불길에 먹힌 희생자 중의 하나였다. 주랄루민 파편의 난무
와 함께 폭발에 동반되어 오는 최초의 폭풍에 전신을 강타당했
다. 그리고 폭풍이 일과한 후에야 비로소 사람들은 사방을 가로
막는 거대한 불구덩이 안에 꼼짝없이 갇혀 있음을 발견했다. 무
엇보다도 벽을 찾는 일이 급선무였다. 벽에 의지하여 벽을 더듬
다보면 비상 통로에 다다를 수 있을 것이었다. 곳곳에서 단말마
의 비명이 울리고, 그 비명을 디디면서 폭발음이 솟는 아수라장
을 어떻게 뚫고 나왔는지 모른다. 격납고 밖으로 간신히 기어나
와서 보니 통제탑 앞에 사람들이 삐잉 둘러서서 바라보고 있었
다. 누군가 달려들어 작업복 등덜미의 불을 투덕투덕 꺼주는 사
람이 있었다. 미처 숨도 돌리기 전인데 꼭 사람만한 불덩이 하나
가 훌훌 뛰면서 비상구에서 나왔다. 몸에 붙은 작업복은 이미 불
에 녹아 너덜너덜 흘러내리고 있었다. 불길이 맨살에 댕겨져 있
었다. 훌훌 뛰는 중에도 우뚝 솟은 성기가 얼핏 유난했다. 불은
빳빳이 선 그 성기 끝에서까지 뻘겋게 위세를 떨치고 있었다. 다
급한 김에 누군가 소화기를 갖다가 들이대었다. 그러자 불길이
잡힘과 동시에 허옇게 얼음으로 뒤덮이면서 그는 퍽 소리내며
쓰러졌다. 우하사였다.

그가 과연 영웅인가 아닌가를 따져보는 시간은 아마 누구나
한 번쯤 가져보았을 것이다. 그리고 오래 따지고 마잘 것도 없이
그가 영웅인가 아닌가를 저마다 마음속으로 판단했을 것이었다.
오래 생각할 여유를 주지 않고 곧이어 소수의 영향력 있는 사람

들에 의해서 하나의 흐름이 전개되었다. 그 흐름 속에 휩쓸리면서 각자는 그것이 어제 오늘에야 비롯된 형식이 아님을 얼른 납득했다. 대체로 추서(追敍)의 형식이란 유사 이래 운 좋게 건재해 있는 사람들이 운 나쁘게 부재중인 사람들에게 운의 좋고 나쁨의 차이가 얼마나 치명적인 것인가를 뒤늦게 강조해보이는 진부한 의식의 일종인 줄을 거개의 사람들은 암암리에 깨닫고 있는 듯했다. 자기는 못 받은 걸 남이 받는다고 배아파할 이유도 별로 없었다. 영웅이라는 칭호를 못 받는 그 대신 자기에게는 피둥피둥 살아 숨쉬는 축복이 있기 때문이다. 무릇 살아 있는 자는 죽은 자나 불구자에 대하여 너그러울 필요가 있었다.

그저 그것뿐이었다. 그 이상 다른 이유가 있을 수 없었다. 전우애에 불타는 고참 하사들의 서슬에 눌려서 그랬다면 그것은 말할 수 없이 비참한 고백이 된다. 강압에 못 이겨 비리인 줄 알면서도 거기에 동조했다기보다는 차라리 멀쩡히 살아 남은 자들의 축제에 한몫 끼여든 거라고 발명하는 편이 듣기에 한결 부드러울 것이었다. 신하사가 결과적으로 옳지 않았다는 사실은 신문에 기사화되어 나온 내용으로 다시 한번 증명되었다. 해당란에 붉은 선까지 쳐가지고 우하사의 영웅적인 행동을 소개한 신문들이 내무반에 회람되었는데, 신하사가 진술한 내용은 사그리 무시된 채였다.

기자 회견이 있은 지 며칠 지나지 않아서부터 이상한 소문이 대대에 나돌기 시작했다. 우하사의 약혼녀와 신하사 사이에 모종의 관계가 있는 것 같다는 것이었다. 회견 이후로 신하사가 간호 당번을 그만두게 된 것은 의심할 나위 없는 사실이었다. 그런데도 기지병원 근처를 배회하는 신하사를 보았다는 사람이 생겼고 또 기지식당 뒷산에서 남녀가 밀회하는 장면을 먼발치로 목격했다는 출처 불명의 얘기도 오갔다. 거기에 덧붙여 병원에서 돌아와서 내무반에다 옮기는 당번병들의 얘기가 예사롭지 않았다. 우하사가 잔뜩 몬심을 품고 있는 모양이었다. "조일병은 좀 어때?" 하고 묻는 대신 이제는 "다 낫어서 일어나는 날이면 연놈을 벌집을 만들어놓아야지"라고 웅웅거린다는 것이다. 그리고 그렇게 말하는 남자 곁에서 여자는 들은 둥 만 둥 아무렇지도 않은 얼굴로 여일하게 시중을 들어가며 쏟아지는 악담을 받는 그릇 노릇을 하고 있다는 것이다. 해괴한 일이 아닐 수 없었다. 어느 모로 보나 여자는 미련스러울 만큼 사람이 충직해 보였다. 살아도 못 산다고 넋두리할 여자는 처음부터 아닌 성싶었다. 그런 면에서는 신하사도 못지않았다. 목석이나 다름없는 그가 자기 아닌 누구를 사랑하고 또 그 누구로부터 사랑받는 재주를 가졌다는 것은 전혀 상상밖의 일이었다. 젊은 남녀가 환자 옆에서 밤을 함께 보내는 사정을 감안한다 해도 우하사가 주장하듯이 동물처럼 그렇게 간단히 어우러질 수 있었을는지는 아무래도 의문이었다. 소문이 나돌면서부터 알게 모르게 던지는 사람들의 감시의 눈초리 속에서 신하사는 스스로 근신하기로 결심한 듯 일과가 끝난 후에는 내무반 안에서 꼼짝도 하지 않았다. 소문은 확인되지 않은 채 흐리마리 꼬리를 감추고 말았다.

우하사는 중화상을 입은 후로 유월 한 달을 꼬박 버티는 놀라운 투병 끝에 숨을 거두었다. 불과 며칠을 못 넘길 거라던 군의관들의 말에 견주면 끔찍할 정도로 모질게도 연명한 셈이었고 순전히 군대식 우격다짐으로 현대 의학이 동원할 수 있는 모든 수단과 방법을 다해서 어떻게든 살려내라던 단장의 명령에 비기면 결코 오래는 끌지 못한 목숨이었다. 어느 편이냐 하면, 우리들 당번 요원들은 그가 운명했다는 소식을 전해듣는 순간에, 솔직히 얘기해서 너무 오래 살았다는 느낌을 배제할 수가 없었다. 마지막 날 밤에 간호를 나갔던 사병은 우하사의 최후가 잠자듯이 평안한 것이었음을 우리에게 전했다. 그는 비난받을 우려에도 불구하고 마지막을 가는 사람에 대한 자신의 봉사가 그렇게 성실한 것이 아니었다고 고백했다.

"깜빡 졸다가 깨가지고 시계를 보니 미스 양허고 당번 교대허기로 약속한 시간이 훨씬 지났잖아. 그래서 당직 간호장교실로 달려가서 자고 있는 미스 양을 깨워가지고 데리고 왔지. 들어와서 보더니 여자는 대뜸 알아차리더군. 콧구멍만 남기고 붕대로 친친 동여맸으니 말이야, 내 보기엔 간만에 한번 한숨 잘 자고 있는 것 같은데 여잔 그게 아니야. 콧구멍에다 손가락을 대고 확인해보더니 조용히 입을 열더군. 군의관님을 불러달라고 말이지……"

토요일 오후에 우하사의 장례식이 기지극장에서 비행단장으로 엄수되었다. 구슬픈 진혼곡이 울려퍼지는 가운데 하얀 장갑에 예복 차림의 동기생들에 들려 영정과 위패와 유골이 차례로 입장을 했고, 일계급 특진해서 이젠 중사가 된 고인의 약력 보고와 제주(祭主) 자격으로 등단한 단장의 진혼문 낭독과 복받치는 울음으로 자주 끊기곤 하는 동기생 대표의 조사 낭독 등을 통해 고 우상진 중사는 진정으로 불길 속의 영웅이었음을 다시금 확인한 다음 그날따라 유난히도 간장을 쥐어뜯는 취침 나팔을 끝 순서로 우리는 고인에게 영결을 고했다. 사람들을 기죽이는 장엄한 의식 절차로 뒤를 받친 우하사(중사)의 죽음은 무척이나 감동적이었다. 우리들 가운데 아직도 우하사가 영웅인가 아닌가를 따지는 친구가 있다면 그의 따귀를 갈기고 복장을 걷어차버리는 역할을 수행한 것은 바로 그 장례식이었다. 그만큼 그것은 엄숙과 굉장을 극한 의식이어서 흐름에 역행하려는 아무리 사소한 기도라 할지라도 제대로 용납지 않을 어마어마한 기세였다. 이제 대세는 일방적으로 기울어진 셈이었다.

우하사(중사)의 장례를 마치고 난 대대 분위기는 잔치 마당의 뒤끝인 양 매우 어수선했다. 아직도 장례식의 여운을 말끔히 떨어버리지 못한 상태에서 외출증을 받은 사람들은 세탁해둔 옷을 꺼내어 주름을 세우고 구두코에 하늘이 비칠 광을 올리기에 여념이 없었고, 영내에 잔류하게 된 사람들은 또 그들대로 마음을 잡지 못하고 뒤숭숭한 얼굴로 내무반 안팎을 서성거렸다. 잔류파인 신하사가 내게로 다가왔다.

"멀리 나가나?"

그가 나에게 말을 걸어왔다는 사실은 실로 기록에 남을 만한 일이었다. 동기생 사이라 해도 그 친구하고 대화가 끊긴 지는 벌써 오래 전이었기 때문이다.

"멀진 않아. 시내에서 누구하고 만날 약속이 있어."

"이건가?"

그는 오른손 새끼손가락을 세워보이며 빙긋 웃었다.

"말하자면 그런 셈이지. 넌 뭐 하고 지낼래?"

"나도 시내에서 만나기로 약속한 사람이 있긴 한데……"

"이건가?"

나는 그저 농담삼아 지나가는 말로 한번 물었을 뿐이었다. 그런데 그의 입에서는 천만 뜻밖의 대답이 예사롭게 튀어나왔다.

"그래, 말하자면 그런 셈이야."

"여자하구 약속했어? 그렇다면 왜 미리 외출 신청을 안 했지?"

"그만두기로 했어. 남아서 할 일이 있어. 부탁이 있는데…… 너 이것 좀 대신 전해줄래? 역전 구내 다방이야. 저녁 일곱시에 나가면 너도 잘 아는 얼굴이 기다리고 있을 거야."

그는 두툼한 봉투 하나를 내 앞에 내밀었다.

"얘기가 점점 이상하게 돌아가는군. 그냥 무턱대고 전해주기만 하면 되나?"

"못 나올 사정이 있었다고, 편지 읽어보면 다 알게 될 거라고 그렇게만 얘기해줘."

"물론 내가 뜯어봐선 안 될 내용이겠지?"

신하사는 잠자코 웃어보였다. 빙긋 웃고 나서 그는 전에 없이 가뿐한 걸음으로 내무반을 나갔다.

물론 나는 그 편지를 중간에서 뜯어보았다. 시내에 닿기가 무섭게 아무데나 다방을 찾아가서 신서개피죄(信書開披罪)를 범하고 있다는 죄책감도 별로 느끼지 않으면서 정성스럽게 침을 발라 피봉을 뜯은 다음 알맹이를 빼내었다. 양면 괘지 앞뒤에 인쇄체같이 정교하게 박아 쓴 장문의 편지였다.

〔……〕 이 편지를 읽으실 때쯤이면 저는 이미 범죄수사대에 자진 출두하여 조사를 받고 있을 겁니다.

이미 숨이 져 있는 사람을 그런 줄도 모르고 살해할 목적으로 그에게 손을 댔다면 그것도 법적으로 살인 미수에 해당되는 건지 지금의 저로서는 알 수가 없습니다. 당번병은 그때 졸고 있었습니다. 저는 손수건을 꺼내들고 발소리를 죽이며 다가갔습니다. 우하사를 살해하는 걸 어렵게 생각한 적은 한 번도 없었습니다. 한 오 분 동안 손수건으로 콧구멍만 틀어막고 있으면 끝나는 겁니다. 저는 실제로 손수건을 갖다대기까지 했습니다. 갑자기 이상한 예감이 들더군요. 얼른 손수건을 치우고 살펴보았습니다. 우하사는 이미 차디차게 식어 있었습니다. 믿어도 좋습니다. 우하사는 저절로 죽은 겁니다. 제가 그에게 살의를 품은 것이 진실이듯이 제가 그를 죽이지 않은 것 또한 진실입니다. [……] 범죄수사대에서 제 말을 믿어줄지는 의문입니다. 어쩌면 살인 혐의를 자초하는 결과가 될지도 모릅니다. 어리석은 만용이라고 손가락질하는 사람도 생길 겁니다. 그런데도 저는 잠자코 있을 수가 없었습니다. 양심의 가책 때문이 아닙니다. 사내들이란 때로는 우스꽝스런 동물이 되기도 합니다. 아무리 하찮은 거라도 자기 믿음을 지키기 위해서 스스로 좋아서 동물이 되는 수도 있습니다. 살인 미수를 자백함으로써 끝까지 제가 옳았다는 걸 증명해보일 작정입니다. 가능하다면 그렇게 함으로써 저를 비웃던 사람들을 잠시라도 부끄럽게 만들고 싶습니다. [……] 이미 불행해질 만큼 불행해진 우하사를 두 번 죽이고 싶지는 않았던 겁니다. 우하사는 전신이 불길에 휩싸였을 때 벌써 죽은 사람입니다. 그 후 부대 안에서 벌어진 모든 일들은 우하사하고는 전혀 상관이 없는, 우하사가 살아 있다는 가정하에 살아 있는 사람들끼리 펼친 일장의 쇼에 불과합니다. 산 사람들이 즐기는 놀이를 위하여 죽은 사람이 개처럼 질질 끌려다닌다는 건 도저히 용서할 수 없는 일입니다. 우하사는 우하사인 채로 죽어야 마땅합니다.

144

우하사에서 더도 덜도 아니어야 합니다. 하루아침에 그를 영웅으로 떠받들면서 법석을 떨어대고 존경을 강요하는 건 불행하게 죽은 자에 대한 예의가 아니며, 오히려 그의 인간다운 죽음을 모독하는 처사입니다. 제가 우하사에게 자기를 되찾아주고 더도 덜도 아닌 우하사 본래의 자격으로 잠들 수 있도록 이모든 추잡스런 놀음에 종지부를 찍으려고 결심하게 된 것은 바로 이런 이유 때문이었습니다. 하루라도 앞당겨 죽게 하는 것이 이런 상황 아래서는 적선이라고 확신했던 겁니다. [……] 제가 보인 모든 행동을 이해해주시기 바랍니다. 그리고 부디 용서해주시기 바랍니다. 용기를 가지고 새로운 삶을 스스로 열어나가십시오. 아무쪼록 우하사의 영상을, 미스 양과는 전혀 무관한 사람들에 의해서 제멋대로 무책임하게 장식되고 채색된 그 허상을 마음으로부터 말끔히 제거해버리십시오. 미스 양은 미스 양대로 충분히 행복해질 이유가 있다는 걸 기억하시길 빕니다. 행운을 빕니다.

토요일 저녁 일곱시에 미스 양은 역전 구내 다방에서 신하사를 기다리고 있었다. 미스 양과 얼굴을 마주하는 순간 내가 느낀 감정이 신하사가 바라던 대로 일말의 부끄러움이었는지는 꼬집어 말할 수 없다.
[『한국문학』, 1977. 3]

아홉 켤레의 구두로 남은 사내

워낙 개시부터가 기대했던 바와는 달리 어긋져나갔다. 많이 무리를 해서 성남에다 집채를 장만한 후 다소나마 그 무리를 봉창해볼 작정으로 셋방을 내놓기로 결정했을 때, 우리 내외는 세상에서 그 쌔고쌘 집주인네 가운데서도 우리가 가장 질이 좋은 부류에 속할 것으로 자부하는 한편, 우리집에 세들게 되는 사람은 틀림없이 용꿈을 꾸었을 것으로 단정해버렸고, 이와 같은 이유로 문간방 사람들도 최소한 우리만큼은 질이 좋기를 당연히 요구했던 것이다. 그런데 우리의 기대는 어쩐지 처음부터 자꾸만 빗나가는 느낌이었다. 특히 사복 차림으로 학교까지 찾아온 이순경이 주민등록부에 우리의 동거인으로 기재되어 있는 안동 권씨에 관해 얘길 꺼냈을 때 느낀 배반감은 절정에 달했다.

"……조금도 부담감 같은 걸 가질 필요는 없습니다. 매일매일 무슨 보고 형식을 취할 것을 의무적으로 요구하는 건 아니니까요. 약간 특별한 동태가 보일 때, 가령 멀리 여행을 떠나게 되었다든가 좀 이상한 손님이 찾아왔다든가 쌀이나 연탄이 떨어져서

146

굶는다든가 갑자기 많은 돈이 생겨서……"

부담감이란 것에 대해 이순경은 매우 그릇된 견해를 가지고 있음이 분명했다. 적어도 내가 알기로 그것은 갖고 싶다고 가져지고 갖기 싫다고 안 가져지는 그런 임의의 선택물이 아니었다. 더구나 그것은 스스로 원해서 어떻게든 가져보려고 안달할 정도의 그런 기호물은 절대 아니었다.

"나더러 이제부터 당신 밀대 노릇을 하라는 얘깁니까?"

"무슨 그런 거북한 말씀을!"

우리 학교 담당인 학사 출신의 이순경은 한바탕 너털웃음을 한 다음 곧장 진지한 표정이 되었다. 그는 이렇게 말했다.

"오선생님 앞에서 한 사람의 시민으로서의 의무를 강조할 생각은 없습니다. 다만 친절한 이웃이 돼주십사고 부탁드리는 겁니다."

"권씨의 동태를 일일이 사직 당국에 고자질해야만 권씨의 친절한 이웃이 되는군요."

"그렇다마다요."

하고 말하면서 이순경은 다시 너털웃음을 터뜨렸다.

"밀대니 고자질이니 하는 말은 우리 쑥 빼기로 합시다. 두고 보면 오선생님도 알게 됩니다. 권씨에 관계되는 한 그런 말들이 얼마나 적절치 못한 표현인가를 말입니다. 오선생님한테 권씨네가 지나치게 폐를 끼치는 건 아닙니까? 혹시 그 사람을 미워하는 건 아닙니까?"

"뭐 벌써부터 미워할 것까지야 있을까마는……"

"쌀이 떨어졌는지 연탄이 떨어졌는지도 살펴보고 말입니다, 힘닿는 대로 그 사람을 도와주시기 바랍니다. 도무지 제가 표면에 나설 수가 없는 입장입니다. 물론 권씨를 고용하는 기업주 쪽 탓도 있죠. 사찰 대상자를 즐겨 고용하는 기업은 없을 테니까요. 허지만 그것보다는 권씨 자신이 더 큰 문젭니다. 자신이 법에 따라서 내사당하고 있다는 사실을 다른 누구보다도 유별나게 못 견디는 체질입니다. 내 전임 담당자 때는 여러 번 그런 일이 있었어요. 내사당하고 있다는 걸 일단 눈치만 채고 나면 직장도, 생활도, 심지어는 처자식까지도 다 포기해버리는 성미죠. 숫제 드러누워서 며칠씩이고 굶고, 밥 대신 허구한 날 깡술만 들이켠다거나 짐승처럼 난폭해져가지고 발광 그 직전까지 갑니다. 그렇게 착하고 양순한 사람이 말입니다. 이제 제 말뜻을 이해하셨을 줄 믿습니다. 제 임무를 감쪽같이 수행할 수 있도록 저를 도와만 주신다면 오선생님은 어김없는 친절한 이웃이 될 수 있습니다. 솔직히 말씀드려서 전 경찰관 입장을 떠나서 한 사람의 인간으로서 권씨를 사랑합니다. 가능하다면 그를 돕고 싶은 심정입니다. 아마 불원간에 오선생님도 그렇게 되고 말 겁니다. 부디 친절한 이웃이 돼주십사고 다시 한번 간곡히 부탁드리는 바입니다."

내가 권씨를 사랑하게 되다니, 생각만 해도 끔찍한 일이었다. 차라리 듬뿍 사례금을 얹어서 다른 누구로 하여금 나 대신 그를 사랑하도록 만드는 편이 훨씬 나았다. 애당초 우리 내외가 방을 내놓기로 결심하게 된 동기는 인정보다는 현금이 그리워서였다.

권씨네가 우리집 문간방으로 이사오던 날은 그 풍경이 가관이다 못해 장관이었다. 마침 일요일이었다. 그래서 모처럼 게으른 아침을 먹는 중인데 땡동 소리가 났다. 아내가 나가서 대문을 열어보더니 무척이나 놀라는 기척이 안방에까지 들렸다. 무슨 일인가 하고 나가보고 나서 나는 아내의 호들갑을 이해했다. 나 역시 어지간히 놀랐던 것이다. 웬 아낙네 하나가 자기 몸무게만큼은 나갈 커다란 보퉁이를 머리에 인 채 땀을 뻘뻘 흘리면서 숨이 턱에 닿아 있었다. 그리고 대문에서 약간 떨어진 곳에 아홉 살쯤 먹어 보이는 계집애 하나가, 다시 그 계집애로부터 몇 걸음 떨어져 세 살 가량의 사내애의 모습이 얼핏 보였다. 일가의 가장은 가파른 언덕길 저 아래에다 보퉁이를 내려놓은 채 숨을 돌리면서 마악 담배를 꺼내무는 참이었다. 나를 보더니 사내는 일껏 입에 물었던 담배를 도로 호주머니에 쑤셔넣은 다음 퍽이나 힘에 겨운 동작으로 보퉁이를 들어 어깨에 메는 것이었다. 그런 다음 짐 무게에 압도되어 중심을 못 잡고 이리저리 휩쓸리면서 근근이 언덕빼기를 올라오고 있는 그 사내가 우리집에 세들기로 된 권씨임에 틀림없다면, 그는 예정보다 나흘이나 앞당겨 사전에 주인인 우리의 양해도 구함이 없이 일방적이며 기습적으로 이사를 단행하는 셈이었다. 사내가 금방이라도 짐에 눌려 쓰러질 것만 같았으므로 나는 빼앗다시피 보퉁이를 받아들었다. 생각했던 것보다 짐은 아주 가벼웠다. 북더기만 요란했지 실은 느슨하게 묶어진 이불 보따리였다. 다소 겁을 먹은 눈으로 애들이 나를 깊숙이 올려다보고 있었다. 그애들은 배가 불룩한 비닐가방 따위를 양손에 나눠 든 채 무척 힘든 표정이면서도 잠자코 잘들 견디고 있었다. 아내는 아직도 놀라움이 가시지 않은 얼굴로 힘을 거들어 보퉁이를 받아내릴 생심도 못 하면서 저울질하듯이 언제까지고 권씨 부인을 위아래로 찬찬히 훑어보고 있었다. 권씨는 키가 작았다. 보통키 정도밖에 안 되는 나지만 그래도 권씨에 비기면 거인이나 다름없었다. 슬리퍼를 걸치고 나온 내 발만을 유심히 들여다보면서 권씨는 침묵을 지켰기 때문에 내가 먼저 입을 열지 않으면 안 되었다.

"이삿짐은 차로 옵니까?"

"아닙니다."

그는 피로에 지친 눈을 들어 자기 아내의 머리에서 시작하여 아이들 손을 거쳐 이제 방금 내가 대문간에 부려놓은 보퉁이에 이르는 기다란 활을 그렸다.

"이게 전부 답니다."

멋쩍은 듯이 그는 어설프디어설프게 웃었다. 보자기 바깥으로 비죽비죽 내민 것으로 보아 권씨의 아내가 이고 온 짐은 취사 도구일 것이었다. 그게 농담이 아니고 진담이었다면 결국 쌀을 익히고 빨래하고 그리고 깔고 덮는 데 쓰는 몇 점 세간이 이삿짐의 전부인 셈이었다. 아무리 셋방으로 나도는 살림이라지만 그쯤 되고 보면 해도 너무했다. 내가 어안이 벙벙해 있는 동안에 사내는 슬그머니 한쪽 발을 들더니 다른 쪽 다리 바짓자락에다 구두코를 쓰윽 문질렀다. 이어서 이번엔 발을 바꾸어 같은 동작을 반복했다. 먼지가 닦여 반짝반짝 광이 나는 구두를 내려다보면서 비로소 그는 자기 구두코만큼이나 해맑은 표정이 되었다. 아마 모르긴 몰라도 틀림없이 재고 정리 바겐세일 바람에 하나 주워 걸쳤을, 지그재그 무늬의, 때 이르고 유행 지난, 후줄근한 여름옷과는 영 안 어울리게 그의 구두는 제법 신품이었고 알맞게 길이 난 호사품이었다.

"아무래두 약속이 틀려요."

내외 둘만이 되었을 때 아내가 내 귀에 대고 속삭였다.

"먼젓번 살던 방을 오늘 꼭 비워야만 할 형편이었다잖아. 약속이 틀려도 별수없지. 그리고 어차피 안 쓰는 방이니까 나흘쯤 앞당겨 들어왔대서 뭐……"

"그게 아녜요."

"걱정 마. 수일내로 마저 다 챙기겠다고 약속했어. 자기네도 사람인데 설마 절반만 내고 입 싹 씻진 않을 테지."

"계약금 받을 때만 해도 그렇게 안 봤는데 사람들이 여간 뻔뻔하지 않아요. 이십만 원이면 시세보다 훨씬 싸게 내놓은 줄 자기네도 눈이 있고 귀가 있으니까 잘 알 거예요. 그런데 단돈 십만 원만 쥐고 한마디 상의도 없이 불쑥 쳐들어오다니, 생각할수록 괘씸하다니까요. 그런 기본적인 약속마저 어기는 사람들이라면 이담엔 무슨 약속인들 못 어기겠어요. 당신이 그러라고 했으니까 나머지 전셋돈 받아내는 거 당신이 책임지세요."

"무슨 소리야? 기본적인 약속마저 안 지키는 그런 사람을 고른 건 바로 당신이잖아?"

"겉 다르고 속 다른 사람인 줄 누가 알았나요. 감쪽같이 속이려구 뎀비는 데야 도리 있어요? 인제 두구 보세요. 우릴 속인 게 한 가지 더 드러날 거예요."

"건 또 무슨 뜻이지?"

"여자가 애를 가졌어요. 다 속여두 내 눈만은 못 속여요. 오륙개월은 될 거예요. 어쩌면 육칠개월인지두 몰라요. 접때까진 한복을 입어서 몰랐는데 오늘 보니 대뜸 알겠어요."

"퍽도 일찍 알아차렸군."

며느리 늙은 것이 시어미라던가, 아내는 어느새 집주인 행세를 쫀쫀히 하려 들었다. 우리가 셋방에서 셋방으로 전전하며 다리 오그리고 지내던 시절을 아내가 벌써 잊었을 리 없다. 그러나 아내는 벌써 깡그리 잊어먹은 척 행동했다. 적어도 겉으로는 그랬다. 그리 오래지도 않은 과거를 얘기하면서 꿈만 같다는 말로 시간의 단위를 한없이 늘쿼 잡는 버릇이 생겼으며, 말끝마다 "이게 어떻게 장만한 집인데……" 하면서 혀를 차곤 했다.

하긴 그렇다. 도대체 이게 어떻게 장만한 집인가. 나보다는 아내 쪽에서 대답할 때의 자세가 훨씬 당당해질 법한 물음이었다.

시청 뒷산 은행주택으로 이사오기 전까지 우리는 단대리 시장 근처에서 살았다. 숨통을 죄듯이 다닥다닥 엉겨붙은 20평 균일의 천변 부락이었다. 집주인은 자칭 한의사였다. 간판도 없이 영업 행위를 하는데, 드문드문 찾아오는 환자들의 외모로 봐서 피부병이 전문인 듯했고, 그 효험이 매우 의심스러운 자가 조제의 연고만 팔아가지고는 생활이 어려울 성싶었다. 자칭 한의사 김씨의 낮시간은 거의 낮잠이 일과였다. 그리고 해가 설핏할 무렵부터 마시기 시작하는 술이 통금을 예사로 넘겨 늘 새벽녘까지 동네가 들썩이도록 주사를 떨게 만들었다.

우리가 이사를 들던 날도 김씨는 나우 취해 있었다. 그는 녹슨 기계처럼 톱니바퀴가 잘 물리지 않는 소리로 초면의 나에게 수인사를 청한 다음 곧장 내 겨드랑이를 끼더니 자기네 안방 아랫목까지 납치하다시피 나를 질질 끌고 갔다. 그는 내 아내가 문간방에서 듣기엔, 거의 협박조의 말투로 밤이 이슥할 때까지 자기가 현재 살고 있는 그 집을 불과 한 주일 동안에 지은 걸 자랑했으며, 역시 내 아내가 마당가 펌프 우물 곁을 애가 타서 서성거리며 듣기엔, 신음 혹은 비명을 지르다시피 "핵교 선상님 내외분을 문간빵에다 뫼셔서 즈이는 인자 아모 근심걱정 없쇠다"라고 반가워했다. 마지막으로 그는 "집안에 혹 옴이나 뾰루치나 등창,

아구창, 연주창 같은 걸루다 고생허시는 분 기시면 모다 저한테 맽겨줍시오" 하는 말과 함께 나를 불안에 떠는 내 아내 곁으로 돌려보내주는 것이었다.

이렇게 해서 집주인 김씨와의 첫 대면은 무사히 지났다. 그러나 우리가 대지 20평, 건평 15평 세멘블록 와가의, 김씨 혼잣힘으로 꼬박 일주일 걸려 거짓말처럼 완공했다는 그 날림 중의 날림집에 보증금 3만 원, 월세 3천 원으로 문간방 하나를 세듦으로써 어째서 김씨의 근심걱정이 없어지는 건지는 여전히 의문이었다. 그 말뜻을 제대로 이해하기엔 다소 시일이 걸렸다.

당장 그 이튿날부터 김씨는 자기네 문간방에 세든 사람이 다른 누구도 아닌 바로 선생 내외(그렇다, 선생 내외였다)라는 사실을 일삼아 동네방네 외고 다녔다. 성남시 전체를 통틀어 불과 얼마 안 되는 선생에 비해 집들은 부지기수인데 바로 그 선생 중의 하나가 자기 집에 사글세를 들었다는 것이었다. 그리고 그는 매월 봉급날 저녁만 되면 우리가 당연히 지불해야 할 제반 사용료 외에 금방 앉았다 일어나면서 갚는다는 조건으로 소홀찮은 돈을 꾸어가곤 했다. 봉급날뿐만이 아니라 길거리에서건 집 안에서건 얼굴을 마주치기만 하면 번번이 손을 내밀어 여러 푼돈을 강탈하다시피 알겨갔다. 누구보다 못 할 노릇이기는 아내 쪽이었다. 김씨가 나한테서 돈을 꾼 다음이면 꼭 그의 부인이 방을 건너와서 한나절씩이나 징징 울다 간다는 것이었다. 제 여편네 속곳마저 술로 바꾸어 마실 인간이라면서, 무슨 수로 받아내려고 그렇게 덥석덥석 꾸어준다냐고 원망이라는 것이었다.

처음엔 제법 들척지근하게 받아들이던 '선생 부인'에 아내는 쉬이 넌덜머리를 내기 시작했다. 단순히 선생 부인이라는 그 이유만으로 이웃 아낙네와 조무래기들이 아내를 잠시도 마음 편히 거처하도록 내버려두지 않았다. 단대리 시장 근처 20평 부락에서 우리는 완연한 별종의 인간으로 취급당했다. 김씨가 열심히 나발 불어준 덕분이었다. 선생네가 먹는 저녁 밥상 위에 무슨 반찬이 오르나를 확인하려고 아낙네들은 우리 부엌문 앞을 떠날 생각을 안 했고, 선생 마누라가 얼굴에 뭣뭣을 찍어바르는지 구경하려고 별로 어려워하는 기색도 없이 불시에 방안을 기웃거렸다. 그리고 선생 아들은 주로 무엇을 간식으로 먹나 보려고 때꼽재기 아이들이 눈을 화등잔만하게 해가지고는 문간방 안팎을 연락부절로 오락가락했다. 심지어는 빨래만 해도 그랬다. 펌프 우물에서 아내가 옷가지를 내다 빨고 있을라치면, 동네 아낙들이 떼로 모여들어 합성 세제를 물에 풀었을 때 거품이 이는 그 초보적이고도 너무 당연한 화학 작용을 무슨 요술이나 되는 듯이 신기한 눈으로 지켜보았다.

"아무래도 여길 떠야 할까봐요."

보충 수업까지 마치고 좀 늦게 퇴근한 나에게 어느 날 아내가 심각한 표정을 했다.

"왜 또 무슨 일이 있었어?"

"무슨 일이 있는 건 아니지만 어쩐지 이 바닥 사람들이 무서워요. 꼭 무슨 일을 저지를 것만 같은 눈빛들예요."

"고물장수 여편네 얘긴가?"

"그래요. 오늘두 시장까지 뒤를 밟아왔어요."

아내한테 가장 두려운 상대는 골목길 맞은편 천막 반 흙벽돌 반의 오두막에 사는 고물장수 마누라였다. 골목이 시끄러워서 슬그머니 들창을 열고 내다보면 틀림없이 그 여자가 누군가를

상대로 대판 싸움을 벌이고 있었다. 대개는 동네 사람들하고서
였고 더러는 자기 남편이거나 아니면 여섯 살배기 자기 아들과
였다. 상대가 자기 식구건 동네 사람이건 어느 경우를 막론하고
여자의 입에서는 개와 도야지가 끊일 새 없었으며 이빨과 손톱
을 동시에 사용하면서 웬만한 작두 푼수는 되는 어마어마한 고
물장수 가위로 인체의 어느 특정 부위를 싹둑 잘라버리겠다고
말끝마다 씹어뱉곤 했다.

 고물장수 마누라가 내 가족에게 직접적인 위해를 가한 적은
아직 한 번도 없었다. 다만 궁둥이 근처에 대롱대롱 매달리게 딸
애를 들쳐업고 나와서는 일정한 거리를 두고 내 가족을 잠자코
뚫어지게 쏘아볼 뿐이었다. 그러나 아내의 기를 팍 죽이기엔 그
런 정도만으로도 충분했다.

 어느 일요일 오후에 찬거리를 사겠다고 시장바구니를 들고 나
갔던 아내가 예상보다 너무 빨리 돌아왔다. 아내는 고무신 한 짝
을 대문간에, 그리고 나머지 한 짝은 펌프 옆에 아무렇게나 벗어
팽개치면서 헐레벌떡 뛰어들어오더니만 멀쩡한 대낮인데 방문
을 꼭꼭 걸어닫는 법석을 떨었다. 바구니가 비어 있었다. 아내는
하얗게 질린 얼굴에 가슴마저 할딱거리고 있었다.

"고물장수 여편네가 막 따라왔어요."

 훅훅 단내가 치미는 입김을 아내가 내 귓전에 쏟았다.

"그래서?"

 하도 어이가 없어 나는 웃을 수밖에 없었다.

"기분 나쁘게 빈정대지 말아요! 시장까지, 시장에서 집에까지
쫓아다녔다니깐요. 푸줏간에 들러서 돼지고길 살까 쇠고길 살까
생각하는 참인데 왠지 모르게 뒤쪽이 이상해서 얼핏 돌아다봤더

니, 아 글쎄, 저만치에 여편네가 서 있질 않겠어요. 앨 둘러업구 그 우묵한 눈으로 뚫어지게 쏴보는 거예요. 내가 집을 나설 때 분명히 골목 안쪽에 있었는데 어느새 예꺼정 뒤밟아왔나 싶어서 갑자기 섬뜩한 생각이 들더군요."

"당신 시장바구니 보고 생각난 김에 그 여자도 돼지고긴지 쇠고긴지 사고 싶었던 게지. 고물장수라고 반드시 팔다 남은 강냉이튀밥이나 별식으로 먹으란 법은 없을 테니까."

"그게 아니래두요! 어찌나 가슴이 발랑거리던지 집어삼킬 것같이 노려보는 그 시선 앞에선 차마 고길 살 수가 없었어요. 그래 푸줏간을 그냥 나오고 말았죠. 생선전으로 들어서려니까 여편네가 또 소리없이 뒤를 밟잖아요. 무서워서 아무것도 살 수가 없었어요. 곧장 집으로 종종걸음을 쳤지요. 이만하면 이젠 안 따라오겠지 하고 뒤를 돌아보니까 꼭 고만한 간격을 유지하면서 계속 따라붙어요. 그래서 마구 뛰었어요. 뛸 수밖에요. 뛰면서 뒤돌아봤더니 여편네두 같이 뛰어요. 애를 업었는데두 나보담 뜀질을 잘하는 것 같애요. 애가 놀래가지고 울어 보채는데두 대문 앞꺼정 이를 악물구 뒤쫓아왔어요."

나는 살그머니 일어나 들창을 연 다음 고개를 빼고 대문이 있는 골목 쪽을 살펴보았다. 고물장수 마누라가 딸애를 궁둥이에 매단 채로 골목길 한복판에 버티고 서 있었다. 나하고 시선이 딱 마주쳤다. 여자는 내 눈을 피하지 않았다. 오히려 한 외간 남자의 시선을 처억 하니 받아넘기면서 아무때라도 이쪽에서 물러설 때까지는 눈싸움을 계속할 작정임이 분명했다. 나는 엉겁결에 내밀었던 고개를 잽싸게 수습한 다음 들창을 닫아버렸다.

"도대체 이유가 뭐죠? 무슨 생각으로 그럴까요?"

아내가 나한테 따지는 기세로 물었다.

"아마 당신하고 친해지고 싶은 거겠지."

나는 이렇게 대꾸했다.

"모르긴 몰라도 선생 부인하고 친하게 지내고 싶어서 그럴 거야."

두번째 때도 나는 이렇게 얘기할 수밖에 없었다.

"선생 마누라, 선생 부인, 선생 사모님…… 인젠 말만 들어도 신물이 나요. 어쩌다 내 꼴이 선생 부인이 되었는지! 오나 가나 원!"

넨장맞을, 이건 뭐 얼어 죽고 데어 죽는 꼬락서니였다. 고향을 벗어나 타관살이를 하면서 한때 좀 잠잠해지는가 싶던 아내의 고질병이 어느새 또 도지려 하고 있었다. 그것은 또한 나 자신의 고질병이기도 했다. 아내가 선생한테 시집온 팔자를 그리 자랑스럽게 여기지 않는 이유는 전적으로 여학교 시절의 에델바이스 클럽 회원들 거개가 선생보다는 훨씬 수입이 좋은 직업의 남자와 결혼한 데 있었다. 아내는 학교 때 성적이나 얼굴이 자기보다 훨씬 처지던 계집애들이 서로 음모라도 꾸민 것처럼 집안 좋고 학벌 좋고 직장 좋은, 이를테면 삼박자가 척척 맞는 배필로만 달칵달칵 물어가는 그 점을 아무래도 이해할 수 없었고, 이해할 수 없기 때문에 용서할 수도 없었고, 박봉에서 오는 생활의 불편이나 어려움보다는 영원토록 변치 말자면서 지금도 일 년에 두 차례씩 만나는 에델바이스들의 동정 섞인 우정 때문에 정기적으로 자존심을 상하곤 했다.

나 역시 그랬다. 젊은 나이에 이미 출세했거나 적어도 멀잖은 장래에 출세할 조짐이 농후하거나 아니면 치부를 한 동창들을 접할 적마다 속이 뒤숭숭해서 견딜 수가 없었다. 기껏해야 교육위원회 장학사나 교감 교장인데, 그걸 바라고 삼사십 년씩 근속하기엔 너무 억울하다는 느낌을 어쩔 수가 없었다. 적어도 내게는 여러모로 미루어 많이 불공평한 세상에서 어쩌다 잘못 얻어걸려 하는 직업이 바로 선생이었다.

그런데 그 선생을 대단하게 알고 별종으로 취급하는 사람들이 다른 한편에는 또 있는 것이다. 동그라미를 그릴 생각이었는데 네모가 되었대서 세모가 되지 않은 것만을 다행으로 여길 수는 없다. 나를 대단한 인물로 보아주는 단대리 사람들 앞에서 나는 한 번도 큰기침을 한 적이 없음은 물론 그들을 쓰다듬어주고 싶지도 않았다.

이순경한테서 들은 안동 권씨의 과거에 관해서 나는 아내에게 아무런 귀띔도 해주지 않았다. 은경이와 영기 사이가 여섯 살이나 터울이 지기까지 그 아비 되는 권기용씨가 어디서 뭘 했는지 나는 얘기하지 않았다. 권씨가 싫고 좋은 걸 떠나 앞으로도 나는 계속 비밀을 지킬 작정이었다. 그렇잖아도 벌써 아내의 눈 밖에 난 사람들인데, 만약 권씨가 전과자란 걸 알게 된다면 아내는 필경 까무러치고 말 것이었다. 더구나 다른 것도 아니고 사회의 안녕과 질서를 파괴했다는 죄로 여러 해를 복역하고 나와서는 시방도 경찰의 감시를 받고 있는 위험 인물임을 알아차리게 된다면 단 하루도 한지붕 밑에서 살지 않으려 할 것이었다.

아내 말마따나 권씨네가 시초부터 어기고 들어온 약속 외에 전세 입주자로서 상식적으로 지켜야 할 제반 의무를 번번이 이행하지 않는 건 사실이었다. 하지만 그런 따위 자지레한 이유들로 당장 권씨네를 쫓아낼 수는 없는 노릇이었다. 그들이 결정적인 실수를 범할 때까지 당분간은 더 두고 보는 수밖에.

그리 오래지도 않아 아내의 짐작은 사실로 드러나기 시작했다. 마침내 아내는 권씨 부인으로부터 임신 6개월째라는 자백을 받기에 이르렀다. 아내한테는 어느덧 장독대 밑 광 속에 쌓인 연탄 수를 아침저녁으로 점검해야만 직성이 풀리는 버릇이 생겼다. 그리고 무엇보다도 아이들 문제가 항상 말썽이었다. 애들은 왜 제 부모의 입장 같은 건 조금도 생각해주지 않는 것일까. 우리집 동준이 녀석만 해도 그랬다. 우리가 셋방으로 돌 적엔 녀석이 늘 주인집 아이를 때려 나나 아내가 행세를 못 하도록 만들곤 했다. 그랬는데 지금은 녀석이 권씨의 오뉘로부터 늘 손찌검을 당함으로써 우리를 속상하게 만들고 또 권씨 내외를 난처한 입장에 빠뜨리는 것이었다.

동준이가 마당에서 커다란 풍선을 가지고 뛰어놀고 있었다. 같이 놀고 싶어서 권씨네 애들이 치근치근 따리를 붙이는 기색이었다. 아무리 따리를 붙여봐도 반응이 없으니까 애들은 동준이를 한 대 쥐어박았는지 할퀴었는지 해서 울리고는 문간방에 들어가더니 제 어미를 조르는 눈치였다. 이때부터 아내는 벌써 속이 뒤집혀 있었다. 잠시 후에 동준이가 헐레벌떡 뛰어들어와서는 떼를 쓰기 시작했다. 들이당장 막무가내로 영기네 것하고 똑같은 풍선만 사내라는 것이었다. 녀석은 기어코 제 어미의 손을 이끌고 마당으로 나갔다. 밖에 나갔던 아내가 얼굴이 벌개져 가지고 들어오더니만 이번엔 내 손을 답삭 움켜쥐고는 마당으로 끌고 나갔다. 나는 보았다. 권씨네 애들이 손에손에 여러 개의 풍선을 나눠들고 마냥 회희낙락해 있었다. 셋방살이 아이들이 즐거워하는 걸 탓하고 싶지는 않았다. 다만 문제는 바로 그 풍선의 정체였다. 커다란 오이처럼 생긴 해괴한 모양의 풍선들이었다. 무엇이 재료로 쓰여졌는지 나는 한눈에 알아볼 수 있었다. 그것은 의심의 여지 없는 콘돔이었다. 아내는 말할 수 없이 분개했다. 아이의 가정 교육을 위해서 도저히 묵과할 수 없는 중대사라는 것이었다. 일요일이긴 하지만 다행히도 권씨가 출근해서 집에 없는 줄 알기 때문에 나는 안심하고 애들 가정 교육 문제를 아내에게 일임해버렸다. 벼르고 별러온 끝이라서 아내는 당장에 권씨 부인에게 달려가 이성을 가진 어른으로서 품위를 지켜줄 것을 강경히 요구했다.

참담한 고생 끝에 성남에서는 기중 고급 주택가로 알려진 시청 뒷산 은행주택을 산 다음 자그마치 100평 대지 위에 세운 슬라브집의 안주인으로서 아내가 전세 입주자에게 내세운 조건은 사실 그리 까다로운 게 아니었다. 첫째, 자녀가 둘 이하라야 한다. 둘째, 집 안에서는 언제나 정숙을 유지해야 한다. 이상 두 가지 조건만 지켜준다면 여타의 일, 예컨대 전열기의 사용이나 담요의 물빨래 같은 것에 야박하게 굴지 않을 것이며 오물 수거료나 야경비 따위 제반 공과금 지불에 억울하지 않게시리 선처할 생각이었다. 자녀가 반드시 둘을 넘어서는 안 될 이유는 무엇인가. 아내가 복덕방 영감을 앞세우고 셋방을 구하러 다니면서 귀에 못이 박이도록 들어온 소리였고, 때문에 그 소리가 가슴에 사무쳐서 아내는 변변한 집주인이라면 당연히 그런 조건은 내세우는 것이려니 믿고 있었다. 집 안에선 왜 정숙을 유지해야만 하는가. 그것은 돈을 못 버는 이유가 순전히 공부에 있고 공부는 평생을 계속해야만 하는 것으로 폼을 잡아온 자칭 선비 남편을 의식한 조처였다. 아내는 꿈에 그리던 내 집을 장만했는데도 여전히 남의 식구를 둘 수밖에 없는 현실을 슬퍼했다. 하지만 그것은 남의 식구를 둠으로써 주인의 권리를 행사할 수 있는 기쁨을 다분히 염두에 둔 그런 슬픔임이 분명했다. 그리고 더욱 분명한 것은 20평 부락에 사는 사람과 100평 부락에 사는 사람과의 차이였다. 그것은 바로 20평의 마음과 100평의 마음의 격차였던 것이다. 시청 뒤로 이사한 그 이후부터 아내에겐 누구하고 현주소에 관한 얘길 나누는 기회마다 언필칭 우리가 은행주택에 살고 있음을 힘주어 말하는 버릇이 생겼다.

　이른 아침이었다. 문간방 툇마루에 앉아서 권씨가 구두를 닦고 있었다. 누구나 그렇듯이 그가 솔로 먼지나 터는 정도의 일을 하고 있었다면 나는 그냥 지나쳤을지도 모른다. 바탕과 빛깔이 다르고 디자인이 다른 갖가지 구두를 대여섯 켤레나 툇마루에 늘어놓은 채 그는 털고 바르고 닦는 데 여념이 없었다.

　"그거 팔 겁니까?"

　아침 인사 겸 농담삼아 나는 그에게 말을 걸었다.

　"팔 거냐구요?"

　갑자기 일손을 멈추더니 그는 내 발을 내려다보았다. 아니, 내가 신고 있는 구두를 유심히 쏘아보는 것이었다. 이윽고 내 바짓가랑이와 저고리 앞섶을 타고 꼬물꼬물 기어올라오는 그의 시선이 마침내 내 시선과 맞부딪치면서 차갑게 빛났다. 그는 얼굴이 시뻘겋게 달아오르는가 싶더니 어느새 입가에 냉소를 머금고 있었다.

　"어떻게 보고 하시는 말씀인지는 모르지만……"

　"제가 이거 실례했나봅니다. 달리 무슨 뜻이 있어서가 아니고…… 다만 구두가 하두 여러 켤레라서…… 전 그저 많다는 의

미루다……"

입을 꾹 다물고는 권씨가 더 이상 나를 상대하지 않으려는 의사를 분명히 했으므로 내겐 아무 할말이 없어져버렸다. 그는 손질을 마친 구두를 자기 오른편에 얌전히 모시고는 왼편에서 다른 구두를 집어 무릎 새에 끼더니만 헌 칫솔로 마치 양치질하듯 신중하게 고무창과 가죽 틈에 묻은 흙고물을 제거하기 시작함으로써 내게서 사과할 기회를 아주 앗아가버렸다. 나는 주번 교사를 맡아 다른 날보다 일찍 출근하려던 것도 까맣게 잊은 채로 권씨 앞에서 오래 뭉그적거렸다. 그러나 권씨를 향한 그 찜찜한 마음 덕분에 비로소 권씨를 자세히 관찰할 기회를 얻었다. 여러 날 함께 살면서도 피차 밖으로 나돌며 빡빡하게 지내다보니 이사오던 그날 이후로 변변히 대면조차 할 기회가 없었던 것이다.

보아하니 권씨의 구두 닦기 실력은 보통에서 훨씬 벗어나 있었다. 사용하는 도구들도 전문 직업인 못잖이 구색을 맞춰 일습을 갖추고 있었다. 그리고 무릎 위엔 앞치마 대용으로 헌 내의를 펼쳐 단벌 외출복의 오손에 대비하고 있었다. 흙과 먼지를 죄 털어낸 다음 그는 손가락에 감긴 헝겊에 약을 묻혀 퉤퉤 침을 뱉아가며 칠했다. 비잉 둘러가며 구두 전체에 약을 한 벌 올리고 나서 가볍게 솔질을 가하여 웬만큼 윤이 나자 이번엔 우단 조각으로 싹싹 문질러 결정적으로 광을 내었다. 내 보기엔 그런 정도만으로도 훌륭한 것 같은데 권씨는 거기에 만족하지 않고 계속해서 같은 동작을 반복했다. 그만한 일에도 무척 힘이 드는지 권씨는 땀을 흘렸다. 숨을 헉헉거렸다. 침을 퉤퉤 뱉았다. 실상 그것은 침이 아니었다. 구두를 구두 아닌 무엇으로, 구두 이상의 다른 어떤 것으로, 다시 말해서 인간이 발에다 꿰차는 물건이 아니

162

라, 얼굴 같은 데를 장식하는 것으로 바꿔놓으려는 엉뚱한 의지의 소산이면서 동시에 신들린 마음에서 솟는 끈끈한 분비물이었다. 권씨의 손이 방추(紡錘)처럼 기민하게 좌우로 쉴새없이 움직이고 있었다. 마침내 도금을 올린 금속제인 양 구두가 번쩍번쩍 빛이 나게 되자 권씨의 시선이 내 발을 거쳐 얼굴로 올라왔다. 그는 활짝 웃고 있었다. 그의 눈이 자기 구두코만큼이나 요란하게 빛을 뿜었다. 사실 그의 이목구비 가운데 가장 높이 사줄 만한 데가 바로 그 눈이었다. 그는 조로한 편이었다. 피부는 거칠고 수염은 듬성듬성하고 주름이 많았다. 이마가 나오고 광대뼈가 솟은 편이며 짙은 눈썹에 유난히 미간이 좁은 데다가 기형적으로 덜렁한 코가 신통찮은 권투 선수의 그것처럼 중동이 휘었고, 입은 내가 근무하는 학교의 '썰면' 선생과 맞먹을 만했다(입술이 하 두툼해 썰면 한 접시는 되겠대서 학생들이 붙인 별명이었다). 오직 눈 하나로 그는 구제받고 있었다. 보기 좋게 큰 눈이 사악하다거나 난폭한 구석은 전혀 찾아볼 수 없게 맑고 섬세했다.

이순경이 또 찾아왔다. 지나는 길에 잠깐 들렀다지만 반드시 그런 것 같지만도 않은 것이, 대뜸 책망 비슷한 투로 나왔다.

"그러면 못써요, 못써."

"뭐 보고드릴 게 있어야 전화라도 걸든지 하죠."

"보고가 아니고 협조겠죠. 그건 그렇고, 협조할 만한 게 없었다구요?"

"전혀!"

"이거 보세요, 오선생. 권씨가 닷새 전에 직장을 그만뒀는데두요?"

"직장을 그만두다니, 그럼 또 실직했다는 얘깁니까?"

"출판살 때려치웠어요. 전번하곤 사정이 좀 달라요. 책을 만드는 데 저자들 요구대로 고분고분 따르는 게 아니라 틀린 걸 지적하고 저잘 자꾸만 가르치려 드니깐 사장이 불러다가 만좌중에 주의를 주었대요. 네가 저자냐고, 네가 뭔데 감히 고명하신 저자님 앞에서 대거리질이냐고 말이죠. 그랬더니 그 담날부터 출근을 않더라나요."

"오늘 아침만 해도 정상적으로 출근하는 것 같았는데…… 어제도 그랬고……"

"그러니까 주의 깊게 잘 좀 살펴봐달라는 거 아닙니까."

"이순경이 그렇게 앉아서 구만린데 내가 구태여 협조할 필요가 있을까요?"

그러자 학사 출신 이순경이 빙긋 웃었다.

"권씨가 드디어 실직했다는 그 점이 중요합니다. 이제부터 슬슬 오선생이 맡아야 할 역할이 무엇인지 분명해질 성부릅니다. 권씨가 다시 다른 직장을 붙잡을 때까진 저나 오선생이나 맘을 놔선 안 됩니다."

내가 꼭 권씨를 감시하고 보호해야 할 이유가 없음을 주장하기에 나는 벌써 지쳐 있었다. 죄가 있다면 셋방을 잘못 내준 죄밖에 없는 줄 누구보다도 이순경이 잘 알고 있기 때문이었다. 이런저런 이야기 끝에 화제가 다시 권씨에 미쳤다.

"사건 당시 권씨는 주모자급이었습니까?"

"제가 경찰관이 되기 전 일이니까 자세한 건 몰라요. 하지만 권씨가 주모자라기보다 주동자였던 것만은 분명합니다. 거의 완벽할 만큼 증거를 남겼으니까요. 경찰 백차를 뒤엎고 불을 지르고 투석을 하고 시내버스를 탈취해가지고 시가를 질주하는 사람들 사진 속에서 권씨는 항상 선두를 서고 있었습니다."

"도무지 믿을 수가 없군요. 이불 보따리 하나 제대로 못 메는 사람이 그런 엄청난 일에 선봉을 서다니!"

"하지만 일단 실직만 했다 하면 굶기를 밥 먹듯 한다는 사실만은 믿어도 좋습니다."

"굶지 않을 능력이 있으면서도 굶는 사람은 아마 굶어도 배고프지 않을 겁니다."

"오선생님, 너무 그렇게 뻣뻣한 척 마십쇼. 접때두 내 얘기했잖아요, 틀림없이 오선생도 권씰 사랑하게 될 거라구요."

누가 누구를 사랑한다는 일이 얼마나 어렵고 피곤한 것인가를 전혀 모르는 사람처럼 이순경은 자신만만하게 웃으면서 갔다. 사랑 중에서도 특히 근린애(近隣愛)를 주머니 속에 든 동전이라도 꺼내듯이 그렇게 손쉬운 것인 줄 아는 모양이었다. 나 역시 한동안은 혼자 있을 때 공중으로부터 울리는 무거운 음성을 들은 적이 있었다. 네 이웃을 사랑하라, 단대리 사람을 사랑하라, 20평 부락 주민을 사랑하라……

내가 단대리를 떠나기로 결심한 것은 그 사건이 있은 직후였다. 맞다. 그것은 분명히 내게 있어서 하나의 충격적인 사건이었다.

퇴근해서 집으로 돌아가는 길이었다. 집 근처에 이르러 나는 한떼의 아이들이 천변에서 놀고 있는 걸 보았다. 왁자하게 떠드는 조무래기들 틈에 동준이 녀석도 끼여 있었다. 녀석이 어느새 저렇게 커서 이웃에 친구까지 사귀었나 싶어 나는 먼발치에서 대견스럽게 지켜보았다. 내 아이만 유난히 얼굴이 희었다. 다른 애들이 지나치게 까만 탓인지도 모른다. 특히 그 중에서도 고물장수 아들은 방금 굴뚝 속에서 기어나온 꼴이었다. 동준이가 고물장수의 아들에게 뭐라고 소리쳤다. 그러자 깜장이 그 아이가 땅바닥에 양팔을 짚고 개구리처럼 폴짝폴짝 뛰기 시작했다. 동준이가 그애 앞에다 뭘 던졌다. 그러고 보니 동준이 녀석은 쿠킨지 뭔지 하는 과자 상자를 가슴에 끌어안고 있었다. 고물장수 아들이 땅에 떨어진 과자를 입으로 물어올리더니 흙도 안 털고는 그대로 아삭아삭 씹어먹었다. 먹는 일이 끝나자 고물장수 아들은 하얗게 이빨을 드러내며 웃고는 다시 스타팅 블록에 들어선 것 같은 자세를 취했다. 동준이가 뭐라고 또 소리쳤다. 깜장이가 이번엔 한쪽 팔로 땅을 짚고 그 팔과 가슴 사이로 다른 팔을 넣어 꺾어올려서 코를 틀어쥔 다음 열나게 뺑뺑이를 돌기 시작했다. 그애는 대여섯 바퀴도 못 돌아 픽 고꾸라졌다. 일어나서 다시 돌다가는 또 고꾸라졌다. 몇 차례고 반복해서 기어코 지시받은 횟수를 다 채우는 모양이었다. 몇 바퀴나 돌았는지 아이는 다 돌고 나서도 어지러워서 바로 서지를 못했다. 동준이가 과자에다 침을 퉤 뱉아서 땅바닥에 던졌다. 동준이는 삐잉 둘러서서 구경하는 다른 애들한테도 똑같은 방식으로 놀이에 가담할 것을 종용하는 눈치였으나 갈수록 가혹해지는 녀석의 요구 조건에 기가 질려 엄두를 못 내고 군침만 삼키는 듯했다. 동준이가 과자를 쥔 오른팔을 높이 올려 개울 쪽을 겨냥하고 힘껏 팔매질을 했다. 그러자 조금의 주저도 없이 고물장수 아들이 석축을 타고 제방 아래로 뽀르르 달려내려갔다. 나는 그 개울에 관해서 일찍부터 잘 알고 있었다. 그것은 공장에서 흘러나오는 폐수와 집집마다 버리는 오물을 한데 모아 탄천(炭川)으로 실어나르는 거대한 하

166

수도였다.

내가 뒷전에 서서 구경하기 전에는 그와 같은 놀이가 얼마나 길었는지 모른다. 그러나 내가 목격한 것은 그것이 전부였다. 나는 동준이 녀석으로부터 과자 상자를 빼앗아 개울 속에 집어던졌다. 그리고는 녀석의 따귀를 마구 갈겼다. 마음 같아서는 고물장수 아들을 흠씬 두들겨주고 싶었는데 손이 자꾸만 내 자식놈쪽으로 빗나갔다. 동준이 녀석을 한참 때리다가 퍼뜩 생각이 미쳐 뒤를 돌아다보니 고물장수 아들은 칙칙한 개울물을 따라 천방지축 과자 상자를 쫓아가는 중이었다.

무슨 수를 써서든 이놈의 단대리를 빠져나가자고 아내에게 소리치던 그날 밤엔 영 잠이 오질 않았다. 줄담배질로 밤늦도록 이리 뒤척 저리 뒤척 하면서 내가 생각한 것은 찰스 램과 찰스 디킨즈였다. 나하고는 전혀 인연이 안 닿는 땅에서 동떨어진 시대를 살았던 두 사람이 갈마들이로 나를 깨어 있도록 강제하는 것이었다.

똑같은 이름을 가진 점말고도 그들 두 사람은 공통점이 많은 것으로 알려져 있다. 우선 불우한 유년 시절을 보낸 점이 그렇고, 문학 작품을 통해서 빈민가의 사람들에 대한 동정과 연민을 쏟은 점이 그런 모양이었다. 하지만 그들의 성(姓)이 각각이듯이 작품을 떠난 실생활에서의 그들은 성격이 딴판이었다 한다. 램이 정신분열증으로 자기 친모를 살해한 누이를 돌보면서 평생을 독신으로 지내는 동안 글과 인간이 일치된 삶을 산 반면에, 어린 나이에 구두약 공장에서 노동하면서 독학으로 성장한 디킨즈는 훗날 문명을 떨치고 유족한 생활을 하게 되자 동전을 구걸하는 빈민가의 어린이들을 지팡이로 쫓아버리곤 했다는 것이다. 램이 옳다면 디킨즈가 그른 것이고, 디킨즈가 옳다면 램이 그르게 된다. 가급적이면 나는 램의 편에 서고 싶었다. 그러나 디킨즈의 궁둥이를 걷어찰 만큼 나는 떳떳한 기분일 수가 없었다.

나도 그랬다. 내 친구들도 그랬다. 부자는 경멸해도 괜찮은 것이지만 빈자는 절대로 미워해서는 안 되는 대상이었다. 당연히 그래야만 옳은 것으로 알았다. 저 친구는 휴머니스트라고 남들이 나를 불러주는 건 결코 우정에 금이 가는 대접이 아니었다. 우리는 우리 정부가 베푸는 제반 시혜가 사회의 밑바닥에까지 고루 미치지 못함을 안타까워했다. 우리는 거리에서 다방에서 또는 신문지상에서 이미 갈 데까지 다 가버린 막다른 인생을 만날 적마다 수단 방법을 안 가리고 긁어모으느라고 지금쯤 빨갛게 돈독이 올라 있을 재벌들의 눈을 후벼파는 말들로써 저들의 딱한 사정을 상쇄해버리려 했다. 저들의 어려움을 마음으로 외면하지 않는 그것이 바로 배운 우리들의 의무이자 과제였다.

그러나 그것은 어디까지나 이론에 불과한 것이었다. 자기 자신을 상대로 사기를 치고 있는 것임을 나는 솔직히 자백하지 않을 수 없다. 우리의 분노란 대개 신문이나 방송에서 발단된 것이며 다방이나 술집 탁자 위에서 들먹이다 끝내는 정도였다. 나도 그랬다. 내 친구들도 그랬다. 껌팔이 아이들을 물리치는 한 방법으로 주머니 속에 비상용 껌 한두 개를 휴대하고 다니기도 하고, 학생복 차림으로 볼펜이나 신문을 파는 아이들을 한목에 싸잡아 가짜 고학생이라고 간단히 단정해버리기도 했다. 우리는 소주를 마시면서 양주를 마실 날을 꿈꾸고, 수십 통의 껌값을 팁으로 던지기도 하고, 버스를 타면서 택시 합승을, 합승을 하면서는 자가용을 굴릴 날을 기약했다. 램의 가슴을 배반하는 디킨즈의 머리는 매우 완강한 것이었다. 우리의 눈과 귀와, 우리의 입과 손발 사이에 가로놓인 엄청난 괴리는 우리로서는 사실 어쩔 수 없는 것이어서 도리어 나는 그날 밤새껏 램의 궁둥이를 걷어차면서 잠을 온전히 설치고 말았다.

이순경이 재차 다녀간 날 밤에 우리집 문간방에서는 이상하게도 세 살짜리 아이의 칭얼거림이 그치지 않았다. 전에는 없던 일로 영기가 자주 잠을 깨는 눈치였고 이부자리에 지도를 그렸다고 야단을 맞는 모양이었다. 영기의 울음 소리가 웬만큼 높아질 때까지는 가만 내버려두다가 안방에까지 훤히 들릴 정도가 되면 권씨의 위협적인 목소리가 제꺼덕 천장을 타고 내 귀에까지 건너왔다. 그러면 그럴수록 영기 녀석은 울음 속에 세 살답지 않은 보복 의지 같은 걸 담아 비수처럼 휘둘러대는 것이었다. 급기야는 아내를 비롯한 우리 가족 전부가 잠을 깰 지경이 되었다. 저렇게 처마끝을 들고 서는 애를 달랠 생각도 않는다고 아내가 졸음겨운 소리로 투덜거렸다. 아닌게아니라 권씨 부인은 한마디 말이 없었다. 권씨네가 이사온 이후로 나는 지금까지 권씨 부인이 하다못해 아야 소리 한마디 하는 걸 듣지 못했다.

"나가버릴까부다, 차라리 아빠가 멀리 나가버리고 말까봐!"

부르짖음에 가까운 권씨의 비통한 소리가 들렸다. 그러자 어린것의 귀에도 그 말만은 놀라운 효험을 보인 모양이었다. 자지러지던 울음이 갑자기 뚝 그쳤다. 그래도 여전히 빨랫줄마냥 뻗으려는 울음의 꼬리를 아이는 도막도막 잘라 숨돌릴 겨를 없이 삼키느라고 잦추 사례가 들렸다.

아침이 되어보니 권씨는 또 구두를 닦고 있었다. 구두 닦기에 권씨는 여느 날보다도 유난히 더 열심이었다.

"간밤엔 죄송했습니다."

권씨가 슬리퍼를 신은 내 발을 상대로 정중히 사과를 했다. 이상한 일이었다. 권씨의 새삼스러운 사과가 내 귀엔 어쩐지, 간밤의 내 솜씨가 과연 어떻더냐고 묻는 성싶게만 들려 두고두고 떨떠름했다.

학교에서 실시하는 가정 방문 주간이 이틀째로 접어드는 날이었다. 학생 하나를 향도로 세워 '별나라' 부락에 거주하는 학부형들을 차례로 찾아다니는 중이었다. 나는 때마침 어느 학교 신축 공사장 근처를 지나가고 있었다. 콘크리트 골조를 비잉 둘러 얼키설키 엮어 지른 비계가 머리 위로 높다랗게 보였고, 시멘트 벽돌을 등에 진 사내들이 흔들거리는 널다리를 줄지어 오르내리고 있었다. 모두들 걷어붙이고 벗어제친 몸들이 무척이나 탐스럽고 강인해 보였는데, 그 중에서 유독 한 사내가 내 눈길을 끌었다. 그는 흡사히 널벅지들 틈에 낀 간장 종지로 왜소해가지고는 후들거리는 다리를 간신히 옮기는 것이었으며, 그토록 험한 일을 하면서 놀랍게도 완연한 사무원 복장이었다. 비계 바투 밑까지 접근해서 사내의 얼굴을 재삼 확인한 다음 나는 이렇게 외쳤다.

"권선생, 거기 있는 게 권선생 아니우?"

그 순간 벽돌장 하나가 똑바로 내 머리를 겨냥하고 무서운 속도로 낙하해왔다. 잽싸게 몸을 피했기 때문에 다치지는 않았다. 서둘러 널다리를 내려온 권씨가 내 앞에 섰다. 정말 권씨였다. 그의 얼굴에 석고처럼 굳게 새겨진 경악을 보고 나는 그가 나를 죽일 작정으로 그러지 않았음을 알았다. 그는 전신이 땀과 먼지 범벅이었다. 가까이서 보니 베이지색 와이셔츠 위에 받쳐입은 춘추용 해군 기지 잠바는 작업에서 얻은 오손과 주름으로 말씀이 아니었다. 그러나 구두만은 여전해서 칠피 가죽에 공들여 올린 초콜릿빛 광택이 권씨의 가장 권씨다움을 외롭게 지켜주고 있었다.

"내가 여기 있는 줄 어떻게 알았죠?"

마치 내가 자기 행방을 일부러 수소문해서 찾아오기라도 했다는 듯이 그는 물었다.

"학생들 가정 방문을 다니다 지나는 길에 우연히……"

그는 가득 의심을 담은 눈으로 나와 내 반 학생을 번갈아 노려보았다. 증거까지 손에 쥐어주는데도 그의 의심이 쉬이 풀릴 기색이 아니었으므로 나는 서둘러 신축 공사장을 뒤로해버렸다.

밤이 꽤 늦어 권씨는 귀가했다. 그는 문간방을 거치지 않은 채 내가 들어 있는 안방으로 직행해와서 두 홉들이 소주병 하나를 푹 꽂는 기세로 방바닥에 내려놓았다. 이미 어지간히 취해 있었다.

"이래봬도 나 안동 권씨요!"

피곤에 짓눌렸던 몸뚱이가 이번엔 술에 흠씬 젖어 갱신 못 할 지경인데도 목소리만은 제법 또렷했다.

"물론 잘 아시리라 믿지만 안동 권씨 허면 어딜 가도 그렇게 괄신 안 받지요. 오선생은 본이 해주던가요?"

내 구두가 자기 구두보다 항상 추저분하고 또 단벌임을 매번 확인하듯이 이참에는 성씨로써 일종의 길고 짧음을 대볼 작정인 듯했다. 나는 그저 웃어보였다. 웃으면서도 사람 좋게 보이려는 내 노력이 취중을 뚫고 그의 흔들리는 뇌수 깊이에까지 제대로 전달되기를 바랐다.

"권선생, 많이 취하신 모양인데 얘긴 우리 나중에 하고 들어가서 쉬시죠."

팔짱을 낀 채 문간방 너머 마루에 잔뜩 부어터진 얼굴로 서 있는 아내를 흘끔흘끔 곁눈질하면서 나는 권씨를 편히 쉬게 하려는 생각이 순전히 자발적이며 선의에 찬 것임을 행동으로 강조해보였다. 권씨가 내 선의를 홱 뿌리쳤다. 그는 반쯤 강제로 일으켜졌던 엉덩이를 도로 털썩 주저앉히더니 병뚜껑을 이빨로 물어 단숨에 깠다.

"전과자허군 벗하기 싫다 이겁니까? 허지만 어림두 없어요. 오늘은 내 기필코 헐말 다허고 물러가리다."

"전과자라구요?"

눈이 벌어진 입만큼이나 되어가지고 거의 이성을 잃을 정도로 냉큼 뛰어들어왔으므로 아내의 음성은 자연히 깜짝 반기는 투와 구별할 수 없게 되었다. 그러나 결코 반기는 투가 아님이 다음 말로써 곧 분명해졌다.

"원 세상에, 세상에나! 방금 전과자라구 하셨죠? 지끔 두 분이서 누구 얘길 하시는 거예요? 세상에, 세상에나……"

"아주머닌 모르고 계셨습니까? 오선생이 얘기하지 않던가요? 바루 제 얘깁니다. 왜요, 제 눈빛이 어쩐지 이상해 보입니까? 아주머니 문짜대로 전꽈자허고 사람 — 그렇지, 사람이지 — 사람허고 이렇게 가차이 앉은 게 신기합니까?"

뛰어들 때와 똑같은 기세로 아내는 냉큼 몇 발짝 물러섰다. 빤히 올려다보는 권씨 앞에서 아내는 새파랗게 질려가지고 단박 고분고분해졌다. 권씨가 앉으라면 앉고 들으라면 듣는 자세를 취했다.

"모기 앞정갱이 하나 뿌지를 힘도 없는 놈입니다. 뭐 조금도 겁내실 거 없습니다. 편안한 맘으로 내외분이서 제 애기 들어주십시오. 잠깐이면 됩니다."

그때까지도 나는 적당히 권씨를 구슬려 문간방으로 돌려보낼 기회만을 노리고 있었다. 그러나 그의 입에서 모기 앞정강이 부러뜨릴 힘도 없다는 고백이 나오고부터는 생각이 달라지지 않을 수 없었다. 그가 하는 말을 듣다보면 모기 앞정강이 하나 어쩌지 못하는 주제에 감히 사회의 안녕과 질서를 뚝뚝 부러뜨린 그 불가사의가 다소 풀릴 것도 같았다.

"아마 프로이트가 한 말일 겁니다."

그는 병째 기울여 소주를 꿀꺽꿀꺽 들이켰다.

"성자와 악인은 종이 한 장 차이랍니다. 악인이 욕망을 행동으로 표현하는 대신에 성자는 그것을 꿈으로 대신하는 것에 불과하답니다."

그가 또 소주병을 기울이려 했으므로 나는 병을 빼앗은 다음 아내를 시켜 간단한 술상을 보아오게 했다.

"내 입장을 그럴듯하게 꾸미기 위해서 성현을 깎아내릴 생각은 없습니다. 그렇지만 프로이트한테 커다란 위로를 받고 있는 건 사실입니다. 내가 전과자가 될 줄 미리 알구서 일찍이 그런 위로의 말을 준비해둔 성싶거든요."

술상이 들어왔다. 저녁에 먹다 남긴 돼지찌개 재탕에다 끼니 때마다 보는 밑반찬 두어 가지가 전부였다. 우리는 일차로 주거니받거니 했다. 그는 말했다.

"물독에 빠진 생쥐처럼 잔뜩 비를 맞던 저 화요일이 있기 전까지 나 역시 오선생 이상으로 선량한 시민이었지요. 물론 내 안사

람도 아주머니만큼이나 착하고 선량했을 겁니다. 불만이 있고
억울한 일이 있어도 기껏 꿈속에서나 해결할 뿐이지 행동으로
나타낼 줄은 몰랐으니까요."

아내더러 술을 더 사오도록 했다. 술이 들어갈수록 그는 더욱
창백해졌으며, 너름새가 좋아졌다. 술이 그를 지껄이도록 시키
고 있음이 분명했다. 그는 말했다.

"모든 게 무리였지요. 우선 나 같은 인간이 태어난 그 자체가
무리였고, 장질부사나 복막염 같은 걸로 죽을 기회 다 놓치고는
아등바등 살아나서 처자식까지 거느린 게 무리였고, 광주단지에
다 집을 마련한 게 무리였고, 이래저래 무리 아닌 일이 하나도
없었습니다."

지상낙원이 들어선다는 소문이 특히 없이사는 사람들 사이에
굉장한 설득력을 지닌 채 퍼지고 있었다. 꼭 그걸 믿어서가 아니
었다. 외려 그는 처음부터 낙원이란 게 별게 아님을 믿는 편이었
다. 다만 차제에 내 집을 마련할 수 있다는 유혹의 손에 덜미를
잡혀 서울에서 통근 거리 안에 든다는 그 이점을 너무 과대평가
했던 과오는 인정하지 않는 바 아니다. 결국 그는 당시 형편으로
는 거금에 해당하는 20만 원을 변통해서 복덕방 영감쟁이를 통
하여 철거민의 입주 권리를 손에 넣었다.

"난생처음 이십 평짜리 땅덩어리가 내 소유로 떨어진 겁니다.
내 차지가 된 그 이십 평이 너무도 대견해서 아침저녁으로 한뼘
한뼘 애무하다시피 재고 밟고 하느라고 나는 사실은 나 이상으
로 불행한 어느 철거민의 소유였어야 할 그것이 협잡으로 나한
테 굴러떨어진 줄을 전혀 잊고 지낼 정도였습니다. 당시의 나한
테는 이 세상 전체가 끽해야 이십 평에서 그렇게 많이 벗어나게

174

커 보이지는 않았습니다."

가까스로 대지는 마련되었으나 그 위에 기둥을 세우고 비바람을 가릴 여유는 아직 없어 땅을 묵히다가 또 간신히 낡은 텐트 하나를 구해서 버티기를 몇 달이나 했다. 선거철이었다. 지상낙원 건설의 청사진에 갖가지 공약들이 한획 한획 첨가되었다. 곳곳에서 기공식들이 화려하게 벌어지고 건설 붐이 일었다. 당장 막벌이 날품팔이들의 천국이 눈앞의 현실로 바싹 당겨졌다. 갈수록 선거 열풍이 거세짐과 더불어 지가가 열나게 뛰고 사람 값이 종종걸음을 치고 하는 그 사이를 부동산 투기업자들이 훨훨 날아다녔다. 그는 생각하기를, 이와 같은 움직임 모두가 자기하고는 하등 상관이 없는 것이려니 했다. 그런 생각이 얼마나 잘못되었나를 그는 선거가 끝났을 때 이십 촉짜리 전등 밑에서 벼락이 머리에 닿듯이 아찔하게 확인했다.

"국회의원 선거가 끝난 바로 그 다음날이었습니다. 이틀만 지났어도 두말 않겠어요. 어제 끝났으면 오늘 그런 겁니다."

한 장의 통지서가 배부되어왔다. 6월 10일까지 전매 소유한 땅에다 집을 짓지 않으면 불하를 취소하겠다는 내용이었다. 보름 후면 6월 10일이었다. 보름 안에 집을 지으라는 얘기였다. 자기가 날품팔이가 아니래서, 자기 생계의 근원이 여전히 서울이래서 대단지의 부산스런 움직임과는 무관한 것처럼 처신해온 그는 뒤늦게 사타귀에서 방울 소리가 나도록 뛰어다니지 않으면 안 되었다. 우선 며칠씩 출판사를 무단 결근하면서 닥치는 대로 돈을 변통하기에 급급했다. 돈이 되는 대로 시멘트와 블록과 각목을 사서 마누라와 함께 한단 한단 쌓아올리기 시작했다. '저나 내나' 건축엔 눈곱만큼의 지식도 없었지만 그저 본능이 시키는 대로, 이렇게 하면 최소한 넘어지지는 않겠거니 하는 어림 하나로 소위 집을 짓는 엄청난 일을 겁없이 감행했다. 지상낙원이란 구호에 합당할 그럴듯한 가옥을 당국에서 요구하지 않는 것이 무엇보다 다행이었고 고마운 일이었다. 건자재가 떨어지면 작업을 중단하고 뛰어나가 비럭질하다시피 돈을 꾸어다 재료를 대기를 몇 차례나 거듭하는 사이에 어느덧 사면 벽이 세워지고 지붕이 씌워졌다. 채 보름도 걸리지 않았다. 외양이나 실질이야 아무렇든 자기가 원하고 당국에서 요구한 그 집이 드디어 완성된 것이다.

"서둘러서 집을 짓도록 명령한 당국에다 외려 감사해야 할 판이었어요. 우리는 한 달 남짓 고대광실에라도 든 기분으로 둥둥 떠서 지냈습니다. 그 한 달 내내 마누라는 은경이 년을 끌어안고 쫄쫄 쥐어짜기만 했지요."

겨우 한숨 돌리려는 참인데 또 통지서가 왔다. 전매 입주자는 분양 전 토지 20평을 평당 8천 원 내지 1만 6천 원으로 계산하여 7월말까지 일시불로 납부하는 조건으로 불하받으라는 것이었다. 만일 기한내 납부치 않으면 해약은 물론 법에 의해 6개월 이하의 징역이나 30만 원 이하의 벌금을 과하도록 하겠다는 단서가 붙어 있었다.

"이번 역시 보름 기한이었어요. 보름 되게 좋아합디다. 걸핏하면 보름 안으로 해내라는 거예요."

엎친 데 덮쳐 경기도에서는 토지취득세부과통지서를 발부했다. 관할과 소속이 각기 다른 서울시와 경기도가 이렇게 쌍나발을 부는 바람에 주민들은 거의 초주검 꼴이 되었다. 광주대단지 토지불하가격시정대책위원회라는 유례없이 긴 이름의 임의 단체가 조직되었다. 대책위원회는 곧 투쟁위원회로 개칭되었다. 속에 식자깨나 든 것으로 알려져 그는 같은 배를 탄 전매 입주자들에 의해서 대책위원과 투쟁위원을 고루 역임하게 되었다.

"그게 만약 감투 축에 든다면, 나한텐 정말 분에 넘치는 감투였어요."

겸손의 말이 아니었다. 그런 일을 감당할 만한 능력도 없을 뿐더러 자기는 여전히 광주단지 사람이 아니며 어디까지나 서울 사람이라는 생각 때문에 맡고 싶지도 않았고, 그래서 뻔질나게 열리는 회의에 한 번도 참석지 않았다. 해결의 실마리라곤 전혀 보이지 않는 가운데 팽팽한 긴장 속에서 7월말 시한을 넘기고 8월 10일을 맞았다. 투쟁위원회에서 최후 결단의 날로 정한 바로 그날이었다.

공기가 흉흉했다. 그 흉흉한 공기가 저기압을 불러왔음직했다. 비가 내렸다. 이른 아침부터 거리에 전단이 살포되고 벽보가 나붙었다. 시간이 되면 가슴에 달기로 한 노란 리본이 나누어졌다. 그는 방안에서 꼼짝도 않으면서 밖에서 벌어지는 움직임에 잔뜩 신경을 곤두세우고 있었다. 꼭 무슨 일이 일어나고야 말 것을 예감케 하는 분위기였다. 그게 두려웠다. 무슨 일이 일어난다는 건 그에게 있어 일어나지 않느니만 같지 못했다. 비는 간헐적으로 내렸다. 11시가 지났다. 11시에 나와서 위원회 대표들과 면담하기로 약속한 사람이 나타나지 않자 사람들은 기다리는 일을 포기해버렸다. 모두들 거리로 뛰쳐나오라고 외치는 소리가 골목을 누볐다. 맨주먹으로 있지 말고 무엇이든 되는 대로 손에 잡으라고 그 소리는 덧붙이고 다녔다. 누군지 빈지문이 떨어져나가게 두들기는 사람이 있었다.

"권선생! 권선생! 집에 기슈?"

가슴이 덜컥 내려앉는 소리였다. 그는 마누라를 시켜 벌써 출근했다고 거짓말을 하게 했다. 누군지 모를 사내를 따돌리고 나서 그제야 생각해보니 화요일이 아닌가. 일요일도 아닌데 여태껏 출근하지 않고 빈둥거린 그 이유는 또 뭔가. 별안간 그는 깜짝 놀랐다. 그것은 의타심이었다. 자기도 깊이 관련된 일에 정작 자기는 뛰어들 의사가 없으면서도 남들의 힘으로 그 일이 성취되는 순간이 오기를 기다리는 기회주의의 자세였다. 그것은 여지없이 하나의 자각이면서 동시에 부끄러움의 확인이었다. 그는 후닥닥 일어나 밖으로 나갔다. 그는 길을 가득 메운 채 손에 몽둥이와 각종 연장 따위를 들고 출장소 쪽으로 구호를 외치며 달려가는 사람들을 보았다. 그들과 마주쳤을 때 그는 낮도둑처럼 얼른 샛길로 몸을 피했다. 부끄럽게 자신을 깨달은 뒤끝이니까 한 번쯤 발길이 그들 쪽으로 향할 법도 하건만 그의 눈은 완강하게 서울로 가는 버스만 찾고 있었다. 그러나 헛수고였다. 외부로 통하는 교통 수단은 이미 두절되어 있었다. 차를 찾는 잠깐 사이에도 전신이 비에 흠뻑 젖었다. 바람을 받으며 엇비슥이 때리는 끈덕진 비로 거리에 나온 사람들은 저마다 후줄근히들 젖어 있었다. 그는 차 잡기를 포기하고 인적이 뜸한 골목만 골라 걷기 시작했다. 생전 처음 걷는 생소한 길을 서울로 통하는 길이거니 하면서 무작정 걷다가 자기와 비슷한 처지의 동무를 만나게 되었다. 몽둥이와 돌멩이를 든 군중을 피해서 요리조리 골목을 누비며 오는 택시였다. 그는 재빨리 골목길 한복판을 결사적으로 막아섰다. 요금은 암만이라도 좋았다. 택시 안에 일행으로 보이는 신사분 셋이 선승해 있었다. 그들을 태운 택시가 어쩔 수 없이 통과하지 않으면 안 되는 광주단지의 관문에 다다랐을 때 검문에 걸렸다. 원시 무기로 무장한 일단의 청년들이 살기등등해 가지고 무조건 차에서 내릴 것을 명령했다.

"아하, 투쟁위원님이 타구 계셨군요. 단신으로 서울까지 쳐들어가서 투쟁하시긴 아무래도 무립니다. 어서 내리십쇼."

웬 청년이 다가오더니 허리를 굽실하고 빙싯빙싯 웃으며 친절히 말했다. 청년은 용케도 그를 알아보는 모양이나 이쪽에서는 상대방이 누군지 전혀 기억에 없었다. 잠시 그가 어물쩍거리자 곁에 있던 다른 청년이 잡담 제하고 몽둥이를 휘둘러 단박에 차창을 박살내버렸다.

"개새끼들아, 늬들 목숨만 목숨이냐?"

"다른 사람들은 몇 끼씩 굶고 악을 쓰는 판인데 택시나 타고 앉았다니, 늘어진 개팔자로군."

"굶어도 같이 굶고 먹어도 같이 먹어! 죽어도 같이 죽고 살아도 같이 살잔 말야!"

각목이나 자전거 체인 따위를 코앞에 들이대면서 청년들이 가뜩이나 쉰 목청을 한껏 드높이고 있었다. 물론 그러기 전에 차에 탔던 승객들은 차창이 부서져나가는 순간 밖으로 뛰어나와 이미 절반쯤은 죽어 있었다.

"권선생님, 저쪽으로 가실까요."

처음 알은체하던 예의 그 청년이 그에게 귀엣말을 했다. 그가 가장 두렵게 느끼는 건 몽둥이가 아니었다. 친절이었다. 청년은 웃음으로 그를 묶어 도로변 잡초 더미까지 손쉽게 연행해갔다. 그리고는 거기에서 일장의 설교를 늘어놓기 시작했다. "물론 잘 아시겠지만……"이라고 말끝마다 전제하면서 청년은 주로, 지금 이 시간에도 먹고 마시고 춤추고 침대에서 뒹굴고 있을 서울의 유한 계급과 대단지 안의 처참한 생활상을 침이 마르도록 대비시킴으로써 아직도 잠자고 있는 그의 사회적 지각(知覺)을 새나라의 어린이처럼 벌떡 일어나게 하려는 수작인 줄은 짐작이 되는데, 한마디도 귀에 들어오지 않았다. 대체 사람이 얼마나 잔인하면 이런 판국에서도 저토록 친절할 수 있을까만을 그는 생각하고 있었다. 자신의 설교가 웬만큼 먹혀들었다고 판단했던지 청년은 그를 이끌고 가파른 산등성이를 질러 단지 중심부로 들어갔다.

"바루 저기 저 부근이었어요."

그는 우리 방 들창 쪽을 손으로 가리켰다. 그러나 유감스럽게도 안방 아랫목에 앉아서는 그가 가리키는 저기가 어디쯤인지 가늠키 어려웠다. 우리 내외의 얼굴이 실감한 사람답잖게 맨송맨송한 걸 알아차린 그는 갑자기 벌떡 일어서는가 싶더니 어느새 마루로 뛰어나가고 있었다. 덩달아 내가 뛰어나간 것은 순전히 그를 붙잡기 위해서였다. 언제 들어왔는지 마루 끝 현관 부근에 권씨의 일가족이 오보록이 몰려 차례로 뛰어나오는 우리를 빤히 올려다보고 있었다. 아비를 보자마자 새끼들 입에서 대번에 울음이 터져나왔다. 잔뜩 부른 배를 금방이라도 마루에 내려놓을 듯한 자세를 취한 채 권씨 부인은 홍당무가 된 자기 남편을 그저 멀뚱히 쳐다볼 따름이었다.

"울 것 없다. 느이 애비 아직 안 죽었다."

가장으로서의 체통 같은 걸 다분히 의식하는 목소리로 그가 낮게 말했다. 그는 내친걸음에 아들딸들 울음의 틈서리를 뚫고 마당에까지 진출했다. 말은 똑바로 하면서도 걸음은 비틀거리는

180

것이 아마 평형을 잃지 않으려는 그의 의지가 혀 아래까지는 미치지 못하는 모양이었다.

"저기 저쯤이었지요."

방안에서보다 훨씬 자신이 붙은 소리로 그가 재차 설명했다. 언덕 아래 한참 거리에 달곽 쏟아부은 듯한 불빛의 무리가 그의 가리키는 손끝에서 놀고 있었다. 어른들끼리 시방 서로 싸우느라고 그러는 것이 아닌 줄을 벌써 알아차렸을 텐데도 아이들은 봇물 터지듯 나오는 울음을 조금도 누그러뜨리려 하지 않았다.

"저것 좀 보라고 청년이 갑자기 소리칩니다. 그렇잖아도 난 이미 보고 있었는데요. 빗속에서 사람들이 경찰하고 한참 대결하는 중이었죠. 최루탄에 투석으로 맞서고 있었어요. 청년은 그것이 마치 자기 조홧속으로 그려진 그림이나 되는 것같이 기고만 장입디다만, 솔직히 얘기해서 난 비에 젖은 사람들이 똑같이 비에 젖은 사람들을 상대로 싸우는 그 장면에 그렇게 감동하지 않았어요. 그것보다는 다른 걱정이 앞섰으니까요. 이 친구가 여기까지 끌고 와서 끝내 날 어쩔 작정인가 하고 말입니다. 그런데 잠시 지켜보고 있는 사이에 장면이 휘까닥 바뀌어버립니다. 삼륜차 한 대가 어쩌다 길을 잘못 들어가지고는 그만 소용돌이 속에 파묻힌 거예요. 데몰 피해서 빠져나갈 방도를 찾느라고 요리조리 함부로 대가리를 디밀다가 그만 뒤집혀서 벌렁 나자빠져버렸어요. 누렇게 익은 참외가 와그르르 쏟아지더니 길바닥으로 구릅디다. 경찰을 상대하던 군중들이 돌멩이질을 딱 멈추더니 참외 쪽으로 벌떼처럼 달라붙습디다. 한 차분이나 되는 참외가 눈 깜짝할 새 동이 나버립디다. 진흙탕에 떨어진 것까지 주워서는 어적어적 깨물어 먹는 거예요. 먹는 그 자체는 결코 아름다운 장면이 못 되었어요. 다만 그런 속에서도 그걸 다투어 주워먹도록 밑에서 떠받치는 그 무엇이 그저 무시무시하게 절실할 뿐이었죠. 이건 정말 나체화구나 하는 느낌이 처음으로 가슴에 팍 부딪쳐옵디다. 나체를 확인한 이상 그 사람들하곤 종류가 다르다고 주장해나온 근거가 별안간 흐려지는 기분이 듭디다. 내가 맑은 정신으로 나를 의식할 수 있었던 것은 거기까지가 전부였습니다."

그가 더 이상 이야기를 계속할 눈치가 아니었으므로 나는 비로소 그에게 말을 걸 기회를 얻었다.

"그뒤 권선생이 어떻게 되셨는지 물어봐도 괜찮겠습니까?"

"벌써 물어놓고는 뭘 양해를 구하십니까. 사흘 후에 형사가 출판사로 찾아와서 수갑을 채우더군요. 경찰에서 증거로 제시하는 사진들을 보고 놀랐습니다. 사진 속에서 난 뻐스 꼭대기에도 올라가 있고 석유 깡통을 들고 있고 각목을 휘둘러대고 있기도 했습니다. 어느 것이나 내 얼굴이 분명하긴 한데 나로서는 전혀 기억에 없는 일들이었으니까요."

이제 그 이야기에 관해서는 들을 만큼 다 들은 셈이었다. 느닷없이 소주병을 꿰차고 들어와서 여태껏 잠자코 입을 봉하고 있던 그 이야기를 새삼스럽게 길게 늘어놓은 이유도 능히 짐작할 수 있었다. 하지만 내겐 아직도 궁금한 구석이 공연한 부담감과 함께 남아 있었다. 차제에 그걸 풀 수만 있다면 피차를 위해서 오히려 잘된 일일 것이었다.

"내가 이순경을 만나는 줄 진작부터 알고 계셨습니까?"

권씨가 소리없이 웃었다.

"정확히 말해서 이순경이 오선생을 만나는 거겠죠. 어느 한 부분이 장해를 받으면 다른 한 부분이 비상하게 예민해지는 법입니다. 내 경우 그것은 제 육감입니다."

"설마 이순경한테 고자질했다고 생각하진 않으시겠죠? 이순경은 그걸 협조라는 말로 표현했습니다만……"

그는 또 소리없이 웃었다.

"방금 얘기했잖습니까, 경우에 따라서 사람은 자기가 전혀 원치 않던 일을 자기도 모르는 사이에 할 수도 있다고 말입니다. 오선생도 아마 거기서 예외는 아닐 겁니다. 지금까진 하진 않았지만 앞으로도 협조하지 않는다고 장담하실 필요는 없습니다."

그날 밤 잠자리에 들면서 아내가 내 귀에 속삭였다.

"권씨 그 사람 꼴로 볼 게 아니네요. 어리숙한 줄 알았더니 여간내기 아네요."

"앉으라면 앉고 서라면 서고, 당신 꼼짝없이 당하더구만."

"아이 분해라!"

불을 끈 다음에 아내가 다시 소곤거려왔다.

"당신두 보셨죠? 오늘사 말고 영기 엄마 배가 유난히 더 불러 보였어요. 혹시 쌍둥이나 아닌가 싶어서 남의 일 같잖아요. 여덟 달밖에 안 된 배가 그렇게 만삭이니 원……"

"당신더러 대신 낳으라고 떠맡기진 않을 거야. 걱정 마."

나는 그날 밤 디킨즈와 램의 궁둥이를 번갈아 걷어차는 꿈을 꾸었다. 내가 권씨의 궁둥이를 걷어차고 권씨가 내 궁둥이를 걷어차는 꿈을 꾸었다.

아내가 권씨네에 대해서 갑자기 관심을 보이기 시작했다. 좀 더 정확히 얘기해서 권씨 부인의 그 금방 쏟아질 것만 같은 아랫배에 관한 관심이었다. 말투로 볼 때 남자들이 집을 비우는 낮

동안이면 더러 접촉도 가지는 모양이었다. 예정일도 모르더라면서 아내는 낄낄낄 웃었다. 임산부가 자기 분만 예정일도 몰라서야 말이 되느냐고 편잔했더니, 까짓것 알아도 그만 몰라도 그만, 어차피 때가 되면 배아프며 낳기는 마찬가지라면서 태평으로 있더라는 것이었다.

권씨는 여전히 일자리를 구하지 못한 채였다. 일정한 직장이 없으면서도 아침만 되면 출근 복장을 차리고 뻔질나게 밖으로 나가곤 했다. 몸에 붙인 기술도, 그렇다고 타고난 뚝심도 없으면서 계속해서 공사판 같은 데 나가 막일을 하는 눈치였다. "동주운아, 노올자아!" 하고 둘이 합창하듯이 길게 외치면서 일단 안방까지 들어오는 데 성공한 권씨의 아이들은 끼니때가 되어도 막무가내로 버티면서 문간방으로 돌아가지 않는 적이 자주 있게 되었다. 문간방의 사정이 심상치 않다는 징조였다. 그렇다고 권씨나 권씨 부인이 우리에게 터놓고 도움을 청한 적은 한 번도 없었다. 다만 우리로 하여금 그런 꼴을 목격하고도 도울 마음을 먹지 않으면 도무지 인간이 아니게시리 상황을 최악의 선까지 잠자코 몰고 갈 뿐이었다. 애당초 이순경이 기대했던 그대로 산타클로스 비슷한 꼴이 되어 쌀이나 연탄 따위를 슬그머니 문간방 부엌에다 넣어주고 온 날 저녁이면 아내는 분하고 억울해서 밥도 제대로 못 먹었다. 임부나 철부지 애들을 생각한다면 그까짓 알량한 선심쯤 아무렇지도 않다는 주장이었다. 하지만 제게 딸린 처자식조차 변변히 건사 못 하는 한 얼간이 사내한테까지 자기 선심의 일부나마 미칠 일을 생각하면 쾌씸해서 잠이 안 올 지경이라고 생병을 앓았다. 권씨가 여간내기 아니라고 속삭이던 게 엊그제인 걸 벌써 잊고 아내는 셋방 잘못 내줬다고 두고두고 자탄하는 것이었다.

 남편이 여전히 벌이가 시원찮은 상태에서 권씨 부인은 어언 해산의 날을 맞게 되었다. 진통이 시작된 지 꽤 오래되는 모양이었다. 아내의 귀띔으로는 점심 무렵이 지나서부터 그런다고 했다. 학교에서 돌아와 저녁을 먹다가 나는 문간방에서 울리는 괴상한 소리를 들었다. 처음에는 되게 몸살을 하듯이 끙끙 앓는 소리로 시작되었다. 그러다가 느닷없이 몸의 어딘가에 깊숙이 칼이라도 받는 양 한 차례 처절하게 부르짖고는 이내 도로 잠잠해지곤 하면서 이러기를 몇 번이고 되풀이하는 것이었다. 나로서는 그것이 방을 세내준 이후로 처음 듣는 권씨 부인의 목소리였다.

 "당신이 한번 권씰 설득해보세요. 제가 서너 번 얘길 했는데두 무슨 남자가 실실 웃기만 하믄서 그저 염려 없다구만 그러네요."

 병원 얘기였다.

 "권씨가 거절하는 게 아니고 돈이 거절하는 거겠지."

 아내는 진즉부터 해산 준비가 전혀 되어 있지 않음을 더러는 흉보고 또 더러는 우려해왔었다.

 "남산만이나 한 배를 갖구서 요즘 세상에 그래 앨 집에서, 그것도 산모 혼잣힘으로 낳겠다니, 아무래두 꼭 무슨 일이 터질 것만 같애요. 달이 다 차도록 기저귀감 하나 장만 않는 여편네나 조산원 하나 부를 돈도 마련이 없는 사내나 어쩜 그리 짝짜꿍인지!"

 서둘러 식사를 끝내고 나서 나는 권씨를 마당으로 불러냈다. 듣던 대로 권씨는 대뜸 아무 염려 말라면서 실실 웃었다. 마치 곤경에 빠진 나를 극진히 위로해주는 투였다.

 "둘째 때도 마누라 혼자서 거뜬히 해치웠거든요."

"우리가 염려하는 건 권선생네가 아니라 바로 우리를 위해서요. 물론 그럴 리야 없겠지만 만의 일이라도 일이 잘못될 경우 난 권선생을 원망하겠소."

작자가 정도 이상으로 느물거린다 싶어 나는 엔간히 모진 소리를 남기고는 방으로 들어와버렸다. 정히나 어려우면 분만비를 빌려줄 수도 있음을 넌지시 비쳤는데도 작자가 끝내 거절한 것은, 까짓것 변두리 병원에서 얼마 들지도 않을 비용을 빌려쓴 다음 나중에 갚는 그 알량한 수고를 겁낸 나머지 두 목숨을 건 모험 쪽을 택한 계산속일 거라고 나는 단정해버렸다.

그러나 한결같은 상태로 자정을 넘기고 나더니 사정이 달라졌다. 경산(經産)치고는 진통이 너무 길고 악착스러운 데 겁이 났던지 권씨는 통금이 해제되기도 전에 부인을 업고 비탈길을 내려가느라고 한바탕 북새를 떨었다. 북이 북채 위에 업힌 모양으로 권씨 내외가 우리집 문간방을 빠져나가는 걸 보는 것만으로도 한 근심 더는 기분이었다. 미역근이나 사놓고 기다리다가 소식이 오면 병원에 가보라고 아내에게 이르고는 출근했다.

오후 수업이 시작된 바로 뒤에 뜻밖에도 권씨가 나를 찾아왔다. 때마침 나는 수업이 없어 교무실에서 잡담이나 하고 있는 중이어서 수위로부터 연락을 받자 곧장 학교 정문으로 나갈 수가 있었다.

"바쁘실 텐데 이거 죄송합니다."

권씨는 애써 웃는 낯이었고 왠지 사람이 전에 없이 퍽 수줍어 보였다. 나는 그 수줍음이 세번째 아이의 아버지가 된 데서 오는 것일 거라고 좋은 쪽으로만 해석함으로써 연락을 받는 그 순간에 느낀 불길한 예감을 떨쳐버리려 했다.

186

"잘됐습니까?"

"뒤늦게나마 오선생 말씀대로 했기 망정이지 끝까지 집에서 버 텼다간 큰일날 뻔했습니다. 녀석인지 년인진 모르지만 못난 애 비 혼 좀 나라고 여엉 애를 멕이는군요."

권씨는 수줍게 웃으며 길바닥 위에다 발부리로 뜻 모를 글씬 지 그림인지를 자꾸만 그렸다. 먼지가 풀풀 이는 언덕길을 터벌 터벌 올라왔을 터인데도 그의 구두는 놀랄 만큼 반짝거렸다. 나 를 기다리는 동안 틀림없이 바짓가랑이 뒤쪽에다 양쪽 발을 번 갈아가며 문지르고 있었을 것이었다.

"십만 원 가까이 빌릴 수 없을까요!"

밑도끝도없이 그는 이제까지의 수줍음이 싹 가시고 대신 도발 적인 감정 같은 걸로 그득 채워진 얼굴을 들어 내 면전에 대고 부르짖었다. 담배 한 대만 꾸자는 식으로 십만 원 소리가 허망히 도 나왔다. 내가 잠시 어리둥절해 있는 사이에 그는 매우 사나운 기세로 말을 보태는 것이었다.

"수술을 해야 된답니다. 엑스레이도 찍어봤는데 아무 이상이 없답니다. 모든 게 다 정상이래요. 모체 골반두 넉넉허구요. 조 기 파수도 아니구 전치 태반도 아니구요. 쌍둥이는 더더욱 아니 구요. 이렇게 정상적인데도 이십사 시간이 넘두룩 배가 위에 달 라붙는 경우는 태아가 돌다가 탯줄을 목에 감았을 때뿐이랍니 다. 제기랄, 탯줄을 목에 감았다는군요. 빨리 손을 쓰지 않으면 산모나 태아나 모두 위험하대요."

어색하게 들린 것은 그가 '제기랄'이라고 씹어뱉은 그 대목뿐 이었다. 평상시의 권씨답지 않은 그 말만 빼고는 그럴 수 없이 진지한 이야기였다. 아니다. 그가 처음으로 점잖지 못한 그 말을 사용했기 때문에 내 귀엔 더욱더 진지하게 들렸을지도 모른다. 나는 한동안 망설이지 않을 수 없었다. 그의 진지함 앞에서 '아아, 그거 참 안됐군요'라든가 '그래서 어떡하죠' 하는 상투적인 말로 섣불리 이쪽의 감정을 전달하기엔 사실 말이지 '십만 원 가까이'는 내게 너무나 큰 부담이었다. 집을 살 때 학교에다 진 빚을 아직 절반도 못 가린 처지였다. 정상 분만비 1, 2만 원 정도라면 또 모르지만 단순히 권씨를 도울 작정으로 나로서는 거금에 해당하는 10만 원 가까이를 또 빚진다는 건 무리도 이만저만이 아니었다. 뿐만 아니라 집안에서 경제권을 장악하고 있는 아내의 양해도 없이 멋대로 그런 큰일을 저질러도 괜찮을 만큼 나는 자유롭지도 못했다.

"빌려만 주신다면 무슨 짓을, 정말 무슨 짓을 해서라도 반드시 갚겠습니다."

반드시 갚는 조건임을 강조하면서 그는 마치 성경책 위에다 오른손을 얹고 말하듯이 엄숙한 표정을 했다. 하마터면 나는 잊을 뻔했다. 그가 적시에 일깨워주었기 망정이지 안 그랬더라면 빌려주는 어려움에만 골똘한 나머지 빌려줬다 나중에 돌려받는 어려움이 더 클 거라는 사실은 생각도 못 할 뻔했다. 그렇다. 끼니조차 감당 못 하는 주제에 막벌이 아니면 어쩌다 간간이 얻어걸리는 출판사 싸구려 번역일 가지고 어느 해가에 빚을 갚을 것인가. 책임이 따르는 동정은 피하는 게 상책이었다. 그리고 기왕 피할 바엔 저쪽에서 감히 두말을 못 하도록 야멸차게 굴 필요가 있었다.

"병원 이름이 뭐죠?"

"원산부인괍니다."

"지금 내 형편에 현금은 어렵군요. 원장한테 바로 전화 걸어서 내가 보증을 서마고 약속할 테니까 권선생도 다시 한 번 매달려보세요. 의사도 사람인데 설마 사람을 생으로 죽게야 하겠습니까. 달리 변통할 구멍이 없으시다면 그렇게 해보세요."

내 대답이 지나치게 더디 나올 때 이미 눈치를 챈 모양이었다. 도전적이던 기색이 슬그머니 죽으면서 그의 착하디착한 눈에 다시 수줍음이 돌아왔다. 그는 고개를 좌우로 흔들어보였다.

"원장이 어리석은 사람이길 바라고 거기다 희망을 걸기엔 너무 늦었습니다. 그 사람은 나한테서 수술 비용을 받아내기가 수월치 않다는 걸 입원시키는 그 순간에 벌써 알아차렸어요."

얼굴에 흐르는 진땀을 훔치는 대신 그는 오른발을 들어 왼쪽 바짓가랑이 뒤에다 두어 번 문질렀다. 발을 바꾸어 같은 동작을 반복했다.

"바쁘실 텐데 실례 많았습니다."

'썰면' 처럼 두툼한 입술이 선잠에서 깬 어린애같이 움씰거리더니 겨우 인사말이 나왔다. 무슨 말이 더 있을 듯싶었는데 그는 이내 돌아서서 휘적휘적 걷기 시작했다. 나는 내심 그 입에서 끈 끈한 가래가 묻은 소리가, 이를테면, 오선생 너무하다든가 잘 먹고 잘 살라든가 하는 말이 날아와 내 이마에 탁 늘어붙는 순간에 대비하고 있었는지도 모른다. 그래서 그가 갑자기 돌아서면서 나를 똑바로 올려다봤을 때 그처럼 흠칫 놀랐을 것이다.

"오선생, 이래봬도 나 대학 나온 사람이오."

그것뿐이었다. 내 호주머니에 촌지를 밀어넣던 어느 학부형같이 그는 수줍게 그 말만 건네고는 언덕을 내려갔다. 별로 휘청거릴 것도 없는 작달막한 체구를 연방 휘청거리면서 내딛는 한걸음 한걸음마다 땅을 저주하고 하늘을 저주하는 동작으로 내 눈에 그는 비쳤다. 산고팽이를 돌아 그의 모습이 벌거벗은 황토의 언덕 저쪽으로 사라지는 찰나, 나는 뛰어가서 그를 부르고 싶은 충동을 느꼈다. 돌팔매질을 하다 말고 뒤집혀진 삼륜차로 달려들어 아귀아귀 참외를 깨물어 먹는 군중을 목격했을 당시의 권씨처럼, 이건 완전히 나체구나 하는 느낌이 팍 들었다. 그리고 내가 그에게 암만의 빚을 지고 있음을 퍼뜩 깨달았다. 전셋돈도 일종의 빚이라면 빚이었다. 왜 더 좀 일찍이 그 생각을 못 했는지 모른다.

원산부인과에서는 만단의 수술 준비를 갖추고 보증금이 도착되기만을 기다리고 있었다. 학교에서 우격다짐으로 후려낸 가불에다 가까운 동료들 주머니를 닥치는 대로 떨어 간신히 마련한 일금 10만 원을 건네자 금테의 마비츠 안경을 쓴 원장이 바로 마취사를 부르도록 간호원에게 지시했다. 원장은 내가 권씨하고 아무 척분도 없으며 다만 그의 셋방 주인일 따름인 걸 알고는 혀를 찼다.

"아버지가 되는 방법도 여러 질이군요. 보증금을 마련해오랬더니 오전중에 나가서는 여태껏 얼굴 한번 안 비치지 뭡니까."

"맞습니다. 의사가 애를 꺼내는 방법도 여러 질이듯이 아버지 노릇 하는 것도 아마 여러 질일 겁니다."

나는 내 말이 제발 의사의 귀에 농담으로 들리지 않기를 바랐으나 유감스럽게도 금테 안경의 상대방은 한 차례의 너털웃음으로 그걸 간단히 능쳐버렸다. 나는 이미 죽은 게 아닌가 싶게 사색이 완연한 권씨 부인이 들것에 실려 수술실로 들어가는 걸 거들었다.

생명을 꺼내고 그 생명을 수용했던 다른 생명까지 암냥해서 건지는 요란한 수술치곤 너무도 쉽게 끝났다. 보호자 대기석에 앉아서 우리집 동준이 놈을 얻을 때처럼 줄담배질로 네 댄가 다섯 대째 불을 붙이고 나니까 울음 소리가 들렸다.

"고추예요. 고추!"

수술을 돕던 원장 부인이 나오면서 처음 울음을 듣는 순간에 내가 점쳤던 결과를 큰 소리로 확인해주었다. 진짜 보호자를 상대하듯이 원장 부인이 내게 축하를 보내왔으므로 나 역시 진짜 보호자 입장에서 수고를 치하하지 않을 수 없었다. 잠시 후에 나는 강보에 싸여 밖으로 나오는 권기용씨의 차남을 대면할 수 있었다. 제 어미 배를 가르고 나온 놈답지 않게 얼굴이 두툼한 것이 속없이 잘도 생겼다. 제왕절개라는 말이 풍기는 선입감에 딱 어울리게시리 목청이 크고 우렁찼다. 병원 건물을 온통 들었다 놓는 억세디억센 놈의 울음 소리를 듣는 동안 나는 동준이 놈을 낳던 날의 감격 속으로 고스란히 빠져들어갔다.

우리집에 강도가 든 것은 공교롭게도 그날 밤이었다. 난생처음 당해보는 강도였다. 자꾸만 누군가 내 어깨를 흔들어대고 있었다. 귀찮다고 뿌리쳐도 잠자코 계속 흔들었다. 나를 깨우려는 손의 감촉이 내 식구의 그것이 아님을 퍼뜩 깨닫고 눈을 떴을 때 나는 빨간 꼬마전구 불빛 속에서 복면의 사내를 보았다. 그리고 똑바로 내 멱을 겨누고 있는 식칼의 서슬도 보았다. 술냄새가 확 풍겼다. 조명 빛깔을 감안해서 붉은빛을 띤 검정 계통의 보자기일 복면 위로 드러난 코의 일부와 눈자위가 나우 취해 있음을 나는 재빨리 간파했다.

"일어나, 얼른 일어나라니까."

나 외엔 더 깨우고 싶지 않은지 강도의 목소리는 무척 낮고 조심스러웠다. 나는 일어나고 싶었지만 도무지 일어날 수가 없었다. 멱을 겨눈 식칼이 덜덜덜 위아래로 춤을 추었다. 만약 강도가 내 목통이라도 찌르게 된다면 그것은 고의에서가 아니라 지나친 떨림으로 인한 우발적인 상해일 것이었다. 무척 모자라는 강도였다. 나는 복면 위의 눈을 보는 순간에 상대가 그 방면의 전문가가 못 됨을 금방 알아차렸던 것이다. 딴에 진탕 마신 술로 한껏 용기를 돋웠을 텐데도 보기 좋을 만큼 큰 눈이 착하게만 타고난 제 천성을 어쩌지 못한 채 나를 퍽 두려워하고 있었다. 술로 간을 키우지 않고는 남의 집 담을 못 넘을 정도라면 강력 범행을 도모하는 사람으로서는 처음부터 미역국이었다.

"일어날 테니까 칼을 약간만 뒤로 물려주시오."

강도는 내가 시키는 대로 했다.

"내놔, 얼른 내노라니까."

내가 다 일어나 앉기를 기다려 강도가 속삭였다.

"하라는 대로 하죠. 허지만 당신도 내가 하라는 대로 해야만 일이 수월할 거요."

잔뜩 의심을 품고 쏘아보는 강도를 향해 나는 덧붙여 말했다.

"집 안에 현금은 변변찮소. 화장대 위에 돼지저금통하고 장롱 서랍 속에 아마 마누라가 쓰다 남은 돈이 약간 있을 거요. 그 밖에 돈이 될 만한 건 당신이 알아서 챙겨가시오."

강도가 더욱 의심을 두고 경거히 움직이려 하지 않았으므로 나는 시험삼아 조금 신경질을 부려보았다.

"마누라가 깨서 한바탕 소동을 벌여야만 시원하겠소? 난처해지기 전에 나를 믿고 일러주는 대로 하는 게 당신한테 이로울 거요."

한 차례 길게 심호흡을 뽑은 다음 강도는 마침내 결심을 했다는 듯이 이부자리를 돌아 화장대 쪽으로 향했다. 얌전히 구두까지 벗고 양말 바람으로 들어온 강도의 발을 나는 그때 비로소 볼 수 있었다. 내가 그렇게 염려를 했는데도 강도는 와들와들 떨리는 다리를 옮기다가 그만 부주의하게 동준이의 발을 밟은 모양이었다. 동준이가 갑자기 칭얼거리자 그는 질겁을 하고 엎드리더니 녀석의 어깨를 토닥거리는 것이었다. 녀석이 도로 잠들기를 기다려 그는 복면 위로 칙칙하게 땀이 밴 얼굴을 들고 일어나서 내 위치를 흘끔 확인한 다음 본격적인 작업에 들어갔다. 터지려는 웃음을 꾹 참은 채 강도의 애교스런 행각을 시종 주목하고 있던 나는 살그머니 상체를 움직여 동준이를 잠재울 때 이부자리 위에 떨어뜨린 식칼을 집어들었다.

"연장을 이렇게 함부로 굴리는 걸 보니 당신 경력이 얼마나 되는지 알 만합니다."

내가 내미는 칼을 보고 그는 기절할 만큼 놀랐다. 나는 사람 좋게 웃어보이면서 칼을 받아가라는 눈짓을 보였다. 그는 겁에 질려 잠시 망설이다가 내 재촉을 받고 후닥닥 달려들어 칼자루를 낚아채가지고는 다시 내 멱을 겨누었다. 그가 고의로 사람을 찌를 만한 위인이 못 되는 줄 일찍이 간파했기 때문에 나는 칼을 되돌려준 걸 조금도 후회하지 않았다. 아니나다를까, 그는 식칼을 옆구리 쪽 허리띠에 차더니만 몹시 자존심이 상한 표정이 되었다.

"도둑맞을 물건 하나 제대로 없는 주제에 이죽거리긴!"

"그래서 경험 많은 친구들은 우리집을 거들떠도 안 보고 그냥 지나치죠."

"누군 뭐 들어오고 싶어서 들어왔나? 피치 못할 사정 땜에 어쩔 수 없이……"

나는 강도를 안심시켜 편안한 맘으로 돌아가게 만들 절호의 기회라고 판단했다.

"그 피치 못할 사정이란 게 대개 그렇습니다. 가령 식구 중에 누군가가 몹시 아프다든가 빚에 몰려서……"

그 순간 강도의 눈이 의심의 빛으로 가득 찼다. 분개한 나머지 이가 딱딱 마주칠 정도로 떨면서 그는 대청마루를 향해 나갔다. 내 옆을 지나쳐갈 때 그의 몸에서는 역겨울 만큼 술냄새가 확 풍겼다. 그가 허둥지둥 끌어안고 나가는 건 틀림없이 갈기갈기 찢어진 한줌의 자존심일 것이었다. 애당초 의도했던 바와는 달리 내 방법이 결국 그를 편안케 하긴커녕 외려 더욱더 낭패케 만들었음을 깨닫고 나는 그의 등을 향해 말했다.

"어렵다고 꼭 외로우란 법은 없어요. 혹 누가 압니까, 당신도 모르는 사이에 당신을 아끼는 어떤 이웃이 당신의 어려움을 덜어주었을지?"

"개수작 마! 그 따위 이웃은 없다는 걸 난 똑똑히 봤어! 난 이제 아무도 안 믿어!"

그는 현관에 벗어놓은 구두를 신고 있었다. 그 구두를 보기 위해 전등을 켜고 싶은 충동이 불현듯 일었으나 나는 꾹 눌러 참았다. 현관문을 열고 마당으로 내려선 다음 부주의하게도 그는 식칼을 들고 왔던 자기 본분을 망각하고 엉겁결에 문간방으로 들어가려 했다. 그의 실수를 지적하는 일은 훗날을 위해 나로서는 부득이한 조처였다.

"대문은 저쪽입니다."

문간방 부엌 앞에서 한동안 망연해 있다가 이윽고 그는 대문 쪽을 향해 느릿느릿 걷기 시작했다. 비틀비틀 걷기 시작했다. 대문에 다다르자 그는 상체를 뒤틀어 이쪽을 보았다.

"이래뵈도 나 대학까지 나온 사람이오."

누가 뭐라고 그랬나. 느닷없이 그는 자기 학력을 밝히더니만 대문을 열고는 보안등 하나 없는 칠흑의 어둠 저편으로 자진해서 삼켜져버렸다.

나는 대문을 잠그지 않았다. 그냥 지쳐놓기만 하고 들어오면서 문간방에 들러 권씨가 아직도 귀가하지 않았음과 깜깜한 방 안에 어미 아비 없이 오뉘만이 새우잠을 자고 있음을 아울러 확인하고 나왔다. 아내가 잠옷 바람으로 팔짱을 끼고 현관 앞에 서 있었다.

"무슨 일이라도 있었어요?"

"아무것도 아냐."

잃은 물건이 하나도 없다. 돼지저금통도 화장대 위에 그대로 있다. 아무것도 아닐 수밖에. 다시 잠이 들기 전에 나는 아내에게 수술 보증금을 대납해준 사실을 비로소 이야기했다. 한참 말이 없다가 아내는 벽 쪽으로 슬그머니 돌아누웠다.

"떼일 염려는 없어, 전셋돈이 있으니까."

"무슨 일이 있었군요?"

아내가 다시 이쪽으로 돌아누웠다. 우리집에 들어왔던 한 어리숙한 강도에 관해서 나는 끝내 한마디도 내비치지 않았다.

이튿날 아침까지 권씨는 귀가해 있지 않았다. 출근하는 길에 병원에 들러보았다. 수술 보증금을 구하러 병원 문밖을 나선 이후로 권씨가 거기에 재차 발걸음한 흔적은 어디에서도 찾아볼 수 없었다.

그 다음날, 그 다음다음날도 권씨는 귀가하지 않았다. 그가 행방불명이 된 것이 이제 분명해졌다. 그리고 본의는 그게 아니었다 해도 결과적으로 내 방법이 매우 졸렬했음도 이제 확연히 밝혀진 셈이었다. 복면 위로 드러난 두 눈을 보고 나는 그가 다름아닌 권씨임을 대뜸 알아차릴 수 있었다. 밝은 아침에 술이 깬 권씨가 전처럼 나를 떳떳이 대할 수 있게 하자면 복면의 사내를 끝까지 강도로 대우하는 그 길뿐이라고 판단했었다. 그래서 아무 일도 없었던 듯이 병원에 찾아가서 죽지 않은 아내와 새로 얻은 세번째 아이를 만날 수 있게 되기를 기대했던 것이다. 현관에서 그의 구두를 확인해보지 않은 것이 뒤늦게 후회되었다. 문간방으로 들어가려는 그를 차갑게 일깨워준 것이 영 마음에 걸렸다. 어떤 근거인지는 몰라도 구두의 손질의 정도에 따라 그의 운명을 예측할 수도 있지 않았을까 하는 생각이 드는 것이었다. 구두코가 유리알처럼 반짝반짝 닦여져 있는 한 자존심은 그 이상으로 광발이 올려져 있었을 것이며, 그러면 나는 안심해도 좋았던 것이다. 그때 그가 만약 마지막이란 걸 염두에 두고 있었다면 새끼들이 자는 방으로 들어가려는 길을 가로막는 그것이 그에게는 대체 무엇으로 느껴졌을 것인가.

아내가 병원을 다니러 가는 편에 아이들을 죄다 딸려보낸 다음 나는 문간방을 샅샅이 뒤졌다. 방을 내준 후로 밝은 낮에 내부를 둘러보긴 처음인 셈이었다. 이사올 때 본 그대로 세간이라곤 깔고 덮는 데 쓰이는 것과 쌀을 익혀서 담는 몇 점 도구들이 전부였다. 별다른 이상은 눈에 띄지 않았다. 구태여 꼭 단서가 될 만한 흔적을 찾자면 그것은 구두일 것이었다. 가장 값나가는 세간의 자격으로 장롱 따위가 자리잡고 있을 때 꼭 그런 자리에 아홉 켤레나 되는 구두들이 사열받는 병정들 모양으로 가지런히 놓여 있었다. 정갈하게 닦인 것이 여섯 켤레, 그리고 먼지를 덮어쓴 게 세 켤레였다. 모두 해서 열 켤레 가운데 마음에 드는 일곱 켤레를 골라 한꺼번에 손질을 해서 매일매일 갈아신을 한 주일의 소용에 당해온 모양이었다. 잘 닦여진 일곱 중에서 비어 있는 하나를 생각하던 중 나는 한 켤레의 그 구두가 그렇게 쉽사리 돌아오지 않으리란 걸 알딸딸하게 깨달았다.

권씨의 행방불명을 알리지 않으면 안 될 때였다. 내 쪽에서 먼저 전화를 걸기는 그것이 처음이자 마지막이었다. 나는 되도록 침착해지려 노력하면서 내게, 이웃을 사랑하게 될 거라고 누차 장담한 바 있는 이순경을 전화로 불렀다.

[『창작과비평』, 1977년 여름호]

직선과 곡선

누군가 내 이력을 샅샅이 들춘 사람이 있다. 들춰서는 만좌중에 공개까지 했다. 그 누구는 성남시에서 국어 교사로 있는 오선생이다. 동준이라는 아이의 아비 되는 사람이며 성격이 어지간히 깐깐한 한 여자의 남편이기도 하다.

오선생을 덜 좋게 얘기할 생각은 없다. 그가 내 치부를 낱낱이 까발려놓았대서 그를 원망하고 싶지는 않다. 내 문제를 두고 그가 밝힌 견해는 거의 정확한 것이며 아울러서 그걸 밝히게 된 동기부터가 나를 향한 인간적인 애정 때문이었다는 심증을 뭇 호사가들의 나불거리는 입을 통해서 나름대로 굳힐 수가 있었다. 나한테 천벌이 내려질지도 모른다. 오선생을 추호라도 원망하게 되는 날 거대한 응징의 손길이 내 후두부에 강하게 닿을지도 모른다. 설령 그가 분명히 자기보다 못한 처지의 한 인생을 빌미삼아 자신의 입장을 합리화시킨 흠이 뒤늦게 발견되는 한이 있다 해도 그의 의도를 높이 사고 싶은 생각엔 변함이 없다. 그는 그가 투자한 만큼, 혹은 그 이상으로 회수할 권리가 있다는 뜻이 아니다. 엄연히 내가 인간이듯이 그 역시 한 사람의 인간이기 때문이라는 얘기다.

오선생이 한 얘기 가운데 약간의 설명 부족이 있었던 듯하다. 들리는 바에 의하면, 아홉 켤레의 구두에 관해서 퍽 궁금히 여기는 사람들이 더러 있는 모양이다. 아홉 켤레의 구두가 권씨에게 과연 어떤 의미를 가지는가, 끼니조차 감당 못 할 정도로 처자식을 고생시키는 주제에 아홉 켤레나 되는 구두로 자기 혼자만 호사한다는 것은 병적인 집착이며 부도덕한 행위가 아닌가 하는 등등으로……

매우 하찮은 차이지만 한 가지 미리 분명히 해두고 싶은 게 있다. 아홉 켤레가 아니고 열 켤레다. 동양적인 수리 관념 탓인지 아홉이란 숫자에서 뭔가 그럴듯한 해석을 끄집어내려고 기를 쓰는 사람들의 심리에 나는 고소를 금치 못한다. 남의 일에 조금만 신중하고 성실했더라면 사람들은 그와 같은 실수를 면할 수 있었을 것이다. 아홉이나 열이나 그게 그거 아니냐겠지만, 나로서는 어떤 의미에서 생사가 좌우될 만큼 짝없이 중대한 문제다. 솔직히 말해서 난 열 켤레가 엄연한데도 간단히 아홉 켤레로 계산해버리는 그 사고 방식에 우려를 표하지 않을 수 없다.

아무튼 구두 문제는 오선생의 해석에 따르기 바란다. 오선생이 검다고 했으면 검은 것이다. 마찬가지로 오선생이 희다 했으면 그건 틀림없이 흰 것이다. 흔히들 말하는 저 수비안고(手卑眼高)의 딱한 처지가 지니는 일종의 병짓에 가까운 자존심의 상징체로서 구두의 존재가 들먹여지는 모양이다. 좀더 유식한 사람들은 심리학 지식까지 동원해가며 대상적(代償的) 행위의 일종으로 단정하고는, 역시 권기용이다운 반응이거니 하고 고개를 끄덕이기도 하는 모양이다. 아무렇게나 해석해도 좋다. 이미 다 지나간 일이다. 이제 나하고는 그다지 상관이 없는 일인 것이다. 전에 한때 중요했다 해서 마르고 닳도록 중요해야만 된다는 법은 없다.

눈에 보이는 것만을 생각하는 사람들이 의외로 많다. 아홉 켤레가 남아 있다 해서 처음부터 그게 전부였던 듯이 생각해버린다. 남아 있는 아홉보다 없어진 하나가 갖는 절실한 의미를 사람들은 쉽게 몰각해버린다.

권기용이란 이름의 꾀죄죄한 사내가 파란만장과 우여곡절을 겪은 끝에 어느 날 갑자기 증발해버리는 사건이 발생한다. 그렇다면 그의 증발은 곧 그의 죽음을 의미하는가, 아니면 세속적인 의무나 책임으로부터의 도피를 의미하는가.

한동안 오선생을 곤혹 속에 빠뜨렸던 질문의 형태는 대충 이런 것이었다고 한다. 그와 같은 질문이 실종된 한 켤레에 대한 연민에서라기보다 당장 눈에 띄는 아홉 켤레가 자극하는 지극한 호기심에서 연유하는 것임을 나는 잘 안다. 한 켤레의 죽음 혹은 실종을 애도할 작정으로 던지는 질문이 아님을 나는 잘 안다. 더더욱 유감인 것은, 사람들의 알량한 추리력을 갖고도 진상이 빤히 알아맞혀질 만큼 내 행적이 너무 정석적이며 유치하고 왜소했다는 사실이다. 그렇다, 그들의 추측은 정확했다. 나는 일단은 도피를 했다. 그리고 곧 죽었다. 죽었다가 다시 살아난 점만이 사람들의 추측에서 벗어나 있을 뿐이다. 다시 살아난 지금, 명부(冥府) 문전에서 반송되어온 꼴인 내 목숨이 눈앞의 아홉 켤레만을 염두에 두는 사람들의 볼기를 철썩철썩 후려갈기는 마땅한 구실을 하게 되기를 바라는 마음 간절하다. 어떤 계제에 이르렀

을 때 사람이 얼마나 악하고 독하게 변신할 수 있는가를 드러내
보이기 위해서 이 이야기를 시작한 것인지도 모른다.

　가출한 지 엿새 만에 귀가해서 내가 맨 먼저 한 일은 문제의
구두들을 치워 없애는 소제였다. 물론 그러기 전에 내 가족들을
한꺼번에 만나면서 수술 끝에 얻은 세번째 아이와 처음 대면하
는 벅찬 순간도 경험했다. 마누라와 애들은 마냥 울었다. 그 그
칠 줄 모르는 울음의 크기를 재면서 나는 이 세상에서 아직도 내
가 최소한 그들 네 사람에게는 몹시 필요한 존재라는 사실을 재
확인할 수 있었다.

　"울 것 없다. 느이 애비 아직 안 죽었다."

　무엇보다도 먼저 눈에 들어오는 즐비한 구두들을 가슴에 쓸어
안으면서 나는 아이들에게 말했다. 전에도 똑같은 말을 한 적이
있다. 아마 오선생네 안방에서 내 과거를 털어놓던 날 저녁일 것
이다. 그때는 다분히 죽음이란 걸 염두에 둔 말이었겠으나 인제
는 사정이 달라졌다. 오히려 그 죽음을 단호히 거부하는 뜻을 나
는 의식적으로 말 속에 담고 있었다.

　사실 처치 곤란인 것이 그놈의 구두였다. 가위로 조각조각 오
릴 수도 없고 부엌칼을 휘둘러 난도질하는 것도 여의치 않고 그
렇다고 송두리째 쓰레기통에 내다버릴 수도 없었다. 내가 싫어
서 버리는 것을 남이 주워갖도록 만들고 싶지는 않았다. 오직 불
에 태우는 것만이 가능한 방법이었다. 나는 아궁이에서 연탄불
을 빼내어 넓은 마당 한구석에 피워놓고는 차례로 한 켤레씩 태
우기 시작했다. 자우룩한 연기와 함께 그을음이 진하게 피어오
르고 냄새가 마당에 진동했다. 고무창이 타는 냄새, 구두약과 발
고린내에 찌든 가죽이 타는 냄새, 지글지글 끓다가 이윽고 연기

와 그을음을 쫓으면서 확 댕겨져 훤하게 타오르는 강렬한 불꽃……

청승스럽게 연탄불 앞에 쪼그리고 앉아서 밤의 의식을 주재하는 기분으로 나는 그 역겨운 작업을 수행했다. 방안에까지 진하게 스며드는 냄새에 견딜 수 없었던지 오선생네 일가가 모두 나와 뒷전에서 구경을 했다. 오선생은 처음부터 부추길 생각이 없었듯이 끝까지 나를 말리지도 않았다. 나 또한 멀찌막이 서서 잠자코 구경만 하는 오선생한테 별로 신경을 쓰지 않았다. 다른 누구라면 몰라도 오선생 그만큼은 구두를 태우는 내 심정을 충분히 이해할 것이었다. 당장 필요한 한 켤레만 제외하고 그 나머지는 모조리 태워버리려는 그 기분을 이해하고도 남을 것이었다.

연기와 냄새 다음에 불꽃, 연기와 냄새 다음에 불꽃……

갖가지 모양과 빛깔로 내 신체의 일부를 꾸미던 것들이 차례로 회진(灰塵)되었다. 거개가 싸구려 기성화요 더러는 수제의 정교한 고급품으로서, 분에 겨운 호사라고 지탄을 받아 마땅할 만큼 나를 터무니없을 정도로 집착하게 만들던 그것들이 꺼멓게 엉겨붙은 한줌의 그을음괴로 변해갔다. 말로는 차마 형용 못 할 온갖 잡스러운 냄새들이 한데 뒤버무려져 그걸 맡을 적마다 오장이 울컥울컥 뒤집혔다. 어느 정도 화기에 달궈질 때까지는 연막탄이라도 터뜨리는 푼수로 무성히 피어오르는 연기가 눈알을 후비고 철철 눈물을 쥐어짜곤 했다. 그러나 불꽃만큼은 썩 마음에 드는 것이었다. 가죽의 형체가 뒤틀리고 고무가 녹으면서 무지개 빛깔에 가까운 오색의 섬세한 불꽃을 뽑아올렸다. 그리고 여러 가닥의 오색 불꽃이 한데 어우러져 더 높이 위로 솟구치면서 아무거나 닥치는 대로 삼키고 녹여낼 듯한 기세로 진홍의 혀

202

를 널름거리는 것이었다. 더럽고 지저분한 것들이 불타면서 그처럼 아름다운 불꽃을 생산할 수 있다는 사실이 내게는 상당한 위안으로 느껴졌다. 확확 치미는 열기를 얼굴 가득히 받으면서 나는 불꽃의 율동에 넋을 빼앗기고 있었다. 그러면서 내 더럽고 지저분한 과거가 깡그리 불꽃 속에 녹아 스러지고, 녹아 스러진 그 자리에 지금까지와는 전혀 다른 성질의 또 하나의 더러움과 지저분함이 보다 견고하고 완강하게 제련(製鍊)되어 대치되는 연금술의 기적을 절절히 소망했다. 얼굴에서 잃은 체면을 엉뚱하게 발에서 되찾고자 기를 쓰던 내 병적인 자존심 대신에 철면피의 뻔뻔함이, 그리고 인면수심(人面獸心)의 사악함이 아홉 켤레의 구두를 희생으로 드리는 번제(燔祭)를 통해서 굳건히 자리잡게 되기를 간절히 기대했다. 세상에서 통용되는 아름다움을 단순히 미(美) 속에서만 찾으려 했던 종래의 내 기도가 얼마나 어리석은 것이었던가를 나는 가출 기간의 체험을 통해서 사무치게 깨달았던 것이다. 제아무리 힘껏 노력을 했어도 선(善) 속에서 아름다움을 끝내 발견할 수 없었다면 그것은 정녕코 악(惡) 속에 숨어 있기 십상이었다.

간절한 소망에도 불구하고 내 지난 일들은 그렇게 쉽사리 불타 없어지지는 않았다. 구두가 다 타버린 다음에도 내가 정작 태워 없애고자 했던 알맹이는 불연성(不然性)의 것으로 거의 고스란히 남겨져 있는 기분이었다. 특히 오선생하고 연관되는 극히 최근의 일들이 그랬다. 오선생이 등뒤로 다가왔다.

"그만 일어나시죠. 들어가서 쐬주나 한잔 합시다."

그간의 경위에 대해서 오선생은 한마디도 묻지 않았다. 그가 만약 물어온다면 나는 미수에 그친 강도 행위부터 먼저 사과할 작정이었다. 그리고 수술비와 입원비 일체를 대납해준 데 대해 감사할 참이었다. 그러나 오선생 쪽에서 내가 탈없이 귀가해준 그것만으로도 충분한 답례가 된다는 듯이 처신했기 때문에 결과적으로 나는 사과할 것도 감사할 것도 없게 되었다. 다만 나는 세번째 아이의 이름을 지어달라고 부탁하는 것으로 그에게 느끼는 고마움의 일부를 표시했을 따름이다.

입산이 금지된 산속에서 며칠 만인지도 모르게 내려오면서 나는 당장에 내가 하지 않으면 안 될 일로서 대략 다음의 두 가지를 생각하고 있었다. 첫째는 나한테 동반 자살을 권유하고 먼저 약을 먹게 한 다음 저는 뺑소니를 쳐버린 늙은 작부를 찾는 일이었다. 둘째는 24시간 안에 수술하지 않으면 생명이 위태롭다던 산모와 태아가 그뒤 어떻게 되었는지 결과를 확인해보는 일이었다. 술집부터 우선 생각하는 까닭은 병원을 찾는 일이 나로서는 가장 두렵고 고통스런 노릇이기 때문이었다. 그러면서도 술집 못지않게 병원을 생각하게 된 까닭은 바로 그곳에 내 가족이 들어 있기 때문이었다. 산길과 들길을 벗어나 큰길에 나와서까지 먼저 어디부터 들를까 망설이던 끝에 결국 나는 병원부터 찾아가기로 마음을 정했다. 이유는 간단했다. 수술을 받아야만 산다던 두 목숨은 다름아닌 내 가족이었던 것이다. 그리고 요 며칠 사이에 내가 겪은 말로 못 할 고통과 시련은 그간에 내가 지은 죄값에 상당할 거라는 계산이 불현듯 서는 것이었고, 끝내는 결정을 함에 있어 그 계산에 힘입은 바 컸다. 종류 미상의 극약이 한바탕 들쑤셔놓은 내 위장은 도무지 살았다고 주장할 수 없을 지경으로 엉망진창이 돼버렸다. 그야말로 죽었다가 살아난 것이다. 용서를 받을 수 있는 조건으로 죽음 이상의 제격인 것은 또 없으리라.

　나 자신이 생각했던 것보다 이제 막 산에서 내려오는 참인 내 몰골은 한층 더 흉측했던 모양이다. 원산부인과 근처 길거리에서 우연히 나를 발견했을 때 오선생은 처음에는 내가 아닌 줄 알았다고 한다. 분명히 시선이 엇갈렸는데도 자기를 전혀 못 알아보는 눈치였으며, 그러는 그 사내를 권씨라고 단정하기엔 참담하리만큼 행색이 초라하고 산송장이나 다름없이 병색이 완연해 보였다고 한다. 그래서, 참 비슷한 사람도 다 있다고 속으로 감탄하면서 슬금슬금 뒤를 밟기 시작했다는 것이다.

　원산부인과 건물이 가까워지자 나는 아까부터 내 뒤를 미행해 오는 사람이 있음을 그제서야 겨우 눈치챌 수 있었다. 자칫 발이 헛나갈 정도로 현기증이 심했고, 빨래를 쥐어짜듯 내장을 내리훑는 극심한 통증 때문에 나는 자주 길가에 쪼그려앉아야만 했는데, 그럴 적마다 누군가 소리없이 다가와서 내 뒤에 서는 사람이 있었다. 가까스로 기운을 수습해서 이를 악물고 걷기 시작하면 상대방 역시 일정한 간격을 두고 뒤밟아오는 기색이었다. 병원 현관으로 오르는 나지막한 돌계단 앞에서 나는 결정적으로 쓰러지고 말았다. 다시 일어설 수 없을 것만 같은 암담한 기분에 사로잡혔다. 바로 이때 잽싸게 달려들어 내 겨드랑이를 끼는 사람이 있었다.

　"아들입니다."

　그가 내 귀에 대고 속삭였다.

　"모자가 다 건강합니다. 어제 퇴원했습니다. 한 이틀 가량 더 있어야 된다는데도 산모가 부득부득 우겨서……"

　오리무중으로 그저 빙글빙글 돌기만 했지 당최 눈에 잡히는 게 없었다. 나는 오선생의 목소리나마 놓치지 않을 요량으로 혼신의 노력을 다하면서 이렇게 물었다.

"오늘이 무슨 요일이죠?"

"화요일입니다."

화요일이라…… 그렇다면 가출한 지 꼭 엿새 만이 되는 셈이다. 그리고 늙은 작부 신양 곁에서 사흘을 노닥거리다 입산 금지의 산에 들어갔으니까 솔숲 속에서 사흘 동안을 꼬박이 죽어 있었던 셈이 된다. 무슨 말이 더 하고 싶은데 숨부터 먼저 가빠졌다. 사흘을 탈탈 굶어 예민할 대로 예민해진 내 후각에 날숨을 토할 때마다 펑펑 풍기는 지독한 악취가 맡아졌다. 아마 내장이 썩는 냄새일 것이었다.

가출의 직접적인 계기가 된 어설픈 강도 행각은 전혀 계획적이 아니었다. 계획적이 아닌 만큼 그것은 즉흥적이며 우발적인 것이었다. 학교까지 직접 찾아가서 손을 벌렸다가 오선생한테 거절을 당한 후로 나는 신양을 찾아갔다. 찾아갔다기보다는 내 발걸음이 저절로 그녀가 들어 있는 양산도집으로 향했다는 게 옳은 말이겠다. 오선생으로 말할 것 같으면 내 입장에서 손을 벌릴 수 있는 마지막 기회이자 구원의 대상이었다. 내 사정을 누구보다 잘 알고 또 시방 가장 가까이 있는 이웃이라는 그런 이유만으로 나는 그에게 도움을 청하는 행위를 최악의 경우가 아니면 결코 하지 않기로 내심 기회를 아껴오고 있던 터였다. 마침내 최악의 경우는 왔고, 나는 아끼던 기회를 활용하기로 결심했던 것이다. 그런데 그는 끝내 입에서 "오선생, 이래봬도 나 대학 나온 사람이오"라는 절망적인 말이 나오도록 만들었다. 나는 어디 가서 잔뜩 취하고 싶은 심한 조갈증에 사로잡혔다. 이럴 경우 수중

206

에 돈 한푼 없이도 취토록 마실 수 있는 데가 양산도집이었다. 전에도 위로를 받을 필요가 있을 적마다 이따금 신양을 찾아가 곤 했었다. 그녀가 나를 위로하는 방식은 매우 거칠고 악독한 것이었다. 그녀가 사정없이 퍼붓는 갖가지 수모와 학대로써 나는 지극한 위안을 느끼는 한편, 너 같은 것한테 당하면서 사는 사내도 있다는 사실을 주지시킴으로써 동시에 내 쪽에서 그녀를 위로하곤 했었다.

수진리 고개를 넘어 태평동 쪽으로 휘어드는 길목 초입의 독정천(讀停川) 둑가에서 언제나 벌건 얼굴로 주로 흘러간 옛노래들을 시드러지게 고창하는 뚱뚱한 몸집의 늙은 작부 하나를 자주 볼 수 있었다. 벌써 옛날 옛적에 은퇴했어야 할 나이의 그녀는 연락 부절로 오가는 차량과 행인이 겨우 비켜설 만한 비좁은 길가 수양버들 밑에다 목제의 장의자를 내놓고는 그걸 가랑이 사이에 낀 채 벌렁 누워 있기를 즐겨했다. 땟국이 잘잘 흐르는 노랑이나 초록 따위 촌스런 원색의 저고릿단과 치맛말기 사이로는 마치 일부러 개방한 듯이 출렁거리는 커다란 유방과 겨드랑이 언저리의 비곗살이 창피한 줄도 모르게 드러나 있곤 했다. 그보다 더한 데가 보인들 어떠냐는 듯이 늘편한 자세로 누워서 그녀는 한 손으로 뒷머리를 받치고 다른 한 손으로는 엉덩이 아래 걸상 밑바닥을 탁탁 쳐 장단을 맞춰가며 구경꾼이 열이건 스물이건 상관하지 않았다. 만약 한심하다든지 꼴불견이라든지 하는 생각이 들어 지나가다 말고 상관하려는 사람이라도 있을라치면 그녀는 벌떡 일어나앉으며 이렇게 말하는 것이었다.

"타고 싶으면 어디 타보시지, 선생."

상관하려는 사람이 혼자가 아니고 여럿일 경우 그녀는 이렇게 말하는 것이었다.

"선생들, 선생들이 단체루 합승을 하잔대두 난 거절하지 않겠어."

똑같은 수작을 경찰관에게 했다가 단속에 걸려 파출소로 끌려가는 광경도 나는 본 적이 있다.

"에구에구 이 등신아!"

처음 만나던 날 신양은 대뜸 나한테 이런 말을 했다.

"차라리 일찌감치 칵 뒈지잖구 뭣 빤다고 아득바득 살라구 헛심만 팽겨쌌누!"

나는 그저 양산도집 앞을 지나가려던 참이었다. 상관하고 싶은 생각이 조금치도 없었을 뿐더러 그녀에게 이렇다 하게 관심도 없었다. 출판사를 그만두고 실직해 있으면서 모란[牡丹]이라는 곳의 도로 확장 공사장에 나가 날일을 할 때였다. 저물녘이 되어 기진맥진해서 돌아오다가 양산도집 앞에 이르러 하얀 김이 새나오는 포렴(布簾) 안쪽을 기웃거리며 술국에 밥을 말아 뜨면서 소주라도 한잔 걸칠까 어쩔까 하고 일당으로 받은 돈을 주머니 속에서 만지작거리고 있었다. 내가 망설거린 시간은 극히 짧았다. 끽해야 몇 초 정도밖에 안 될 것이었다. 그런데도 신양이 장의자에서 벌떡 일어나 앉으며 "에구에구 이 등신아!" 하고 외쳤을 때 나는 단박에 기가 꺾이지 않을 수 없었다. 처음에는 사람을 잘못 보고 하는 소리거니 생각했다. 그러나 형편없는 작부의 입에서 쏟아지는 다음 말을 듣고는 주변에 나말고 등신 소리를 듣기에 적격인 다른 상대가 없다는 사실을 깨달았다. 금시 초면인데도 그녀는 마치 못난 제 서방 닦달질하는 강포한 여편네와도 같이 성큼 다가와서 내 등을 꽝꽝 두들기는 것이었다. 참으로 이상한 일이었다. 난데없이 뛰어들어 사람을 우습게 취급하는 그녀를 나는 조금도 탓하고 싶지 않았다. 오히려 짧은 일별만으로도 내 정체를 정확히 파악해버린 그녀의 직관에 감탄과 함께 어떤 운명의 그림자 같은 것에 접촉하고 난 듯한 짙은 두려움마저 금할 수가 없었다. 번쩍거리는 내 구두도 닳아빠질 대로 굴러먹은 늙은 작부 앞에서는 아무런 효험도 발휘하지 못했다. 오히려 내 처지를 정확히 꿰뚫어보는 논다니 계집을 상대하는 동안 내 심중은 그럴 수 없이 편안해질 것 같은 예감이 들기도 했다. 그녀가 잡아끄는 대로 나는 못난 서방으로서 성깔 고약한 계집으로부터 혼구멍이 나는 역할을 맡기 위해서 양산도집으로 휩쓸려 들어갔다. 어지간히 술이 들어가고 나자 그녀는 여태껏 자기가 눈을 까뒤집고 찾던 동행자를 드디어 발견한 기쁨을 감추지 못했다. 그녀는 오래 전부터 정확히 2인분의 약을 보관해 나오고 있음을 자랑스럽게 밝혔다. 그러면서 그녀는 그것만 가지면 충분히 두 사람이서 고통 없이 죽을 수 있다고, 이렇게 헛심만 팽기게 더 살아서 뭐 할 거냐고, 차라리 이 밤 안으로 같이 죽어버리자고 끈끈한 목소리로 유혹하는 것이었다. 첫눈에 나를 저하고 동류(同類)로 본 그녀를 탓하고 싶지 않았다. 그것은 결코 나를 업신여기는 수작이 아니었다. 혼자서는 결행하기 힘든 어려운 일을 서로 도우면서 동무삼아 가자는 인정의 표시였다. 나 역시 때로는 죽음이란 걸 구체적으로 생각한 적이 있었다.

"저 잡것 또 지랄병 도졌네!"

개수대에서 그릇을 부시고 있던 주모가 이쪽을 돌아다보며 암상궂게 소리쳤다.

"그렇게 뒈지고 싶으면 너나 어서 뒈져, 이 웬수야! 그 손님이

그래 헐 짓이 없어서 썩어문드러진 년 황천길에 얼씨구 동무허
겠다!"

나는 그저 허허 웃고만 있었다.

"에구에구 이 등신아! 여태껏 뒈지지도 못허구 어디 갔다 인제
오냐!"

오랜만에 찾아간 나를 신양이 이렇게 반가이 맞았다. 오선생
한테서 보기 좋게 퇴짜를 맞고 오는 길인 줄 훤히 아는 듯한 말
투였다. 주모의 눈치를 살펴가며 신양과 함께 한두 잔 마시기 시
작한 술이 어느덧 되게 취해버렸다. 까짓것 될 대로 돼라는 심정
과 그러면서도 다른 한편으로 사람을 설마 생으로 죽이지야 않
겠지 하는 심정이 각각 반반씩이었다. 해가 번히 떠 있는 동안에
이미 과음을 해버린 나는 바깥이 깜깜해진 줄도 모르는 채 정신
없이 곯아떨어졌다.

세상 모르는 잠에서 깨난 것은 통금이 시작되고도 한참이나
지나서였다. 목이 타는 듯한 갈증을 느끼면서 눈을 떠보니 놀랍
게도 내 왜소한 체구는 반나체의 거대한 여자들 틈서리에 끼여
좌우로 압박을 당하고 있었다. 내가 잘 만한 장소가 아니었다.
도대체 몇 시나 됐나 확인해보려고 신양의 팔목을 젖혀 창틀 모
양의 가로등 빛이 타월처럼 내려앉은 가슴께로 끌었다. 그러자
신양이 손목시계를 찬 손을 느릿느릿 유방 아래로 우겨넣으면서
"도둑이야…… 도둑이야……" 하고 가느다랗게 잠꼬대를 했
다. 죽으려고 약을 품고 다니는 주제에 시계를 걱정한대서 웃을
수만도 없는 기분이었다. 이러고 있을 때가 아니라 늦게나마 내
가 할 수 있는 일이면 뭐든지 해야 된다는 다급한 생각이 들었
다. 이때 문득 전셋돈 생각이 났다. 왜 진작 그 생각을 못 했을까

후회가 되었다. 오전중에만 그걸 생각해냈어도 오선생 앞에서 좀더 떳떳할 수 있었을 게 아닌가. 내가 당장 필요로 하는 돈과 오선생한테 맡겨놓은 전세 보증금이 딱 들어맞는 게 신통하게 여겨질 지경이었다. 나는 서둘러 일어나서 틀림없이 신양의 손에 의해 벗겨졌을, 내 몸에서 이탈한 유일한 옷인 잠바를 챙긴 다음 구두를 찾아 꿰었다.

통행 금지로 다스려지는 거리에서 나는 아무도 만나지 않았다. 전에도 술 마시고 밤늦게 귀가하다가 더러 방범대원한테 걸리기도 했는데, 그때는 행여 걸릴까봐 조마조마하다가 덜컥 검문을 당하곤 했었다. 그런데 막상 잡을 테면 잡아보라는 식으로 배짱 좋게 도로 복판을 활보해나가니까 시비를 거는 사람이 안 보였다. 도둑이나 강도들이 어떤 각오로 밤길을 나다니는지 대충 짐작이 갈 만한 일이었다. 오선생네 집이 가까워졌다. 오선생네 집이 가까워졌다는 건 내 집이 가까워졌다는 거나 마찬가지 이야기였다. 시청 뒤 가파른 언덕을 추어올라 은행주택 골목길로 들어섰을 때 별안간에 울리는 호루라기 소리가 뒤에서 내 덜미를 붙잡았다. 나는 거의 반사적으로 길가 담벼락에 몸을 찰싹 붙였다. 영화 배우 이 아무개가 산다는 양옥집 저쪽에서 다른 호루라기가 제격 호응을 했다. 그리고 곧이어 처음과 나중의 호루라기 소리를 밑변으로 하여 이루어지는 삼각형의 꼭지점에 해당되는 부근에서 세 번째 호루라기 소리가 울렸다. 어지럽게 통탕거리는 발자국 소리가 내 쪽으로 가까이 왔다. 수레를 끄는 황소처럼 푸푸거리는 요란한 숨소리와 함께 위통을 홀랑 벗은 건장한 사내 하나가 보안등이 희미하게 밟히는 골목길을 전속력으로 질주해 지나갔다. 불빛이 만드는 옹색한 그늘 속으로 나는 얼른 자리를 옮겼다. 귀가 따갑도록 거푸 호루라기를 불면서 검정 제복의 방범대원이 서너 걸음 내 앞을 부리나케 통과했다. 호루라기 소리들끼리 이루는 삼각형이 차츰 멀어지면서 작아지다가 얼마 후엔 다시 무한대에 가깝게 마냥 확대되는 기척을 나는 우두커니 듣고 있었다. 삼각형이 점점 파괴되어가는 걸로 봐서 범인을 놓치기가 쉬울 것 같았다. 그 순간 나는 내가 처해 있는 현실 속으로 재빨리 되돌아왔다. 10만 원이나 되는 전셋돈을 들이당장에 빼달라는 요구가 얼마나 무리한 것인가를 그 호루라기 소리들이 내게 차갑게 일깨워준 셈이었다. 그러자 갑작스레 오선생이란 사람이 그렇게 밉고 원망스러워질 수가 없었다. 모든 일들이 다 오선생 탓임을 그 순간 나는 추호도 의심하지 않게끔 되어버렸다. 마누라를 병원에 데려간 것도, 새끼가 제 어미 뱃속에서 탯줄을 목에 감은 것도, 그래서 부득불 제왕절개를 하지 않으면 두 목숨이 위험하도록 상황을 각박하게만 몰고 간 것도, 폐론하고 내가 실직하게 된 저간의 사정까지도 그 순간만큼은 모조리 오선생이 책임지지 않으면 안 될 문제였다. 그럼에도 불구하고 처음이자 마지막으로 내미는 내 손을 모지락스럽게 쳐뜨려버린 그는 앙화를 받아 마땅한 사람이었다. 대문이 굳게 잠겨 있음을 확인한 다음 나는 담을 넘었다. 그리고 내 자식들이 자고 있는 문간방에 들어가서 보자기로 얼굴을 가리고 식칼을 잡을 때까지 내내 손이 떨리는 이유는 가책이나 두려움에서가 아니고 너무 마신 술 때문이라고 나는 애써 신출내기 강도 권가에게 타일렀다.

"이래봬도 나 대학까지 나온 사람이오."

내 입에서 두 번째로 이런 말이 나오지 않을 수 없게시리 난생

처음의 강도 개업은 문을 열기 무섭게 비참한 결과를 낳고 말았다. 곤히 잠든 오선생을 깨워 목에 식칼을 들이댔을 그때 이미 나는 술기 탓치곤 너무 지나치게, 이를테면 접신(接神) 상태에 든 무당만큼이나 와들와들 춤추는 내 손놀림을 보면서 어떤 결과가 나오리란 걸 빤히 예측할 수 있었다. 피해자가 강도를 두려워해줘야만 일이 제대로 풀리는 건데 되려 강도 쪽에서 미리부터 피해자를 어려워하는 꼴이니 그 일이 잘될 리 만무했다. 특히나 오선생네 아들 동준이의 발을 밟아 깨워놓았을 때 나는 칭얼대는 그애를 도로 잠재우기 위해서 칼을 이불 위에 내려놓는 결정적인 실수를 범하고 말았다. 그때 넌지시 칼을 집어 내 실수를 지적하면서 다시 나한테 돌려주던 오선생의 행동은 양식 있는 사람으로서 취할 바 태도가 아니었다. 너무도 당황하고 화가 난 나머지 나는 하마터면 오선생의 목을 정식으로 찌를 뻔했다. 잠시 후 안방을 빠져나와서 엉겁결에 내 방인 문간방으로 들어가려는 치명적인 실수를 또 저질렀을 때 그 점을 다시 차갑게 일깨워주는 오선생을 찔러버리고 싶은 충동을 나는 재차 간신히 억눌러 참아야만 했다. 그가 좀더 인정미 넘치는 인간이었다면 내가 저지른 두 번의 실수 중 적어도 어느 것 하나쯤은 그냥 모르는 척 눈감아주는 게 도리요 예의일 것이었다. 그가 만약 그래만 줬더라면 나는 그토록 비참한 지경에까지 떨어지지 않았을는지도 모른다. 오선생 말로는, 훗날의 일을 생각해서 강도를 끝까지 강도로 대우해서 보낼 작정으로 취한 부득이한 조처였다고 그러지만, 내 눈에 비친 그의 거동은 강도범이 다름아닌 자기네 문간방 사내임을 일찌감치 간파하고 사람을 여지없이 조롱하고 경멸하는 투가 시종일관 분명했던 것이다. 오선생의 눈초리를 등뒤에 느끼면서 대문을 나서는 그 순간 나는 도무지 더 살고 싶은 기분이 아니었다. 삼십대 중반의 나이까지 나를 굳게 지탱해주던 긍지의 기둥이 삽시에 허물어져내리는 찰나였다. 어떤 어려움이 있어도 잃지 않고 살아온 자존심이었다. 광주단지 사건에 가담한 혐의로 유죄 판결을 받고 오랫동안 복역을 하면서도, 실직 생활의 악순환 속에서도, 그리고 셋방살이로만 전전하는 혹심한 가난 가운데서도 내내 고집스럽게 지속해나온 그 자존심의 시위에 이제 끝장이 온 셈이었다. 취기는 이미 말끔히 가셔져 있었다. 시궁물이 흐르는 꼭두새벽의 독정천 속에 식칼을 버리려다 말고 그걸 도로 허겁지겁 가슴에 품으면서 나는 맑은 정신으로 소리를 죽여가며 울었다. 그런 시간에 그런 기분으로 내가 찾아갈 만한 사람이라고는 늙은 작부 신양뿐이었다. 몇 시간 전에 나왔던 양산도집으로 다시 들어갈 때까지 먼동은 터오지 않았다. 사방을 격자(格子)처럼 틀어막고 있는 어둠의 두께로 미루어 아직도 일출 시간이 멀었음을 가늠할 수 있었다.

"어렵다고 꼭 외로우란 법은 없어요. 혹 누가 압니까, 당신도 모르는 사이에 당신을 아끼는 어떤 이웃이 당신의 어려움을 덜어주었을지?"

날이 밝은 다음에 나는 문득 오선생이 하던 말을 기억해냈다. 그런 말을 하면서 짓던 자신만만하고 진지한 표정도 함께 떠올려 생각해보았다. 들을 당시엔 개수작 말라는 외침이 절로 나올 정도로 불쾌하게 느껴지던 그 말이 새삼스레 강한 호소력을 가지고 내게 부딪쳐오는 것이었다. 마누라의 수술을 의미하는 듯했다. 경위야 어떻든 수술은 진행되었고, 자기도 그 일에 깊이 관여했으며, 경과가 매우 양호하다는 뜻을 그는 암시하고 있는

214

듯했다. 만약 냉정한 상태에서 그처럼 희망적인 언질을 받았다면 나는 당장에 이성을 잃고 그의 발밑에 무릎을 꿇었을지도 모른다. 그러나 순서가 뒤바뀌어 정신적인 파산을 경험할 만큼 이미 이성을 잃은 다음에 곰곰 되새김질해보는 익명의 그 이웃은 나를 한없이 매정한 쪽으로만 몰고 갈 따름이었다. 그때쯤 사경에서 벗어나 있을지 모르는 처자식도 내겐 아무런 위안이 못 되었다. 그들은 나를 이승에다 붙들어매는 매듭을 더욱 단단히 죄는 게 아니라 아무때라도 마음만 먹으면 홀가분히 빠져나갈 수 있게시리 느슨하게 푸는 역할만을 했다. 무심코 문간방으로 들어가려는 나를 오선생이 차갑게 일깨워주었을 때, 그리고 내 입에서 대학까지 나온 사람이라는 소리가 뱉아졌을 그때 벌써 내가 취할 방향은 요지부동으로 정해져버린 느낌이었다. 신양이 보증을 서는 가운데 주모한테서 눈치를 먹어가며 나는 해장부터 언제 갚을지 모르는 외상술을 또 들이켜기 시작했다.

"이래봬도 나 대학까지 나온 사람이오."

나한테 대학이란 무엇인가. 스스로 가장 비참하다고 느껴지는 순간에 나로 하여금 도합 두 차례에 걸쳐 들먹이게 만든 그것은 도대체 어떤 것인가. 유행가 가사마따나 눈물의 씨앗 운운에 해당될 법한 자문자답만이 내게는 가능했다. 보다 훌륭한 생활을 위해서 없는 살림을 줄이는 무리까지 무릅써가며 높은 공부를 하려 했다. 그러나 결과적으로 대학은 적어도 내게만은 일방적인 손해를 보도록 고안된 장치에 불과한 것이었다. 대학을 나왔다는 이유로 나는 당연히 분노해야 할 대목에 가서도 감정을 억제하지 않으면 안 되었다. 많이 배웠다는 이유로 세속적인 이익이 보장되는 일에 뛰어들기 앞서 먼저 저열한 본능부터 다스리고 보는 까다로운 절차가 필요했다. 대학이란 이름에 가려 사회의 실상을 보지 못하고 허상만을 보아온 탓일 것이었다. 결국 대학은 내가 애당초 희망했던 훌륭한 생활을 가능하게 해주는 구실을 전혀 못했다. 실제로 내가 지금까지 거쳐나온 여러 일들 가운데서 나보다 훨씬 못 배운 사람이 쉽게 인정을 받고 두각을 나타내는 예가 허다했으며, 특히 공사판 같은 데서는 유능한 십장들거개가 배운 흔적이 농후하다는 이유 때문에 내 일당을 사정없이 후려깎으려 하기도 했다. 그런데도 나는 여태껏 그 대학을 버리지 못하고 신주 단지 모시듯 터무니없이 위해왔던 것이다. 대학물을 먹은 사람이기 때문에 내가 이제 기필코 죽어야만 된다면 국민학교밖에 못 나왔을 경우 나는 죽지 않고도 얼마든지 더살 수 있다는 얘기가 된다. 취해서 자고 깼다가 다시 취해서 자고 깨는 그 사이사이에 나는 별의별 생각을 다 하면서 누군가로부터 용서받을 수 있는 기회를 자꾸만 놓쳐가고 있었다.

신양에게 껴묻어 이틀을 보내고 나서 사흘째 되는 날 나는 양산도집으로부터 거리로 내쫓기는 신세가 되었다. 연신 "에구에구 이 등신아"를 뇌면서 신양이 뒤를 쫓아왔다. 갈 데도 없이 내쫓긴 사람답잖게 마음이 의외로 담담했다. 이승에 얼크러진 질긴 인연들을 이틀 동안에 술로 다 녹여 없앤 다음이었다. 나는내 가족을 포기했을 뿐만이 아니라 나 자신도 이미 포기하고 있었다. 두려움이나 초조감 따위는 한사코 붙잡고 놓지 않으려는데서 생기는 일종의 무리(無理)에 불과한 것이었다. 산책삼아 나온 사람같이 나는 모란 쪽을 향해 한가하게 걸었다. 전에 도로를확장할 때 내가 며칠 일한 적이 있는 곳이었다. 저만큼 앞에 구멍가게가 보였다. 서너 걸음 뒤처져 오는 신양에게 말했다.

"아무래도 맨으로는 못 먹겠는걸. 소주에라도 타서 마시는 게 좋겠어."

"얼씨구, 꼴값허느라고 챙길 건 다 챙긴다!"

말은 그렇게 하면서도 신양은 뽀르르 달려가서 네 홉들이 소주 한 병과 마른안주를 샀다. 처음 소풍을 나온 학생만큼이나 그녀는 들떠 있었다.

"어디로 갈까?"

내가 물었다.

"썩을 만큼 썩어서 누가 누군지 못 알아볼 정도가 된 담에사 사람들 눈에 띄는 게 내 소원이여. 산으로 가자."

"그래. 그게 좋겠다."

신양 의견을 좇기로 하고 나는 앞장서서 모란 어귀의 다리를 건넜다. 될수록 큰길을 피해서 우리는 성남에서도 가장 변두리 마을인 모란 한쪽을 구불구불 훑는 지저분한 골목길을 골라 걸었다. 장차 우리가 하려는 일이 사람들 이목을 꺼리는 성질의 것임에 비추어 일부러 외진 골목길만 탐하는 심사는 조금도 부자연하게 느껴지지 않았다. 인분 냄새가 물씬거리는 밭을 지나고 철조망으로 테를 두른 과수원 곁도 지났다. 마지막으로 우리는 전수학교 간판이 붙은 삼층 건물을 보면서 길게 뻗친 블록담 옆을 통과했을 때 드디어 인가를 완전히 벗어났음을 알았다. 거기서부터는 곧바로 산이었다. 제법 맑은 물이 흐르는 개울을 끼고 위로 한참 거슬러오르자 '입산 금지'라고 십리 가다 한 자씩 나눠 박은 네 개의 팻말이 보였다. 씻은 듯이 인적은 끊겨 있었고, 오직 적막 한 가지만이 골짜기에서 등성이까지 사방을 가득 메운 별유천지였다.

"입산 금지란 더 이상 들어가서는 안 된다는 말이야."

"그거 한번 잘됐네. 기왕 죽을 자리 찾아가는 마당에 헛심 팽기 게 고생고생 오래 걸을 것 없다. 들어가지 말라니까 들어가보 자."

이번에는 신양이 앞장을 섰다. 그녀는 여전히 소녀처럼 들떠 있는 상태였으며 불편한 한복 차림에 안반짝만한 엉덩이를 달고 도 비탈을 곧잘 탔다. 길이 아닌 길을 앞에서는 만들고 뒤에서는 연방 지워가면서 으늑한 구석을 찾느라고 한참 애를 먹었다. 낭 떠러지 아래 다복솔이 칙칙하게 우거진 곳이 기중 마음에 들었 다. 그 속에 들어앉았으면 밖에서는 말할 나위 없고 안에서도 밖 을 전혀 내다볼 수 없을 것이었다.

"너 좀 돌아앉어 있거라."

술병과 안주감을 잡초 더미 위에 내려놓으며 신양이 말했다.

"왜 그래?"

"잠깐만 돌아앉어 있으라니까?"

나는 돌아앉지 않았다. 그러자 신양이 히히 웃었다.

"부끄러서 그런다, 히히."

그러면서 그녀는 저고리를 홀홀 벗어던졌다. 치마도 벗었다. 기가 질린 나머지 나는 외치지 않을 수 없었다.

"그렇게 홀랑 벗을 것까진 없잖아?"

"에구에구 이 등신아, 마지막으로 인심이나 푹 쓰고 싶어서 그 런다. 너 사내 구실 시킬라고 그런다, 이 등신아."

벌건 대낮에 풀밭 속에서 보는 신양의 알몸은 햇빛을 반사하 는 석회암의 거대한 산이었다. 봉우리며 계곡이며 산으로서 갖 출 건 다 갖춘 자연의 일부였다. 신양의 규모에 더더욱 기가 질

218

려 위축될 대로 위축된 내 남성은 감히 그 속으로 뛰어들 엄두를
못 내고 쩔쩔매기만 했다.

"앞으론 두번 다시 기회는 없어. 어서 와. 어서 오라구, 이 등신
아."

나를 두고 신양이 번번이 들먹이는 그 등신만큼 끌어당기는
힘을 가진 말은 더는 없으리라. 이 등신아 소리에 이끌려 나는
어떤 의무 같은 걸 이행하는 기분으로 주춤주춤 다가갔다. 고구
마를 구우려고 불을 담은 질화로와도 같이 신양은 매우 완만하
게 달아오르기 시작했다. 그러나 나는 도무지 그럴 수가 없었다.
아무리 노력을 다해서 기어올라봐도 절정은 핼끔핼끔 뒤돌아다
봐가며 오른 만큼 어느새 또 위로 달아나버리곤 하는 것이었다.
신양의 맨살은 솜이불처럼 퍽석거렸다. 풍랑에 쏠리는 범선 모
양으로 갈수록 거세어지는 신양의 선도에 멀미를 느끼면서 나는
어떤 책에선가 읽은 기억이 있는 끔찍스런 삽화를 머릿속에 떠
올렸다. 나병의 역사에 관한 기록이었다.

······건강한 이탈리아 사람들이 닥치는 대로 나환자들을 잡아
다가 베수비우스 산록에 몰아넣고는 한 사람도 빠져나갈 수 없
도록 까마득히 높은 목책을 세운다. 그러고도 마음이 안 놓여서
다시 깊이 모를 도랑을 파 세상과의 인연을 완전히 단절시켜버
린다. 산중에 갇힌 나환자들은 한정된 식량이 떨어질 때까지 헐
거 생활로 간신히 목숨만을 부지해나간다. 그러던 어느 날, 쉬고
있던 화산이 갑자기 활동을 재개해서 연기와 재를 하늘 높이 뿜
기 시작한다. 그러자 발광 직전에 다다른 나환자들이 베수비우
스를 탈출하고자 떼를 지어 절벽이나 목책을 기어오르다가는 무
수히 떨어져 죽곤 한다. 결국 탈출이 불가능하다고 깨달았을 때

그들은 생각을 바꾸어 인간에서 재빨리 짐승으로 물러앉아 최후
의 순간을 맞이한다. 살아 움직이는 건 광란하는 본능뿐이다. 남
녀노유가 한데 뒤엉켜 상대를 가리지 않고 닥치는 대로 그룹 섹
스를 벌인다. 마치 술래에게 잡히기 전에 장독 틈에다 대갈통만
들이박는 철부지와도 같이 삽시에 본능의 늪 속에 침잠해버린
다. 땅 위에 현출된 지옥의 한 장면 위로 마침내 시뻘건 암장(岩
漿)의 형태를 빌린 최후가 서서히 내리기 시작한다……

　제풀에 지쳐 신양 쪽에서 먼저 포기하고 말았다. 신양의 마지
막 호의를 받아들일 수 없는 미안함이 컸다. 끝내 사내 구실을
하지 못한 부끄러움 또한 컸다.

　"흐벅지게 소복이나 시켜서 보낼랬더니 지지리도 운이 없구나.
그냥 가서 어쩔꺼나, 이 등신아."

　주섬주섬 입성을 챙겨 알몸을 가리면서 신양이 나를 동정했
다. 나는 아무 대꾸도 못 하고 그저 애꿎은 눈썹만 더듬어 만졌
다. 나환자들에 관한 기록을 읽은 뒤로 한동안 저도 모르는 새
몸에 붙였던 버릇이었다. 잠에서 깨거나 세수를 하거나 길을 걷
다가도 문득 생각이 거기에 미치면 허둥지둥 눈썹을 매만져 이
상 유무를 확인하곤 했었다.

　"가만있어봐. 어디서 고지새가 울었어."

　그러잖아도 가만있는 사람을 신양이 손을 내저어 더 옴쭉 못
하게 만들었다.

　"뭐가 울었다고?"

　"가만있으래두 그러네. 고지새가 울었단 말야."

　고지새란 게 어떻게 생겨먹은 종잔지 내가 알 게 뭔가. 다복솔
잔가지를 흔들며 바람이 불어오는 쪽으로 귀를 기울인 채 신양

의 눈은 먼데를 보고 있었다.

"조용히 들어봐. 조용히 말야. 지금두 울고 있어."

그러나 유감스럽게도 내 귀엔 사람과 기계가 한통속으로 어울려 복작거리는 도시가 지르는, 사람 소리도 아니고 기계 소리도 아닌 기묘한 웅웅거림만이 바람에 묻어 어슴푸레하게 들려올 뿐이었다.

"그래, 내 귀에도 들린다. 어떻게 생긴 새지?"

그 순간 신양의 낯색이 싹 변했다. 내 거짓말에 모욕이라도 당한 듯이 느껴지는 모양이었다.

"네 귀에도 들린다고? 우리 고향에서만 듣던 고지새 울음이 너한테 들려? 어림없는 수작 허지두 마라. 고지샌 사람이 먹을 수 없는 새야. 우리 고향 사람들은 아무도 고지새를 안 먹기 때문에 그건 먹어치워서는 안 되는 새야. 참새 비슷하게 생겼지만 참새보다 크고 참새처럼 속썩이거나 얄랑거리면서 방정떨진 않아. 얼마나 어질고 착한 샌데! 울음 소리는 또 얼마나 이쁘고!"

새 중에 그런 새도 있었던가. 짐작조차 안 가는 새를 놓고 신양과 다투고 싶지는 않았다. 나는 어두워지기만 기다리고 있으면 되었다. 어두워진 다음에 함께 음독하기로 애당초 약속이 되어 있었다. 그러자니 자연 무료했다.

"고향 얘기나 해봐."

그러자 신양이 고개를 번쩍 들었다. 고지새 소리에 귀를 기울일 때하고 똑같게 그녀는 다시 먼데를 향해 눈을 주고 있었다.

"어렸을 때 집을 나왔어. 사내처럼 산으로 들로 쏘다니는 버릇 때문에 어렸을 때부터 역마살이 낀 년이라구 지청구를 먹곤 했었지. 술집에서 술집으로 건너다니면서 팔 것 안 팔 것 다 팔아서 웬만큼 돈을 모은 다음에 사람을 사서 고향에 슬쩍 다녀오게 했어. 그랬더니 집안이 통째루 고향을 떠버렸다는 거야. 아버지, 어머니, 그리고 동생들이 모두 어디로 이사를 갔는지 부지거처 래. 그 말을 들은 뒤부터 이상하게 돈이 흩어지기 시작하더구만. 나가기만 했지 들어오진 않는 거야. 여러 뭇놈 좋은 일만 시키고 말았다니까."

갑자기 말을 그치면서 신양이 내 얼굴을 빤히 들여다보았다.

"너 방금 나더러 고향 얘길 하랬지? 나한테 그런 말을 하는 건 나더러 우리 부모님을 욕하라고 시키는 거나 마찬가지 짓이야. 고향 얘기 또 꺼내면 그때는 너 국물도 없을 줄 알어!"

주먹을 쥐어 내 코앞에 흔들어보이고 나서 그녀는 풀밭에 벌렁 드러누워버렸다. 그리고 콧노래를 흥얼거리는 투로 내게 말했다.

"네 고향 얘기나 해라. 넌 고향이 어드메지?"

"난 원래 고향이 없어."

"유행가구나."

"그리고 너 역시 나한테 고향을 물을 자격이 없어. 왜냐면 그건 내 마누라하고 자식들을 모욕하는 셈이 되니까."

"야야. 처자식 얘기 앞세우지 마라. 서방 없고 새끼 없는 넌 눈물 나올라."

"우리 이렇게 시간 보내느라고 애먹을 게 아니라 앞당겨서 술부터 마시는 게 어떨까?"

"내 말이 그 말이다!"

신양이 벌떡 일어나 앉았다. 병따개를 준비해오지 않은 탓에 나는 소주병을 들고 태권도로 후려까기에 적당한 자리를 찾느라

222

고 사방을 두리번거렸다. 그랬더니 신양이 보고 깔깔 웃었다.

"이제 잠시 후면 죽을 몸이 이빨 아껴서 뭐 허누. 지옥에두 치과 있단다, 인줘라."

그러면서 병을 빼앗아 입 안에 쑤셔넣었다. 그녀는 많이 해본 가락으로 어금니를 사용해서 끄응 하고 병마개를 간단히 뽑아버렸다. 번갈아 나발을 불어가며 우리는 청량 음료를 마시듯 그렇게 소주를 들이켰다. 여간해서는 취할 것 같지도 않았다.

"바닥이 나기 전에 먹을 걸 먹어두는 게 좋겠다."

병이 절반 가량 비는 걸 보고 그녀는 품속에서 약병을 꺼내었다. 흔히 보는 항생제 모양으로 빨간 캡슐에 든 약이었다. 한 움큼이나 되는 그것을 손바닥에 쏟아놓고는 두 개씩 두 개씩 짝을 맞춰 양쪽으로 가르기 시작했다. 몸집이 나보다 두 배는 크니까 제 몫에다 덤을 얹을 법도 하건만 그녀는 까락까락 숫자를 따져서 야박할 만큼 공평하게 내 것 네 것을 분별해놓았다.

"먼저 먹고 나서 맛이 어떤지나 애기해도라."

신양의 목소리는 가늘게 떨려나왔다. 두 무더기의 약을 받쳐 든 손바닥도 가늘게 떨리고 있었다. 나는 내 몫을 받아들었다. 각오는 이미 되어 있었다. 나는 내가 죽어야만 하는 이유의 하잘 것없음과 꾀죄죄함 같은 것 때문에 고민하지는 않았다. 혼자가 아니고 동행이 곁에 있어서 그랬는지도 모른다. 만약 혼자였다면, 사내 대장부로 나서 대의 명분을 위해 죽지 못하고 기껏 마누라 수술비를 마련하려다 미수에 그친 강도 사건 끝에 자살까지 결심하게 된 그 점에 대해 다소간에 회의를 느꼈을지도 모른다. 죽음의 동기에 명분을 입히기 위해서 처자식이나 오선생 대신에 애꿎게 운명이란 걸 끌어다 댐으로써 끝까지 나 자신을 속이러는 어리석은 짓을 했을지도 모르겠다. 하지만 내 곁에는 신양이 있었다. 그녀가 곁에 있는 한 내 죽음의 이유는 하잘것없고 꾀죄죄한 그것만으로도 만족스러웠다. 왜냐하면 신양과 나는 천칭(天秤) 위에다 놓아도 넘고 처짐이 없을, 타고난 인연의 동반자였으므로.

"맛이 어때?"

상대방에게 모범을 보이기나 하듯이 종류 미상의 독극물을 감기약처럼 쉽게 입 안에 털어넣고는 소주로 입가심하는 나에게 신양이 조심스럽게 물었다.

"그저 그래."

정말 그저 그랬다. 아무렇지도 않았다.

"괜찮어?"

"괜찮어."

"정말 괜찮겠어?"

"지가 안 괜찮으면 어쩔 거야."

신양을 안심시킬 작정으로 나는 자꾸만 농담이 하고 싶어졌다. 그러나 내 대답에도 불구하고, 그녀는 근심스런 표정을 지우지 못했다. 그녀는 곧 낙담한 표정이 되면서 손바닥에 든 붉은 캡슐들을 한동안 우울하게 내려다보았다.

"눈 딱 감고 넣어버려. 그러고 얼른 소주를 마시면 돼."

"에그머니나!"

별안간에 신양의 입에서 새된 비명이 흘러나왔다. 그녀는 내 빈약한 어깨를 몹시 두려워하는 눈치를 보였다. 송충이였다. 부얼부얼한 강모(剛毛)를 빳빳이 세운 살진 송충이 한 마리가 내 왼쪽 어깨를 타고 팔뚝으로 슬금슬금 이동하는 참이었다.

"죽음을 눈앞에 둔 여자가 겨우 송충이 따위에 비명을 지르다니."

나는 이빨을 아꼈고 신양은 벌레를 무서워했다. 피장파장이었다. 나는 송충이를 손으로 집어서 땅바닥에 내려놓은 다음 구둣발로 짓밟아버렸다. 이때 신양이 손에 쥔 약을 팽개쳐 던지면서 거구를 일으켜 나를 덮쳤다. 그녀는 내 조그만 입 속에 열 손가락을 다 넣을 기세였다.

"뱉어! 어서 뱉어버려, 이 등신아!"

강제로 입을 벌려 손가락을 목구멍 깊숙이 쑤셔넣으려고 모진 힘을 쓰면서 그녀는 마구 소리쳤다.

"안 뱉으면 큰일나! 어서 뱉으라니까!"

나는 신양을 힘껏 떠다밀어버렸다. 그러나 신양은 한 차례 엉덩방아를 찧고 뒤로 벌렁 나자빠졌다가 일어나더니 다시 무서운 기세로 육박해왔다. 그녀는 공포에 떨고 있었다. 그녀의 동공이 축소되고 흰자위가 승해진 눈을 보자 나도 더럭 겁이 났다.

"내가 먹으랜다고 그걸 덥석 받아먹는 병신이 어딨어, 이 등신아! 넌 인제 꼼짝없이 죽었다, 이 등신아!"

주먹을 들어 내 등허리를 탕탕 때리면서 신양이 통곡을 했다. 서럽게 우는 소리를 들으면서 나는 내 내부에서 서서히 기별이 옴을 느꼈다. 머리가 어질어질해지면서 온 세상이 빙글빙글 돌기 시작했다. 위장이 갑자기 경련을 일으키면서 구역질을 동반하는 무서운 통증으로 엄습해왔다. 풀밭 위를 불불 기고 데굴데굴 구르면서도 나는 어떻게든 먹은 걸 도로 토해내고자 목구멍에다 손가락을 우겨넣는 일을 잊지 않았다. 가물거리는 정신으로도 신양이 울음을 뚝 그치는 순간을 눈치챌 수 있었다. 울음을 그친 신양이 벌떡 일어나 내 곁에서 삽시에 멀어져가는 모습을 멀거니 보면서도 붙잡지 못하는 안타까움이 내가 느끼는 고통에 가세를 했다.

혼수 상태에서 깨어난 것은 한낮이 훨씬 기운 다음이었다. 그리고 그 한낮이 아침나절에서 막바로 이어지는 그런 예사로운 한낮이 아님을 나는 금방 알아차릴 수 있었다. 팔과 무릎을 비롯해서 전신이 상처투성이였다. 옷도 군데군데가 찢어지고 해져 있었다. 손바닥과 손톱이 많이 상했는데, 특히 살점이 너덜거리는 손톱 밑엔 흙가루나 풀잎 따위가 잔뜩 끼여 있었다. 나는 상처에 말라붙은 피를 보고 그것이 적어도 하루나 이틀 전쯤에 지혈된 자리임을 깨달았다. 처음 자리잡았던 다복솔숲으로부터 나는 상당히 멀리 벗어나 있었다. 땅바닥을 할퀴고 후비면서 비탈길을 어렵게 내려온 흔적이 아직도 뚜렷이 남아 있었다. 다복솔숲까지 되돌아가서 나는 토해놓은 오물과 몸부림치면서 기어다닌 흔적 따위를 직접 확인해보았다. 오징어포를 담았던 비닐 봉지와 빈 소주병, 그리고 신양이 내버린 붉은 캡슐들을 보는 순간 나는 현기증과 함께 구역질을 다시 느꼈으나 정작 목구멍을 넘어오는 건 아무것도 없었다.

신양은 눈에 띄지 않았다. 그러나 죽어가는 나를 내버리고 저 혼자서만 산을 내려가버렸대서 싸가지없는 년이라고 그녀를 욕할 생각은 전혀 없었다. 오히려 그녀에게 큰절이라도 하고 싶은 기분이었다. 지칠 대로 지쳐서 걷다가 우연히 길가에서 만난 한 늙은 작부가 나한테 얼마나 중요한 인물이었던가를 나는 비로소 깨달을 수 있었다. 죽는 연습을 통해서 역설적이게도 결코 죽어서는 안 되며 어떻게든 살고 봐야 한다는 사실을 얼얼하게 가르

처준 사람이 바로 그 작부였다. 닳아빠질 대로 닳아빠지고 굴러
먹을 대로 굴러먹은 늙은 작부 나름의 삶에 대한 집착이 이제는
나한테 온전히 옮아와 있음을 나는 대견스럽게 재확인했다. 죽
는 연습은 한 번만으로 족한 것이었다. 그 한 번을 효과적으로
체험하도록 도와준 신에게 또한 신양에게 감사하면서 나는 멀리
서 웅웅거리는 도시의 소음을 들었다. 내가 까맣게 죽어 있는 그
사이에도 도시는 여전히 살아서 여전히 숨쉬고 있다는 게 내게
는 하나의 경이였으며, 사람과 기계가 한데 어울려 복작거리면
서 내는, 사람 소리도 아니고 그렇다고 기계 소리도 아닌 그 기
묘한 웅웅거림이 내 귀엔 난생 처음인 듯 새삼 신기하게 느껴질
지경이었다.

　나는 내가 자살하려다 미수에 그친 너절하기 짝이 없는 이야
기를 꽤 지겹게 늘어놓은 것 같다. 이야기 그 자체가 뭐 대단하
다거나 자랑스러워서가 아니고 내 인생에 하나의 전기(轉機)를
마련해준 늙은 작부 신양을 이야기하기 위해서였다. 사실 나는
구두를 태움으로써 구두를 태우기 이전의 일들도 말짱 다 불타
없어지기를 바랐으나 신양에 대한 기억만은 거기서 철저히 예외
였다. 오가는 길에 양산도집에 들러 주모한테 신양의 뒷소식을
묻는 건 어렵지 않으나 우리를 내쫓은 그 주모 입에서도 별 뾰죽
한 얘기가 나올 성싶잖아 다 그만두기로 했다. 다른 때 같으면
길가에 장의자를 내다놓고 그 위에 벌렁 드러누워서는 주로 흘
러간 옛노래 따위를 고창하다가 혹 상관하려 드는 사람이라도
있을라치면 "타고 싶으면 어디 타보시지, 선생" 하고 시비를 걸
기 딱 알맞은 그런 시간인데도 그 후로 신양의 모습은 영 볼 수
가 없게 되었다.

벌써 찬바람이 불기 시작했다. 찬바람은 있는 사람들에겐 돈을 지펴서 따뜻함에 대한 고마움을 맛볼 수 있는 기회가 될지 몰라도 없는 사람에겐 존재 자체를 위협하는 적신호가 아닐 수 없었다. 그것은 없는 사람들의 마음을 바싹 메마르게 건조시키고 한껏 건조해진 바탕에서 조바심만 풀풀 날리게 만드는 부채질이었으며 미리감치 항산(恒産)을 마련하지 못한 데 대한 꾸중이자 서러운 따귀 갈김이었다. 더구나 쥐뿔도 밀려놓은 게 없으면서 둘만 낳아 잘 기르자는 세상에 작정 없이 셋째까지 덜컥 받아놓은 나로서는 아무래도 수습할 길이 막연하기만 한 계절이었다. 찬바람이 돌기 시작하면서 강력범도 부쩍 증가한다는 통계를 나는 어느 누구보다도 믿고 인정하는 축이었다. 처음 시도에서 만일 성공했더라면 또다시 복면을 하고 들어갔을지도 모른다. 그 정도로 나는 생활에 직접적인 위협을 느끼고 있었다. 애를 꺼내느라고 입원 비용까지 합쳐서 자그마치 20만 원 템이나 되는 빚을 진 위에 또 매일매일의 생계를 전적으로 의지하다시피 음으로 양으로 오선생의 도움을 받는 처지였다. 갚을 일만 해도 꿈만 같거니와 우선 먹고 사는 일부터 해결하는 문제가 무엇보다 시급했다.

  안방 물림으로 오선생이 동준이를 시켜 내려보내는 신문을 보고 광고를 찾아 여러 군데다 이력서를 찔러보았으나 하다못해 매우 안됐다는 통고조차 오는 법이 없었다. 내가 무엇보다 꺼리는 게 바로 신원 조회였다. 그래서 신원 조회가 엄하겠다 싶은 변변한 자리엔 애당초 이력서를 디밀 생심조차 하지 않았다. 그런데도 번번이 만 35세라는 연령 제한에 걸렸으며, 어찌어찌 서류 심사에 통과했다가도 면접에 가서 으레 책을 잡히곤 했다.

그날도 나는 이력서를 들고 영등포에 있는 정체 불명의 어떤 개인 회사를 찾아가던 중이었다. 광고만 봐서는 그게 소위 유령 회산지 도둑놈 소굴인지 당최 종잡을 수가 없었다. 아마 끽해야 외판 사원 아니면 수금 사원 모집일 것이었다.

버스에서 내려 길을 건너기 위해서 '우선 멈춤' 표지가 있는 횡단 보도 앞에 섰다. 길 건너 어디쯤인가에 있을 빌딩을 생각하면서 길을 건너려다가 저쪽에서 달려오는 버스를 보고는 뒤로 물러섰다. 그런데 그 버스가 주춤주춤 속력을 줄이는 기미를 채고 나는 다시 차도로 내려섰다. 이때 버스 뒤로 소리없이 따라붙는 검정 세단 한 대가 얼핏 시야에 들어왔으나 기왕 내친김에 걸음을 서둘러서 주행선에 세워진 버스 앞을 통과한 다음 이차선인 추월선으로 한 발짝 들어섰다. 그러자 방금 전에 본 검정 세단이 눈 깜짝할 새 버스 옆구리에서 튕겨져나오면서 엄청난 기세로 확대되었다. 내 시야 속에서 수를 알 수 없는 고촉의 전등들이 일제히 켜졌다가 금방 꺼졌다. 나는 알았다, 내 몸뚱이가 소용돌이치는 어둠 속으로 빙글빙글 맴을 돌며 까마득하게 떨어져내리고 있다는 사실을.

"참말이야. 꼭 마징거 젯트 같았다."

"오륙 미터는 부웅 떴을 거야."

"아니다야, 십 미터도 훨씬 넘는다!"

누군가의 등에 업히면서 나는 정신을 차려 애들이 저희끼리 재재거리는 소리를 들었다. 그리고 애들의 지껄임이 바로 나를 두고 하는 소리라는 것도 알았다. 만화 영화에 나오는 마징거 제트처럼 오륙 미터 내지 십 미터를 붕 떠서 날았단다. 그런데도 얼핏 생각하기에 내 몸엔 별다른 이상이 없을 듯싶은 예사스런 기분이 들었다. 에워싸고 웅성거리며 따라오는 무수한 인기척에 갑자기 창피한 생각이 들어 나는 하마터면 눈을 번쩍 뜨면서 괜찮다고, 혼자서도 걸을 수 있으니까 내려달라고 소리칠 뻔했다. 그러나 다음 순간, 복면을 하고 식칼을 잡았을 당시보다 더 엉뚱한 계획이 내 뇌리를 치면서 왔다. 검정 세단을 보는 최초의 순간에 벌써 내 흉중 저 밑바닥엔 제발 저 차에 재무 구조가 양호한 어떤 회사의 사장이 타고 있기를 바라는 음험한 잠재 의식이 깔려 있었는지 누가 아는가. 나한테도 마침내 그 비빌 언덕이란 게 생긴 셈이었고, 나는 그것을 일종의 축복으로 받아들이고 싶었다. 곧 긴장이 풀리면서 어딘가 몸뚱이 한쪽이 와그르르 무너져내리는 통증을 느낀 후에 나는 다시 까무러쳤다.

"권선생, 좀 어때요?"

나를 그렇게 불러주는 사람이 있다면 그는 틀림없이 오선생일 것이었다. 나는 눈을 떴다. 그리고 내 얼굴 위로 상체를 기울인 채 근심스런 표정으로 있는 오선생을 보았다. 나는 온몸 구석구석을 쑤시는 고통을 누르면서 애써 웃음을 지어보였다.

"이만하기 천만다행이오."

오선생이 다시 말했다.

"많이 다쳤습니까?"

그게 가장 궁금했다. 그래서 나는 내 몸의 상태에 관해서 오선생에게 묻지 않을 수 없었다.

"좌측 쇄골이 부러졌어요. 그리고 엉덩이 근처 타박상하고 찰과상이 약간……"

"안심하셔도 좋습니다, 선생님. 쇄골에다가 금침을 해박기로 했습니다. 아시겠습니까, 금침 말입니다."

모르는 목소리가 사이에 들어 말했다. 말쑥한 옷차림의 젊은 사내가 병상 가까이 다가왔다. 그를 보자마자 나는 낯을 한껏 찡그려보였다. 방안에 낯 모르는 사람이 있는 줄 알았더라면 언동을 더 신중하게 하는 건데 그랬다.

"댁은 누구요?"

"동림산업 오사장님 비서로 있는 사람입니다. 앞으로 권선생님하고 친해지고 싶습니다."

"권선생을 친 차 회사 사람이오."

오선생이 보충 설명을 했다.

"오선생하고 종씨구먼."

나는 한 차례 쓸쓸하게 웃었다. 그 정도 상처라면 열 번을 부딪혀도 좋았다. 쇄골 하나쯤 부러졌대서 사람 구실을 못 하지는 않는다. 다만 사장 비서라는 젊은 녀석이 여간만 뺀질뺀질해 보이지 않는 게 좀 마음에 걸렸다.

"오선생, 미안하지만 내 저고리 주머니에서 수첩 좀 꺼내주시겠소?"

오선생이 눈을 커다랗게 떴다.

"수첩요?"

"그래요. 거기 보면 김준범이란 사람 전화 번호가 적혀 있을 거요. 신문사 사회부 기잔데, 그 사람한테 전화 좀 걸어주시오."

난처하다는 듯이 오선생이 사장 비서를 돌아다보며 쉽게 움직이려 하지 않았다.

"전화는 이따가 나가는 길에 제가 걸어드리죠."

비서가 말했다. 말하자면 그는 소리내어 웃고 있었는데, 그 웃음 또한 여간만 마음에 걸리지 않았다.

"수고스럽지만 바로 좀 걸어주시오, 오선생. 내가 그러더라고. 사고를 당해서 입원해 있는데 병원으로 빨리 좀 와줘야겠다고 말이오."

나는 김준범이란 사람을 정말로 알고 있었다. 그러나 그는 사회부가 아니고 문화부 소속이었다. 전에 출판사에 근무할 때 서평이나 신간 소개 관계로 가끔 전화로만 통화했을 뿐 실제로 만난 적은 없는 사람이었다. 때문에 그 사람 이름이 내 수첩 속에 적혀 있을 리 만무하고, 그래서 오선생이나 비서녀석이 눈치 없이 정말로 전화를 걸까봐 은근히 겁이 났다. 오선생을 표면에 내세워 실상은 비서를 겨냥하고 하는 내 말에서 서툰 연기자의 대사처럼 필요 이상 자꾸만 설명적이 되는 결함이 노출되어 나는 그 점을 시정하려고 의식적으로 노력했으나 역시 아직은 이력이 붙지 않은 거짓말인지라 매번 여의치 못했다.

"사고 처리 문제로 대리인을 세우실 의향이라면 공연히 수고하실 필요 없습니다. 제가 보기엔 오선생님만한 대리인도 없을 것 같고, 또 기자라면 저희 쪽에서도 아는 사람이 많으니까요. 대책에 관해서 오선생님하고 아까 대충 얘기 나눴습니다. 서로 상의들 하셔서 좋은 방향으로 결정하시기 바랍니다. 다아 좋은 게 좋은 것 아닙니까. 그럼 이따가 다시 뵙겠습니다."

그는 절도 있게 허리를 꺾어보인 다음 도어 쪽을 향해 걸어나갔다. 도어 핸들을 잡은 다음 그걸 비틀기 전에 그는 갑자기 돌아섰다.

"아참, 잊을 뻔했군요. 본인 허락도 없이 오선생님 양해만 구하고 이력설 회사에 제출해버렸습니다. 죄송합니다."

어쩐지 유난히 뺀질거리더라니. 녀석은 처음부터 내 약점을 알고 있었다. 그래서 그처럼 마음놓고 빈정거릴 수가 있었던 것이다. 이력서 애기가 툭 불거지는 순간 나는 일종의 축복으로 받아들였던 이번 일이 결국 하나의 치열한 싸움으로 발전할 조짐을 발견했다. 비서가 병실을 나가고 나자 나는 우울해졌다.

"권선생, 전화위복이 될지도 모릅니다."

그러나 나와는 달리 오선생은 단둘이 되기만을 기다렸다는 듯이 갑자기 흥분을 가누지 못했다.

"연락을 받고 제가 달려왔을 때 이력서는 이미 회사로 들어가 있었습니다. 총무과장이란 사람이 권선생 신상에 대해서 꼬치꼬치 캐묻더군요. 권선생한테 불리하게 작용하지 않을 범위내에서 내가 아는 대로 실정을 얘기해줬죠. 그랬더니 쉽게 말해서 도움을 필요로 하는 사람이라고 자기네끼리 단정을 내립디다. 그러면서 그만한 학벌에 그 정도 경력이면 자기네 회사에 사원으로 채용할 용의가 있다는 거예요."

"그렇게 낙관적으로만 생각할 일은 아닙니다. 저들은 지금 음모를 꾸미고 있을 겁니다. 교통 법규를 위반한 쪽은 명백히 저들이에요. 우선 멈추도록 된 횡단 보도에서 우선 달리고 봤으니까요. 그래서 흥정을 유리하게 진행시킬 수 있는 조건들을 확보해둘 필요가 있는 겁니다."

긴 말을 하는 사이에 나는 뒤통수 부근에서 붕대로 친친 감아오는 압박감을 느끼고는 깜짝 놀랐다.

"머리도 다쳤나요?"

"세 바늘 꿰맸답니다. 좀더 두고 검사를 해봐야 알지만 대수로운 상처는 아닐 것 같다니까 천만다행이군요."

"이제 됐습니다! 바루 그겁니다!"

침대에서 벌떡 일어나 앉을 기세로 쾌재를 부르는 나를 오선생이 의심스럽게 내려다보고 있었다.

"저들이 유리한 조건을 찾는 마당에 나라고 가만있을 순 없죠. 두뇌 손상은 표가 안 나는 겁니다. 여차직하면 정신병자같이 횡설수설이라도 해서……"

"이거 봐요, 권선생."

손을 내저으면서 오선생이 말을 막아버렸다.

"낙관적으로 생각할 일도 아니지만 비관적으로 생각할 일도 아닌 듯해요. 제가 보기엔 택시회사 사고 담당처럼 그렇게 야박하고 악랄하기만 한 사람들은 아닌 것 같았어요. 사고 당시 그 차에 사장이 타고 있었대요. 권선생 호주머니를 뒤져서 수첩에서 내 연락처를 알아가지고 즉시 전화를 걸라고 지시한 장본인이 바로 사장이랍니다. 직접 만나보진 못해서 잘은 모르지만, 아랫사람들 얘기에 의할 것 같으면, 돈을 벌 줄도 알고 쓸 줄도 아는 대단한 인물이래요. 어려운 처지를 돕는 게 취미여서 그 동안 신문에 여러 차례 숨은 미담의 주인공으로 소개도 되었다는군요."

"신문지상에 떠부세하게 보도되는 건 숨은 미담이 아니죠. 백천(百千)을 가진 사람이면 반드시 자선심이 아니라도 일십(一十)쯤 아무렇지도 않게 내버릴 수 있는 법입니다."

"이거 보세요, 권선생" 하고 오선생이 재차 말리는 손짓을 했다. "권선생 말씀대로 백천을 가진 그 사장이 전에도 여러 번 그랬듯이 이번에도 아무렇지도 않게 일십을 버리게 될지 누가 압니까. 방금 권선생은 잔뜩 엄살이라도 떨어서 피해 보상을 받아낼 뜻을 분명히 했습니다. 그렇다면 아까 그 비서 말마따나 공연히 수고할 것 없이 가만히 앉아서 버리는 걸 주워도 결과는 매한

가지 아닙니까?"

"매한가지 결과 같지만 사실은 전혀 성격이 다른 겁니다. 땅바닥에다 던져주는 걸 받아먹는 건 똥개들이나 할 짓입니다."

"그럼 권선생은 순종 셰퍼드쯤 된다는 얘깁니까?"

오선생이 소리내어 웃었다. 그러나 나는 웃지 않았다.

"아니죠. 인간입니다. 개가 아니고 인간이기 때문에 던져주는 건 사양하겠습니다. 수단껏 뺏을 작정입니다. 전 우리나라 기업인들을 그리 신용하지 않는 편입니다."

"그 점은 저 역시 그래요. 우리 기업인들은 거개가 소비자나 종업원들 취약점을 먹고 살찌고 있는 것 같아요. 그들은 사회가 혼란하고 무질서할수록 그 혼란이나 무질서를 치부에 이용하고자 혈안이 됩니다. 그들은 사회의 밝은 면은 당연히 밝대서 이용하고 어두운 면은 또 어두우니까 이용합니다. 그런 사람들한테서 적선을 기대할 수는 없습니다. 허지만 기업인들은 하나같이 다 나쁜 놈들뿐이라고 고래고래 소리치고 다닌다 해서 소비 대중이 저절로 좋은 사람이 되는 건 아닙니다. 내가 좋은 사람일 수 있는 작은 가능성은 상대방 역시 좋은 사람일 수 있는 큰 가능성 속에서만 찾아진다고 봅니다. 더구나 다른 누구도 아닌 권선생이 관련된 일이기 때문에 나는 권선생 상대방이 그 흔치 않은 좋은 기업인 가운데 한 사람이기를 무리를 해서라도 믿고 싶은 심정입니다."

"실상을 정도 이하로 평가한다는 점에서 오선생 얘긴 틀린 것 같군요. 제가 보는 견해로는 그보다 훨씬 정도가 심합니다. 그들은 닭하고 비슷한 생리를 가졌어요. 닭들은 무리 중에서 탈장 증세가 있는 놈을 발견하면 우우 달려들어서 숨이 끊어질 때까지 똥구녁을 쪼아댑니다. 먼저 경쟁자가 뻗고 다음에 소비자가 뻗을 때까지 그들은 마구 쪼아대는 겁니다. 마지막 한 사람이 쓰러지고 나면 그들은 아마 부리를 놀릴 수가 없어서 제 어미나 새끼들 똥구녁을 쪼아대기 시작할 겁니다. 이윤 추구가 목적이라기보다 쪼는 그 자체가 목적인 셈입니다. 우리는 그들이 생산해낸 사료를 먹고 탈장을 일으켜서 그들한테 쫌을 당하고 있습니다. 어떤 사용가치를 손에 넣어서 이익을 얻는 게 아니라 구약에 나오는 형같이, 사냥에서 돌아와서 시장한 김에 팥죽 한 그릇에 동생한테 장자의 권리를 파는 이삭같이 우리는 우리의 근본을 팔아서 그들의 지엽을 사고 그것으로 그들의 부리를 더욱 날카롭게 만들어주는 이적 행위를 하는 줄도 모르게 합니다. 전 단단히 결심했습니다. 앞으로는 사람들 앞에서 절대로 내 똥구녁을 내보이지 않을 작정입니다."

부러진 쇄골로부터 칼끝처럼 솟는 동통을 견디다 못해 나는 목청껏 비명을 지르고 싶은 충동을 느꼈다. 깜짝 놀라서 오선생이 얼굴을 들이대왔다. 갑작스레 일그러지는 내 표정 때문에 그가 그처럼 놀란 건 아니었다.

"처음부터 뭔가 권선생한테 변화가 일어났다 일어났다 하면서도 긴가민가했었어요. 그런데 그게 사실이군요. 어떻게 그렇게 사람이 하루아침에 달라질 수 있는지 전 도무지 믿어지지가 않습니다."

"오선생도 보셨잖습니까. 귀가하고 나서 맨 먼저 구두부터 버렸습니다. 그 후로 저는 사실상 맨발입니다."

그러나 일단 굳어진 표정을 오선생은 좀처럼 풀려고 하지 않았다. 여전히 자기 집 셋방살이 신세인 한 사내의 변모를 그는 그다지 환영하지 않는 기색이었다. 구두를 태우기 이전의 상태로 계속 남아 있기를 바라는 모양이었다. 그가 나를 이해 못 하는 건 당연했다. 그는 내가 겪어야만 했던 일들을 거의 겪지 않은 채로 살아왔던 것이다.

"권선생, 혹시 권선생이 일부러 차에 뛰어든 건 아닙니까?"

잠시 후에 오선생이 불쑥 이렇게 물었을 때 솔직히 얘기해서 나는 가슴 한구석이 찔끔했다. 차에 받혀 정신을 잃었다가 깨나면서 순간적으로 그 차가 재무 구조가 튼튼한 어떤 회사 사장의 자가용이기를 은근히 빌던 일이 얼핏 생각났기 때문이다.

"그렇게 생각하실 이유라도 있습니까?"

나는 애써 웃음을 지어보이며 반문했다.

"아, 아닙니다. 꼭 대답을 듣고 싶어서가 아니고…… 갑자기 그럴 가능성도 있다는 생각이 들어서……"

마침 이때 간호원이 들어왔다. 나는 간호원의 지시에 따라 더이상 지껄이지 않아도 좋게 되었다. 지껄이지 않게 되어서 다행인 것은 오선생 쪽도 매일반인 듯했다. 여태껏 제법 견딜 만하게 진행되는 것 같던 통증이 간호원을 보더니 꼭대기까지 딛고 올라설 기세로 기승을 부리기 시작했으므로 나는 온몸 구석구석을 종횡으로 치닫는 그 아픔을 어린애처럼 그녀에게 호소하지 않을 수 없었다.

사장 비서가 문제의 운전사를 데리고 다시 나타났다. 나를 친 운전사는 나이가 꽤 들어 보이는 침울한 표정의 사내였다. 그는 나에게 죽을 죄를 졌다고 사죄를 했다. 내가 무릎을 꿇으라면 당장에 시키는 대로 할 것 같은 저자세였다. 차를 험하게 몰다가 사람을 들이받아 마징거 제트같이 공중을 부웅 떠서 날게 만든 그를 상대로 호통을 치는 대신 나는 되려 우정을 느끼고 있었다. 오선생하고 비서 두 사람이서 원무과에 내려가 수속을 밟고 왔다.

나는 수술을 받았다. 근육을 절개하고 절상된 쇄골에 금속 부목을 대어 나사로 고정시키는 수술이었다. 검사 결과 뇌에는 별다른 손상이 없다는 판정이 내려졌다. 가해자측과 원만한 합의가 이루어졌기 때문에 나는 후두부의 상처를 언덕삼아 미친놈 흉내를 낼 필요도 없어졌다. 모든 일들이 매우 순조롭게만 풀려나갔다. 음모를 꾸미는지도 모른다던 애초의 생각은 한갓 기우에 지나지 않았음이 곧 증명되었다.

합의가 이루어지던 날, 비서하고 대학 동창이라는 신문 기자가 따라 들어와서는 현장에 동석을 했다.

"두 가지 조건을 제시하겠습니다. 첫째는, 전번에도 말씀드렸듯이 보상금을 포기하는 대신 퇴원 후의 요양에 필요한 약간액의 경비하고 입원 기간에 손해본 수입액만 받고 저희 동림산업에 사원으로 입사하는 겁니다. 둘째는, 위자료까지 쳐서 피해 보상을 제대로 받고 끝나는 겁니다. 후자의 경우 물론 치료비 일체는 저희 회사가 부담하게 됩니다. 회사로서는 어느 쪽이든 다 좋습니다. 권선생 좋으신 대로 결정하세요."

예상했던 바와는 딴판으로 상대방에서 의외로 선선하게 나오는 데 놀라 나는 오선생 얼굴만 쳐다보고 있었다. 그러나 오선생이 신중한 어조로 말했다.

"조용히 상의할 시간을 가졌으면 합니다. 잠깐이면 됩니다."

"그렇게 하시죠. 자리를 비켜드릴 테니까 두 분이서 충분히 상의해보십쇼."

그들이 밖으로 나가기를 기다려 나는 오선생과 상의하고 또
상의했다. 의외로 선선하다는 이유만으로 상대방을 무조건 의심
할 수는 없는 일이어서 일단은 진의를 믿기로 했다. 일단 믿어보
기로 작정한 이상 어느 쪽을 선택해야 할지는 너무도 뻔했다. 아
무리 후하게 생각해준다 해도 불과 기십만 원을 벗지 못할 돈보
다는 장래가 보장되는 직장이 내게 더 생광스런 조건임은 말할
나위 없는 일이었다. 다만, 일을 좀더 확실하게 해두기 위해서
증거가 될 만한 각서를 받아두자고 오선생과 이야기가 되었다.
　"정말 잘 생각하셨습니다. 권선생이 우리 동림 가족이 되신 걸
진심으로 축하하고 환영합니다. 각서는 당연히 써드려야죠."
　내 요구를 선선히 받아들이면서 동림산업 사장 비서는 만족스
런 얼굴이었다. 이제 내가 가장 궁금히 여겼던 걸 물을 차례가
되었다.
　"대관절 나 같은 사람을 사원으로 채용하려는 진정한 이유가
뭡니까?"
　"사장님은 어려운 처지를 돕는 걸 무엇보다도 좋아하십니다.
이력서를 품에 넣고 차에 치일 정도라면 꼭 권씨가 아니더라도
온정을 베풀지 않고는 못 견디실 그런 분입니다."
　비서의 말은 내 귀에 설명다운 설명으로 들리지 않았다. 그것
은 알맹이 없고 겉만 번지르르한 일종의 외교 용어여서 일단 믿
어보자고 작정은 했으면서도 아직도 내 마음 저 밑바닥에 도사
리고 있는 의심의 뿌리를 뽑지는 못했다.
　"권씨, 웃으시오, 웃어요."
　합의서가 작성되고 나자 별안간에 비서가 강요하다시피 나한테
웃음을 재촉했다. 쌍방 사이에 오가는 이야기를 잠자코 듣고만

있던 기자라는 친구가 내 얼굴에 카메라를 들이대고 있었다. 나는 깜짝 놀라 붕대에 묶이지 않은 오른손을 들어 얼굴을 가렸다.

"왜들 이러는 거요?"

안 나오는 웃음을 강요당하는 것도 마뜩찮은 일이거니와, 더구나 허락도 없이 남의 얼굴을 멋대로 훔치려 드는 그 소행에는 더 참을 수가 없었다.

"구태여 사진까지 찍을 필요는 없잖습니까?"

나만큼이나 놀랐던지 오선생도 옆에서 항의를 했다.

"다아 권썰 위하느라고 그러는 거요. 기왕 찍는 김에 기분 좋게 한바탕 웃는 포즈를 취해주시오."

비서의 주문에 따라 기자가 병상 주위를 돌면서 마구 셔터를 눌러댔다. 도깨비불처럼 파란 플래시가 터질 때마다 나는 그리 멀지도 않은 우리 선대들이 사진기를 들이대는 외국인 선교사들을 보고 혼을 도둑맞을까봐 질겁을 했던 것과 똑같은 심정으로 잔뜩 눈살을 찌푸리곤 했다. 그러거니 말거니, 그들은 찍을 만큼 찍고 나서야 물러갔다.

"신문에다 내려구 그럴까요?"

오선생은 누가 들을까봐 겁난다는 투로 이렇게 조심조심 물어왔으나 난들 정확한 까닭을 알 수 있으랴. 단지 전에도 여러 차례 숨은 미담이 보도된 적 있다니까 나 역시 이번에도 그런 식이겠거니 하고 짐작할 따름이었다. 워낙 그런 일이 아니고는 내 사진이 그들에게 쓰일 하등의 이유가 없기도 했다. 그렇게 생각하고 보니, 그들이 나 같은 인간을 자청해서 채용하게 된 근본적인 동기가 무엇인지 그제야 비로소 알 것도 같았다. 그렇다. 그들은 이력서를 품속에 지니고 다니다가 교통 사고를 당한 한 실직자한테서 투자할 만한 가치를 발견했던 것이고, 한번 투자한 이상 최소한 본전을 뽑을 때까지는 상투는 물론 동곳마저 빼려 할 것이었다.

"권선생, 아무래도 상대가 만만치 않은 것 같습니다. 만일 저 친구들이 회사 홍보 활동에 이용할 목적으로 사진을 찍어갔다면 말입니다. 저들한테 항문을 돌려대지 않기 위해서 권선생은 장차 수고가 이만저만이 아닐 것 같습니다."

모처럼 만에 오선생이 농담을 했다. 우울한 마음을 가장 적절히 표현할 수 있는 수단으로 농담만한 게 없을 성싶었다. 그래서 나도 농담으로 받았다.

"항문을 하나밖에 못 가진 오선생이야 당연히 걱정이 되시겠죠. 허지만 천만다행으로 전 그게 여럿 있거든요."

오선생이나 내가 예상했던 것보다 결과는 훨씬 더 비참한 형태로 나타났다. 다음날 오후에 오선생이 석간을 들고 하얗게 질린 표정으로 헐레벌떡 달려왔다.

"이렇게 지독하게 나올 줄은 상상도 못 했어요!"

나는 오선생이 코앞에 펼쳐보이는 기사를 읽었다. '마르지 않은 인정의 샘'이라는 큰 제목 밑에 작은 제목으로 '自害 상습범에 뻗친 更生의 손길'이라고 적혀 있고, 침대 위에 누운 채 면목 없다는 듯이 손바닥을 펴서 턱 부근을 약간 가리고 있는 사내의 사진이 그 아래 들어가 있었다. 그것이 바로 내가 '前非를 뉘우치면서' 괴로워하는 모습이었다. 한마디로 그것은 허위투성이의 기사였다. 우선 '권기용씨(가명 · 37세 경기도 성남시 태평동 거주)'라고 기재된 인적 사항부터가 엉터리였다. 엄연한 내 본명을 가명이라고 적어놓은 것이다. 특히나 심한 것은 가해자와 피해자를 뒤바꿔놓은 그 점이었다. 멀쩡한 대낮에 불의의 교통 사고를 위장해서 금품을 갈취할 목적으로 달리는 차에 뛰어들었다는 것이다. 어떻게 알아냈는지 내가 전과자임을 밝힌 그 대목만은 움직일 수 없는 사실이었다. 그러나 그것도 읽는 사람으로 하여금 자해 행위를 하다가 얻은 전과인 듯이 그릇된 인상을 줄 염려가 다분하게 매우 애매한 서술 방식을 취하고 있었다. 내 잘못을 모두 용서하고 나를 자기 회사 사원으로 특채함으로써 응달 속의 인생에 거듭나는 기쁨을 안겨준 미담의 주인공 오사장은 왕방(往訪)한 기자에게 다음과 같이 말하고 있었다.

"죄는 미워할 수 있어도 인간을 미워할 수는 없습니다. 약간 여유가 있는 사람으로서 사회를 위해 당연히 해야 할 일을 했을 뿐인데 번번이 남들이 알게 돼서 그저 부끄럽기만 할 뿐입니다."

끝으로 그 기사는, 화제의 인물 오만한 사장이 과거에도 부지기수로 어려운 사람들을 형제처럼 도운 바 있는 숨은 독지가이며, 그가 경영하는 동림산업은 목화표 섬유 제품을 생산하는 전도 유망한 신진 기업이라고 소개하고 있었다.

"이따위 놈들은 가만 내버려둬선 안 됩니다! 명예 훼손이 아니라 집단 폭행죄로 고소를 해야 합니다!"

오선생은 흥분을 억제하지 못해 연신 안절부절을 못했다. 오히려 당사자인 내가 그를 진정시키고 위로할 정도였다. 그의 흥분을 나는 십분 이해할 수 있었다. 크게는 구두를 태운 뒤로 무섭게 변모해버린 이웃에 대한 여전한 애정이자 새로운 우려의 표시일 것이었다. 그리고 작게는 처음부터 이번 일에 대리인 자격으로 깊이 관여한 데서 느껴지는 책임감 때문일 것이었다. 하지만 나는 오선생이 걱정해주는 것만큼 그렇게 비참한 기분은 아니었다. 의식적이든 무의식적이든 나로서는 진즉부터 예감하고 마음으로 대비해나온 수많은 경우 중의 하나에 지나지 않았다.

"그들은 그들대로 계산이 있겠지만 전 저대로 또 계산이 있습니다. 실직자인 데다가 전과자라는 사실까지 밝혀진 건 내 약점이고, 그 약점을 이용해서 제멋대로 허위 보도를 하게 만든 건 그들의 약점입니다. 서로가 상대방의 약점을 최대한 활용해서 공존동생하겠다는 세상 아닙니까. 내 손에도 약점 한 가지가 쥐어진 이상 저들이 나한테 건넨 약속은 이제 어느 정도 보장을 받은 셈입니다. 모르는 척하고 그냥 넘어갑시다."

"권선생, 사람이 이런 취급을 당하고도 부끄럽지도 않소? 분하고 억울하지도 않소?"

오선생이 그렇게 흥분하면 할수록 더욱더 차갑게 가라앉는 나 자신이 스스로 생각해도 두렵고 끔찍하게 느껴질 지경이었다.

"오선생한테 빚지고 신세지면서 살아가는 거나 이런 취급을 당하는 거나 부끄럽긴 아마 마찬가질 겁니다. 허지만 같은 값이면 이제부터라도 빚 안 지고 신세 안 져도 되는 부끄러움 쪽을 택하고 싶습니다. 구두를 태우기 전이면 오선생보다 훨씬 더 분하고 억울하다고 펄펄 뛰었을 겁니다. 허지만 오선생도 아시다시피 이미 구두를 태워버린 겁니다."

"땅바닥에다 내던지는 걸 주워먹는 똥개 신세는 결코 되지 않겠다고 그러셨죠? 천만에요! 내 눈엔 지금 권선생이 똥개 그 이하로밖에 안 보입니다. 전에 단대리에서 살 적에 우리집 동준이란 놈이 시궁창에다 과자를 집어던지는 걸 봤습니다. 동네 꼬마 하나가 그걸 주워먹겠다고 둑 밑으로 내려갑디다. 그걸 보고 나는 꼬마녀석을 때리는 대신에 내 자식놈을 마구 때렸습니다."

"수진리 고개 밑에 가면 양산도집이란 술집이 있죠. 그 집에서 전에 작부로 일하던 신양이라고 혹시 아십니까? 모르시죠? 그 여자를 오선생한테 보여드리고 싶습니다. 그 여자하고 긴 얘기를 나누고 나면 아마 오선생도 누구를 때리고 싶다, 누구를 때렸다는 말을 그렇게 힘 안 들이고 할 수는 없게 될 겁니다. 오선생 생각은 오선생이 경험한 바탕 안에서만 출발하고 멈춥니다. 자기 경험만을 바탕으로 남의 생각까지 재단하기는 애당초 무립니다. 오선생은 보름 안에 자기 손으로 집을 지어본 적 있습니까? 배고프다고 시위하다 말고 엎어진 트럭에 벌떼같이 달려들어서 참외를 주워먹는 인생들을 본 적 있습니까? 죽었다가 살아난 경험은요? 그리고 생명만큼이나 아끼던 자기 구두를 태우는 아픔은요? 이건 결코 자랑이 아닙니다. 내가 경험한 이런 일 모두가 사회 탓이라고 세상을 원망하는 것도 아닙니다. 내가 모자란 탓에 자업자득으로 그런 거니까 뒤늦게나마 좀 넉넉해보자는 겁니다. 보기 나름이고 생각하기 나름입니다. 후회를 하더라도 아주 나중에 하겠습니다. 오선생더러 박수를 쳐달라고 그러는 게 아닙니다. 산속으로 끝까지 가봐도 길이 없으니까 이제부터 되돌아서 들판 쪽으로 나와보려는 것뿐입니다."

내 말이 너무 과격하게 나왔는지도 모른다. 어쩌면 틀림없이 그랬을 것이었다. 오선생은 더 이상 아무 말도 하지 않았다. 나는 그의 침묵이 내 얼굴에 침을 뱉는 형식이든 혀를 차는 형식이든 전혀 신경쓰지 않기로 작정했다.

나는 재수술을 받았다. 전번 수술 때 부러진 쇄골에 나사로 부착시켜놓았던 쇠붙이를 제거하기 위한 수술이었다. 그즈음부터는 산후(産後)에서 거의 회복된 아내가 아이들을 번차례로 하나

244

씩 데리고 나와 곁에서 수발을 들어주었다. 아내와 아이들을 대할 때마다 나는 남들이 흔히 말하는 그 행복이란 것이 비로소 나한테도 서서히 다가오고 있음을 피부로 느낄 수가 있었다. 아내한테 잃었던 말과 웃음을 되찾아줄 수가 있다. 내 아이들로부터 제복처럼 몸에 걸쳐진 오랜 헐벗음과 굶주림을 덜어줄 수가 있다. 그럴 수 있다는 가능성만으로 나는 행복하고 또 행복해서 미친놈처럼 실쭉벌쭉 웃음이 나왔다. 물론 그렇게 되기까지는 소홀찮은 어려움이 따르는 줄 모르는 바 아니었다. 하지만 나는 전에 없이 자신에 넘쳐 있었다. 약속된 직장에 나가 정액의 보수를 받는 그때까지는 상당한 투쟁이 예상되기도 했다. 투쟁해야만 얻어지는 자리라면 얼마든지 투쟁할 수도 있었다.

입원 생활의 후반은 그야말로 즐거움의 나날이었다. 하얀 병실이 썩 마음에 들었다. 간호원들의 친절이 마음에 들었고 심지어는 그녀들의 불친절까지도 마음에 들었다. 어렸을 적에 품었던 간절한 소망 가운데 하나가 뒤늦게 이루어진 셈이었다. 중학교에 다닐 때 나는 왜 그리 안경을 쓰고 싶었는지 모른다. 안경 쓴 애들이 부러워서 멀쩡한 눈이 침침해 보인다고 아버지한테 엄살을 부리곤 했다. 또 전학 가고 전학 오는 애들이 그렇게 부러웠다. 우리집은 왜 이사를 다니지 않는 건지 당최 이해할 수가 없었으며 한군데 붙박여서 움직일 줄 모르는 아버지의 직장에 불만을 느끼곤 했다. 마지막 소원이 병원에 오래 입원해 있는 일이었다. 환자복을 입고 하얀 시트가 깔린 침대에 누워서, 오면서 가면서 내 이마에 와 닿는 간호원 누나의 따뜻하고 하얀 손을 느끼고 싶어서 나는 여간해서는 곪을 기미가 안 보이는 내 맹장을 저주하기도 했다. 그런데 이제 내 어린 시절의 마지막 소망이 이루어진 것이다. 비록 그것이 남의 힘에 의해서 이루어지긴 했을 망정 나한테 미치는 효과는 똑같은 것이었다. 이를테면 그것은 중년의 나이에 이르러서야 겨우 한물가는 유년의 잔재도 있음을 상징하는 암호와도 같은 사례였다. 그리고 유년의 잔재를 최초의 입원 경험으로 마감하게 됨은 곧 그제서야 비로소 어른의 영역에 들어섰음을 의미하는 일대 사건이기도 했다. 병실에 입원해 있는 동안 나는 내게 딸린 모든 것들을, 폐론하고 이제 겨우 어른이 된 내 피곤한 중년이나 차에 받혀 부러지고 찢긴 내 상처까지도 뜨겁게 사랑하고 있다는 사실을 깨닫고는 놀라지 않을 수 없었다.

나는 입원한 지 한 달 남짓 만에 퇴원해서 집에 돌아왔다. 오랜만에 돌아온 나를 대하는 오선생의 태도는 어쩐지 전과 같지가 않았다. 나를 경계하고 경원하는 빛이 완연했으며, 긴히 하지 않으면 안 되는 말만 사무적으로 또박또박 전할 뿐이었다. 나는 무리를 해가면서 무섭게 변모해버린 나 자신을 그에게 이해시키고 싶지는 않았다. 나를 이해하기 위해서 내가 경험한 일을 당신도 직접 경험해보라고 권할 수는 없는 일이었다. 언젠가 때가 되면 그도 옳고 그름의 문제를 떠나 내가 꼭 그렇게 행동할 수밖에 없었던 지난 사정들을 전처럼 다시 애정 어린 눈으로 보게 될 거라고 믿고 싶었다.

S자형 붕대 밑에서 장작개비처럼 굳어져버린 왼쪽 어깨와 팔을 재생시키기 위하여 물리 치료를 받으러 다니는 동안에 동림 산업으로부터 기다리던 통지가 왔다. 이제 찬바람이 완연해진 계절에 나는 출근할 수가 있게 된 것이다.

[『한국문학』, 1977. 10]

246

날개 또는 수갑

회람. 조국의 번영과 社의 발전을 위하여 오늘도 불철주야 산업 일선에서 분투 노력하시는 사우 각위. 일취월장하는 우리 동림산업의 기개를 대외에 과시함은 물론 사우간에 일체감을 조성하여 단결력을 더욱 공고히하는 데는 무엇보다 마땅히 제복이 필요하다는 여론이 비등하여왔던바, 회사를 내 몸같이 아끼고 사랑하시는 동림가족 여러분의 충정 어린 권고와 건의를 그간 예의 검토하신 사장님께서는 금번 이를 십분 인정하시어 가칭 사복제정준비위원회를 발족시키기에 이르렀습니다. 사우 여러분께서도 주지하시다시피 사복이 그간 전혀 없었던 것은 아닙니다. 생산부에서는 이미 오래 전서부터 직위의 고하를 불문하고 똑같은 제복을 착용하고 실무에 임함으로써 타 부서에 비해 현격한 단결력을 발휘하여 생산성 향상에 기여한 바 그 공로가 컸으며 여사원들은 부서에 관계없이 일찍이 제복으로 통일함으로써 단아한 용모, 밝고 명랑한 분위기로 웃으면서 일하는 직장을 건설해왔거니와, 이제 제복에서 소외되었던 남직원들까지 사복을 착용하게 되니 이는 누구나 다 함께 경하해 마지않을 일로서 각과 과장을 통해서 사우 여러분의 적극적인 참여와 기탄없는 조언 있으시기 바라는 바입니다. 사장님 명에 의하여, 기획실장 백.

죽여주는군, 아주 죽여줘.
자네 제복 입혀달라고 애걸복걸한 적 있나?
이 사람이 갑자기 돌았나, 내가 미쳤다고 그런 여론을 비등시켜?
그럼 자네는?
나 역시 아직은 노망들 정도로 늙진 않았어.
그렇다면 이상하잖아. 내가 알기로 적어도 우리들 중에선 제복 타령을 한 사람이 아무도 없는 것 같은데 어디서 그런 여론이 나왔다는 거지?
도대체 어느 놈 대가리에서 그따위 묘안이 나왔을까?
보나마나 뻔하지. 사장 아니면 누구겠어.
아냐, 실장일지도 몰라.
사장이나 실장이나 그 아비에 그 아들인데 구분할 거 뭐 있어.
여론이란 건 말야, 원래 대다수 사람들 의견이 똑같은 경우를 가리키는 말 아닐까? 그런데 한두 사람, 그것도 부자지간 머리에서 나온 의견을 여론이라고 떳떳하게 얘기할 수 있을까? 그렇게 거짓말해도 법에 안 걸리고 무사할까?
무사하고말고, 얼마든지 무사할 수 있을 거야. 무사하지 않을 건 거짓말한 쪽이 아니라 거짓말을 거짓말이라고 보는 쪽이겠지. 왜냐하면 힘을 쥔 사람의 말은 소리가 외가닥으로 나와도 여

248

론이 될 수 있고 무력한 대중의 말은 천 가닥 만 가닥이 합쳐져도 여전히 독창으로 취급받기 때문이야. 다수를 빙자한 소수의 여론은 언제나 대중의 쏠로를 유린해온 게 사실이거든. 이를테면 혼인을 빙자한 간음 같은……

그나저나 이거 야단인걸. 제복을 입게 되면, 소인은 보시다시피 삼류 회사 말단 사원이로소이다 하고 시내에 광고 돌리는 꼴 아닌가. 그 수모를 어떻게 다 견디지?

한마디로 그나마 있던 우리의 알량한 사생활은 깡그리 없어지는 거야. 다들 이제부터 죽었다고 복창해두는 게 좋을걸.

간판만 안 메었다뿐이지 샌드위치맨하고 다를 게 하나도 없어.

기왕 시작할 바엔 차라리 우리가 자청해서 '빨아도 줄지 않고 다림질이 필요없는 동림산업 목화표 섬유 제품'이라고 등에다 커다랗게 써붙이고 다니는 게 낫지 않을까?

느닷없는 회람이 몰고 온 파문은 의외로 심각한 것이어서 관리과 사무실의 오후 나절을 완전히 결딴내놓았다. 관리과 직원들이 끼리끼리 모여 중구난방으로 쏟아놓은 말들을 도로 주워담아보면 대충 위와 같은 내용이 되겠는데, 물론 그 가운데는 민도식이 씨부려댄 불평도 상당 부분을 차지하고 있었다. 민도식은 주로 옷이 날개라는 전래의 속담을 들어 그런 종류의 날개를 달고는 세상을 훨훨 날아다닐 수 없음을 누우이 강조하는 편이었다. 그의 말은 사생활이 없어지는 셈이라는 총각 사원 우기환의 주장과 맞바로 통했다.

"하루 중에서 우리가 시시껍적한 동림산업——아 실례했습니다. 시시껍적이란 말은 취소하겠습니다——좌우단간 일류나 이

류는 못 되는 회사의 사원으로 근무하는 시간은 일과중에 한했습니다. 일단 퇴근만 하고 나면 회사 밖에서까지 동림가족——이 말은 제가 퍽 좋아하지 않는 말 가운데 하나이긴 합니다만——의 일원으로 행세할 이유가 없었던 겁니다. 바로 이런 점이야말로 동림이 저한테서 구원받을 수 있는 유일한 요소였습니다. 제가 동림한테서 구원받는 게 아니라 동림이 저한테서 구원받는 겁니다. 그런데 앞으로는 동림을 상징하는 제복을 그대로 걸친 채 퇴근해서 다방에도 가고 술집에도 가고 버스도 타고 택시도 타고 친구도 만나고 애인도 만나야 합니다. 그러면서 일거수일투족에 회사를 의식해야 합니다. 이건 분명히 비극이 아닐 수 없습니다.”

“자네한테는 차라리 잘된 일인지도 모르겠군. 회사 제복을 입은 채로 대로상에서 오줌두 내깔기구 차 속에서 애인 껴안구 키스두 하구 그런다고 시비 거는 사람 있으면 헤딩으로 꽈당 들이받구 하면서 까짓것 어차피 맘에 안 드는 이놈의 회사 만판 욕을 뵐 수 있을 것 아닌가. 그게 싫으면 또 하숙집에 일찌감치 들어가서 발 씻고 드러누워서 돈 굳히는 재미두 맛볼 수 있고……”

“장선생님은 단순히 저를 비꼬실 작정으로 문제를 저 개인의 경우에 국한시켜서 말씀하시는 것 같은데, 작은 것에 눈이 가려서 큰 것을 못 보는 일이 있어선 안 됩니다. 이건 우기환이 한 사람의 문제가 아니고 동림가족——이 말은 제가 퍽 싫어하는 말입니다만——전체의 인격에 직결되는 중대한 일입니다. 양키아이들은 군복을 입고 있다가도 일과만 끝났다 하면 영내에서나 영외에서나 사복(私服) 차림을 하고서 장교나 사병이 계급을 의식함이 없이 아주 자연스럽게 어울립니다. 그런 반면에 군대 같은 철저한 계급 사회도 아닌 일반인들 세계에까지 사복(社服)이라는 이름의 수갑을 채우고 족쇄를 채워서 인간을 옴쭉 못 하게 획일화하고 규격화하려는 음험한 계략이 있습니다. 어느 쪽이 더 개인 생활을 보장하고 개인의 자유를 존중하는 사회인지 우리 모두 한 번쯤……"

저러다 책상이라도 꽝 내리치지 않을까 우려될 만큼 우기환은 기세가 등등했다. 그의 말인즉슨 옳았다. 옳은 만큼 그가 동료들로부터 대접을 못 받는 가장 근본적인 요인은 무척 건방진 자식으로 평판이 자자했기 때문이었다. 입사한 지 일 년도 못 된 주제에 십 년 가까이나 근속한 선배 사원들보다 더 많은 불평불만을 어느새 입에다 달고 다녔다. 그 불평불만이란 게 또 고참들 듣기에 아주 맹랑했다. 일류 대학을 나온 자기 같은 엘리트가 일류 회사로 가지 않고 삼류 회사에 들어올 때는 다 그럴 만한 이유가 있고 복안이 있어서였다는 것이다. 체제와 규모가 이미 갖춰진 일류 회사에 들어가서 용꼬리가 되기보다는 초창기의 어수룩한 면을 벗지 못하고 아직도 질서가 물렁물렁한 삼류 회사에 들어와서 단숨에 뱀대가리가 되는 것이 출세의 지름길이라고 생각했다는 것이다. 그런데 막상 들어와서 보니 웬걸, 쓸 만한 자리는 사장의 일가 친척들이 낱낱이 다 꿰차고 앉아서 유고시(有故時)외엔 도무지 비켜줄 기미가 안 보이는 데다가 약속부터가 틀리다는 것이다. 특별히 스카우트되어 들어온 자기 같은 엘리트한테는 애당초 수습 사원이란 당치도 않은 딱지라는 것이다. 그래서 한마디로 싹수가 노랗다고 단정해버린 우기환군은 기회를 봐서 다른 회사로 뜰 작정으로 지금도 열심히 영어 단어를 외고 있는 것으로 소문이 나 있었다. 반드시 그럴 의도는 아니었다

해도 결과적으로 그는 불평불만을 딛고 일어설 채비가 갖춰진 자기만을 오로지 인간다운 인간, 사나이다운 사나이, 엘리트다운 엘리트로 못박음으로써 동림산업 아니면 밥을 굶는 줄 알고 움직일 엄두도 못 내는 다른 고참들을 은근히 능멸해왔다. 아무 데서나 물찌똥처럼 흘리는 거드름 때문에 고참들은 벌써부터 범 무서운 줄 모르는 하룻강아지 사원녀석한테 잔뜩 심사가 뒤틀려 있던 터였다. 왕년에 엘리트 한두 번 아녀본 놈 누가 있나, 제놈도 이제 처자식 거느리면서 세상 쓴맛 골고루 겪어보라지, 그때도 여전히 뚫린 주둥이로 그놈의 엘리트 소리가 술술 나오나 두고 보라지. 그래서 지금은 비록 같은 배에 타고 있긴 하지만 만약 누군가를 덜어내지 않으면 안 될 경우 사람들은 맨 먼저 우기환이부터 바닷물 속에 처넣게 될 거라고 민도식은 생각했다.

비등점에 도달한 물주전자와도 같이 사람들이 한창 푸푸거리는 판에 과장이 들어왔다. 관리과 사람들은 서로 눈짓을 나누는 걸 끝으로 일제히 입을 봉하면서 각자 맡은 일에 돌아갔다. 과장은 사장하고 먼 친척이 되는 사람이었다.

"에에또, 다들 회람은 봤겠지?"

과장의 물음에 아무도 대꾸하지 않았다. 다만 하던 일을 멈추고 묻는 사람 얼굴만 멀뚱히 쳐다볼 따름이었다. 과장이 자리를 비운 사이에 과내에서 어떤 형태의 얘기들이 오갔는지 빤히 짐작이 갈 만한 분위기였다.

"돌려가며 읽어보라는 것이 회람이니까 다들 읽어봤을 테고, 준비위원회를 결성해서 바로 사복을 제정하는 작업에 들어가기로 했네. 에에또, 우리 과에선 장상태씨를 사원 대표 준비위원으로 추천했지. 워낙 해박한 지식에다 심미안까지 갖춘 사람이니까 다른 과 대표에 손색이 없게 잘 해낼 줄 믿네. 준비위원의 임무는 회의에 참석해서 무슨 천에 무슨 빛깔, 어떤 형태의 제복을 정할 것인지 과를 대표해서 의견을 제출하는 데 있어. 그러니까 다른 사람들도 준비위원이 아니래서 강 건너 불구경하듯 할 일이 아니라 바로 내 일이요 우리 일이라는 사실을 명심하고 장상태씨나 나를 통해서 수시로 건설적인 의견을 제출해주기 바라네."

"단순히 의견만 제출하는 겁니까, 아니면 결정권도 있습니까?"

과장에 의해 낙하산식 준비위원으로 추천된 장상태씨가 벼락 감투의 무게에 짓눌려 우거지상이 되면서 매우 심각한 소리로 물었다.

"준비위원회 결정 사항이 그대로 무수정 통과되는 건 아니지만 그렇다고 결정권이 전혀 없는 것도 아니야."

"그렇다면 말입니다, 만약 준비위원회에서 사복을 만들지 말자는 주장이 지배적일 경우는 어떻게 됩니까?"

그러자 과장이 회전의자에서 벌떡 일어섰다. 부대한 몸집의 과장은 뒤뚱거리는 걸음으로 장상태에게 다가갔다. 그리고는 왜소한 장을 위에서 덮칠 듯한 기세로 노려보다가 슬그머니 안경을 벗어들었다. 노려보기를 포기한다는 뜻이 아니라 더욱더 본격적으로 노려보기 위해서 안경알을 닦으려는 동작이었다.

"사복을 만들지 말자는 주장? 감히 그런 주장을 할 사람이 누가 있어? 자네가 그럴 생각인가? 사복을 만들지 말자고 다른 과 대표들을 선동이라도 하겠다는 건가?"

정신없이 퍼붓는 질문으로 장의 숨통을 바싹 죄어붙인 다음 과장은 몸을 빙그르르 돌려 실내를 주욱 둘러보았다.

"물론 창업 이래 처음 있는 일인데 반대가 전혀 없을 수 없다는 것쯤 나도 잘 알아. 하지만 한두 사람이 반대한다고 해서 대세를 그르칠 수 없다는 것쯤은 자네들 역시 잘 알아둬야 돼. 창업 십 주년 기념일까지는 어쨌든 어떤 형태로든 사복이 완성되어서 자네들 몸뚱이 위에 입혀질 테니까 그리들 알고, 나하고 두번 다시 상종 안 할 각오 아니면 내 앞에서 괜히 허튼소리 말라구. 장군, 자네 아직도 뭐 나한테 할말 있나?"

"할말이 있다기보다…… 실은 저어 제가 그런 일에 적임자가 아니라는 생각이 들어서요, 그래서 한번 말씀드려본 것뿐입니다. 지식으로 보나 심미안으로 보나 저보다는 아무래도 우군이 낫지 않을까 싶은데……"

모두의 시선이 우기환 쪽으로 쏠렸다. 아까 과장이 자리를 비운 동안에 쏟아놓은 불평불만의 양이나 질로 보자면 이런 기회에 쌍지팡이를 짚고 나서고도 남을 우군이었다.

"전 감투 쓸 자격이 없습니다. 아직도 수습 딱지를 못 벗었으니까요."

그러나 정작 우군은 사무실 안에 있는 다른 어느 누구보다도 표정이 냉담했다.

"이게 다 뭣들 하는 수작이야! 감투 쓰고 안 쓰고 엿장수 맘대론가? 동림산업 과장이 뭐 나이롱뽕해서 딴 자린 줄 아나?"

과장의 호통으로 회람이 몰고 온 제복 소동은 비로소 막설이 되었다. 퇴근 시간이 되기까지 그 문제로 다시 입을 여는 사람은 아무도 없었다.

퇴근 후에 민도식은 거의 매일이다시피 어울리는 술친구들과 함께 회사 근처 다방에를 갔다. 회사 밖에서는 통 어울린 적이 없는 우기환이가 눈치 없이 끼여드는 바람에 좌석이 여느 때처럼 살갑지가 못했다.

"아까 하다 만 애기 계속인데요……"

다방 구석 자리를 잡자마자 우기환이 맨 먼저 입을 열었다.

"그렇게 근질거리는 입을 과장 앞에선 어떻게 참았지?"

입이 무겁기로 정평이 난 유명종이가 평소의 그답지 않게 핀잔을 주었다.

"과에서야 어디 제 말발이 먹히기나 합니까? 사석에서 선배들 앞에서나 제 생각이 어떻다는 걸 보여드리고……"

"거 수습 딱지 한번 편리하게 써먹는군. 과에서 안 먹혀드는 말발 사석이라고 다 먹혀들란 법 있나?"

장상태의 잇단 핀잔은 우기환의 따귀를 갈기는 거나 진배없는 효과를 좌중에 선사했다.

"그만들 해둬. 똑같은 처지들끼리 서로 상처를 내서 이로울 사람 아무도 없잖아."

이렇게 점잖게 타이름으로써 자칫 이상한 방향으로 흐르려는 분위기를 민도식은 가까스로 바로잡았다. 이때 레지가 주문받으러 왔다. 흰 블라우스에 검정 스커트의 유니폼을 걸친 아가씨였다. 아 참, 그렇지. 그제서야 민도식은 이 다방 아가씨들이 오래전서부터 제복을 착용해왔음을 상기했다.

"어이 미스 윤, 유니폼을 입고 일할 때하고 그냥 사복 차림으로 일할 때하고 다른 점이 뭘까?"

"어머, 새삼스럽게 왜 그런 걸 물으세요? 제가 유니폼 입은 거 민선생님은 첨 보셨나요?"

생각을 엉뚱한 데다 둔 사내들이 대체로 여자 종업원을 상대하는 방식은 먼저 옷으로 시작해서 슬금슬금 화제를 옷 안쪽으로 침투시켜 들어가는 게 정석이다. 미스 윤도 아마 그런 의미로 해석해버린 모양이었다. 양팔로 찻쟁반 테두리를 둥글게 감싸 허리띠 부근에 댄 모습으로 다리를 꽈배기처럼 꼬면서 미스 윤은 단골 손님의 음담을 받아들일 만반의 태세를 갖추었다.

"시아버지 같은 사람이 물으면 고분고분 대답이나 해."

"별루 다른 점 없어요. 유니폼이나 사복이나 속에다 입을 것 다 입구 찰 것 다 차구 나서긴 마찬가지니까요."

옷 얘기가 나오기 무섭게 노 브라를 비롯해서 노자 돌림만을 생각하는 아가씨한테 도식은 더 이상 물을 필요를 느끼지 않았다. 여자는 제복과 사복의 차이가 얼마나 엄청난 것인가를 전혀 모를 뿐만이 아니라 거기에 아주 무감각한 것이 분명했다. 그런 여자를 데리고 노골적인 음담말고 다른 얘기를 나눈다는 것은 한마디 하면 한마디만큼 낭비하고 두마디 하면 두마디만큼 낭비일 것이었다.

"같은 점이 겨우 그런 정도라면 설령 다른 점이 있다 해도 거기서 거기겠지."

장상태가 말했다.

"미스 윤이 말하는 건 피아노를 전문으로 치는 사람을 염두에 둔 얘기겠고, 우리같이 점잖은 사람이 보기엔 점잖게 다른 점이 분명히 있을 것 같은데 말야, 그걸 여태껏 느낀 적이 없다면 말이 안 되지."

우기환이 우격다짐하다시피 해서 무리하게 짜낸 대답은 점잖다고 스스로 자부하는 단골들을 더욱 실망시켰다. 옷벌이 시원찮은 아가씨일수록 옷에다 신경쓰고 돈 들일 필요 없어서 좋고 손님들도 별로 싫어하는 기색이 아니기 때문에 사복보다는 유니폼 쪽이 마음에 든다는 얘기였다.

"참으로 한심한 족속이죠. 더욱 한심한 것은 이 세상엔 한심한 족속들이 의외로 득시글하다는 사실입니다. 우선 미스 윤의 경우만 해도 그렇습니다."

미스 윤이 가져다준 실망감이 우기환의 장광설을 촉발시켰다.

"저 아가씨가 여학교 나왔다면 말입니다. 중학교 고등학교를 다니는 동안 제복에 염증을 느낀 적이 아마 한두 번이 아닐 겁니다. 그래서 때때로 언니나 엄마 옷을 훔쳐 입고는 학칙으로 금지된 시간에 금지된 장소에 도둑괭이같이 슬쩍슬쩍 출입하는 것으로 발각될 경우 정학 처분을 당할지도 모르는 모험을 즐기던 경험이 더러 있을 겁니다. 제복 차림의 여고생들이 품는 가장 큰 소망은 어서 학교를 마치고 사회에 나가서 자기 맘에 드는 옷감으로 맘에 드는 디자인의 외출복을 지어서 맘대로 입고 다니는 거라더군요. 그런데 사회에 나온 지 불과 얼마 되지도 않는 저 미스 윤의 현실은 어떻습니까. 걸맞지도 않는 전천후성 제복이 꽃다운 청춘을 마치 소금에 절인 간고등어같이 생기를 잃게 만들고 있잖습니까? 미스 윤은 이미 이 다방의 일개 종업원일 뿐이지 미스 윤은 아닙니다. 미스 윤이면서 동시에 종업원일 수 있는 방법이 있을 텐데도 미스 윤은 이미 미스 윤이기를 포기해버린 상태입니다."

꼭 누구더러 들으라고 하는 소리 같아서 민도식은 가슴 한구석이 찔끔했다.

"색깔 다르고 디자인 다른 사복 차림이 각각 그 사람의 개성을 나타내듯이 유니폼은 어떤 조직 집단의 성격을 단적으로 드러내는 상징물입니다. 어떤 개인한테 어떤 유니폼을 입혀놓으면 그 사람이 자연인으로서 이제까지 누려온 자유와 권리는 제약당하고 속박당하고 그 대신 조직 집단이 부과하는 책임과 의무가 그를 영치기 영차 끌고 가게 됩니다. 평생을 제복만 걸친 채 세상을 살아가는 사람도 많습니다. 자기 자신의 삶을 사는 시간보다 조직의 일원으로서 그 조직을 대표하고 그 조직을 위해서 봉사하는 시간이 압도적으로 많은 생활입니다."

어린 녀석이 정말 누구 들으라고 하는 수작이 분명하지 싶게 우기환이는 도식의 아픈 데를 가려서 잘도 찔러대고 있었다. 우중충한 회색의 제복을 입은 아버지를 보면서 어린 도식이는 다른 애들 아버지처럼 신사복을 입은 모습이 보고 싶어서 지레 늙었다. 형무소가 교도소로 명칭이 바뀐 뒤로도 그놈의 제복만큼은 여전했다. 제복을 걸치고 있을 때의 아버지는 진짜 아버지가 아니었다. 아버지의 직업이 교도관임을 떳떳하게 밝힌 기억이 거의 없다. 철이 들 만큼 들고 나서 교도관과 죄수들 사이에 별다른 차이점이 없으며 실은 다 같이 갇혀 지내는 자들임을 깨달은 뒤로는 더욱 그랬다. 나이가 들어 은퇴해서 제발 제복을 벗으십사는 아들의 소원이 마침내 이루어지긴 했지만 이미 때는 늦었다. 신사복을 걸쳤는데도 아버지 몸에서는 여전히 회색 제복의 냄새가 났다. 우기환의 말마따나 아버지는 아버지 자신이기를 일찌감치 포기해버리고는 오직 제복에만 매달리면서 평생을 살아온 셈이었다.

"이중 생활이 전혀 불가능하다는 얘긴 물론 아니죠. 유니폼과 사복을 동시에 지참하고 다니면서 필요에 따라 수시로 갈아입을 수도 있습니다. 조직의 일원으로서 봉사할 때는 유니폼, 조직에서 벗어나 개인이고자 할 때는 사복, 이런 식으로 말입니다. 하지만 그것도 한두 번이면 몰라도 사시사철 여일하게 이중 생활이 지탱될 수는 없습니다. 필요에 따라 수시로 갈아입는다는 그 자체가 벌써 너무도 번거로운 절차이기 때문입니다. 번거롭다는 느낌은 곧 타성을 부르게 됩니다. 타성에 젖은 인간은 곧 어느 한쪽 방향으로 쉽사리 기울고 맙니다. 이때 한쪽으로 기운다는 말은 임의의 선택이 아니고 두 극점 사이에서 자력이 센 쪽으로 저도 모르게 끌어당겨진다는 뜻입니다. 유니폼을 입고는 조직 생활과 개인 생활 둘 다가 가능합니다. 하지만 사복일 경우는 개인 생활은 가능해도 조직 생활은 불가능합니다. 그래서 사람들은 대개 유니폼 쪽으로 쉽게 기울게 마련인데, 그러다 보면 자연히 조직에 치여서 개인은 쪽을 못 쓰게 되는 법입니다. 조직 사회가 무서운 것은 바로 이와 같은 타성, 인간이 가진 치명적인 약점을 적절히 이용할 줄 안다는 데 있습니다.

"저기 앉은 저 친구 말야, 아까부터 좀 수상쩍은걸."

갑자기 유명종이 건너편 좌석을 턱으로 가리키면서 낮게 중얼거렸다.

"우리 회사 생산부 사람 아냐?"

장상태가 깜짝 반갑다는 투로, 그러나 역시 소리는 잔뜩 낮추어서 말했다. 가슴에 동림산업 마크가 새겨진 블루진 작업복 상의를 걸친 사내가 혼자서 차를 마시고 있었다. 생산부 사람이 분명한데, 나이가 상당히 들어 보이고 제법 점잖은 티를 부리는 점이 어딘지 모르게 배운 사람 같아서 간부 사원일지도 모른다는 생각이 확 들었다. 이쪽에서 일제히 자기를 의식하고 있는 줄 번연히 눈치챘을 텐데도 사내는 차를 홀짝거리는 틈틈이 엿듣는 자세를 취하고 있었다.

"장담해도 좋아. 우리 얘길 아까부터 주의 깊게 듣고 있었어."

제 말에 인감 도장이라도 찍겠다는 투로 유명종이 보증을 하고 나섰다. 그렇다면 반가울 까닭이 조금도 없는 인물이었다.

"엿들을 테면 얼마든지 엿들으라지."

일단 기세가 오른 우기환이 계속해서 큰소리를 뻥뻥 쳐댔지만 엿들도록 내버려두는 것이 어떤 의미에서는 자살 행위와 마찬가지인 줄 잘 아는 고참 사원들로서는 그럴 수가 없었다. 생산부 사내를 의식하기 시작한 후로는 분위기가 자연 시멘트 바닥이 되었다. 그래서 그들은 서둘러 유니폼 제정에 끝까지 반대할 것을 만장일치로 결의한 다음 준비위원회에 나가서 장상태가 벌일 활약에 크게 기대를 걸면서 그의 무운을 비는 것을 끝순서로 자리를 파해버렸다. 어찌 보면 그들은 꼭 취해 있는 사람들 같았다. 그렇다, 그들은 비록 생산부 사내를 충분히 의식할 만큼 정신이 맨송맨송한 상태이긴 했으나 자신들의 결의를 끝까지 밀고 나갈 경우 어떤 결과가 오리란 걸 전혀 고려에 넣지 않을 정도로 그들 자신이 쏟아놓은 허다한 말과 말들에 잔뜩 도취되어 있었다.

동료들과 헤어져 버스 정류장을 향해 걷는 동안 민도식은 바삐 인도를 오가는 행인들 가운데 의외로 유니폼이 많이 섞여 있음을 발견하고 놀라지 않을 수 없었다. 어제까지만 해도 전혀 그런 내색을 안 보이던 거리가 갑자기 안면을 바꾸어 오늘부터는 유니폼으로 범람하기 시작하는 듯한 착각에 빠질 지경이었다. 처음부터 제복으로 출발했으니까 거리 곳곳에서 눈에 띄는 군인과 경찰은 그만두고라도, 각급 학교의 학생들은 그만두고라도,

자율 교통 지도원과 모범 운전기사들은 그만두고라도, 빌딩이나 호텔 입구의 수위 아저씨들은 그만두고라도, 새마을복에 새마을모의 공무원들과 오물 수거원들은 그만두고라도, 어서 옵쇼 하면서 허리를 굽오지게 꺾어 난짝 길을 막는 각종 접객업소의 보이녀석들이나 남녀 종업원들은 그만두고라도, 갖가지 음료와 화장품 외판원들이나 떼뭉쳐 재재거리고 군것질을 하면서 길을 가는 요지가지 제복 차림의 여행원이나 여사무원들은 다 그만두고라도…… 유명한 재벌 기업체나 한다하는 대기업체의 사원임을 과시하는 회사 고유의 제복을 차려입고 거리를 활보하는 남자들도 상당수 눈에 띄었다. 동림산업의 오만한(吳萬漢) 사장이 궁극의 라이벌로 지목하고 있는 유명한 섬유류 생산 및 수출업체인 K직물의 밤색 상의를 입은 젊은이도 한 사람 우연히 만날 수 있었다. 민도식이 특히 놀랍게 느낀 점은 대학생이나 재수생쯤으로 보이는 젊은이들 세계에도 벌써 깊숙이 침투해들어간 흔적이 역연한 제복의 위력이었다. 학도호국단 얘기가 아니라, 일상의 외출복 가운데도 똑같은 천과 무늬에 똑같은 마름질로 제복이나 다름없이 지어진 옷들을 입고 보무도 당당히 거리를 행진하는 젊은 남녀들의 모습을 가리킴이었다. 개중에는 해괴하게도 미군 사업복 흉내가 확실한데 그것만으로는 부족했던지 'U. S. ARMY'라는 자수 흉찰을 달고 등과 어깨엔 위장 그물과 계급장서껀까지 완벽하게 구색을 갖춘 아가씨도 서넛 보였다. 바야흐로 제복 지향의 빳빳한 시대가 열리고 있음을 알리는 나팔 신호를 민도식은 귀가 멍멍하도록 듣는 듯한 기분에 사로잡힌 채 역시 제복 차림의 안내양으로부터 빨리 오르라고 등을 떼밀리고 빨리 내리라고 등을 떼밀린 끝에 가까스로 집에까지 당도할 수 있었다.

"밖에서 무슨 언짢은 일이라두 있었수?"

남편의 옷을 벗겨 붙박이장 안에 걸면서 아내가 조심스럽게 물었다.

"좋은 일도 없는 판에 언짢은 일이 있을 턱이 있나."

아무렇게나 대꾸하면서 도식은 마구 엉겨붙는 두 아이의 재롱과 응석을 양쪽 무릎에 각각 나누어 수용했다. 새끼들 얼굴을 들여다보는 동안에 삼대(三代)라는 말이 구체적인 형상을 갖추고 육박해오는 순간을 몸으로 느꼈다. 제복으로 평생을 보낸 아버지가 있다. 아들도 제복을 입게 될지 모른다. 그렇다면 그의 손자들 대에까지 제복이 영향을 미칠 확률은 점점 높아진다는 얘기가 될까, 낮아진다는 얘기가 될까. 과연 저것들 세대는 제복이 없는 세상을 살 수 있을까.

"정말 무슨 일이 있었구려."

그 속에서 뭘 기어코 찾아내려는 듯이 애들의 눈동자를 후벼보는 남편의 예사롭지 않은 태도에 놀라 아내는 금방 세번째 아이가 되었다. 선참의 두 아이를 밀어내면서 세번째 아이가 무릎 앞으로 바싹 다가들었다.

"말해봐요, 어떤 일인지."

"어떤 일이긴……" 하고 귀찮다는 내색을 보이려다가 그는 갑자기 생각을 바꾸었다. "만약에 말이지, 내가 회사 제복을 입고 매일 출퇴근하게 된다면 당신 기분은 어떨까?"

"겨우 제복 얘기예요? 난 또……"

얘기를 듣고 나자 아내는 재빨리 도로 어른이 되었다. 그리고는 아직도 정색한 채로인 남편이 무색해질 만큼 깔깔대는 것이었다.

"오만하시고 인색하신 사장님께서 드디어 단안을 내리셨군요. 그것 참 잘된 일이에요. 우선 의복비 덜 나가서 좋고 출근 때마다 당신 옷에 신경 안 써서 좋고……"

그렇게 되고야 말리라고 미리 예측하고 있었다는 뜻을 은연중에 풍기면서 아내는 다시 깔깔거렸다. 사실 그럴 만도 했다. 들음들음으로 아내는 사장이란 사람을 잘 알고 있었다. 아내가 그렇게 웃는 것도 무리는 아니었다. 애를 둘씩이나 가진 멀쩡한 가정 주부가 남편 덕분에 급조 여사원이 되어 텔레비전 화면 속에서 처녀 행세를 톡톡히 한 적이 있었는데, 그때 이미 아내는 장시간 인연이 끊겼던 제복과 새삼스레 다시 만나는 기회를 갖게 되었던 것이다.

창업 10주년 기념일을 앞두고 거사적으로 법석을 떨어대고 있지만 동림산업의 전신인 구멍가게 시절까지 합산한다면 오만한 사장의 기업 경영은 사실상 10년도 훨씬 더 되는 셈이었다. 구식 직조기와 봉제 시설 약간이 가내 수공업 단계를 못 벗던 시절 오 사장의 자산의 전부였다는 애기가 오늘날 전설처럼 돌고 있다. 소규모로 면제품을 생산해서 가족들에게 등짐을 나눠 지워 어수룩한 시골을 돌며 보세 가공품 빼돌린 거라고 속여 팔았다 한다. 보세 가공이란 말이 퍽 낯설게 느껴지던 시절에 벌써 그 방면에 남보다 일찍 눈을 떠 암수(暗數)로 기반을 잡았던 모양이다. 그 후 정식으로 동림산업이 발족되어 이번엔 암수가 아니라 진짜로 보세 가공에 손을 대기 시작했는데, 가족 중심의 경영 방침은 구멍가게 시절이나 조금도 다를 바 없었다. 오히려 그때보다 더 심하다는 중평이었다. 사장은 막대한 광고비를 들여 신문이나 방송에 자사 제품을 소개하고 선전하는 행위를 무척 싫어했으며 경멸

까지 했다. 상품명 선전은 효과가 단명한 데 비해 회사 자체의
이미지 부각은 그 수명이 영원하다는 주장과 함께 이를 위해 돈
대신 머리를 썼다. 신문이나 방송의 손이 닿을 만한 곳에 항상
자그만 미담이나 가화(佳話) 따위를 쥐덫처럼 은밀히 감춰두곤
했다. 글줄깨나 쓸 만한 남녀 사원들을 시켜 신문의 독자 투고란
이나 아마추어 수필을 통해 간접화법으로 회사 이름이 사회에
알려지도록 했으며 라디오나 텔레비전의 각종 캠페인, 국민 개
창 운동 등에 전사원을 적극 참여시키는 한편 주로 주부들을 대
상으로 한 퀴즈 프로, 부부 게임 등에 사원은 물론 사원 가족까
지 동원시켜 남편의 직장을 소개하는 동안 아내로 하여금 내내
행복에 겨운 미소를 잃지 않도록 당부했다.
　민도식의 아내가 출연했던 프로는 전국 직장 대항 아마추어
음악 경연 대회였다. 학교 시절에 성악을 전공한 실력을 아는 극
성맞은 남편 친구들의 추천으로 하루아침에 총무과 타이피스트
가 된 도식의 아내는 비싼 값에 임시로 전세내어온 전문가 수준
의 다른 한 여자와 함께 여러 차례 텔레비전에 주전 멤버로 출전
해서 발군의 실력을 과시함으로써 동림산업을 연말 결선에까지
끌어올리는 데 수훈을 세웠고, 비록 준우승에 그치긴 했지만 남
편의 직장을 전국의 시청자들에게 깊이 인식시킴과 아울러 남편
을 위해서도 내조의 공을 아끼지 않았다.
　"아내들이란 남편 회사 사장보다는 아무래도 자기 남편을 더
속속들이 알도록 구조가 돼 있어요. 꼭 무보수 사원으로 제복을
입고 뛰어본 경력이 있대서 하는 얘긴 아니지만 전 당신네 사장
이란 사람이 어떤 인물인가를 잘 알아요. 하지만 그 이상으로 당
신을 훨씬 더 잘 알아요. 지금의 당신 심정 충분히 이해하고도

남아요. 하지만, 하지만 말예요, 대세는 어쩔 수 없는 거 아니겠
어요? 모난 돌이 정 맞는대요. 둥글둥글 맞춰 살기 바래요. 제복
을 상전으로 받들어 모시느냐, 아니면 그저 몸을 가리는 여러 가
지 의복 가운데서 사람이 입을 수 있는 한 가지로 보느냐에 따라
정신 상태가 중요한 것이지 제복 자체는 별다른 의미가 없다고
봐요."

　알쏭달쏭한 말을 진지하게 하는 품이 딴엔 한참 위로하려는
속셈 같았다. 무심코 깔깔거리던 경망스러움은 그래서 많이 탕
감이 되었다. 제복을 두고 느끼는 남편의 콤플렉스를 아내는 어
느 누구보다도 잘 알고 있었다. 도식은 회사에서 묻혀가지고 들
어온 제복 냄새를 집 안에까지 풍긴 자신의 실수를 어느덧 후회
하고 있었다.

　준비위원회가 열렸다. 그리고 준비위원회가 끝났다. 회의에
참석했다 돌아온 장상태의 표현을 빌리자면, 열리면서 끝났다는
것이다. 준비위원회에서 통과된 내용은 대략 다음과 같았다.

　사복은 춘하와 추동 2종으로 구분하되 공히 상의에 한한다. 춘
하복은 추후 결정키로 하고 우선 추동복만을 제정한다. 추동복
은 본사 제조의 검정곤색 순모 복지를 기지로 하여 사파리를 신
사복에 가깝게 변형 개조한 특이한 복식을 취하되 회사 심벌 마
크와 회사명을 좌측 포켓 위에 황색 자수로 부착한다. 착용 대상
은 직위의 고하를 막론한 전사원이며 일제 맞춤에 한하여 경비
의 반액을 회사가 부담하고 이후부터는 각자 전담한다. 추동복
은 빠른 시일내에 회사가 지정하는 양복점에서 지정된 일자에
출장나와 재도록 하여 창업 기념일의 일제 착용에 차질이 없도

록 피차간에 긴밀히 협조한다……

"사원들을 대표해서 준비위원들이 한 역할은 뭐지?"

"그렇게 추궁조로 나올 일만은 아냐. 아마 명종이 자네가 참석했어도 결과는 마찬가지였을 거야."

"내가 참석하는 걸 가정하는 경우하고 자네가 실제로 참석한 경우를 같은 차원에다 두고 결과를 논한다는 건 어불성설이야. 준비위원들을 통해서 사원들 의견을 알아본 다음 그걸 취합해서 원칙을 정한다는 약속이었어. 그런데 건의할 틈도 안 주고 비상을 걸 듯이 위원회를 소집해서 일방적으로 통과시키다니, 말이 다르잖나!"

"맞습니다. 저두 애초에 그렇게 들었던 것으로 기억합니다."

"니미럴, 내가 기획실장이야? 내가 사장이야? 낸들 어떡허란 말야. 왜들 나보고만 지랄들이지?"

"지랄은 자네가 하고 있어. 자네더러 동림산업 사원 전체의 의사를 대변해달라고는 안 했어. 최소한 우리 과의 의사만이라도 전달했어야만 될 게 아닌가. 통과가 되고 안 되고는 문제가 아냐. 책임을 맡았으면 적어도 그 책임을 이행하려는 자세만이라도 보여주는 게 도리라고 생각해.

"회의가 시작되자마자, 똑똑히 잘 들어달라면서 기획실장이 자기네가 작성한 초안을 낭독했어. 낭독을 끝내더니 잘들 들었냐고 물어. 잘 들었다고 끄덕거릴 수밖에. 그랬더니 질문 있으면 하라는 거야. 모두들 어안이 벙벙해서 앉아 있는 판인데 실장이 씨익 웃어. 그러면서 하는 말이 질문이 없다는 건 원안에 전적으로 찬성하는 것으로 믿고 수정 없이 실행에 옮기겠다고, 회사 발전을 위한 중요 사업에 이처럼 만장일치로 협조해줘서 고맙다고 이러는 거야. 용가리 통뼈라도 손가락 하나 까딱 못 할 상황이었다니까."

"장선배님 말에 좀 어폐가 있는 것 같습니다. 회의는 랑데부가 아닙니다. 특히 노사간의 회의는 회의라는 형식을 빌린 전쟁입니다. 사용자측에서 수단 방법을 다해서 계획을 밀고 나가려 하는 건 당연합니다. 필요하다면 피용자측에서는 용가리 통뼈 아니라 통뼈 할아버지라도 돼서 따질 건 따지고 반대할 건……"

"그러게 내 첨부터 뭐랬어. 난 그런 일에 적임이 아니니까 우군이 맡으라고 했잖아!"

"이미 끝난 일이야. 지금 와서 아무리 떠들어대봤자 제복은 벌써 우리 몸에 절반쯤이나 입혀져 있어."

민도식이 나서서 험악해진 분위기를 간신히 가라앉혔다.

"준비위원회를 구성하고 회의를 소집한 건 처음부터 요식 행위에 지나지 않았던 거야. 경영자 독단으로 처리하지 않고 사원들의 의사를 물어서 전폭적인 지지를 얻어가지고 결정했다는 인상을 대내외에 풍길 필요가 있었던 거야. 이제 길은 두 가지뿐야. 나머지 절반을 찾아서 마저 몸에 꿰든가, 아니면 기왕 우리 몸에 입혀진 절반을 아예 벗어버리든가 각자가 알아서 결정할 일이야. 저기 좀 보라고. 저 사람이 아까부터 우릴 비웃고 있어. 제복 얘기 앞으로는 그만하기로 하지."

생산부 공원 복장을 한 사내가 엇비뚜름한 자세로 이쪽을 돌아다보며 야릇한 웃음을 입가에 물고 있었다. 그를 보더니 장상태가 화를 벌컥 내면서 큰 소리로 미스 윤을 불렀다.

"이봐, 저기 앉은 저 사람 내가 좀 뵙잔다구 전해!"

눈이 휘둥그래진 미스 윤이 종종걸음으로 그에게 다가가기 전에 그쪽에서 자진해서 먼저 일어섰다. 그가 충분히 알아들을 수 있을 정도로 장의 목소리가 컸던 것이다.

"저를 부르셨습니까?"

여전히 웃음기를 입에 문 얼굴이 장을 정면으로 상대했다.

"당신 뭐야? 뭔데 어제부터 남의 애길 엿듣고 비웃지, 비웃길?"

"비웃음으로 보셨다면 용서하십쇼. 엿듣고 싶은 생각은 없었습니다. 가만히 앉아 있어도 들릴 정도로 선생님들 말소리가 컸습니다. 말씀 내용이 동림산업에 계신 분들 같아서 저도 모르게 관심이 갔나봅니다."

"오오라, 그러고 보니 당신도 동림가족의 일원이 분명하군. 부서가 어디야?"

"생산부 제일공장입니다. 거기서 잡역부로 근무하고 있습니다."

"이름은?"

"권입니다."

"이름이 권이다? 그럼 성까지 아주 짝을 채워보게."

"성이 권입니다."

만만한 상대를 만난 장은 권씨를 노리개감으로 삼아 화풀이할 작정임을 분명히하면서 동료들에게 은밀히 눈짓을 보냈다. 함께 놀이에 끼여들라는 뜻일 것이었다. 그러나 도식이 보기엔 첫눈에 결코 만만한 상대가 아니었다. 그는 참을성 좋게 여전히 웃고 있었다. 그것은 생산부 공원들이 본사의 사무직을 대할 때 일반적으로 갖는 비굴한 표정이 아니었다. 그렇다고 적대감도 아닌 그것은 일종의 자신감의 표현임이 분명했다. 두툼한 입술과 커다란 눈이 얼핏 눈에 띄는 특징이었다. 장상태하고 비교해서 둘이 서로 어금버금할 정도로 작은 체구였다. 실제 나이는 장보다 두세 살쯤 위일 것 같은데 적어도 이삼십 년은 더 세상을 살아냈을 법한 관록 같은 게 엿보이는 얼굴이었고, 그것이 교양이라는 것하고도 연결되어 잡역부라던 자기 소개가 아무래도 믿어지지 않는 그런 사람이었다.

"짝을 채우기 싫다 이거지? 좋았어. 그런데 자네가 하는 잡역일하고 무슨 상관이 있어서 우리 얘기에 이틀 동안이나 관심이 갔지?"

"물론 상관은 없습니다. 그렇지만 한쪽에선 작업중에 팔이 뭉텅 잘려져나간 사람이 있고 그 팔값을 찾아주려고 투쟁하는 사람들이 있는 반면에 다른 한쪽에선 몸에 걸치는 옷 때문에 거기에 자기 인생을 걸려는 분들도 계시구나 하는 생각이 들어서 그냥 지나칠 수가 없었습니다."

그 순간 장상태의 얼굴색이 하얗게 질리는 것 같았다. 장이 어물거리는 사이에 우기환이 나섰다. 우 역시 장처럼 권씨의 나이를 전혀 셈해주지 않는 말투였다.

"팔도 중요하지만 그에 못지않게 옷도 중요해. 옷을 지키려는 건 다시 말해서 팔을 찾으려는 거나 마찬가지 일이야. 팔이 옷에 우선한다 생각하고 우릴 비웃었다면 당신은 분명히 덜 떨어진 사람이야."

"그래서 다방에 앉아서 투쟁을 하신다 이런 말씀이지?"

우의 응원에 힘입어 전열을 가다듬고 난 장이 입꼬리를 비틀면서 이렇게 말했다.

"제가 드리고 싶은 말씀이 바로 그겁니다. 옷도 중요하고 팔도 중요하다는 말씀에 전적으로 동감입니다. 그렇기 때문에 팔을 찾으려는 사람이라고 함부로 대하는 자세만큼은 삼가해주셨으면 합니다. 선생님들한테 팔이 있듯이 옷은 우리들도 필요하니까요. 이제 또 들어가봐야죠. 사장님이 면담을 받아주시질 않아서 이렇게 매일같이 허탕을 치고 있는 중입니다."

팔과 옷을 한참 주고받던 권씨가 장과 우를 향해 차례로 목례를 보낸 다음 핑하니 다방을 나가버렸다.

"잡역부 주제에 건방떨긴!"

뱉듯이 말하면서 장이 우를 쳐다보았다. 그 말에 대꾸하지 않은 채 우가 도식을 상대로 자문을 구했다.

"밀어붙일 모양인데 앞으로 어떻게 하죠?"

"이미 끝난 일이라고 했잖아. 각자가 알아서 행동할 뿐이야."

아닌게아니라 회사에서는 창업 기념일을 며칠 앞두고 예정된 모든 프로그램을 한목에 밀어붙일 기세였다.

그 이튿날, 부(部) 대항 체육대회다 뭐다 해서 창업 이래 최대 규모의 기념 행사 준비로 가뜩이나 어수선한 판인데 줄자를 든 양복점 재단사들이 떼로 들이닥쳐 각 사무실을 도는 바람에 업무는 사실상 중단 상태였다. 이인 일조가 된 재단사들이 하나가 재면서 치수를 부르면 그걸 다른 하나가 받아서 적고, 그들 앞에서 겉옷을 벗은 채 셔츠 바람이 된 동료들이 바보처럼 팔을 벌리고 가슴을 맡기고 뒤로 돌아를 하면서 등을 대주는 모양을 멀거니 바라보다가 민도식은 제 차례가 오기 전에 슬그머니 사무실을 빠져나와버렸다.

"민선배님, 같이 가십시다."

어느새 뒤따라나왔는지 현관 수위실 옆을 지나는 도식을 우기환이가 불러세웠다. 그들은 함께 다방으로 들어갔다.

"어제 여기서 생산부 사람한테 한 얘기…… 실제로 그럴까?"

"무슨 얘긴데요?"

"팔 못지않게 옷도 중요하다는 얘기."

"원 민선배님두, 아니 그만한 신념도 없으면서 사무실을 뛰쳐나왔습니까?"

"권씨란 사람을 만나기 전까진 나도 그렇게 생각해왔어. 그런데 그 사람 얘길 듣고 난 후로는 어딘지 모르게 흔들리는 기분이 든단 말야. 결국 이렇게 흔들리는 상태에서는 아무 일이고 할 수 없다는 생각이 들어서 사이즈를 안 재고 나와버린 거야."

"우리하고 생산부하고 하는 일이 다르기 때문에 방식만 다를 뿐이지 실은 팔과 옷은 똑같다고 믿어요. 우리한테 옷인 것이 그들한테는 팔이고 우리한테 팔인 것이 그들한테 옷이 되잖을까요?"

"반드시 그렇지만은 않을 거야. 다분히 허세가 섞인 것이 우리들 옷이고 허세 없이 그저 절실하기만 한 것이 권씨의 팔인지도 몰라."

"자유와 생존은 다 같이 중요하다는 제 신념엔 변함이 없습니다."

"그야 물론 그렇지. 내 얘긴 우리가 제복을 입음으로써 제약당하는 개인의 사생활을 저들이 팔을 잃음으로써 위협받는 생계만큼 그렇게 절박하게 느끼고 있느냐는, 일테면 치열도의 차이라는 거야."

그들이 이런 얘기를 나누고 있을 때 동림산업 민선생을 찾는 전화가 걸려왔다.

"거기 있을 줄 알았지. 나야, 장이야. 우기환이도 같이 있나?"

전화를 받자마자 장상태가 낮고 빠른 말씨로 지껄여왔다.

"즉각 들어와줘야겠어. 과장이 잔뜩 뿔따구가 나갖구 방금 사장실로 들어갔어."

"재단사들은 다 철수했나?"

"아직 다른 사무실을 돌고 있어. 그 친구들이 철수하기 전에 자네가 들어와야 일이 무사해질 것 같애."

"지금은 들어가고 싶잖아. 친구가 찾아와서 잠깐 외출했다고 그래."

"재는 거야 상관없잖아. 입고 안 입는 건 그 후의 일인데 뭘 그래."

민도식은 일방적으로 전화를 끊어버렸다. 한참 만에 민선생을 찾는 전화가 다시 왔다.

"과장일세. 자네들이 지금 취하고 있는 행동이 어떤 결과를 부르는지 알고나 그러나?"

수화기에서 대뜸 불호령이 떨어졌다.

"자네들이 이번 일에 비협조적이란 걸 알고 있어. 뒷전으로 돌면서 불평이나 터뜨리고 다니는 걸 내가 모를 줄 아나?"

과장은 계속해서 닦아세웠다.

"이 전화 끝나자마자 사장실로 가봐! 나하곤 이미 용무가 끝났어!"

사장은 전혀 화가 난 얼굴이 아니었다. 조심스럽게 들어와서 맞은편 소파에 앉는 두 사원을 응접 세트 너머로 지그시 바라보고 있었다.

"자네들이 의복에 관해서 일가견을 가졌다는 소문인데, 어디

272

그 견해 좀 듣세나."

참으로 난감한 청이었다. 듣자는 말은 듣지 않겠다는 강인한 의지의 반어적 표현임을 잘 알기 때문에 그들 두 사람은 아무 말도 하지 않았다. 하지 못했다.

"나대로 충분히 생각해서 내린 결정이고 사원 대표의 지지를 얻어서 시행하는 일이야. 그런데 그런 일을 반대할 때는 나름대로 충분한 이유가 있었겠지. 민군부터 이유를 설명해보게."

그러면서 사장은 담배를 권했다. 청자였다. 민도식은 그것이 청자임을 확인하는 순간 하마터면 제 주머니 속에 든 거북선을 꺼낼 뻔했다가 문득 깨닫는 바가 있어서 사장이 주는 대로 다소곳이 받아들었다.

"서두를 거 없어, 천천히 얘기해도 괜찮으니까."

민도식은 결코 서두르지 않았다. 그렇다고 이미 이렇게 된 마당에 망설일 것도 없었다.

"옷에는 보호 기능과 표현 기능이 있다고 들었습니다. 우리가 옷에서 바랄 수 있는 건 그 두 가지 기능만으로 충분하다고 믿고 있습니다. 제복으로 사원들간에 일체감을 조성해서 회사를 더욱더 발전시키겠다고 그러시지만 제 생각엔 그렇게 해서 얻어지는 단결력보다는 제복에 눌려서 개성이 위축되고 단결력에 밀려서 자유로운 창의력이 퇴보되는 데서 오는 손실이 더 클 것 같습니다."

"아주 좋은 말을 했어. 하지만 그건 일이 실천에 옮겨지기 전에 했어야 할 얘기야. 대다수 사원들 지지를 얻어서 실천 단계에 들어선 지금은 사정이 달라. 그리고 기업 발전에 단결력이 중요하냐 창의력이 중요하냐 하는 문제는 자네가 아니라 내가 결정할

문제야. 또 제복을 입었다고 어제는 있던 창의력이 오늘 싹 죽는
다는 논리도 설득력이 없어. 민군, 자네는 일찍이 제복 제도를
도입한 K직물이 창의력 없이 그저 눈감땡감으로 오늘날의 위치
에 올라섰다고 생각하나?"

"K직물은 사정이 다릅니다."

잠자코 있던 우기환이가 불쑥 말했다.

"호오, 그래? 어떻게 다르지?"

"자기 개성에 맞는 옷을 입을 권리를 포기할 때는 뭔가 그 이상
의 보상이 뒤따라야 합니다. 그런 면에서 K직물의 기업 정신은
아주 훌륭하다고 봅니다."

이때 옆방이 다소 소란해졌다. 사장실 도어 저쪽에서 여비서
가 누군가하고 들어가겠다느니 안 된다느니 하면서 실랑이하는
눈치였다. 그 소리를 듣더니 사장의 낯빛이 싹 달라졌다.

"자네들이 이러지 않아도 난 지금 복잡한 일이 많은 사람이야.
우군이 K직물을 동경하는 그 심정은 나도 알아. 하지만 앞으로
가까운 장래에 다른 사람들이 자네들을 동경하도록 만들기 위해
서는 나도 노력하고 자네들도 적극 협조해야 되잖겠나. 그 동안
을 못 참아서 협조할 수 없다면 별수없지. 이런 일엔 누군가 한
사람쯤 희생이 따른다는 사실을 각오해야 돼."

"무슨 뜻인지 알겠습니다. 제가 희생이 되죠. 피고용자한테도
권리는 있습니다. 들어올 때는 제 맘대로 못 들어오지만 나갈 때
는 제 맘대로 나갈 수 있으니까요."

우기환이가 분연히 소파에서 일어나 빠른 걸음으로 도어를 향
해 갔다. 순식간의 일이었다. 사장실을 나서는 우기환이와 엇갈
려 웬 사내가 잽싸게 뛰어들었다. 다방에서 두 번 본 적이 있는

생산부의 잡역부 권씨였다. 사장실로 들어서기 무섭게 권씨는 민도식을 향해 눈자위를 하얗게 부릅떠 보였다. 우기환의 돌연한 행동에 초벌 놀랐던 도식은 권씨의 험악한 표정에 재벌 놀라면서 엉거주춤 궁둥이를 들었다. 빨리 자리를 비켜달라는 권씨의 무언의 협박이 빗발치고 있었다.

"죄송해요, 사장님. 한사코 안 된다는데두 부득부득 우기면서 이 사람이……"

뒤쫓아 들어온 여비서를 손짓으로 내보낸 다음 사장이 말했다.

"어서 오게, 권군."

자기보다 더 사정이 절박한 사람을 위해서 민도식은 사장실에서 물러나지 않을 수 없었다.

"잘 생각해서 스스로 결정을 내리도록 하게."

도어가 채 닫히기 전에 사장의 껄껄한 목소리가 도식의 등뒤에 따라붙었다.

"장선생집에 전화 걸었더니 부인이 받데요. 새로 맞춘 유니폼 입구 아침 일찍 출근했다구요."

아내의 바가지 긁는 소리로 창업 기념일의 아침은 시작되었다. 체육대회가 열리는 제1공장까지 가자면 다른 날보다 더 일찍 나서야 되는데도 여전히 뭉그적거리고만 있는 남편 곁에서 아내는 시종 근심스런 눈초리를 거두지 않았다. 제복 때문에 총각 사원 하나가 사표를 던졌다는 소문을 아내는 믿지 않았다. 사표를 제출한 게 아니라 강제로 모가지가 잘린 거라고 굳게 믿고 있었다.

"까짓것 난 필요없어. 거기 아니면 밥 빌어먹을 데 없는 줄 알아? 세상엔 아직도 유니폼 안 입는 회사가 수두룩하단 말야!"

거듭되는 재촉에 이렇게 큰소리로 대거리는 했지만 결국 민도식은 뒤늦게나마 집을 나서고 말았다.

시내를 멀리 벗어나서 교외에 널찍하게 자리잡은 제1공장 앞에 당도했을 때는 벌써 개회식이 시작된 뒤였다. 공장 정문 철책 너머로 검정곤색 일색의 운동장을 넘어다보는 순간 민도식은 갑자기 숨이 턱 막혀옴을 느꼈다. 새로 맞춘 제복으로 단장한 남녀 전사원이 각 부서별로 군대처럼 질서정연하게 도열해 서서 연단에 선 지휘자의 손끝을 우러러보며 사가(社歌)를 제창하기 직전의 예비 운동으로 목청을 가다듬는 헛기침들을 하고 있었다. 이윽고 공장 일대를 한바탕 들었다 놓는 우렁찬 노래가 터지기 시작했다. 노래부르는 사원들 모두가 작당해서 지각한 사람을 야유하는 듯한 기분이 들었다. 검정곤색의 제복들이 일치단결해가지고 사복 차림으로 꽁무니에 따라붙으려는 유일한 사람을 완강히 거부하는 듯한 기분에 사로잡혔다. 세상 전체가 온통 제복투성이인 가운데 저 혼자만 외돌토리로 떨어져 있는 셈이었다. 자기 한 사람쯤 불참한다 해도 아무렇지도 않게 체육대회 개회식은 진행될 수 있다는 사실이 민도식을 무척 화나면서도 그지없이 외롭게 만들었다. 정문으로 들어서지도 못하고 그렇다고 뒤돌아서서 나오지도 못한 채 그는 일단 멈춘 자리에 아주 붙박여버린 듯 언제까지고 움직일 줄을 몰랐다.

〔『세계의 문학』, 1977년 가을호〕

창백한 중년

    동림산업 제1공장에서 잡역부로 일하는 권기용씨가 여공원 안순덕양에게 남다른 관심을 갖게 된 것은 그가 잡역에 종사하기 시작한 지 한 달쯤 지났을 무렵부터였다. 물론 그가 보인 관심이란 한 성년의 사내가 한 성숙한 여인을 상종했을 때 느끼는 그런 수상쩍은 종류가 아니었으며, 오로지 먼저 태어난 까닭에 지지리도 많이 고생해본 사람이 나중에 태어난 까닭에 좀 적게 고생한 사람에게 느끼는, 이를테면 형제애 비슷한 감정의 발로였다. 만약 안순덕양이 평상복을 외출복으로 갈아입듯이 그렇게 자고 일어나서 고생을 벗을 수 있는 처지라면 권씨가 그녀에게 보인 관심은 남다른 것일 수가 없게 된다.

    그러나 다행히도 그녀는 우선 현재만 보더라도 고생이 말이 아니었을 뿐만 아니라 앞으로는 한층 더 고생살이가 우심해질 것이 거의 확실시되었기 때문에 얼핏 권씨의 눈에 띌 수가 있었던 것이고, 권씨로 하여금 자기와는 무관한 한 인간을 사랑할 수 있는 기회를 갖게 만들었던 것이다. 권씨가 두 눈을 똑바로 뜨고 바라봤을 때 안양은 쿨룩쿨룩 기침을 하고 있었다. 매년 회사에서 정기적으로 실시하는 공원들 상대의 집단 검진을 불과 며칠 앞두고서였다.

중식 시간이었다. 실상 권씨는 중식이라는 그 말에 유감이 있었다. 소규모의 개체 개념에 가까운 사회만을 전전해온 그에게 자신이 대규모의 집합 개념 속에 어느덧 휩쓸려들었음을, 다시 말해서 행동 일체를 획일적으로 통제당하는 거대한 조직의 일원이 되었음을 일깨워준 몇 가지 사례 가운데 하나가 바로 그 중식이라는 말이었다. 누가 감히 중식과 점심이 똑같은 거라고 주장할 수 있는가. 그것들은 상통하는 면보다는 전혀 이질적인 면이 압도적으로 강한 반유사(半類似)의 그 무엇에 속했다. 자유로운 개인이 먹는 낮엣밥이 점심이라면 중식은 부자유한 집단이 먹는 그런 것이었다. 공장에 출근한 맨 첫번째 날, 12시 30분에 스피커에서 경음악이 흘러나오기 무섭게 일제히 일손을 놓고 옥외로 뛰어나가는 공원들을 멍한 눈으로 배웅하고 있을 때, 그가 소속되어 있는 생산 2과의 과장이 다가와서 정중한 소리로 "권선생님, 중식 시간인데 같이 식당에 가시죠" 하는 말을 듣고 새삼 조직 사회란 걸 실감한 바 있었다. 08시부터 시작되는 오전 일과는 중식의 시작과 동시에 당연히 끝난다. 12시제로만 길이 든 그의 체질엔 24시제 또한 조직 사회 전용의 서먹서먹한 것으로 껄끄럽게 부딪쳐왔다. 중식과 점심의 차이만큼이나 08시는 8시하고는 전혀 다른 성질의 시간이었던 것이다. 아무튼 바로 그 중식 시간이었다.

어느 날이나 다 그렇듯이 그날도 공원 식당은 한꺼번에 밀어닥치는 배고픈 사람들로 흡사 난민 수용소같이 붐볐다. 여느 때와 다름없이 잡역부 권씨는 변변찮은 자기 몸뚱이를 범강장달이들이 노는 그 북새 속에 무리를 해서 끼워넣어 선후를 다투는 젊은 사람들의 무쇠라도 녹일 식욕에다 대결을 붙이고 싶지는 않았다. 별로 이렇다 하게 하는 일도 없이 오전 내내를 빈둥거리고만 지냈기 때문에 절박한 시장기를 느끼는 것도 아니고, 뿐만 아니라 다른 공원들처럼 작업의 시작과 끝을 알리는 신호에 심하게 구애를 받는 처지도 아니었다. 그래서 웬만큼 한가해졌을 때 먹을 요량으로 식당을 벗어나 자재 창고가 있는 구석으로 갔다. 공장내에서 가장 조용한 장소였고, 거기서 온몸이 나른해질 때까지 가을볕을 탐할 작정이었다.

권씨는 자재 창고 뒤에서 한걸음 앞서 온 사람을 발견했다. 여공이었다. 코발트색 작업 가운을 걸친 여공 하나가 창고 벽에 기대고 시멘트 바닥에 앉아서 호젓이 점심을 먹고 있었다. 권씨의 기준으로 보자면 그건 중식이 아니고 분명 점심이었다. 그저 단순히 점심을 먹는 데 그쳤다면 권씨는 여공이 은밀히 치르는 중요한 일을 방해하지 않으려고 곱게 물러났을 것이다. 식당 밖에서 치르는 취식 행위는 원칙적으로 금지되어 있었다. 그러나 앉을 자리가 좀처럼 나지 않을 정도로 한참 붐비는 시간엔 여공들이 두셋씩 편을 지어 밥을 타 들고 식당 밖에 나와서 사람들 눈에 안 띄는 자리를 골라 식사하는 모습을 가끔 볼 수 있었다. 식당에서 상당히 멀리 떨어진 창고 뒤까지, 그것도 편을 짓지 않고 달랑 혼자서만 와서 밥을 먹는대서 무슨 변고나 난 듯이 생각할 일은 못 되었다. 변고는 먹는 그 자체가 아니라 먹는 방식이었다. 식당에서 지급하는 플라스틱제 트레이에 담아서 먹지 않고 일껏 거기에 담긴 음식물을 비닐 보자기 위에 달깍 쏟아부은 다음 호주머니에서 미리 준비해온 사제 숟갈을 꺼내어 휘휘 내젓고 나서야 비로소 첫 술을 뜨기 시작하는 것이었다. 참으로 해괴하기 짝이 없는 광경이었다. 해괴한 꼴을 목격한 이상 권씨는 여공을 위해서 자리를 피해주고 싶은 생각이 싹 달아나버렸다. 그는 숨을 죽인 채 저쪽 구석에서 여공이 하는 양을 주의 깊게 살펴보았다. 식욕이 별로 안 동하는 모양이었다. 차마 어쩔 수가 없어서 먹는다는 듯이 몹시 게으른 손놀림으로 한 숟갈 떠넣은 다음 씹을 생각도 않고 고개를 들어 우두커니 먼산바라기를 했다. 안순덕이었다. 머리를 숙이고 있는 동안은 지천으로 널린 여공들 중에서 그 여자가 그 여자 같아 몰랐으나 이제 보니 자기하고 같은 생산 2과에서 전기 재단기로 원단을 자르는 일을 하는 안양이 분명했다. 안양은 입 안에 든 밥을 까맣게 잊어버릴 만해서 이번엔 손가락으로 기분이 섬뜩하리만큼 샛노랗게 물이 든 단무지쪽을 집어 입으로 운반하면서 다시 게으름을 부렸다. 공연히 남의 입맛까지 잡치게 만드는 풍경이었다. 권씨는 순덕양이 밥 먹다 말고 갑자기 손바닥으로 얼굴을 감싸안으면서 쿨룩쿨룩 기침을 시작하는 대목까지 지켜본 다음 슬그머니 발길을 돌려버렸다.

"쿨룩…… 아저씨…… 쿨룩쿨룩……"

그러자 등뒤에서 기침에 섞여 부르는 소리가 들려왔다. 부르는 쪽을 향해 권씨가 돌아섰을 때 순덕양은 벌떡 일어나 있었다.

"아저씨……"

기침을 그치려고 딴엔 몹시 안간힘을 쓰는 것 같은데도 안순덕의 입에서는 계속해서 쿨룩거림이 튀어나왔다. 권씨는 그 순간 고통스럽게 일그러지는 여공의 얼굴에서 엄청난 공포심을 읽고는 소스라치게 놀랐다. 그리고 그 공포가 여공과 함께 원래부터 시멘트 바닥 위에 앉아 있던 게 아니고 자기가 그 자리에 출현함으로써 급작스레 생성된 것임을 이내 깨달을 수가 있었다.

"왜 그래?"

"제발 부탁예요. 모르는 척 눈감아주세요."

다행스럽게도 기침은 그쳐 있었다.

"눈감아주다니? 뭘?"

"괜히 시침떼지 마세요. 제 기침 말예요."

절반은 짜증스럽게, 나머지 절반은 애원조로 안양이 말했다.

"그러지 뭐. 그까짓거야 어렵지 않지."

아무 영문을 모르면서도 대답만은 선선하게 나왔다.

"아저씨 정말예요? 정말이죠?"

"글쎄 그런다니까."

그러자 표정이 확 풀리면서 안양은 뛸 듯이 기뻐했다. 그러다가 또 기침이 도졌다. 해괴한 짓을 하던 끝이니까 부탁 역시 해괴한 것일 수밖에 없겠다 생각하면서 권씨는 창고 옆을 빠져나왔다.

제발 부탁예요. 모르는 척 눈감아주세요.

그날 오후 내내 권씨는 마치 목구멍에 박힌 가시같이 안양의 말이 마음에 걸렸다.

괜히 시침떼지 마세요. 제 기침 말예요.

말과 함께 겁에 질린 그 표정이 또 걸렸다. 그래서 안양이 일하는 쪽으로 저도 모르게 자주 시선이 갔다. 그럴 적마다 안양 또한 내내 이쪽을 의식하고 있었던 듯 슬그머니 눈이 마주치면 허둥지둥 고개를 돌리는 것이었다. 도대체가 모를 일이었다. 혼자 외딴 데서 밥을 먹다가 기침을 했다. 혼자일 때는 단순한 생리 현상이던 것이 나를 본 뒤로는 갑자기 공포로 변했다. 기침을 눈감아달라고 애원을 하고, 그러마고 약속하니까 좋아서 어쩔 줄을 몰랐다. 요즘 아이들 수수께끼마냥 세상에서 제일 무서운 사람이 누구냐고 묻는 식이었다. 도끼로이마까라라고 대답하는 만큼이나 엉뚱한 대답이 배후에 숨어 있을 듯싶었다. 아직도 공장 내부 사정을 잘 모르는 그로서는 스피커에 대고 그 궁금한 수수께끼를 큰 소리로 묻고 싶을 정도였다.

"저하고 같이 가요, 아저씨."

퇴근해서 버스를 타려고 정류장에 서 있는데 놀랍게도 작업 가운 아닌 어엿한 숙녀 차림의 안순덕양이 옆구리로 다가들면서 속삭였다.

"오늘 야근 아닌가?"

권씨는 여전히 놀라움을 감추지 못하면서 간신히 이렇게 물었다.

"아저씨하구 친해지구 싶어서 조장님한테 허락받고 뒤따라나왔어요."

안양이 볼에 홍조를 띠면서 가늘게 속삭였다. 어쩐지 금방 또 기침이 튀어나올 것 같은 목소리였다.

"집이 어느 쪽인데?"

"아저씬 어느 쪽예요?"

"성남이야. 경기도지."

"여기서 성남 갈려면 몇 번을 타야 돼요?"

"영등포 역전까진 아무거나 타도 돼. 거기 가면 시내버스도 있고 시외버스도 있어."

"그럼 저도 영등포 역전까지 갈게요."

이렇게 해서 권씨는 생각지도 않게 안양하고 같은 차에 타게 되었다. 달리는 버스 속에서 그는 오후 내내 궁금히 여겨온 것들을 묻고 싶었으나 안양이 주위의 눈들을 꺼려서인지 애써 무관한 처지처럼 굴었으므로 덩달아 잠자코 있어야만 했다. 두 사람은 영등포 역에서 각자 자기 차비 자기가 내고 약간 간격을 두어 내렸다.

"어디 조용한 데로 들어가서 얘기하다 가요, 아저씨."

안양이 말했다. 권씨는 안양이 끄는 대로 가까운 다방에 들어갔다.

"무슨 바람이 불어서 한 달 동안이나 냉정한 얼굴만 하고 있다가 오늘사 말고 갑자기 친해지고 싶은 생각이 들었는지 난 도무지 그 이유를 모르겠는걸."

다방 한구석에 자리를 잡자마자 권씨가 먼저 입을 열었다.

"다아 아시면서 뭘 그러세요. 첨부터 우리가 짐작한 대로 엉큼쟁이 아저씨가 틀림없네요."

"우리라니? 그리고 엉큼쟁이라니?"

"아저씨하고 저하고 딱 둘뿐예요. 둘만 있는 데서까지 그렇게 시침떼실 필요는 없잖아요."

안양이 슬그머니 입꼬리에 웃음을 물었다. 이때 레지가 와서 차를 주문받았다. 권씨는 커피를, 안양은 반숙을 청했다. 레지가 가고 나자 안양이 정색을 하면서 상체를 탁자 위로 숙여왔다.

"눈감아주겠다고 약속하실 적에 전 아저씨가 얼마나 고마운지 눈물이 나올 뻔했어요. 참을려구 굉장치도 않게 애를 썼어요. 특히 아저씨 보는 데서는 더 그랬어요. 그런데 그만……"

"기침하는 걸 내가 봐서는 안 되나?"

"사람을 너무 그렇게 놀리지 마세요. 제가 조심하는 거 아저씨 두 직접 보셨잖아요. 다른 애들한테 옮을까봐서 미안해서 중식도 늘 밖에 나와서 따로 하고 츄라이나 숟갈도 입에 안 닿게 신경을 많이 써왔어요. 기침은 시작한 지 꽤 되지만 아직은 꼭 그건지 확실치 않아요. 병원에 가볼 형편도 못 되지만 병원에 가는 게 무서웠어요. 검진날이 가까워지면서부터는 걱정돼서 잠이 안 와요."

아아, 바로 그거였구나. 권씨는 속으로 감탄을 했다. 왜 진작 폐결핵을 생각하지 못했을까. 그는 각 부서별로 나뉘어 일관 작업을 벌이는 강당만큼 넓은 작업장 안을 언제나 꽉 채우고 있는 먼지 많고 냄새 고약한 공기를 생각했다. 겨우 의문이 풀린 셈이었다. 제발 부탁예요. 모르는 척 눈감아주세요. 수수께끼의 해답은 엉뚱하다기보다 처참한 것이었다. 아저씨, 정말예요? 정말이죠?

"요즘 세상엔 약이 좋아서 쉽게 나을 수 있는 병이야. 너무 그렇게 걱정 말고 몸이나 잘 조심해. 그리고 누구한테도 약속은 지킬 테니까 앞으로는 나한테 신경쓸 거 없어."

권씨가 말했다. 그는 앞에 앉은 여공이 너무 측은해 보여 딴에 한껏 위로한답시고 한 얘기였다. 그런데 안양은 옆으로 획 돌쳐앉듯이 싸늘한 표정으로 돌변해버렸다.

"쉽게 낫는다구요? 누가 그걸 모르나요? 다 나을 때까지 우리 어머니 우리 동생은 누가 먹여살리죠? 아저씬가요? 정말 너무하세요. 공순이 하나쯤 맘대루 주무를 수 있다고 그렇게 함부로 말씀하시는 법이 어디 있어요!"

별안간 안양이 탁자에다 얼굴을 박았다. 그것만으로 부족했던 지 양팔로 머리통을 감싸면서 훌쩍훌쩍 느끼기 시작했다. 실로 입장이 난감했다. 권씨는 누이동생을 다루듯이 안양의 팔을 잡았다.

"내 말이 함부로 들렸다면 미안해. 출근 시작한 지 얼마 안 돼서 공장 실정을 잘 모르는 탓이야. 하지만 내가 안양을 맘대로 주무를 수 있는 입장이 아니란 것쯤 안양 자신이 잘 알잖아. 공원보다도 못한 잡역부한테 그런 얘길 하면 되려 안양이 나한테 함부로 구는 셈이 되는 거야."

"잡역부라구요? 아저씨가요?"

안양이 고개를 번쩍 들었다. 눈물 너머로 번뜩이는 증오를 권씨는 보았다.

"끝까지 그렇게 가면을 쓰시겠다면, 좋아요. 인제 실정을 다 아셨을 테니까 절 어떻게든 맘대루 하세요. 공장을 나설 때부터 벌써 각오는 돼 있었어요. 무슨 일이 있더라도 오늘밤엔 아저씰 놓치지 않겠어요. 여관 아니라 지옥이래두 가자면 따라갈 수 있어요."

순간적으로 권씨는 손을 번쩍 치켜들었다. 그러나 차마 때릴 수가 없었다.

"지금 나이가 몇이지?"

안양은 대답하지 않았다. 자기 나이도 모르는 얼간이 같은 표정이었다.

"아마 스무 살 정도밖에 안 됐을 거야. 스무 살 나이에 그런 얘길 입에 담는다는 건 몸은 말할 것도 없고 정신까지 병들었다는 증거야. 안양은 지금 뭔가 분명히 나라는 사람을 오해하고 있어.

난 안양한테 무슨 도움을 줄 만한 힘이 없는 사람이야. 마찬가지로 해를 끼칠 생각도 없어. 내 얘기 잘 들어둬. 스무 살 나이 때 처녀는 보물 같은 거야. 그걸 꼭 지키고 있다가 훗날 시집가거든 신랑한테 선물로 주는 거야."

말을 다 마친 다음 자리에서 일어나는 권씨를 안양이 꽉 붙잡았다.

"전에 다른 애들도 그랬어요. 쫓겨날 일도 여관에 갔다 오면 무사했어요. 저라고 그래서는 안 되나요? 왜 안 된다는 거죠?"

"설마 그애들이 잡역부를 따라간 건 아닐 테지."

"거짓말예요, 아저씨. 거짓말 마세요, 아저씨. 공장 사람들이 다들 그래요. 아저씬 잡역이나 하고 다닐 그런 사람이 아니라구요. 본사에서 사장님이 직접 내려보낸 분이래요. 잡역부로 꾸미고 슬슬 염탐하러 다니다가 사장한테 일일이 보고한다구요. 제발제발 부탁해요, 아저씨. 절 좀 도와주세요. 제발 절 좀……"

안양은 다시 기침을 시작했다. 가슴을 답답하게 죄어오는 바싹 마른 그 쿨룩거림을 듣는 동안 권씨는 눈앞이 아득해짐을 느꼈다. 안양의 마지막 말이 그에게 가져다준 놀라운 효과였다. 그 말을 들음으로써 그는 남의 일로부터 훌쩍 떠나 갑자기 자신의 문제로 되돌아올 수가 있었던 것이다. 뭔지 모르게 일이 이상스런 방향으로 꼬여가는 것 같다고 진작부터 예감은 하고 있었다. 그러나 그처럼 철두철미하게 계산된 함정일 줄은 상상도 못 했었다. 맞다. 그것은 함정이었다. 교통 사고를 당했다가 사고 당시에 주머니 속에 지니고 있던 이력서가 근거가 되어 피해 보상을 포기하는 대가로 취직 제의를 받았을 때, 또 그 자신이 금품을 갈취할 목적으로 일부러 차에 뛰어든 자해 상습범으로 소개

되는 한편, 자기를 친 가해자는 전과가 있는 막돼먹은 인생에 생·계까지 마련해준 미담의 주인공으로 보도된 신문 기사를 읽었을 때, 병원 침대 위에 누워서 수차 경계하고 거기에 끝까지 저항할 것을 속다짐하게 만들던 바로 그 함정임이 분명해졌다.

한 달 남짓 만에 완쾌되어 집에 돌아와 뻣뻣해진 왼쪽 팔과 어깨에 물리 치료를 받으러 다니다가 연락을 받고 본사로 총무과장이란 사람을 찾아갔을 때 그는 희망에 들떠 있었다. 총무과장으로부터 본사에 적당한 자리가 날 때까지 우선 임시로 공장에 나가 소일하면서 내부 사정이나 익히고 있으라는 말을 들을 때만 해도 그는 여전히 매사가 즐겁기만 했다. 모처럼 만에 얻은 취직 자리에 즐거워하고만 있을 일이 아니란 걸 처음 깨달은 것은 그가 실제로 공장에 출근해보고 나서였다.

공장에서는 그를 수출용 스포츠 웨어만을 전문으로 제작하는 생산 2과에 배치했다. 그것이 공장에서 그에게 취한 유일한 조처였다. 배치를 해서 소속만 분명히했을 뿐 며칠이 지나도록 아무 일도 시키지 않았던 것이다. 처음 잡역부로 행세하게 된 것도 순전히 그 자신의 의사에 따라 독단적으로 내린 결정에 의해서였다. 노느니 염불이었다. 실타래 묶고 푸는 기술 하나 못 가진 그로서는 하루종일 작업장 안을 어정거리고 다니면서 문외한의 눈으로도 일견 일손이 달려 보이는 부서에 덤벼들어 기술 없이도 몸만 놀려서 할 수 있는 일이면 뭐가 됐든 성의껏 도우려 했다. 그럴 때마다 모두들 기절초풍을 하면서 왜 이러시느냐고, 제발 한쪽 구석에 가서 편히 쉬시라고 간곡히 말리곤 했다. 재단조와 봉제조, 시아게조와 포장·발송조에서 그는 골고루 돌아가며 사절을 당했다. 다행으로 바닥에 널린 쓰레기를 치우는 정도는 말

리는 사람이 없어 오직 청소 한 가지만이 그가 안심하고 할 수
있는 일거리로 남았다. 염불도 하루이틀이었다.

"제가 할 수 있는 일거리를 주십쇼."

어느 날 그는 과장에게 사정했다.

"왜 이러십니까, 권선생님. 소속만 우리 과지 선생님은 제 권한
밖에 있습니다."

개 발에 대갈편자로 잡역부에 선생님이었다. 연방 선생님을
불러가며 과장은 실실 웃기만 했다.

"저를 공장으로 보내면서 본사에서는 뭐라고 그러던가요?"

그는 공장장한테까지 가서 따졌다. 일개 공원 신분으로 공적
이든 개인적인 일이든 계통을 안 밟고 바로 공장장에게 면담을
요구하는 행위는 분수를 벗는 짓인 줄 알고 그는 상대방을 퍽 어
려워했다. 그러나 정작 공장장은 오히려 이쪽을 더 어려워하는
기색이었으므로 그는 더 이상 상대방을 어려워할 이유가 없어져
버렸다.

"공장 같은 데서 오래 썩을 분이 아니니까 각별히 모시라는 지
시였습니다."

공장장의 말을 그는 자기한테 편리하게만 해석해버렸다. 곧
본사로 데려갈 사람인데 그새 야박하게 부려먹으려 할 것까진
없다는 뜻일 것이었다. 그렇게 믿으면서 지금까지 몸 가까이 다
가오는 어떤 위협이 있음을 전혀 모르는 채 태평하게 지내왔던
것이다. 결과적으로 안순덕양의 터무니없는 오해에 의해서 모든
의문이 다 풀린 셈이었다. 더 이상 견딜 수 없어 제 발로 물러나
게 만들려는 속셈 같았다. 그는 아득한 심정이 되어 같이 왔던
여공을 다방 구석에 남겨두고 혼자만 나왔다.

288

며칠 후 중식 시간에 웬 모르는 청년이 권씨를 찾아왔다.

"동력반에 근무하는 박환청이라고 합니다."

"그런데 무슨 일로……"

"권선생님한테 꼭 드릴 말씀이 있습니다. 잠깐만 조용한 데서 뵙고 싶습니다."

청년이 먼저 밖으로 나갔다. 무슨 일인지는 몰라도 좋은 일은 아닌 것 같다고 생각하면서 권씨는 청년의 뒤를 따랐다. 그들은 남자용 화장실 뒤로 갔다. 주위를 둘러본 다음 인기척이 없음을 확인하고 나서 청년이 권씨의 손을 꼭 붙잡았다. 뼈마디가 으스러져나가는 것같이 아팠다. 굉장한 악력이었다. 그것은 아무나 보통으로 하는 악수가 아니었다. 붙잡힌 손이 짜부라들 지경으로 점점 더 세차게 힘을 가하면서 청년이 착 가라앉은 음성으로 말했다.

"선생님이 설마 안순덕일 모른다고 그러진 않겠죠?"

그 순간 권씨는 바짝 긴장하지 않을 수가 없었다.

"압니다만, 그런데요?"

"저는 순덕이하고 결혼할 생각입니다. 순덕이한테서 선생님 얘길 얼핏 들었습니다. 선생님이 맡으신 일 선생님이 하시는 건 얼마든지 좋습니다. 허지만도, 맡으신 일을 나쁘게 이용해서 만약 순덕이한테 털끝 하나라도 건드리는 날이면 그때는 끝장입니다. 저만 끝장이 아니고 선생님도 끝장입니다. 아시겠습니까?"

"그…… 그건 터무니없는 오해요. 난 그런 사람이 아니오. 그런 사람이 아닌 줄 누구보다 순덕양이 잘 알 거요."

"네, 잘 알구말구요. 오해라는 것도 압니다."

잔뜩 한쪽으로 비틀린 미소를 흘리면서 청년은 악수를 풀었다.

"선생님 입장을 이해는 합니다. 허지만 순덕이를 무슨 수를 써서든 지키려는 제 심정도 이해하셔야 합니다. 아시겠습니까? 끝장입니다, 끝장!"

청년은 자기 할말만 하고는 혼자서 훌쩍 가버렸다. 멍멍하게 쥐라도 난 듯이 감각이 없는 오른손을 매만지면서 권씨는 무슨 수라도 써야지 이러다간 이거 안 되겠다고 생각했다.

예정된 날짜에 검진이 실시되었다. 그리고 그 며칠 후에 결과가 나왔다. 공원들 사회에서 가장 무서운 병으로 치는 폐결핵 환자는 모두 해서 다섯 명인 것으로 밝혀졌다. 예년에 비해서 숫자가 훨씬 적게 나왔다고 적이 마음을 놓는 표정들이었다. 직업병이 아니기 때문에 전혀 재해 보상을 받을 수 없다는 의미에서 폐결핵이 공원들한테 가장 무서운 병임을 권씨는 나중에야 알았다. 엑스레이 결과가 양성으로 판명된 폐병쟁이들이 한 사람씩 차례로 공장장한테 불려갔다. 그들 가운데는 안순덕양도 끼여 있었다.

공장장실로 호출되어 갔다 돌아온 날 퇴근 후에 안양은 또 정문 밖에서 권씨를 기다리고 있었다.

"활동성이래요. 내일부터 출근하지 말고 집에서 쉬라는 거예요. 아저씨, 전 인제부터 어쩌면 좋죠? 어떡하면 좋아요?"

"정말 안됐어. 나 역시 남의 일 같잖아. 그렇다고 나한테 얘기해봤자 소용없어. 전에도 말했듯이 난……"

"잡역부라는 거죠? 잡역부한테 그런 얘기 꺼내지두 말라는 말이죠? 아저씨가 진짜로 잡역부라면 좋겠어요. 평생 잡역질만 하다가 늙어 죽었으면 좋겠어요! 그렇게만 된다면 전 오늘 죽어도 좋아요."

자신이 처해 있는 입장을 상대방에게 당장 이해시키기란 거의 불가능에 가까운 일이었다. 권씨는 도망치듯이 안양 곁에서 멀어져갔다.

　다음날도 안양은 여전히 출근해 있었다. 근태(勤怠) 기록표를 서무과에서 빼가버렸기 때문에 카드를 타임 레코더 속에다 집어넣을 수 없는 점이 여느 날과 달랐다. 그리고 바로 그 전날까지 안양이 맡고 있던 재단기를 어느새 다른 여공이 차지하고 있는 그 점이 또 달랐다. 아무도 안양한테 접근하려 하지 않았으며, 혹시 안양 쪽에서 먼저 접근할 기미가 보이면 여공들은 재빨리 뒤로 물러서면서 비명이다시피 소리를 질렀다.

　"어머어머, 얘가 왜 이래!"

　"니가 우리 친구라면 넌 이래선 안 된다, 얘. 우린들 뭐 니가 싫어서 그러겠니? 다아 먹구 살자니까 섭섭해두 별수가 없단다."

　문둥이를 피하듯이 모두들 자기를 멀리하는데도 안양은 작업장을 떠나려 하지 않았다. 그녀는 하루 전까지만 해도 제가 부리던 재단기 옆에 계속 머물러 있을 작정인 듯했다.

　중식 시간을 알리는 유행가 가락이 스피커에서 낭자하게 흘러나왔다. 모두들 일손을 멈추면서 마스크와 머릿수건을 벗는 등으로 식당에 갈 채비들을 했다. 새로운 임자가 재단기에서 손을 떼기를 기다려 안양이 잽싸게 뛰어들면서 핸들을 거머잡았다. 그리고는 한 뼘이 넘도록 겹겹이 쌓인 두꺼운 원단을 절단선을 따라 익숙한 솜씨로 잘라나가기 시작했다.

　"저리 비껴, 얘!"

　깜짝 놀란 동료가 새되게 소리쳤다. 그녀는 비키지 않았다.

　"그 손 놓지 못하겠니!"

그래도 그녀는 손을 놓지 않았다. 그러자 기계를 날치기당한 여공이 자기 몫을 찾으려고 안양을 등뒤에서 덮쳤다. 한사코 빼앗기지 않으려는 몸부림과 어떻게든 되찾으려는 안간힘이 질기게 맞붙어 한참 실랑이를 벌이는 바람에 중식 시간을 맞은 작업장은 느닷없이 수라장으로 변했다. 주위에 있던 동료들이 혼란의 와중으로 뛰어들어 합세를 했다. 이때 두껍게 바람벽을 친 여공들 몸뚱이와 몸뚱이 사이로 귀청을 찢는 비명이 새어나왔다. 권씨가 아무래도 예사롭지 않은 비명 소리를 듣고 재단기 쪽으로 쫓아갔을 때는 이미 상황이 끝나 있었다. 그는 질겁을 하면서 허둥지둥 뒤로 물러서는 여공들 어깨 너머로 그만 못 볼 것을 보아버렸다. 하루나 이틀쯤 후면 수출용 스포츠 웨어로 탈바꿈해 있을, 자르다 만 선명한 하늘색 원단 위에 마치 마네킹의 그것인 양 뭉뚝 잘린 팔 하나가 얹혀져 있었다.

중상을 입고 기절한 안순덕양이 건강한 남자 공원들 손에 들려 병원으로 떠나고 나자 온통 공장 안이 뒤집혀 술렁거렸다. 일부러 제 팔목을 잘랐을지도 모른다는 추측이 나돌기도 했다. 법에 의해서 폐결핵은 보상을 못 받아도 잘려나간 팔목은 보상이 가능한 업무상의 상병(傷病)에 해당된다는 게 추측의 근거였다. 동력반에 근무한다는 박환청이란 이름의 젊은이가 뻘겋게 뒤집힌 눈을 들어 사방을 끊임없이 기웃거리면서 작업장 안을 연락부절로 왔다갔다하는 모양이 눈에 띄었다. 권씨가 보기엔, 그는 모든 것을 한꺼번에 보려고 눈을 까뒤집고 다니는 듯했으나 실은 아무것도 못 보는 장님이 되어버렸음이 분명했다. 그는 아직도 작업장 어딘가에 떨어져 있을 안양의 신체의 일부를 찾기 위해서 그처럼 미친 듯이 헤매고 도는지도 몰랐다. 그날 오후에 권

292

씨는 병원 현관 앞에서 어정거리고 있는 박군을 다시 보았다. 그는 잔뜩 술에 취해 있었다.

"안양은 좀 어때요?"

권씨가 옆으로 다가서면서 묻자 그제서야 사람을 알아보면서 청년은 옳거니, 너 잘 만났다는 표정을 했다.

"죽고 싶다고, 죽어버리겠다고 그러더라, 이제 좀 시원허냐?"

권씨는 청년을 상대하지 않고 바로 병원으로 들어가려 했다. 그러자 청년의 억센 손이 어깨를 덥석 움켜잡았다.

"이거 봐, 어딜 가는 거야?"

"안양을 만나고 싶소."

"안양을 만나? 네놈이 순덕일 만나고 싶다고?"

청년이 주먹을 뻗어왔다. 번개 같은 일격에 관자놀이께를 강타당하고 권씨는 길바닥에 넉장거리로 나가떨어졌다.

"너 이 새끼 잡역부라구 그랬지? 대학 졸업장 가진 잡역부가 세상에 그렇게 흔타더냐? 그렇게도 잡역부 시킬 사람이 없어서 네놈처럼 평생 펜대나 굴려먹을 종자를 내려보냈다더냐? 이눔시끼 너 오늘 임자 만났다. 잡역부 깝데기를 벳기면 뭐가 튀어나올지 내 오늘 기어코 밝혀내고야 말겠다!"

쓰러진 몸뚱이 위로 무수히 떨어져 박히는 주먹질과 발길질을 받으며 권씨는 그걸 피할 생각도 하지 않았다. 비명을 지르고 싶지도 않았다. 대번에 코피가 터지고 입 안에서도 건건찝찔한 맛이 돌았다. 폭죽을 터뜨리는 것같이 사방으로 꽃불이 튀어서 아무것도 볼 수가 없었다. 그러나 당하는 만큼 고통을 동반하지는 않는 기묘한 구타였다.

"넌 우리 순덕일 만날 자격이 없어! 두번 다시 순덕일 만나선 안 돼! 다시는 만날 수 없게 이렇게 죽여주는 거야, 임마!"

숨돌릴 겨를도 없이 쏟아져내리는 타격은 차라리 일종의 청량감 같은 것이었다. 그것은 안순덕과 박환청과 자기를 잇는 삼각의 끈을 확인하는 절차이기도 했다. 여태껏 그들과 자기 사이에 가로놓인 엄청난 허구의 공간이 주먹과 발길 끝에서 조금씩조금씩 무너져내리고 있었다. 내가 만약 이 자리에서 저 미치광이 젊은이한테 타살당하지 않고 살아날 수만 있다면, 하고 권씨는 가정을 해보았다. 살아난 값을 톡톡히 해야지. 그러기 위해서는 다른 무엇보다도 먼저 노조 간부들을 만나볼 필요가 있었다. 그리고 다음 순서로 본사에 가서 사장을 만나는 일도 당연히 고려에 넣으면서 권씨는 차츰 의식을 잃어갔다.

[『문학사상』, 1977. 10]

작가 후기

첫 소설집 『황혼의 집』을 내면서 느끼는 심정을 나는 '부끄러움'과 '외로움'이라는 두 가지 말로 나타낸 바 있다. 그런데 그 뒤 지면 또는 생면부지의 선배 혹은 동료 문인과 수많은 독자들로부터 놀라운 반응이 내게로 왔다. 앞으로도 계속 적당히 부끄러운 건 무방하지만 이젠 외로울 것까진 없지 않냐는 것이었다. 나로서는 전혀 상상 밖의 반응이 아닐 수 없었다. 이처럼 따뜻한 위로와 격려가 어깨를 툭툭 치며 악수를 청해오는 바람에 거기에 용기를 얻어 신인으로서 재데뷔하는 기분으로 직장까지 그만둬가며 무모하리만큼 열심히 작품을 써냈다. 그 결과를 묶은 것이 바로 당신이 시방 손에 들고 있는 『아홉 켤레의 구두로 남은 사내』다. 그러나 『황혼의 집』에 이어 만 1년 만에 두번째 소설집을 내놓게 된 지금도 그때 당시의 부끄러움과 외로움에 별다른 가감이 없음을 솔직히 고백한다.

옛적 중국의 기악인 사광(師曠)은 자기 귀를 더욱 예민하게 만들기 위해 스스로 눈을 찔러 장님이 되었다 한다. 인간의 간사한 눈이 신음(神音)과 신운(神韻)을 감득하는 데 번번이 방해물임을

일찍이 깨달은 극기의 자해(自害)이다. 참다운 예술의 길이 얼마
나 어렵고 고통스러운 것인가를 단적으로 보이는 고사다. 생각
건대 내게는 아직도 찔러야 할 많은 눈들이 남아 있는 것 같다.
젊은 나이에 이 정도면 어지간히 찔렀다고 스스로 믿다가도 여
전히 진실을 가로막는 하고많은 눈들이 있음을 깨닫고는 망연해
진다.

1977년 10월

윤　홍　길

신판 작가 후기

그때가 1977년이니까 벌써 20년 전의 일이다. 생애 두번째 저서인 이 소설집 초판본의 말미에 붙은 작가 후기를 오랜만에 다시 읽어보면서 그것을 적던 당시의 기억을 퍼뜩 되살렸다. 겉으로는 제법 겸손한 척하면서도 행간에다가는 신진 작가로서의 의욕과 패기를 두툼히 깔고자 했던 내 속셈이 엿보이는 후기라서 한동안 스스로 무안을 타고 말았다.

그 당시의 젊은 기운도 문학을 향한 열정도 지금은 내게서 많이 떠나버렸다. 초판본 후기와 3판본 후기 사이에 끼인 20년 세월 동안 나는 여러 고팽이 삶의 굴곡을 겪어야 했다. 같은 책의 후기를 다시 쓰는 지금, 의욕과 패기를 앞세워 장차 내 문학을 어떠어떠한 방향으로 꾸려나가겠노라고 다짐하고 장담하는 행위를 어느덧 장년에 이른 내 나이가 극구 만류하고 있다. 다만, 앞으로도 힘 자라는 데까지 꾸준히 그리고 진지하게 소설 창작에 임할 생각임을 밝히는 것이 내가 독자들에게 할 수 있는 유일한 약속이다.

어떤 책이 20년 동안 독자들의 관심과 사랑의 권역 안에 머물 수 있다는 것은 분명 흔치 않은 행운이요 크나큰 은택이다. 그간

수십 쇄를 거듭하기까지 이 소설집 위에 여일하게 임하시는 하나님의 축복의 손길을 실감하면서 나는 감히 '사랑의 빚진 자'임을 자인한다. 아울러 작가로서 내가 뛰놀 수 있는 최초의 멍석을 깔아준 문학과지성사에 대한 고마움을 20년 전 그때나 지금이나 전혀 변함이 없음을 이 자리를 빌려 새삼스레 밝히고 싶다.

1997년 2월
윤흥길

개인과 사회의 역학

오　생　근

　윤흥길의 첫번째 창작집 『황혼의 집』이 발간된 이후, 그는 뒤늦게나마 한국 문학에 대한 애정을 지니고 있는 많은 사람들로부터 깊은 관심과 주목을 받기 시작한 것 같다. 대부분의 독자들은 『황혼의 집』에 실려 있는 「장마」에 대한 이야기를 하고, 「장마」가 주는 감동을 고백하기도 했다. 「장마」가 그의 대표작으로 꼽힐 만큼 높이 평가된 이유는, 쉽게 생각하여 한국 전쟁의 비극을 독특한 관점에서 서술했기 때문이라고 말할 수 있을 것이다. 한국 전쟁을 소재로 하여 씌어진 다른 작가들의 작품들이 대체로 극적인 사건을 중심으로 스토리 텔러의 입장에서 씌어진 반면에, 「장마」는 어린 소년의 관점을 빌린 심리적인 추이 과정에 초점을 맞추고 있으며, 또한 샤머니즘과 이데올로기의 문제가 결부됨으로써 한국 전쟁의 독특한 양상을 새롭게 부각하고 있는 것이다. 그러므로, 「장마」는 이제 윤흥길이란 한 작가의 작품집

속에 위치해 있지 않고, 한국 문학사라는 넓은 체제 속으로 굳건히 편입된 듯하다.

  그의 두번째 창작집 『아홉 켤레의 구두로 남은 사내』에는, 어린 소년들의 관점이 적지 않게 피력되어 있는 첫번째 창작집과는 달리, 어른들의 관점이 많은 부분을 차지하고 있다. 다시 말해서, 두번째 창작집 속에는 어린 시절의 체험을 토대로 한 작품들보다는 한 사람의 성숙한 사회인이 겪는 삶의 문제와 도덕적 갈등이 주류를 이루고 있다는 것이다(물론 이것은 「장마」와 비슷한 계열에 속해 있는 작품 「양(羊)」은 제쳐두고 하는 말이다). 그런 점에서, 두번째 작품집에는 70년대 한국 사회가 안고 있는 구체적인 문제들이 다각적으로 파헤쳐져 있다고 볼 수 있다. 그러한 구체적인 문제들은 근대화를 급격히 촉진시키고 있는 사회에서 흔히 발생되는 가치관의 부재라든가, 혹은 삶의 기반을 갖지 못하고 도시의 변두리에 밀려나 있는 하층민들의 삶에서 파생되는 문제들이다. 그러한 문제들을 윤흥길은 비교적 폭넓은 상징적인 관점에서 제시하고 있으면서, 또한 일관된 비판적 작가 의식을 보여주고 있는 것이다.

  그의 작품들이 담고 있는 중요한 문제 의식은 대체로 개인과 사회와의 역학 관계에서 형성된 것처럼 보인다. 물론, 대부분의 작가들이 개인과 사회와의 관계에서 파생된 갈등이나 모순을 파헤치고 있는 것은 사실이다. 그러나 윤흥길의 경우, 그러한 주제는 표면화되어 있지 않은 듯하면서도 언제나 작품의 바탕을 이루고 있다는 것이다. 가령 「양」과 「그것은 칼날」이라는 두 작품을 들어보자. 「양」은 앞에서 밝힌 것처럼 「장마」와 비슷한 분위기를 지니고 있으면서, 또한 어린 소년의 관점에서 씌어진 작품이다. 이 작품은 전쟁의 비극이 한 가정의 불행과 관련되어 서술되어 있다. "뺨 한 대 얻어맞은 과거를 찌르면 등쪽까지 꿰뚫리는 죽창으로 앙갚음하는 세상"의 소용돌이 속에서 혹심한 가난을 겪고 있는 한 가정의 가장은 "돈도 없고 빽도 없고, 없는 돈 빽만큼이나 재수도 없는 비슷한 처지의 다른 사내들과 함께" 일선 노무자로 차출되어간다. 어머니는 이러한 아버지를 구하기 위하여 뛰어다니는데 엎친 데 덮친 격으로 막내 윤봉은 홍역을 앓게 되므로 온 가족들은 오히려 그의 죽음을 기대하기에 이른다. 막내 윤봉은 육체적 정신적 발육이 늦은 저능아이며, 백치 같은 행동을 하는 소년이다. 마을이 인민군에 의해 점령당했을 때, 모든 주민들이 인민군 병사에 대해 공포심을 지니고 있었는데, 그 소년은 인민군 병사의 연설을 바보같이 어눌하게 흉내냄으로써 엉뚱한 희극적 효과를 자아내기도 한다. 그럼으로써 그 소년은 무서운 인민군 치하의 상황에서 바보라는 놀림을 받는 대신에 귀여운 재롱둥이로 부각된다. 그러나 수복이 되어 인민군이 쫓겨난 후, "잡아가고, 도망치고 죽임을 당하는 험악한 소동"이 벌어지는 상황이 되었는데도 소년은 철없이 인민군 군가를 부르며, 인민군 병사의 귀여움을 받던 시절 그대로 행동한다. "백치다운 얼굴"의 "네 살짜리 악마"는 뒤바뀐 사회의 분위기를 전혀 알 수가 없었던 것이다. 그 소년 때문에 집안의 불행이 가중되었다고 생각한 가족들은 어머니의 말처럼, "그 웬수녀르 것 아직도 안 뒈졌다냐?"와 같은 미움의 감정을 막내에게 집중한다. 그러나 아버지를 구할 수 있는 희망마저 사라진 후, 막상 막내가 죽었을 때 어머니의 미움은 미움뿐이 아니었다는 사실이 확인된다.

이 작품은 두 가지 각도에서 다시 생각될 수 있다. 첫째는 아무런 죄가 없는 소년이 어른들의 속죄양 역할을 하여 희생되었다는 관점이다. 소년은 인민군 점령하에서, 섣불리 동조할 수도 없고 안 할 수도 없는 동네 어른들의 난처한 감정의 방패막이로 이용된 것이다. 작품 속의 지문을 인용해서 다시 설명한다면, "철부지 어린애를 방패막이로 삼아 자기네들이 인민군을 환영하고 공산당에 적극 동조한다는 사실을 은근히 드러내는 데 이용하려 한다는 것"이 아버지의 괴로움이다. 또한 집안에서 소년의 위치는 밖에서의 모든 희망이 좌절된 연약한 사람들이 조금이라도 절망을 유보시킬 수 있는 증오의 대상이 된다. 다시 말해서 모든 일이 뜻대로 되지 않고 모든 사람들이 적으로 보여질 만큼 미워졌을 때, 어떤 구체적인 대상이 없으면, 사람이란 절망의 혼돈에서 헤어날 수 없는 법이다. 소년이 어머니의 미움을 받는 원인은 사실상 소년의 내부에 있지 않고 밖의 현실에 있는 것이며, 그런 점에서 소년의 죽음은 어머니가 진정한 마음으로 원했던 죽음이 결코 아닌 것이다. 두번째로 생각해볼 수 있는 점은 순진한 작중인물과 음험한 사회와의 관계를 보여준 작가적 관점이다. 작가는 순진한 작중인물이 어떤 과정을 거쳐서 희생되며 그 희생의 의미가 무엇인지를 보여주고 있다. 이러한 관점은 「그것은 칼날」에서 다시 확인되는 사실이기도 하다. 작가의 관심은 한 개인의 내면적 진실을 밝히고 옹호하는 데 있지 않고, 사회 의식이 없는 인물을 보여주면서도 어디까지나 개인과 사회와의 관계가 깊은 관련을 지니고 있다는 사실을 밝히려 한 데 있다. 그런 의미의 범주에서 「빙청과 심홍」은 주의 깊게 읽혀져야 한다.

「빙청과 심홍」은 개인의 진실과 사회의 허위가 첨예하게 부딪

302

치는 상황을 보여주고 있다. 이 작품은 비행단 격납고에서 산소통 폭발 사고가 발생된 후, 중화상을 입은 우하사를 영웅으로 조작한 사건이 중심으로 전개되어 있다. 그는 평소에 "말보다는 주먹이 앞서는 사람"이었고, 사고시에 우연히 피해를 입었을 뿐, 영웅적 활약을 한 것도 아니다. 거짓이 진실로 둔갑해버린 이 상황에서 윤흥길적인 정직한 작중인물 신하사는 진상을 밝히려 하고, 또한 삶의 진실이 무엇인지를 돌이켜본다.

[……] 산 사람들이 즐기는 놀이를 위하여 죽은 사람이 개처럼 질질 끌려다닌다는 건 도저히 용서할 수 없는 일입니다. 우하사는 우하사인 채로 죽어야 마땅합니다. 우하사에서 더도 덜도 아니어야 합니다. 하루아침에 그를 영웅으로 떠받들면서 법석을 떨어대고 존경을 강요하는 건 불행하게 죽은 자에 대한 예의가 아니며, 오히려 그의 인간다운 죽음을 모독하는 처사입니다.

윤흥길이 보여주는 허위에 대한 반항은 과장되거나 위험스러운 느낌을 주지 않는다. 그의 작중인물들의 반항은 언제나 높지 않은 목소리로 정직한 입장에 서려는 태도에서 얻어진 결과일 뿐이며, 조금이라도 영웅적인 몸짓을 동반하는 일이 없다. 그가 옹호하는 삶은 쉽게 표현하여 '더도 덜도 아닌' 인간적인 삶, 그 자체일 뿐이다.

「장마」 이후, 윤흥길의 문학적 성가를 높여준 작품으로 「아홉 켤레의 구두로 남은 사내」를 꼽을 수 있을 것이다. 이 작품에는 권기용이라는, 연약하면서 또한 충동적인 행동을 서슴지 않는 작중인물이 등장하는데, 그의 행위는 비교적 온건하고 사려 깊은 오선생의 관점을 통하여 서술되어 있다. 작가는 나레이터의 입장에 서기도 하지만 동시에 권기용의 입장에 서기도 한다. 권기용은 성남시의 한 시민으로서 성실한 삶의 터전을 마련하려고 애쓰다가 결국 정책적이며 비인간적인 사회의 횡포에 좌절되어 엉뚱하게 광주단지 사건의 극렬한 주동자의 한 사람으로 당국의 주목을 받는다. 그가 대범한 성격을 지니고 일찍부터 부당한 현실에 대한 적극적 개혁 의지를 지니고 있던 사람이었다면 그로서는 당국의 주목을 받는 일쯤은 떳떳하고 예사롭게 넘겨버렸을지 모른다. 그러나 그는 당국의 주목을 견디지 못하는 위인이다. 그는 또한 현실의 파도에 부딪치면서 자기 자신을 능동적으로 유지할 능력이 없는 사람이기 때문에 그는 일관성 없는 행동을 하게 되고, 그의 아내가 해산할 무렵 아무리 해도 수술비를 감당할 수 없게 되자 엉뚱한 강도 행위를 벌인 후 실종해버린다. 이처럼 비정상적인 행위를 노출할 수밖에 없었던 권씨와 같은 작중인물이 윤흥길의 작품에서 전혀 새로운 것은 아니다. 그의 작품을 연대기적으로 파악하여 좀더 거슬러 올라가면 『황혼의 집』에 수록된 「내일의 경이」에서의 작중인물인 문명남이 바로 권씨의 모습이라 쉽게 진단할 수 있는 것이다. 이 두 사람의 작중인물이 지니고 있는 공통점은 잘못된 사회라는 것을 알고 그 사회를 바로잡아야 한다는 것까지 알면서도 그 의도를 실현시키지 못하여 고민하는 연약한 사람, 다시 말하여 현실과 꿈의 커다란 장벽을 의식하면서도 그 장벽을 뛰어넘지 못하거나 양자간의 균형을 유지하지 못하는 연약한 성격의 소유자라는 점이다. 바로 그런 점 때문에 두 사람의 작중인물들은 작품의 끝부분에서 실종되는 모습으로 애매하게 처리되어 있어, 독자의 안타까움과 궁금증을 유발한다.

「아홉 켤레의 구두로 남은 사내」의 연작들은 실종된 권씨의 입장을 중심으로 전개되어 있어 독자의 궁금증을 풀어주면서 동시에 윤흥길의 새로운 현실 접근 방법을 환기시켜주고 있다. 다시 말해서 작가는 현실에서 패배하여 사라져버리는 연약한 주인공으로 하여금 현실과 정면 대결하는 단계로 변모시키고 있는데, 무엇보다 먼저 밝혀두어야 할 사실은 주인공의 변모가 결코 얄팍한 영웅주의 양상을 띠고 있지는 않다는 점이다. 세 편의 연작들을 시간적인 질서에서 정리하면 「직선과 곡선」으로부터 「창백한 중년」, 그리고 「날개 또는 수갑」의 순서로 연결될 수 있다. 그 중에서 중요한 것은 권씨의 입장을 밝히고 그의 변모를 상세하게 밝힌 「직선과 곡선」이다. 이 작품에 주인공 권씨는 가출한 지 엿새 만에 귀가한 것으로 그려져 있다. 그 엿새 동안에 그가 한 일은 무엇이었을까? 그는 아내의 수술비를 감당하지 못하는 스스로의 무능력 때문에 "말로 못 할 고통과 시련"을 겪고, 또한 오선생에 의해 모욕당했다고 생각하며 "잔뜩 취하고 싶은 심한 조갈증"에 사로잡혀 돈 없이 술을 얻어 마실 수 있는 작부집을 찾아간다. 그리고 그날 밤 엉뚱하게 오선생을 원한의 대상으로 삼아 서투른 강도 짓을 벌이게 되고 또한 오선생에게 정체를 밝히게 되고 마는 실수를 저지른다. 작부집에 돌아와 다시 이틀을 꺼묻어 보낸 후 그는 산에 올라가 자포자기의 심정으로 작부와 함께 극약을 먹고 자살을 시도하다가 사흘 만에 깨어난다. 집으로 돌아온 첫날, 그는 '아홉 켤레의 구두'를 불태우고 새로운 삶의 전기(轉機)를 모색한다. 그 전기는, 그가 동림산업 오사장의 승용차에 부딪혀 교통 사고를 당한 사건이 계기가 된 것이다.

"소비자나 종업원들 취약점을 먹고 살찌고 있는" 것처럼 보이는 기업인 오사장은 권씨의 사건을 철저히 이용하여, 그를 "멀쩡한 대낮에 불의의 교통 사고를 위장해서 금품을 갈취할 목적으로 달리는 차에 뛰어들었"던 전과자로 몰면서 그러한 전과자의 잘못을 용서하여 입원비를 치러주고 자기 회사 사원으로 특채한다는 미담의 신문 기사를 조작해낸 것이다. 이 결과에 대하여 권씨가 내보인 반응은 그 이전의 모습과 다르게 지나칠 정도로 냉정하다. 그는 오사장에 대한 감정적인 분노와 흥분을 터뜨리지 않고 삶의 많고많은 어려움을 넘어선 사람답게 침착한 태도를 취한다.

[……] 오선생은 보름 안에 자기 손으로 집을 지어본 적 있습니까? 배고프다고 시위하다 말고 엎어진 트럭에 벌떼같이 달려들어서 참외를 주워먹는 인생들을 본 적 있습니까? 죽었다가 살아난 경험은요? 그리고 생명만큼이나 아끼던 자기 구두를 태우는 아픔은요? 이건 결코 자랑이 아닙니다. 내가 경험한 이런 일 모두가 사회 탓이라고 세상을 원망하는 것도 아닙니다. 내가 모자란 탓에 자업자득으로 그런 거니까 뒤늦게나마 좀 넉넉해보자는 겁니다. 보기 나름이고 생각하기 나름입니다. 후회를 하더라도 아주 나중에 하겠습니다. 오선생더러 박수를 쳐달라고 그러는 게 아닙니다. 산속으로 끝까지 가봐도 길이 없으니까 이제부터 되돌아서 들판 쪽으로 나와보려는 것뿐입니다.

권씨의 이러한 변모를 제시한 작가적 태도에서 두 가지 점을 지적할 수 있다. 첫째는, 개인과 사회와의 관계를 파악하는 데 있어서 작가는 어느 한편에 기울어 있지 않으며 상호적인 관련을 냉철히 주시하고 있다는 사실이다. 둘째는, 작가가 주인공 권씨를 현실의 밑바닥으로 이끌어가서 그의 다른 작품들과는 달리 현실과 정면 대결하도록 하고 있다는 사실이다.

윤흥길은 연작과 관련된 어느 글에서 "쓰는 사람 입장에서 나는 권씨가 여러분의 권씨로 폭넓게 확산되기를 바라며 이제 바야흐로 세상을 정면으로 상대하려는 그에게 성원을 보내주기를 독자들에게 당부하고 싶다"고 말하고 있다. 사실상 권씨는 퇴원한 후, 동림산업 제1공장 잡역부로 취직을 하게 된다. 그러나 대학 출신이라는 신분 때문에 공장에 있는 직공들은 거리감을 느껴 사장이 보낸 감시원이 아닐까 하는 오해를 받는다.

또한 회사 사무원들 입장에서 보면, 그는 일개 평범한 잡역부에 불과할 뿐이다. 다시 말해서 그는 공장과 회사 쪽을 거리를 두고 관망하면서, 직공들과 사무원들 그 어느 편에도 예속되어 있지 않은 애매하면서도 여유 있는 입장을 취하게 된 것이다. 그러한 상태에서 그는 두 가지 사건을 목격하게 된다. 하나는 여공들의 비참한 근로 조건과 관련된 것이며, 다른 하나는 사무원들의 획일화와 규격화를 조장하게 될 제복 착용에 대한 반발이다. 압축된 어휘로 요약하면 그 두 가지 사건은 '생존과 자유'의 문제를 담고 있는 것이다. 첫번째 사건은 「창백한 중년」에 실려 있는 내용이며, 두번째 문제는 「날개 또는 수갑」에 담겨 있다. 두 편의 소설에서 권씨가 먼저 부딪치게 되는 중요한 문제는 우선 생존의 문제이다. "……한쪽에선 작업중에 팔이 뭉텅 잘려져나간 사람이 있고 그 팔값을 찾아주려고 투쟁하는 사람들이 있는 반면에 다른 한쪽에선 몸에 걸치는 옷 때문에 거기에 자기 인생을 걸려는 분들도 계시구나 하는 생각이" 들었다고 말하는 권씨의 어조는 바로 생존의 우선적인 중요성을 강조하는 의미가 담겨 있다. 그는 팔을 잘린 여공의 문제를 통해서 서서히 이 산업사회의 현장에 정면으로 도전하기 시작한 것이다. 그의 싸움이 어떻게 실현되며 어떤 결과를 갖게 될지 아직은 아무도 모른다. 그러나 작가가 소설 속의 현실에 지나치게 몰입되어 모순을 파헤치려다보면, 다시 말해 현실의 모든 문제를 명확히 설명하고 해명하려 든다면, 그의 소설이 지니고 있는 좋은 점 중의 하나인 암시성이 결여될 수도 있지 않을까 하는 의구심도 든다. ▨

「아홉 켤레의 구두로 남은 사내」
연작의 현재적 의미

성 민 엽

"1977년은 소설가 윤흥길의 해였다." 1978년에 이문구가 한 말이다. 지금 돌이켜보아도 그 말은 썩 유효하다. 그해에 윤흥길은 10편의 중단편을 썼고 장편 『묵시의 바다』를 쓰기 시작했으며 두번째 창작집 『아홉 켤레의 구두로 남은 사내』를 펴냈던 것이다. 작가가 아니라 작품으로 보자면, 1977년은 「아홉 켤레의 구두로 남은 사내」(이하 「아홉 켤레」로 약칭) 연작의 해였다. 「아홉 켤레」 연작은 이듬해에 단행본으로 출판된 조세희의 「난장이가 쏘아올린 작은 공」 연작과 더불어 70년대말의 한국 문학에 크나큰 충격을 가한 기념비적 역작이다. 그것들은 70년대 문학의 한 정점이었고, 동시에 80년대 문학의 새로운 지평을 연 선구였으며, 나아가서는 80년대 내내 현재형으로 살아 움직였고 지금도 그 현재적 의미를 잃지 않고 있는 '살아 있는 고전'인 것이다.

「아홉 켤레」 연작은, 그 중심 인물 권기용을 따라 읽으면, "연약한 한 소시민이 현실의 엄청난 무게와 싸우는 적극적인 인간상으로 변모"해가는 모습을 그린 것이라 할 수 있다. 원래 권기용은 대학을 나와 출판사 직원으로 일하며 가까스로 광주 철거민 단지에 땅과 집을 마련한, '선량한' 소시민이었다. 여기서 선량하다는 것은 "불만이 있고 억울한 일이 있어도 기껏 꿈속에서나 해결할 뿐이지 행동으로 나타낼 줄은 모른다"는 뜻이다. 그러던 그가 광주 대단지 '폭동'에서 이른바 과격 분자의 행동을 했고, 그 때문에 감옥살이를 했으며, 그의 소시민적 기반은 송두리째 상실되었다. 이러한 전사(前史)를 가진 권기용의 현재는 도시빈민으로의 추락과 극심한 궁핍의 고통이다. 그는 아내의 해산 비용을 마련하기 위해 어설픈 강도짓을 하다가 실패하자 가출하고, 음독 자살을 꾀하지만 죽지 않고 —— 혹은, 죽었다가 —— 다시 살아난다. 다시 살아난 뒤로 그는 변모한다. 동림산업 사장의 승용차에 치인 것을 계기로 동림산업에 취직을 하여 공장 잡역부로 일하며, 기계에 팔을 잘린 여공의 산재 보상금을 타내기 위해 경영주와 맞서 싸우는 모습으로까지 변하는 것이다.

그러나 「아홉 켤레」 연작은 이상과 같은 사건 중심, 이야기 중심의 요약을 훨씬 넘어서 있다. 그 전모를 살피기 위해서는 다각적인 고찰이 필요하다. 우선, "연약한 소시민으로부터 적극적인 인간상으로의 변모"가 두 번에 걸쳐 나타난다는 점에 주목해야 한다. 그 처음은 전사(前史)에 나타난다. 그것은 "배고프다고 시위하다 말고 엎어진 트럭에 벌떼같이 달려들어서 참외를 주워먹는" 군중의 모습에서 받은 충격으로부터 비롯된 것인데, 다분히 충동적이고 무의식적인 것이었다. 그래서 그는 자신의 행동을 기억하지도 못하고, 사후에는 다시 원래의 '연약한 소시민'의 모습으로 돌아간다. 그에 비해 두번째의 변모는 충분히 의식적이며 점진적인 변모이다. 죽었다 살아난 뒤, 그는 아홉 켤레의 구두를 태움으로써 이제까지의 자기 자신을 부정하지만, 그렇다고 일시지간에 변모가 이루어지지는 않는다. 먼저, 교통 사고의 사후 처리를 놓고 벌이는 오선생과의 대화에서 일차적인 변화가 나타난다. "개가 아니고 인간이기 때문에 던져주는 건 사양하겠습니다. 수단껏 뺏을 작정입니다." 동림산업측이 사실을 왜곡하여 미담을 조작해낸 데 대한 반응에서 변화는 좀더 진행된다. "내가 경험한 이런 일 모두가 사회 탓이라고 세상을 원망하는 것도 아닙니다. 내가 모자란 탓에 자업자득으로 그런 거니까 뒤늦게나마 좀 넉넉해보자는 겁니다. [……] 산속으로 끝까지 가봐도 길이 없으니까 이제부터 되돌아서 들판 쪽으로 나와보려는 것뿐입니다." 그리고는, 팔을 잘린 여공의 애인 박환청에게 엉뚱한 오해로 인해 폭행을 당하면서 자신이 무엇을 어떻게 해야 할지를 마침내 깨닫는 것이며, 그리하여 팔값을 찾아주기 위한 투쟁에 나서는 것이다.

이 두 차례의 변모는 계급 계층적인 문제와 내적으로 긴밀히 연관되어 있다. 첫번째 변모 이전의 권기용은 자신이 소시민이며 '폭동'을 벌이는 광주 대단지의 도시 빈민들과는 종류가 엄연히 다르다고 생각한다. 그 다르다는 생각이 무너지는 순간 그는 제정신을 잃고 '폭동'의 선두에 섰던 것이다. 그 일시적이고 충동적이며 무의식적인 변모 이후 도시 빈민으로 추락한 그는 자신이 처한 현실을 수락하지 못하고 이제는 상실된 소시민적 아이덴티티에 집착한다. "이래봬도 나 대학 나온 사람이오"라는 말이나, 구두를 열 켤레나 갖춰놓고 애지중지하는 모습은 그 집착의 표현이다. 그 구두는 "수비안고(手卑眼高)의 딱한 처지가 지니는 일종의 병짓에 가까운 자존심의 상징체"이기도 하고 "대상적(代償的) 행위의 일종"이기도 하지만, 더욱 중요하게는 소시민적 아이덴티티에의 집착인 것이다. 따라서 구두를 태우는 것은 그 집착을 버리는 일이고, 도시 빈민으로서의 자신의 현실을 수락하는 일이다. 그러나 여기에서 아이러니가 발생한다. 도시 빈민으로 추락한 뒤 소시민적 아이덴티티에 집착할 때에는 오히려 소시민적 아이덴티티라는 것이 하나의 환상으로만 존재했었는데, 이제 거꾸로 그 집착을 버리려 하자 소시민적 아이덴티티라는 것이 굴레가 되어 그를 옭아매는 것이다. 그것은 그가 노동자가 되고 나자 아주 분명해진다. 공장의 노동자들은 아무도 그를 노동자로 인정해주지 않는다. "대학 졸업장 가진 잡역부가 세상에 그렇게 흔타더냐? 그렇게도 잡역부 시킬 사람이 없어서 네 놈처럼 평생 펜대나 굴려먹을 종자를 내려보냈다더냐?"

그러고 보면 「아홉 켤레」 연작에서 권기용의 계급 계층적 존재는 소시민-도시 빈민(노동자)이라는 이중적 존재이다. 그것은 전반부에서는 소시민이고 싶은 도시 빈민이고 후반부에서는 소시민이고 싶지 않은 도시 빈민(노동자)이라는 점에서 서로 다른 두 가지 양상으로 나타난다. 이 점에 주목하면 「창백한 중년」의 마지막 대목이야말로 이 연작의 담론적 중심이 된다.

숨돌릴 겨를도 없이 쏟아져내리는 타격은 차라리 일종의 청량감 같은 것이었다. 그것은 안순덕과 박환청과 자기를 잇는 삼각의 끈을 확인하는 절차이기도 했다. 여태껏 그들과 자기 사이에 가로놓인 엄청난 허구의 공간이 주먹과 발길 끝에서 조금씩조금씩 무너져내리고 있었다. 내가 만약 이 자리에서 저 미치광이 젊은이한테 타살당하지 않고 살아날 수만 있다면, 하고 권씨는 가정을 해보았다. 살아난 값을 톡톡히 해야지. 그러기 위해서는 다른 무엇보다도 먼저 노조 간부들을 만나볼 필요가 있었다. 그리고 다음 순서로 본사에 가서 사장을 만나는 일도 당연히 고려에 넣으면서 권씨는 차츰 의식을 잃어갔다.

"그들과 자기 사이에 가로놓인 엄청난 허구의 공간"이 무너져 내린다는 것은 소시민─도시 빈민(노동자)이라는 자신의 계급 계층적 이중성이 해체되고 노동자적 아이덴티티가 생성된다는 것에 다름아니다. 그리하여 「날개 또는 수갑」의 권기용은 소시민─노동자가 아니라 노동자로 나타난다.

이쯤에서 우리는 「아홉 켤레」 연작의 서술 형태에 주목할 필요가 있겠다. 첫 작품인 「아홉 켤레의 구두로 남은 사내」는 오선생을 일인칭 화자로 서술하고 있고, 두번째 작품인 「직선과 곡선」은 권기용을 일인칭 화자로 서술하고 있으며, 세번째 작품인 「창백한 중년」은 권기용을 시점으로 삼인칭 서술을 하고 있고, 마지막 작품인 「날개 또는 수갑」은 민도식을 시점으로 삼인칭 서술을 하고 있다(이 순서는 작품 내적 시간에 입각한 것이다. 발표 순으로 보면 「아홉 켤레」─「날개 또는 수갑」─「직선과 곡선」「창백한 중년」이 되고, 작품집에의 수록 순서로 보면 「아홉 켤레」─「직선과 곡선」─「날개 또는 수갑」─「창백한 중년」이 된다. 발표 순서는 그다지 중시하지 않아도 되겠지만, 작품집에의 수록 순서를 이렇게 정한 의도가 무엇인지는 중요할 수도 있다). 「직선과 곡선」과 「창백한 중년」

의 두 작품만이 권기용을 시점으로 하고 있다는 점이 눈길을 끈다. 앞에서 살펴보았듯이 이 두 작품은 권기용의 변모 과정을 그리고 있다. 그러니까 이 두 작품의 시점 설정은 권기용의 변모 과정을 그 자신의 내면으로부터 드러내는 데 의도를 두고 있는 것이다. 반면, 「아홉 켤레」와 「날개 또는 수갑」은 각각 오선생과 민도식을 시점으로 하고, 권기용은 다만 관찰 대상으로만 나타난다. 이 두 작품의 서술 형태는 유사하면서도 그 효과 내지 내용에 있어서 적지않은 차이를 나타낸다. 「아홉 켤레」에서의 그러한 서술은 오선생이라는 '선량한' 소시민의 눈으로 소시민이고 싶은 도시 빈민의 이중성을 관찰하는 것인데, 처음에는 오선생이 권기용이라는 인물을 이해하기 힘든 존재인 것처럼 말하지만 나중에는 권기용의 안팎을 훤히 들여다보게 된다. 그 전환은 권기용의 구두 닦는 모습을 묘사하는 데서부터 일어난다.

[……] 그만한 일에도 무척 힘이 드는지 권씨는 땀을 흘렸다. 숨을 헉헉거렸다. 침을 퉤퉤 뱉았다. 실상 그것은 침이 아니었다. 구두를 구두 아닌 무엇으로, 구두 이상의 다른 어떤 것으로, 다시 말해서 인간이 발에다 꿰차는 물건이 아니라, 얼굴 같은 데를 장식하는 것으로 바꿔놓으려는 엉뚱한 의지의 소산이면서 동시에 신들린 마음에서 솟는 끈끈한 분비물이었다.

오선생의 눈이 갑자기 사물의 이면을 투시하기 시작하는 것이다. 그리고 이렇게 투시당하기 시작하자 권기용은 자신의 전사(前史)를 숨김없이 털어놓는 것이다. 그것은 오선생의 소시민성과 권기용의 소시민성이 본질적으로 같은 세계에 속하기 때문에 이루어지는 일종의 교감이라고도 할 수 있고, 달리 보면 오선생이란 인물이 다름아닌 작가 자신의 투영이기 때문에 가능한 소통이라고도 할 수 있다. 오선생이 작가 자신의 투영이라는 것은 「직선과 곡선」의 첫머리에 일인칭 화자로 등장하는 권기용의 진술에서 더욱 분명해진다.

> 누군가 내 이력을 샅샅이 들춘 사람이 있다. 들춰서는 만좌중에 공개까지 했다. 그 누구는 성남시에서 국어 교사로 있는 오선생이다. [……]
> [……] 내 문제를 두고 그가 밝힌 견해는 거의 정확한 것이며 아울러서 그걸 밝히게 된 동기부터가 나를 향한 인간적인 애정 때문이었다는 심증을 뭇 호사가들의 나불거리는 입을 통해서 나름대로 굳힐 수가 있었다.

이 진술이 가리키는 것은 말할 것도 없이 단편소설 「아홉 켤레의 구두로 남은 사내」이다. '뭇 호사가들'이란 비평가 내지 독자들을 가리키는 것일 터이다.

그러나 「날개 또는 수갑」은 상당히 다르다. 여기서는 민도식이라는 소시민의 눈으로 권기용을 철저히 외적으로만 관찰한다. 여기서 권기용은 소시민─노동자의 이중성을 완전히 벗어난 노동자적 존재이다("생산부 사람이 분명한데, 나이가 상당히 들어보이고 제법 점잖은 티를 부리는 점이 어딘지 모르게 배운 사람 같아서 간부 사원일지도 모른다는 생각이 확 들었다"라는 진술이 권기용의 소시민적 흔적을 암시하기도 하지만, 그러나 이는 그야말로 흔적으로만 나타날 뿐 사건이나 성격에 별다른 작용을 하지 않는다). 제복 착용 문제로 고민하는 민도식과 여공의 팔값을 찾아주기 위해 투쟁하는 권기용 사이에는 교감이나 소통이 거의 이루어지지 않는다. 권기용의 변모 과정을 그 내면으로부터 추적해온 작가가, 막상 변모가 이루어진 이후의 권기용을 그릴 때는 그 내면으로 한 발자국도 들어가지 않는 것이다. 이를 두고 노동 현실을 정면에서 보고자 하는 작가적 결단의 포기가 아닌가 하고 물을 수도 있겠지만, 애초에 작가의 입각점이 소시민적 갈등의 진정성이라는 점을 생각하면 이는 오히려 작가의 정직성의 소산이라 해야 할 것이다. 그러고 보면 이 연작의 배열 순서에 대해서도 납득이 간다. 「날개 또는 수갑」에서 변모된 이후의 권기용에 대한 외적 관찰을 제시한 다음, 「창백한 중년」에서는 다시 시간적으로 거슬러 올라가 권기용의 변모 과정을 그 내면으로부터 보여주면서 변모의 마지막 고리에 대한 묘사로 연작을 마무리짓는 것이다.

그러므로 「아홉 켤레」 연작은 "연약한 한 소시민이 현실의 엄청난 무게와 싸우는 적극적인 인간상으로 변모"해가는 모습을 그린 것이되, 그 주안점은 소시민적 갈등의 진정성에 있다고 할 수 있다. 「날개 또는 수갑」이 변모된 권기용 자체보다도 그 권기용으로부터 충격을 받는 민도식에게 초점을 맞추고 있는 것은 그러므로 자연스러운 일이다. "한쪽에선 작업중에 팔이 뭉텅 잘려져나간 사람이 있고 그 팔값을 찾아주려고 투쟁하는 사람들이 있는 반면에 다른 한쪽에선 몸에 걸치는 옷 때문에 거기에 자기 인생을 걸려는 분들도 계시구나 하는 생각이 들어서 그냥 지나칠 수가 없었"다는 권기용의 말에 민도식 일행은 충격을 받는다. "팔도 중요하지만 그에 못지않게 옷도 중요해. 옷을 지키려는 건 다시 말해서 팔을 찾으려는 거나 마찬가지 일이야"라는 우기환

의 항변은 다소 공허하게 들린다. 왜냐하면, 민도식이 정확하게
지적하듯이, 거기에는 '치열도'의 차이가 있기 때문이다.

　내 얘긴 우리가 제복을 입음으로써 제약당하는 개인의 사생활을
저들이 팔을 잃음으로써 위협받는 생계만큼 그렇게 절박하게 느끼고
있느냐는, 일테면 치열도의 차이라는 거야.

그 치열도라는 것은 다시 말해 진정성이다. 민도식의 입을 통
해 무심히 흘리는 척하면서, 작가는 소시민적 갈등의 진정성을
강력히 촉구하고 있는 것이다. '자유와 생존' 중에서 생존만 중
요하고 자유는 중요하지 않다는 것이 아니라, 생존 문제에 대한
치열도만큼 자유 문제에 대한 치열도가 높지 않을 때 자유 문제
로 인한 갈등은 허세나 허위에 불과하다는 것이다. 소시민적 갈
등의 진정성 문제야말로 윤흥길 문학의 핵심적 주제이다.
　역사적 시각에서 보자면 「아홉 켤레」 연작은, 일찍이 김병익
이 지적했듯이, "70년대 전반(全般)의 문제와 싸우는 당면적 현
실성을 지닌 문학"이라고 할 수 있다. 개발독재적 방식으로 진행
된 산업 사회화 속에서 사회적 모순과 갈등은 '권력과 빈곤'에
의해 특수하게 규정되었던 것인데, 「아홉 켤레」 연작은 바로 그
러한 현실을 소시민적 갈등의 진정성이라는 각도에서 정직하게
응시하고 독창적으로 그려내었던 것이다. 90년대도 후반으로 들
어서고 있는 오늘날에 보자면, 그러한 권력과 빈곤의 문제는, 얼
핏, 철지난 모습처럼 보일 수도 있다. 권력과 빈곤의 문제가 아
직도 다 해결된 것이 아님은 주지의 사실이지만, 그러나 상대적
으로 전과 비교할 수 없을 정도로 완화된 것 또한 사실이기 때문

이다. 다시 그러나, 오늘날의 체제는 그 완화를 알리바이 삼아 행복한 삶의 갈등 없는 실현이 가능하다는 환상을 널리 유포하고 그 환상을 마취제 삼아, 이제 우리 사회의 성원 대부분이 자신을 소시민으로 인식한다는 의미에서의 그 소시민들의 의식을 마비시키고 있지 않은가. 양적으로 대폭 불어났음에도 오히려 의식은 마비되어가고 있는 오늘날의 소시민들에게 필요한 것은 그 마비를 깨뜨릴 강렬한 충격이다. 소시민적 갈등의 진정성에 대한 강력한 촉구로서의 「아홉 켤레」 연작은 바로 이 점에서 엄연한 현재적 의미를 갖는다. 그 의미를 증폭시켜 오늘의 현실에 되돌려주는 일은 독자인 우리의 몫이다. ▨